돈황제

대한민국 스토리DNA 006

돈황제

초판 1쇄 발행 | 2015년 2월 13일

지은이 백시종
발행인 이대식

편집 이숙 김화영 나은심 차소연
마케팅 김혜진 배성진 지다영 박중혁 **관리** 홍필례
디자인 모리스

주소 서울시 종로구 평창길 329(우편번호 110-848)
문의전화 02-394-1037(편집) 02-394-1047(마케팅)
팩스 02-394-1029
전자우편 saeum98@hanmail.net
블로그 saeumbook.tistory.com
페이스북 facebook.com/saeumbooks

발행처 (주)새움출판사
출판등록 1998년 8월 28일(제10-1633호)

대한민국
스토리DNA
006

돈황제

백시종 장편소설

새훔

추억의 왕 회장

『돈황제』는 정확히 26년 전에 세상에 나왔던 소설이다. 1989년 11월 초순쯤이다. 이제 아슴아슴해졌지만, 한동안 그즈음의 상황을 떠올리는 것조차 나에게는 고통이고, 아픔이고, 회한이었다.

왜냐하면 작가들이 대체로 그렇듯 오랜 숙고 끝에 구상을 끝내고 관련 자료를 모은 다음 차분하게 집필에 들어가는 것이 관례인데, 『돈황제』의 경우는 마치 돌풍인 양 느닷없이 불어닥친 상황에 대응하여 입술 으깨어 물고 죽기 아니면 살기로 써 내려갔기 때문이다.

다시 말해 눈과 어깨에 지나치게 힘이 가해진 작품이다. 그러니 제대로 됐을 리 만무하다. 유연한 대목이 없다. 한결같이 무겁고 까칠하다. 지문 곳곳에서 끙끙 소리가 나는 것 같다.

솔직히 말해 나는 지금까지 단 한 번도 『돈황제』를 읽지 않았다. 아예 손에 든 적도 없다. 표지가 눈에 띄기만 해도 뒷머리가 지끈거리고, 가슴이 답답해진 까닭이다. 그러다가 26년 만에, 어쩔 수 없이 그즈음으로 통하는 작은 쪽문을 열 수밖에 없었고,

그동안 소통을 끊고 살았던 사람들과 조우할 수밖에 없었다.

왕 회장도 그중의 한 사람이다. 나는 그때 비인간적인 부적절한 유형이라고 그를 공격 일변도로 코너에 몰아세웠던 사람이다. 한데 지금 와서 보니 그게 아니다. 피도 눈물도 없이 착취에 눈이 먼 전형적인 재벌 총수라기보다 그래도 나름의 낭만이 있었고, 변덕이 죽 끓듯 했지만 겨울 난로 같은 풋사랑도 더러 베풀 줄 아는, 누가 뭐라고 해도 우리 근대사를 선두에서 이끌어 간 동력이었다는 사실은 부인할 수가 없다.

요즘 우리를 깜짝깜짝 놀라게 하는 대기업 젊은 리더의 횡포와 비교해 보면 더욱이나 그러하다. 아무런 고생이나 고통 없이 부와 권력을 무임승차로 대물림받는 그들의 행태는 뜨거운 피돌림 없이, 윤활유로만 움직이는 기계류 같다. 생각하지 않고, 배려하지 않고, 더구나 깊이 사고하지 않고 닥치는 대로 칼을 휘둘러 승자 독식을 꾀하는 그들이야말로 지탄받아 마땅한, 비정하고 위험한 재벌의 잔재가 아닌가 싶다.

그런 걱정과 우려를 갖고 26년 만에 읽은 『돈황제』가 비록 부자연스럽고 까칠하고 속이 빈 강정 같다 해도 오랜만에 만난 왕 회장을 본래 있었던 그 자리에 그대로 모셔 두기로 마음먹었다. 객관적인 시각에서 보면 다소 과장된 표현이거나 잘못 씌어졌다 싶은 곳은 당연히 손을 보는 것이 옳겠지만, 나는 그 작업을 과감히 생략해 버린 것이다. 일종의 직무유기다.

　『돈황제』가 '갑'의 횡포에 무릎 꿇지 않고 대응한 한 개인의 서글픈 항쟁이기 전에 우리의 빛나는 산업사 뒷면에 이런 과정이 뒤따랐다는 사실을 남길 필요가 있다고 믿어 의심치 않았기 때문이다.

2015년 2월, 양평 강하에서
백시종

차례

일러두기

1. 원본 : 1989년 실천문학사에서 출간된 『돈皇帝』 초판을 원본으로 삼아 작가의 수정과 최종 교정을 거쳤다.
2. 표기는 작품의 원형을 해치지 않는 선에서 2015년 현재의 원칙에 따랐다. 다만, 속어나 사투리 등은 작품의 분위기를 유지하기 위해 가능한 한 원본을 살렸다.
3. 외국 인지명 등 외래어는 현재의 표기법에 따랐다. 기타 외국어가 쓰인 경우 우리말 음으로 표기하고 ( ) 안에 뜻을 밝혔다.

제1장
태풍전야

하나님이 너를 책망하시며 너를 심문하심이 너의 경외함을 인함이냐. 네 악이 크지 아니하냐. 네 죄악이 극하니라. 까닭 없이 형제의 물건을 볼모 잡으며 헐벗은 자의 의복을 벗기며 갈한 자에게 물을 마시우지 아니하며 주린 자에게 식물을 주지 아니하였구나. 권세 있는 자가 토지를 얻고 존귀한 자가 거기서 사는구나. 네가 과부를 공수로 돌아가게 하며 고아의 팔을 꺾는구나. 이러므로 올무들이 너를 둘러 있고 두려움이 홀연히 너를 침범하며 어두움이 너로 보지 못하게 하고 창수가 너를 덮느니라.

「욥기」 22장 4~11절

1

남도의 3월은 유리병 속처럼 투명하다. 특히 바닷가는 더 그렇다. 장소를 가리지 않고 죽죽 뻗은 기기묘묘한 모습의 소나무와, 마치 초록 페인트로 북북 그어 놓은 것 같은 보리밭을 제외하고는 아직 푸른빛을 띠는 식물은 없지만, 그래서 시야는 누런 빛투성이지만, 대지를 휘감고 있는 기운은 완연한 봄이다.

투명할 대로 투명한 남도의 봄기운은 언제나 가슴을 뜨거운 맥박으로 고동치게 한다. 양수(羊水)를 터뜨리며 뽀송뽀송 올라오는 할미꽃 망울이며, 겨우내 죽었던 오리봉 나뭇가지를 타고 올라오는 연초록 물길이며, 누런 억새밭 밑에서 치솟아 오르는 아지랑이며……

생명의 용틀임은 그처럼 아래서 위로 솟구치는 게 섭리인가 보다.

그러나 그 무엇보다 신비한 섭리는 진달래꽃이다. 펑펑 소리라도 내지르듯이 꽃잎을 펼치는 그 앙증스러움이란 흡사 부끄러운 여인네의 속살을 연상시키고 남는다.

하나 어느 아름다운 여인의 자태가 연보랏빛 진달래 망울에 견줄 수 있을 것인가.

멀리서 보면 더욱 가경이다. 온통 불꽃 밭이다. 눈이 부시다. 마치 연기 없이 지피는 정갈한 꽃불이 산야를 휘감고 있는 모습 같다.

용틀임하듯 완만한 곡선을 그리다가 구미 포구에 한 자락, 그리고 또 한 자락은 반대편 홍매(紅梅) 계곡으로 밀어 보낸 구룡산(九龍山) 줄기줄기는 더욱이나 그러하다.

말 그대로 무더기 무더기 진달래 밭이다. 구룡산 진달래가 유난히 흐드러지게 피는 해는 한재(旱災) 아니면 국난을 불러온다던가. 멀리 선조 25년 봄에 일어난 임진왜란이 그렇고, 가깝게 1950년대 말 남해안을 초토화시킨 사라호 태풍이 그렇다.

어쨌거나 지난해 3월 구룡산의 진달래도 그 어느 때보다 흐드러지게 피었었다.

2

구룡산 자락을 열두 폭 병풍인 양 둘러치고 아담하게 자리 잡은 울산시. 기실 흐드러지게 피는 진달래꽃을 기억하는 사람은 흔치 않지만, 70년대 초에 건설된 울산 공단에 대해서는 모르는 사람이 없다. 하다못해 '울산' 하면 잠자던 아이들까지도 동양 최대 중공업 단지라고 잠꼬대를 할 만큼 이름난 도시다.

그중에서도 명광(明光) 그룹이 거느리고 있는 큼직큼직한 대형 생산 공장들은 특별히 더 유명하다. 생산 규모로나 투입 인원으로나 단연 타의 추종을 불허하기 때문이다. 그것은 한결같이 조선, 플랜트, 전기, 자동차, 파이프 등 남들은 감히 손댈 수도 없는 국가 기간산업이 대부분이다.

오죽하면 울산시를 취재하고 돌아간 프랑스 기자가 행정도시 이름인 '울산'은 묵살해 버리고 '명광'시로 표기했을까. 물론 거느리는 수만의 종업원들에게는 인색하기 짝이 없지만 생산 공장을 찾아오는 손님들에게는 칙사 대접을 하는 게 명광그룹의 전통이어서, 얼마나 끝내주게 접대를 잘 했으면 '울산'을 '명광'으로 바꿔치기했겠는가. 은밀히 반성하는 반명광(反明光) 인사도 없지 않던 터다.

기왕 손님 접대 얘기가 나왔으니 말이지만, 명광그룹 창업자 왕득구(王得九) 회장의 경우는 유별나다 못해 아예 생활철학 운운할 지경이었다. 어쩌면 손님을 초대해서 잘 보이고 잘 먹이고, 그리고 한판 걸판지게 놀기 위해 그토록 엄청난 사업을 경영하는 것인지도 몰랐다.

그만큼 적극적일 수가 없었다. 흡사 신들린 사람이었다. 500여만 평의 공장 부지 중 가장 풍취가 뛰어난 요지에 말 그대로 아방궁처럼 세워 놓은 영빈관이 우선 그랬다.

얼마나 신경을 써서 견고하게 지었는지 그 거대한 공장의 소음조차 들리지 않는 곳이었다. 마치 왕득구 회장의 두꺼비 손처럼 크고 넓은 내부 공간에 들어앉아 있으면 이른바 딴 세상 분위기였다. 보이는 건 멀리 수평선을 그으며 펼쳐진 바다이고, 들리는 건 아름다운 해조음과 특유의 바람소리뿐이었다. 어느 시대 어느 신선놀음이 이보다 더 안온할 수 있었으랴.

비단 내부 시설만이 아니었다. 주위 환경도 그에 못지않았다. 초록 대나무 숲과 잘 어우러진 동백나무, 그리고 붉은색이 더

돈황제

인상적인 해송(海松). 바로 그 아래로 주욱 깔린 금잔디 둔덕. 만약 그 가운데 자리 잡은 왕득구 회장 전용 헬기장만 들어내 버린다면 자연 그대로의 운치를 함뿍 머금은 태고의 풍물이라 해도 그리 틀린 표현이 아니었다.

그처럼 아름답고 깨끗한 아방궁이었지만 대체로 조용하기 그지없었다. 그 주인이 오직 한 사람뿐이기 때문이었다.

다름 아닌 왕득구 회장이었다. 그러니까 명광 울산 단지에 사장들이 즐비했지만, 그리고 그중에는 왕득구 회장의 아들도 끼어 있었지만, 그 어른이 울산에 없는 날은 어느 누구도 얼씬하지 않는 것이었다.

아니, 얼씬하지 않는다기보다 숫제 못한다고 하는 편이 옳았다. 그것이 바로 명광그룹을 좌지우지하는 왕득구 회장의 권위였고 위엄이었다. 그러니까 울산 영빈관이 조용하다는 것은 주인장 어른의 왕래가 뜸하다는 증거인 셈이었다. 최근 들어서는 더욱이나 그러했다. 흡사 찬물을 끼얹어 놓은 듯 기묘한 정적까지 감돌 지경이었다. 아예 발을 끊었다고 해도 막말이 아니었다. 확실치는 않지만, 측근들의 비공식 설명에 의하면 울산 영빈관이란 말만 나와도 고개부터 절레절레 흔들어 댄다는 왕득구 회장이었다. 참으로 격세지감 운운하지 않을 수 없는 상황이었다. 왜냐하면 이태 전 봄철만 해도 전혀 다른 분위기였기 때문이었다.

그때 영빈관은 하루가 멀다고 북적거리고 또 북적거렸다. 일주일에 사나흘은 그렇게 시끄러웠다.

모두가 잠든 깊은 밤에도 영빈관이 자리한 언덕 주변만은 유난히 휘황찬란했다. 밤새도록 불을 끄지 않은 탓이었다.

손님과 주인을 실어 나르는 두 대의 헬리콥터 역시 마찬가지였다. 금잔디 둔덕 한가운데서 벗어난 적이 없었다. 어디 헬리콥터뿐인가. 어떤 때는 열 대도 넘는 검정색 세단이 줄지어 영빈관을 지키고 있곤 했는데 그중 한 대가 떴다 하면 스무 대 서른 대까지 늘어나 흡사 70년대 대통령 초도순시 행렬을 방불케 하는 것이었다.

물론 각사의 사장, 본부장, 기술 중역 등이 왕득구 회장 일행을 수행한 탓이었다.

세계 최대를 자랑하는 200만 톤짜리 도크를 비롯 대형 엔진 생산 공장, 석유 시추선 건조 라인 등이 주요 방문 현장이었다.

왕득구 회장은 신명난 목소리로 시종 손님들을 압도하며 마치 관공서 실무 과장인 듯 판에 박은 브리핑을 줄줄 늘어놓는 것이었다.

잘 훈련된 셰퍼드처럼 잠자코 졸졸 따라다니는 수십 명의 본부장, 기술 중역들에게는 한 마디의 설명할 기회도 주어지지 않았다. 자신이 콩 치고 팥 치고 다 해버렸기 때문이었다.

그러니까 그들은 왕득구 회장의 권위를 위한 상징일 뿐이었다. 아니, 일종의 장식물이라고나 할까.

주로 밤에 벌어지는 영빈관 환영 파티 역시 오십보백보 차이였다. 표현 그대로 최고급 향연이었다. 얼마나 소문이 났으면 '먹는 것 하나는 명광 따를 회사 없다'는 말이 공공연히 통용될 정도인가.

돈황제

그러나 향연의 진미는 먹고 마시는 데 있지 않았다. 어디서 어떻게 동원했는지, 죽죽 빠진 젊은 여자들로만 구성된 이른바 미인 군단이 그것이었다. 그녀들 또한 조련된 강아지인 양 눈짓만 깜박 해도 별별 교태를 다 부려 마지않는 것이었다.

그리고 노래판이 벌어졌다. 왕득구 회장의 전천후 취미이기도 한 노래판은 주로 흘러간 가요가 주를 이루었는데, 반주는 아예 계약제로 근무 중인 5인조 캄보 밴드였다. 물론 왕득구 회장의 열창이 항시 그 노래판을 주도하는 편이었다. 아니, 그 열창 때문에 그 판이 존재한다고 해도 무방한 터였다. 경우에 따라, 노래판의 첫 테이프를 끊기도 하지만, 대체로 흥이 어느 정도 돋은 다음, 열렬한 환호와 함께 나서기 일쑤인 왕 회장의 만년 십팔번은 〈해 뜰 날〉이었다.

꿈을 안고 왔단다 내가 왔단다
슬픔도 괴로움도 모두모두 버려라
안 되는 일 없단다 노력하면은
쨍하고 해 뜰 날 돌아온단다
뛰고 뛰고 뛰는 몸이라 괴로웁지만
힘겨운 나의 인생 구름 걷히고
산뜻하게 맑은 날 돌아온단다
쨍하고 해 뜰 날 돌아온단다

실제로 그는 매사가 어렵고 따분하지만, 희망찬 내일이 있어서 오히려 즐거운 막노동꾼처럼 얼굴을 잔뜩 찌푸렸다가 활짝 웃는 식의 감정 변화를 노련하게 표출하며 나름대로 목소리를 높이는 것이었다.

그래. 뭐가 그리 아직도 부족해서 또 다른 해 뜰 날을 갈망하는 것인가. 세상의 부귀와 영화를 한 몸에 지닌 당신에게 쨍하고 해 뜰 날은 과연 어떤 날인가.

지금보다 더 많은 돈을 쓸어 모으는 것이 구름 걷힌 그날은 아닐까. 종내는 대한민국의 돈이란 돈이 모조리 당신 수중에 들어오는 그날…… 그러기 위해서는 지나가는 사람. 아니 지금 파티에 참석한 사람들의 주머니까지 털어 내야 하는 그날…… 하나 사람들의 표정은 더없이 밝았다. 화기애애했다. 왕득구 회장에게 선택되어 초대받았다는 자부심 때문이리라. 그들의 마음은 활짝 열려 있었다.

저처럼 슬픔도 괴로움도 모두 이겨 내고 끈덕지게 노력했으므로, 오늘의 왕득구가 있는 게 아닌가. 과연 왕득구야말로 개천을 초월한 위대한 한 마리 청룡이야. 그렇기에 그 많은 노래 중에 저같이 긍정적인 곡을 선정한 거 아닌가.

사람들은 두서없이 그에게 찬사와 찬양을 한꺼번에 보내는 것이었다. 그리하여 노래가 채 끝나기도 전에 그 순간을 학수고대했다는 듯이 앵콜 앵콜을 소리 높여 합창하는 것이었다.

그 같은 노래판은 흥이 나면 자정을 넘겨 1시까지도 계속되지만 웬만하면 7시쯤 시작해서 9시면 작파하기 마련이었다. 제가끔 방에 들어가 개인 플레이를 해야 했기 때문이었다.

돈황제

바로 그 무렵이었다. 영빈관의 동백이 한창 만개했을 때니까 아마도 3월 중순쯤이었을 게다.

왕득구 회장이 이 손님 저 손님을 데리고 그중 많이 방문하곤 했던 대형 플랜트 공장에서 근로자 파동이 일어난 것이었다. 기실, 그즈음만 해도 노사분규라는 말이 생소하게 들릴 때였다. 명광그룹 내에 공식적인 노동조합이 조직되기 이전이니까, 그럴 만도 했다.

하나, 지금까지 명광그룹에 노사분규가 없었다는 것은 이른바 허무맹랑한 얘기였다. 크게는 초창기 울산 중공업 단지 건설 현장에서 일어났던 노동자 소요 사태가 그랬고, 이역만리 중동 땅에서 벌어진 기능공 폭동 사건이 바로 그것이었다.

두 건 다 사사로운 분쟁 정도가 아니라 나라 전체를 뒤흔든 매머드급 사태로 발전했는데, 예를 들어 사우디아라비아에서 일어난 해외 기능공 폭동 건은 로이터통신 특종으로까지 취급되어 세기의 진가를 한껏 높였던 터였다.

문제는 그 무렵의 언론이었다. 신문·방송이 제구실을 못한 탓으로 제대로 보도가 안 된 것이었다. 세계 뉴스의 초점이 온통 한곳에, 그것도 서울 을지로 입구에 자리 잡은 명광그룹에 몰려 있는데도 유독 그 당사자 국민들만 칠흑 야밤중이었던 것이었다. 물론 청와대 차원의 은밀한 비호와 적극적인 공작이 따르지 않았던들 그 절체절명의 위기를 모면할 길 없었겠지만, 아무튼 회사와 언론과 정부의 비호라는 삼박자가 절묘하게 맞아떨어져 마침내 사태를 흐지부지 덮어 은닉해 버린 것이었다.

어쨌거나, 지난봄 영빈관 동백꽃의 만개와 함께 어우러진 근로자 파동은 참으로 소박한 문제에서 출발한 사건이었다. 어이없게도 파동의 불씨는 점심이었다. 다른 일도 아닌 먹는 일로 아등바등했으니, 피차 조금 멋쩍긴 했지만, 가라사대 먹는 죄는 없느니라 누가 말했는가.

그렇다. 오죽하면 꽃구경도 식후사고, 악양루(岳陽樓)도 식후경이겠는가. 먹는 일이야말로 인간사의 가장 중요한 근본인 것이다. 그러니까 관건은 먹는 것이 충분치 못한 탓이었다. 따지고 보면 회사가 하루 한 끼씩 제공하는 식사의 질이 허술하다는 지적은 그 이전부터 있어 온 한결같은 불평이었다.

게다가 계절이 봄이었다. 낮이 유독 길기 때문에 일하는 시간도 그만큼 연장되기 마련이었다. 그 긴 한낮을 1인당 고작 500원짜리에 불과한 점심으로 견뎌야 하는 것은 누구를 막론하고 고통이 아닐 수 없었다.

더구나 다른 일도 아닌 철판을 만지는 작업이었다. 자고로 철판공만큼 와일드한 직종이 없다지 않는가. 이름하여 노동판에서 막가는 곳이 철판 직종이라던가.

굳이 철판공이 아니라 할지라도 점심을 게 눈 감추듯 하고 돌아서면 곧바로 꼬르륵 꼬르륵 소리가 나는 한창때의 젊은이들에게 있어서 공복은 참으로 견디기 어려운 극기 중의 극기였다.

그렇게 본다면 1인당 식대 200원 인상은 너무도 당연한 주장이었다. 한 사람이 한 달 내내 먹어야 4천 원 미만이고, 줄잡아 2만 명을 계산해 봐야 고작 8천여만 원에 불과한 예산이었다.

그러나 그 무렵 근로자들이 얼마나 순수했느냐 하면, 만일 200원 인상이 어렵다면 명광그룹 계열사에서 일괄 납품하는 각종 부식을 근로자 대표들이 지정하는 회사에서 납품토록 해달라는 단서가 따랐을 정도였다.

어느 누가 소박함의 극치라고 말하지 않을 수 있겠는가. 이른바 집안끼리 이리 떼먹고 저리 떼먹다 보면 막상 장본인에게 돌아올 몫이 없다는 것은 너무 정확한 계산법이었다. 요컨대 그것은 근로자로서 당연히 주장해 마땅한 생존권 문제였다.

한데, 그 요구가 아무런 배경 설명도 없이 그대로 묵살되어 버린 것이었다. 기왕 거론했던 문제였으므로 근로자 대표들이 관리 중역을 찾아가 구구절절 항의했는데도 웬걸, "내 선에서 해결될 문제가 아니라고 도대체 몇 번씩 말해야 알겠어?" 도리어 큰소리인 것이었다.

"그럼, 누가 해결할 문젭니까?"

"그런 건 우리 사장님도 못해."

"사장님도 못하면……."

"그 위에 또 누가 계신 줄 뻔히 알잖아?"

"왕 회장?"

"그래, 그 어른이 마침 어제 내려오셨잖아. 사장님께서 나보구 결재서류를 들고 들어가라구 해서 들어갔다가……."

"들어갔다가 어떻게 되셨는데요?"

"서류를 집어던지셨단 말야."

"네?"

"당신들 때문에, 난 죽사발 됐어. 무슨 말인지 알겠지?"

"그런데…… 왕 회장이 왜 그 서류를 던지죠?"

"그걸 내가 어떻게 알아!"

근로자 대표들은 영문을 모르겠다는 듯 연신 고개를 갸웃거렸다.

"제발 내 목 좀 제자리에 가만 붙여 줄 수 없어? 그래도 내가 이 자리에 붙어 있어야, 당신들 애로사항도 윗선에 전하고 할 거 아닌가. 그 말이야. 내 말 틀렸어?"

좌중을 훑은 다음 중역이 계속했다.

"이제, 사정을 알았으면 그만 물러들 가."

근로자 대표들은 넋을 잃고 서 있을 뿐이었다.

"불만 있는 사람은 옷 벗고 나가면 그만이야. 울산 시내에 나가면 발길에 채이는 게 일자리 못 얻어 배회하는 사람이라구, 알겠어?"

우리나라 노동운동사에 큰 획을 그은 명광플랜트 노사분규는 그렇게 해서 꺼지지 않는 무서운 불길로 옮겨붙은 것이었다.

"니기미 씨퍼어럴, 밤마다 벌이는 파티만 한 번씩 줄이면 간단히 해결될 일 가지구, 뭐, 서류를 던져?"

"기자 놈들, 문인 놈들, 국회의원 놈들, 영빈관에 와서 양껏 처먹는 돈 제놈 주머니에서 나간 줄 알아?"

"그럼, 누구 주머니에서 나가는 건가?"

"제놈이 먹고 그어 놓으면 죄다 우리 회사가 지불하는 거 아냐."

"이 회사가 그 노인네 건데 뭘 그래?"

"뭐, 자기 거라구? 이게 어째서 왕가 놈 거야? 은행돈 잔뜩 얻어다가 차려 놓은 공장, 땀 흘려서 가동시킨 건 우리 아닌감. 막말로 제놈은 손 하나 까딱 안 하고 앉아서 거저먹은 거나 진배없어. 한데, 이제 와서 이 회사가 왕가 놈 혼자 거라구?"

"어허 거 말이 너무 심하구먼그래."

"심한 게 아녀, 절대루."

"여긴 엄연한 자유민주국가 아닌가?"

"그래, 자유민주국가는 식대 200원 올려 달라는 소리도 못하고 살아야 하는가?"

"그게 아니구……."

"모르면 잠자코 있기나 혀! 노동자 아픔을 가장 많이 아는 척하면서 몰래몰래 노동자 간이란 간은 다 빼먹는 놈이 바로 왕가 놈이라구."

"맞아, 제놈은 옛날 노동자 아니었나?"

"등짐 지고 오르내릴 때 피눈물 나던 일을 벌써 죄 잊어버린 모양이지?"

"본시 선무당이 사람 잡는다더구만."

"개자식!"

소문은 빨랐다. 삽시에 식대 200원 인상과 왕득구 회장의 서류 건이 울산 공단을 온통 휘덮다시피 했다.

근로자들은 둘만 모여도 왕득구 회장에 대한 울분을 감추지 못해 안달이었다. 일종의 배신감이었다. 갑자기 가슴이 무너져 내리며 허전해진다고나 할까.

하지만 그까짓 일 하나로 울산 공단 전체가 들썩거린다는 것은 예전에 없던 일이었다. 뭔가 조짐이 심상찮다는 모종의 암시라고나 할까.

하긴 그동안 얼마나 억눌려 왔으면, 아니 왕 회장의 행동이 얼마나 무절제했으면 그처럼 막다른 양심들을 품었을까.

물론 양도깨비같이 차려입은 계집들을 싣고 영빈관 쪽으로 신나게 올라가는 중형 버스와 마주칠 때마다 들고 있던 용접봉을 내던지고 싶은 충동을 한두 번 감지한 게 아니지만, 그래도 왕득구 회장에게 지금 같은 실망감과 절망감까지 느끼지는 않았었다.

그렇다. 왕득구 회장이 어떤 경우에도 용납하지 않는 것이 권위의 손상이라면 근로자들 역시 마지막 보루나 진배없는 것이 자존심이다. 한데 그 어르신네, 겁도 없이 그것을 무자비하게 짓뭉개 버린 것이었다.

3

하필 바로 그때였던가. 영빈관 푸른 둔덕을 왕득구 회장 전용 헬리콥터가 유난히 자주 오르내린 것은.

사람들은 그 무렵 헬기에는 아주 특별한 사람들이 타고 있었다고 주장해 마지않았다. 누가 봐도 한눈에 알 만한 사람이라는

돈황제

것이다.

거기다 이제 한 돌이 막 넘은 사내아이와, 그 아이를 돌보는 유모와 그렇게 세 사람이 헬리콥터를 마치 종로 네거리 일반 택시 부리듯 한다고 저마다 입을 모으는 터였다.

실제로 그 무렵 영빈관 근처 게시판마다 다음과 같은 방문(榜文)이 붙어 있었다.

〈알림〉
영빈관을 일부 수리 중이니, 하인을 막론하고
영빈관 부근을 근무 시에 배회하지 말 것.
_명광중공업 총무부장 백

하나, 방문 내용과는 달리 그즈음 영빈관을 수리한 적이 없다는 것이다. 굳이 있다면 커튼 갈이, 벽지 갈이 정도인데, 이는 꼭 봄철이 아니라도 시도 때도 없이 벌이는 일이라, 근로자들의 접근을 막을 만큼 큰 사안이 못 된다는 것이었다.

아무튼 헬리콥터를 일반 택시 부리듯 하는 사람이 누구냐는 것이 열쇠였다. 놀랍게도 그녀는 텔레비전 탤런트 H양이었다. 그러니까 그녀가 왕득구 회장의 아들을 생산했다는 것이다.

그러나 왕 회장이 모모 여인네에게서 아이를 낳았다는 소문은 왕왕 듣는 일이라서 전혀 새로운 사건이 될 수 없었다. 문제는 탤런트 H양과 그 어른 사이에 아이가 태어났다는 것이 관건이 아니라, 그녀가 아이를 데리고 울산 현장까지 쫓아와 왕 회장을 협박한다는 사실이 무엇보다 중요한 이슈였다.

이른바 명광그룹이 경영하는 유통업체 중의 하나인 강남의 명광백화점을 그녀의 명의로 돌려 달라는 강력한 요구가 바로 그것이었다.

근로자들은 아무리 그 어른이 명광그룹을 창업, 오늘의 번영을 누리게 했다 하더라도, 그리고 기업인이 종교인처럼 절제하고 극기해야 한다는 국민적인 요구가 다소 무리하다 하더라도, 어떻게 사회의 공인이나 다름없는 탤런트와 그 짓을 해서, 결국 회사 자금을 전혀 엉뚱한 곳으로 빠져나가게 하느냐는 지적인 것이다.

결국 그런 악성 자금 때문에 근로자들의 복지가 제자리걸음이고, 결국 그처럼 하찮은 곳에 돈을 물 쓰듯 하기 때문에 회사의 경영이 정상적인 궤도를 이탈, 적자 운운하는 것이고, 그래서 임금 인상이 요원하다는, 제법 그럴듯한 논리를 주장해 마지않았다.

하나, 그런 일이 꼭 회사 경영 차원에서만 거론되는 것은 아니었다. 명광그룹 울산 현장을 벌집 쑤셔 놓듯 한 것은 오히려 주간지 스타일의 흥미진진한 스캔들이었다.

사원 아파트는 물론이고 열 평 미만의 근로자 아파트까지 왕득구 회장의 어린 아들과 그 생모가 온통 독점해 버리는 판국이었다.

"그래, 또 아들을 낳았다면 이제 총 몇 명이죠?"

"명광그룹 회장, 사장으로 활약하는 아드님들이 몇 명인가 셈

돈황제

해 봐요."

"자동차, 보험, 증권, 조선, 그리고 또 뭐드라? 나이가 드니까 이젠 아무리 외워도 머리가 헷갈려서……."

"철강도 있잖아요."

"아, 그렇지, 철강도 있었지."

"전자두요."

"옳지, 전자…… 그리고 참, 선박도 있었네. 그럼 사장 회장 아드님이 총 몇이죠?"

"모두 여덟이에요."

"그렇다면 이번 막내가 아홉째구먼."

"무슨 소리예요? 호적에 오르지 못한 아들만도 다섯이라는데."

"뭐, 다섯?"

"다른 곳에서 키우는 따님들까지 다 합치면 알려지지 않은 자식들이 한 다스도 넘는대요, 글쎄."

"설마……."

"그 노인네 그러고도 남을 위인이에요."

"그치만, 제가 낳은 자식인데, 왜 호적엔 못 올려요?"

"부인이 다 늙었잖아요. 환갑에 아이 낳았다고 하면 누가 곧이듣겠어요?"

"하긴……."

"우리 왕 회장님 돈 욕심만 많은 게 아니라, 자식 욕심도 대단한가 봐요."

"아무리 욕심이 많아도 그렇지, 그건 규칙 위반이라구."

"규칙 위반?"

"안 그래? 여기저기 함부로 깔려 놓는 일이 어디 인간이 할 짓이야? 그리고 아이 낳은 에미는 어떻겠어? 아무리 돈이 좋기로, 호적에도 못 올리는 아이를……."

계집 녀 자 셋이 모이면 간사할 간이라던가.

각설하고, 안개 자욱한 어느 봄날 아침, 마침내 명광플랜트 8천 근로자 전원과 명광조선 일부 근로자가 합세해서 세계 최대를 자랑하는 200만 톤 도크 앞에 모였다.

대충 어림짐작으로 1만여 명을 훨씬 상회하는 인파였다. 그들은 한결같이 '타도 왕득구'를 외쳐 댔는데, 그것은 순전히 한 명의 젊은이 때문이었다. 이름이 양재봉이라던가.

외모로만 본다면 그렇게 왜소할 수 없는 아주 보잘것없는 청년인데도 실제로는 그 큰 무리를 마치 오뉴월 엿가락 주무르듯 하는 것이다. 가늘가늘한 몸집하며, 이제 막 병석에서 일어난 것처럼 헤멀쑥한 얼굴하며, 도무지 남 앞에 설 위인 같지 않은데 웬걸, 귀청이 찢어질 정도로 우렁찬 목소리를 연신 토해 내며 오래오래 연단을 지배하고 있었다.

"단돈 200원 식대 인상을 거부하면서, 수백억 원을 한 젊은 여자에게 쏟아붓는 오늘의 이 현실이 너무너무 창피하고 부끄럽습니다."

"옳소, 옳소!"

"절대로 우리는 이 비리를 묵과해서는 안 됩니다. 이제 우리도 우리의 목소리를 한데 모아야 할 때가 온 것입니다."

"옳소, 옳소!"

"재봉이 최고다!"

"위원장깜이다!"

"정말, 인물다운 인물 하나 탄생했구먼."

"위원장 만세!"

"양재봉 만세!"

근로자들의 환호는 거의 광적이었다. 말 그대로 열광해 마지 않았다. 정말 굉장한 지지도였다. 왜소한 연단의 젊은이가 또 한 번 두 주먹으로 허공을 찔렀다.

"우리 모두 영빈관으로 올라갑시다. H양을 만나 자초지종을 들어 봅시다!"

"와, 와!"

"가자!"

"연놈을 사로잡자!"

1만여 명이 삽시에 움직이기 시작했다. 말이 쉬워 1만 명이지 실제 1만 인파면 세상 모든 것을 덮어 버리고도 남을 만큼 엄청 난 수효였다. 게다가 하나같이 기가 살아 있었으므로, 예컨대 충 천한 기세로만 본다면 1만 명이 아니라 그 두 배 숫자인 2만이라 고 해도 결코 틀린 말이 아닌 것이었다.

뭐랄까. 그냥 검게 보일 뿐인 곤색 잠바 군중만 아니었다면 영 락없이 고부 군수 조병갑을 타도하기 위해 동헌으로 몰려드는 동학군 모습이었다.

아니, 그 규모로 보아 동학군이 문제가 아니었다. 베르사유 궁전을 향해 물밀 듯 돌격하는 프랑스혁명 시민군에 비견해도 결코 뒤지지 않는 웅장한 광경이었다.

"왕득구 아들은 다치게 하지 말아라!"

"H양도 상처 나게 해서는 안 된다!"

"통째로 잡아라!"

영빈관에 근무하는 몇몇 요리사며, 관리인이며, 전화교환수며, 청소 담당이며, 처음에는 뭔가 제법 해보겠다는 듯이 정문 앞에 포진했다가 실로 엄청난 기세에 놀라 혼비백산해 버리는 것이었다.

어느새 안팎으로 걸어 잠근 영빈관 정문이 와지끈와지끈 부서지고, 대형 유리가 쨍그렁쨍그렁 나가고, 이윽고 성난 근로자들의 작업화 발자국이 깨끗한 카펫 위에 두서없이 찍히기 시작했다.

1층 메인홀을 지나 2층 객실은 물론이고 3, 4층의 특실까지 깡그리 뒤지다 못해 굳게 잠긴 별관 비밀 홀마저 온통 까발려 놓는 것이었다.

하나, 그들은 문제의 H양도, 왕득구 회장의 어린 아들도, 유모도 아무도 찾아내지 못했다.

일설에 의하면 대기했던 헬리콥터로 긴급 대피시켰다는 이야기도 있고, 또 다른 설에 의하면 H양과 그 아들이 영빈관은커녕 심지어 울산시마저 한 번 찾아온 적이 없다는 이야기도 있었으며, 또 다른 설에 의하면 그러기 한 달 전에 벌써 명광 계열사의 수십만 주(株)로 해결을 봐버렸다는 이야기도 심심찮게 전해지고 있다.

그러나 한두 명도 아닌 1만여 명의 근로자들이, 평소 같으면 감히 접근도 할 수 없는 그 아방궁을 무엄하게 작업화를 신은 채 습격, 아수라장을 만들었으니, 아무리 천우신조로 현장에 없었다 하더라도 그 어르신네 마음이 편할 리 만무했다.

그렇지 않아도 입신(入神) 경지에 들어섰다고 자부해 마지않는 왕득구 회장으로서는 말 그대로 불시에 당한 최대의 수모가 아닐 수 없는, 그래서 더욱 빨리 잊어버리고 싶은 사건이 바로 H양의 영빈관 소동인 것이었다.

어쨌거나 그 엄청난 일은 왕득구 회장의 하늘 높은 줄 모르던 위대한 권위를 한순간에 실추시키는 데 많은 공헌을 한 셈이었다.

탑을 쌓기는 어려워도, 무너뜨리는 것은 한순간이라고 누가 말했는가. 왕득구 회장이 꼭 그 짝이었다. 순식간에 어리석고 음흉하고 물욕 가득한 추악한 늙은이가 되고 말았다.

그것도 황제처럼 군림해 마지않았던 근로자들의 작업화에 의해 자신이 그처럼 아끼던 침구와 가구들이 짓뭉개졌으니, 오죽 심기가 죽 끓듯 했을까. 실제로 그 일이 있고 난 뒤 왕득구 회장은 울산시는 물론이고 사흘이 멀다고 즐겨 사용하던 영빈관마저 한동안 발길을 끊어 버린 터였다.

어쨌거나 그 엄청난 일은 그해 늦은 봄 금요일에 일어났고 결국 그 사건이 빌미가 되어 명광그룹에도 정식 노동조합이 탄생

했으며, 결국 그것이 오늘날 사회문제로 크게 비화한 노동분쟁의 불씨가 되었으며, 결국 그 불길 때문에 명광그룹이 기우뚱해질 정도의 타격을 입게 된 것이었다.

제2장
고쳐 쓴 자서전

너희가 가난한 자를 밟고 저에게서 밀의 부당한 세를 취하였은즉 너희가 비록 다듬은 돌로 집을 건축하였으나 거기거하지 못할 것이요, 아름다운 포도원을 심었으나 그 포도주를 마시지 못하리라. 너희의 허물이 많고 죄악이 중함을 내가 아노라. 너희는 의인을 학대하며 뇌물을 받고 성문에서 궁핍한 자를 억울하게 하는 자로다. 그러므로 이런 때에 지혜자가 잠잠하나니 이는 악한 때임이니라.

「아모스」5장 11~13절

1

자칭 삼류 작가인 권도혁(權道赫)이 한국 최고 재벌 총수인 왕득구 회장을 처음 만난 것도 어느 금요일이었다. 아니 정확히 1980년 신년 휴가를 끝내고 첫 번째 맞는 금요일이라고 해야 옳았다.

눈이 내리고 있었다. 진눈깨비였다. 겨울치고 아주 애매한 날씨였다. 콧날이 떨어져 나가게 추운 것도, 그렇다고 봄날인 양 포근한 것도 아니었다.

거리가 시간이 가면 갈수록 지저분해지는 것도 기실 그런 이유 탓이었다. 진눈깨비는 내리자마자 질질 녹았다. 여름 빗물처럼 좍좍 씻겨 나갈 정도로 양이 많은 것이 아니었으므로, 포도(鋪道) 위가 온통 물바다였다. 그것도 자동차 기름 찌꺼기와 그을음 먼지와 담배꽁초 따위 잡동사니로 범벅이 된 잿빛 물이었다. 숫제 질컹질컹 발라져 있었다.

그날 권도혁은 아침부터 세탁소 신세를 지지 않으면 안 되었다. 흡사 가난한 집 팥죽 같은 기름 물벼락을 맞았기 때문이었다.

명광그룹 사옥이 빤히 바라보이는 을지로 입구였다. 만원 버스에서 내리자마자 뛰어나온 검정색 세단이 뿌린 물벼락이었다.

"제기랄!"

그는 아무 일도 일어나지 않았다는 듯이 멀어져 가는 승용차를 눈 부릅뜨고 좇았다. 하필이면 명광그룹 사옥 쪽으로 커브를 돌고 있었다. 아니, 명광그룹 정문 앞에서 차가 섰고, 운전사가 고무공인 양 튕겨져 나와 문을 열었으며, 곧이어 키가 멀쑥한 사람이 천천히 발걸음을 떼놓고 있었다.

수위들이 수효대로 몰려나와 쩍, 소리 나게 거수경례를 붙이는가 하면 주위 사람들이 하나같이 넙죽넙죽 그 앞에 고개를 숙이며 넘어지는 것이었다.

"아, 왕 회장이구나!"

말 그대로 위대한 황제의 나들이였다.

"그래, 왕 회장이 틀림없어."

권도혁은 두 번씩이나 탄성을 질렀다. 모처럼 차려입은 양복이며, 와이셔츠며, 조끼며, 온통 검은 팥죽 물로 범벅이 되었는데도, "일찍이도 출근하시는구만" 새삼 감탄한 나머지 왕 회장이이미 사라지고 없는 명광그룹 정문에서 눈을 떼지 못하는 것이었다.

그도 그럴 것이 권도혁의 첫 출근이 바로 그날이었기 때문이었다. 이른바 중견 경력사원 특채라던가. 근무처는 명광그룹 종합조정실이었다. 아니, 더 자세히 설명하자면 명광그룹 이미지제고를 위한 대외 홍보지 창간 요원이라고 해야 옳았다. 일종의 홍보 직책이었다.

알음알음으로 이력서를 내놓고 긴가민가하고 있었는데, 느닷없이 전화가 걸려 온 것이었다. 그것도 밤 11시가 넘어서였다. 이력서 제출 시 인사를 나눴던 김석호(金錫浩) 부장이었다. 소위 일차면접 형식으로 마주 앉았던 김석호 부장은 권도혁의 이력서를 펼쳐 놓고 이렇게 말했다.

"정말 노가다 회사에 들어와 일할 자신이 있습니까?"

"자신이라니, 어떤 자신 말인가요?"

"여긴 매사를 인간적으로 대우하는 신사 회사가 아니올시다. 잘못하거나, 재수 없으면 얻어맞기도 하는 회삽니다. 특히 왕 회장님을 직접 모시고 일하는 특수 부서라 더 그렇습니다. 그 어른은 화가 나면 상대가 누구든 조인트부터 까고 보거든요."

"설마, 회장님이……."

"과장법으로 확대해서 말한 게 아니니까, 그런 각오가 돼 있다면 몰라도, 그렇지 않으면……."

솔직히 권도혁은 미묘한 흥분마저 감지했던 터였다. 이름하여 직업적인 호기심 발동이었다. 아니, 그처럼 솔직한 표현을 쓸 수 있는 김석호 부장에 대한 또 다른 호기심도 마찬가지였다.

예컨대 그것이 모종의 경계심이라면, 왕 회장보다 먼저 이쪽에 더 많은 시간과 관심을 할애한다고나 할까.

나중에 알게 된 일이지만 김석호 부장은 왕득구 회장의 개인 집사(執事)나 진배없는 사람이었다. 다만 비서실에 근무하지 않을 뿐이었다.

왕 회장의 서울 거처인 성북동 집에 대해서 김 부장만큼 잘 아는 사람이 없었다. 지금도 성북동에 관한 한 그를 거치지 않고 되는 일이 없다는 소문이 나돌 정도였다.

그 이유는 간단했다. 김석호 부장의 출신지가 바로 성북동 집이기 때문이었다. 그 집에 잔심부름하는 사동(使童)으로 들어갔다가 결국 오늘에 이르렀다니, 그의 숨은 노고와 피나는 각고도 각고지만 그보다 야간대학만 9년을 다녔을 정도의 어려운 고비를 끝까지 견디어 낸 그의 끈기에 대해 크게 감탄하지 않을 수 없는 것이었다.

그래서일까. 야밤에 걸려 온 김석호 부장의 목소리가 유난히 야릇하게 들리는 것이다. 뭐랄까. 명광그룹에 숨겨진 남성적인, 아니 야성적이고 야만적인, 끈끈한 냄새라고나 할까.

"권 형, 축하합니다."

"축하라뇨?"

"오늘 밤에 결정이 났습니다."

"네?"

"입사 말입니다."

"아, 그래요. 정말 감사합니다."

"감사는 내가 받을 게 아니고…… 실은 왕 회장님께서 직접……."

"네?"

"그 어른이 손수 선발하셨습니다."

"아무렴 회장님께서……."

"글쎄, 이건 의욉니다. 회장님이 손수 선발하실 줄은 미처 예상하지 못했습니다. 그래서 말씀인데, 회장님께서 권 형을 만나보고 싶어 하십니다."

"그야, 여부 있습니까?"

"대신 몇 가지 준비해야 할 사항이 있습니다."

"준비라면……."

"우선 머리를 짧게 깎으세요."

"머리를 깎아요?"

"저희 회장님은 머리 긴 직원하고는 아예 상종을 하지 않으시니까요."

"……아, 네."

"그리고 늦어도 낼 아침 8시까지는 사무실에 대기해야 합니다."

글 쓰는 직업을 가진 사람들이 다 그렇듯 권도혁 역시 유명한 늦잠꾸러기였는데도 이날만은 새벽같이 기상해 마지않았다.

그리고 걸어 잠근 문을 부수기라도 할 듯 동네 이발소를 잔뜩 시끄럽게 만들었고, 그래도 시간이 남아 목욕탕까지 다녀온 권도혁이었다.

하나, 세탁소에서 대충 기름 얼룩을 지우고 사무실에 대기해 있는데도, 왕득구 회장실에서는 아무 연락이 없었다. 권도혁이 앉아 있는 종합조정실은 왕득구 회장 바로 옆방이었다.

영광스럽게도 같은 14층을 쓰고 있는 셈이었다. 그러니까 종합조정실은 왕득구 회장의 친위대나 진배없는 부서라고 해도 과언이 아니었다. 좀 과장한다면, 적어도 명광그룹 내에서는 잠든 사람도 벌떡 일어나 앉지 않으면 안 되는 막강한 이름이 곧 '종조실'인 것이다.

어쨌거나 김석호 부장이 엎드리면 코 닿는 회장 비서실을 두 번씩이나 다녀왔는데 그때마다, "곧 무슨 말씀이 떨어질 것 같다니까 좀 더 기다립시다" 똑같은 소리만 계속 반복하는 것이었다. 한데도 종무소식이었다. 약속 시간인 8시가 지나고 9시, 10시가 되어도 매한가지였다. 그렇다고 함부로 자리에서 일어나 여기저기 돌아다닐 수도 없었다. 심지어 화장실 가는 것도 쉽지 않을 지경이었다. 물론 그것은 권도혁이 지레 겁을 먹고 있기 때문만은 아니었다.

김석호 부장을 비롯한 방 전체 분위기가 그랬다. 왕 회장실에서 따로 변경 지시가 없는 한, 아니 왕 회장이 집무실을 떠나지 않는 한, 언제 어떻게 명령이 내릴지 모르기 때문에 무조건 대기할 수밖에 없다는 것이었다.

그래도 그렇지, 회장님 스케줄로 보아 대강 몇 시쯤 호출이 있을 거라는 짐작이 있을 법한데 웬걸. 비서실 직원들 역시, "워낙 성격이 불같은 분이라……" 따로 대비책이 없다고 고개를 절절 흔드는 터였다.

오죽하면 어젯밤부터 갑자기 태도가 돌변하여 우호적인 김석호 부장이 왕 회장 하루 일과표를 권도혁 앞에 바짝 들이밀며,

"보시다시피 이렇게 바쁘신 어른이신데도 꼭 권 형을 만나시겠다는 거요. 봐요. 계열사 사장단 회의가 끝나자마자, 영국 상무성 차관 접견, 일본 경단련 도쿄 도시오 회장 초청 만찬, 오후 2시 건축부 회의, 자동차 조합 이사장 일행 내방회견…… 가만 있자, 이건 뭐야? 오후 중동 해양토목설계 회의도 있잖아? 한데 언제 권 형을 만나실려구……."

기실 김석호 부장이 오히려 더 극성이었다. 그 회장에 그 부하라고나 할까. 그토록 중요한 전화 같지 않은데, 호들갑스럽게 상공부 장관이 어떻고, 청와대가 어떻고 한참 너스레를 떤 다음, "요즘 공무원들 머리가 안 돌아도 너무 안 돌아, 온통 무사안일주의에 폭 젖어 있다니까" 저 혼잣소리로 통탄해 마지않는 것이었다. 그뿐 아니었다. 특별히 하는 일 없는데도 가져온 서류를 산더미처럼 쌓아 올리며 "제기랄, 요즘은 왜 그리 바쁜지 결재할 시간도 없어" 지레 엄살을 떨었다.

어쨌든 별수 없었다. 김석호 부장 말대로 마냥 죽치고 앉아 있는 것이 상책이었다. 덕분에 권도혁은 많은 공부를 했다. 종합조정실 직원들이 가져다주는 각종 브로슈어, 교육용 책자, 왕득구 회장 어록 등을 대충 독파한 것이다. 하긴 굳이 책자가 아니라 할지라도 한국에서 둘째가라면 노발대발할 명광그룹인 데다, 창업주인 왕득구 회장 또한 모험을 좋아하는 '불도저 장군'으로 널리 이름을 떨친 인물이라는 것쯤은 익히 알고 있던 터였다. 그냥 일반 모험주의자의 성공담 정도가 아니었다. 실제 그 자신이 납부하는 세금만도 타의 추종을 불허하는 편이었다. 그러니까 형이상학만이 아니라 형이하학으로도 단연 뛰어난 남자가 바로 왕득구 회장인 셈이었다. 말 그대로 재벌 중의 재벌이었다. 오죽하면 해외에서 벌어들인 돈을 주체 못해 어느 시점의 부채는 일괄 탕감해 줬다는 야담형의 일화를 남겼겠는가.

하나, 서른 개가 넘는 계열 기업들을 총괄하는 종합조정실에서 왕 회장에게 가는 보고서를 한결같이 한 번 사용했던 용지의

돈황제

뒷면에 적고 있다는 사실은 권도혁으로서는 처음 대하는 광경이었다.

"깨끗한 백지에 작성해서 올렸다간 어떤 불호령이 떨어질지 모릅니다."

"불호령이라뇨?"

"기분이 좋으면 시말서로 끝나지만, 그렇지 않을 경우는 권고사직입니다."

"아니, 종이 한 장 때문에 권고사직?"

"그러니까, 괴짜지요."

"왜 그런 괴짜 짓을 하실까요?"

"워낙 검소한 어른이시라……."

"아, 근검절약 차원에서……."

"바로 그겁니다. 그렇기 때문에 왕 회장님이 우리나라 재계의 사표(師表)가 되실 수 있는 거지요. 이제 회장실에 들어가 보면 알겠지만 전혀 꾸밈이 없습니다. 시골 군수 집무실도 아마 그보다는 더 치장하고 지낼 겁니다."

그러고 입가에 허연 침을 덩어리째 모았다. 종합조정실 직원 모두가 다 한결같았다. 왕 회장 얘기만 나왔다 하면 한마디 더 하고 싶어 안달하는 기색이었다. 기실 권도혁 역시 그런 직원들에게서 거부감을 느낄 계제는 아니었다. 왜냐하면 왕득구 회장은 사람 됨됨이 이전에 너무 큰 업적을, 그것도 구체적으로 쌓아 놓고 있었기 때문이었다.

물론 '맨손에서 재벌로', '철저한 근면이 이룬 기적' 따위는 동서

고금을 통해 항용 있는 사례이므로 굳이 그런 등식을 왕득구 회장에게 대입시켜 상식적인 영웅으로 치켜세우고 싶지는 않았다.

다만 그가 거느리고 있는 수많은 회사, 수만 명의 사람, 수천억 원의 자본 등이 너무 엄청나다 못해 지레 고개가 숙여질 따름이었다. 이른바 물량의 위력이며 압도라고나 할까? 하나 본시, 전투에서 공을 세운 장군에게는 다소 과장된 치하가 따르기 마련이라고 하지 않는가.

권도혁은 평소 왕득구 회장에 대해 가져온 막연한 경이로움을 애써 감출 필요가 없었다. 오히려 그 반대 상황이었다.

왕 회장에 대해 한마디라도 더 하고 싶어 안달하는 종합조정실 직원들처럼 그 자신 역시 있는 그대로를 거부감 없이 수용하면 그만이었다. 이제 바야흐로 권도혁도 거함 명광호에 몸을 싣고 자의든 타의든 함께 바다를 헤쳐야 할 입장인 탓이었다.

따지고 보면 권도혁이 이곳을 처음 방문했던 지난 몇 주 전에 벌써 '명광그룹'의 진면목을 실감했다고 해야 옳았다. 왕득구 회장의 이면지(裏面紙) 사용 의무화만큼이나, 명광그룹 본사 구조가 검소하기 짝이 없었기 때문이었다.

우선 규모부터가 그랬다. 명광그룹과 경쟁사로 알려진 동일그룹만 해도 하늘을 찌를 듯한 높이에다, 해외 수입 대리석으로 떡칠한 모양새에다, 건물 전체에 깔아 놓은 카펫 등 그들이 누리는 부(富)를 필요 이상으로 과시한 초호화 빌딩인 데 반해 '명광'의 그것은 웬만한 기업이면 다 소유할 만한 협소한 빌딩에다 건물 내부도 카펫은커녕 신발 깔개도 없는, 왈 웬만한 사립학교 건물

본새에 지나지 않았다. 사실이었다.

'하늘을 찌를 듯한 명성에 비해서는 너무 보잘것없는 차림새'였다. 어쩌면 왕득구 회장의 철저한 검소 철학의 일환이기보다도에 지나친 위장이 아닌가 도리어 의문이 일 지경이었다. 겸손도 도에 지나치면 비굴해진다고 하지 않는가.

어쨌거나 권도혁이 왕득구 회장을 배알한 것은 이날 퇴근 무렵이 거지반 다 되어서였다.

겨울 해는 언제나처럼 너무 짧았다. 정확히 5시가 조금 넘었을 뿐인데 벌써 창밖이 어둑어둑해지고 있었다.

겨울 특유의 날씨가 그렇듯 흩날리던 진눈깨비가 멎은 대신 갑자기 내려간 수은주로 하여금 사위가 꽁꽁 얼어붙기 시작하는 시간이었다.

그들이 입이 마르게 강조해 마지않았던 대로 왕 회장 집무실에는 아무런 치장도 없었다. 그냥 휑뎅그렁한 방이었다. 나무색에 가까운 브라운 계통의 소파와 회의용 탁자가 길게 놓여 있을 따름이었다.

왕 회장은 소파에 앉아 있었다. 검버섯이 여기저기 핀 얼굴이긴 해도, 아직 건강미가 흘러넘치는 혈색이었다.

누가 그를 가리켜 '시골 고등학교 교장선생님'이니, '사람 좋고 배짱 좋은 면장'이라고 했는가. 외모로만 본다면 아주 똑떨어진 표현이었다.

아무리 멋을 부리고 유식한 체해도 근본적으로 밴 춘티는 절대로 벗을 수 없는 그런 영감이었다. 그가 말했다.

"소설가라구?"

"그렇습니다. 회장님."

"그전엔 뭐 했었나?"

"월급쟁이 했습니다."

"어디서 무슨 월급쟁이 했어?"

"보건 관계 연구원에서…… 일종의 국가기관입니다."

"공무원 했구먼."

"준공무원입니다. 회장님."

"준공무원? 하지만 우리 회사엔 준사원제는 없어."

"네."

"그래, 무슨 소설을 주로 썼나?"

"이것저것 닥치는 대로 썼습니다."

"재벌들은 죽일 놈이고, 가난한 사람들은 인간적이다. 그런 소설인가?"

"아, 아닙니다."

"우리나라 문인들 정신 상태가 잘못된 거 같애. 생각이 뒤틀릴 대로 뒤틀려서 말야. 눈에 보이는 것마다 무조건 부정적이니…… 당신 생각은 어때?"

"그런 경향도 없지는 않습니다만……."

"그렇지 않은 소설가도 있다 그 말인가?"

"그렇습니다. 회장님."

"당신은 어느 편인가?"

"가능하면, 편파적이지 않은 시각으로 진실을 보려고 노력하

돈황제

고 있습니다."

"편파적이지 않은 진실?"

"일방적으로 어느 한쪽을 두둔하는 식의 태도는 버려야 한다는 뜻입니다."

"그래, 그럴 법하구만."

왕 회장이 갑자기 손을 내밀었다. 권도혁이 어떻게 해야 될지 몰라 어리둥절해하자 동석한 김석호 부장이 황급히 그 손을 잡으라는 눈짓을 보내는 것이었다.

정말 두꺼운 손이었다. 그리고 엄청나게 큰 손이었다. 왕 회장이 먼저 손 안에 힘을 주었다. 그가 말했다.

"이제부터 날 따라댕기지."

"네?"

"녹음기 하나 사 가지구 말야. 전국을 유람하는 기분으로 한 바퀴 돌자구. 참, 권 뭐라구 했지?"

"권도혁입니다."

"아, 그래 권도혁 과장이 좋겠군. 권 과장, 어감도 괜찮구만. 안 그래?"

"그렇습니다. 회장님."

김석호 부장이 재빨리 반응을 보였는데도 왕 회장은 거들떠보지도 않고, "권 과장?" 또 이쪽을 부르는 것이었다.

"네, 회장님."

"낼부터 내 전기를 맡아 줘."

"전기라구요?"

"자서전 말이야. 안 그래도 나, 그걸 만들고 싶었어. 내가 살아온 인생을 지금쯤 정리 기록해 두는 것도 과히 나쁘지 않을 거 같애."

"여부 있습니까? 회장님."

그렇게 맞장구치는 권도혁의 가슴은 사물놀이의 징인 양 벌써 윙윙, 울리기 시작하고 있었다.

한국 최고 재벌의 자서전이라니, 이게 웬 떡인가. 아니, 이건 떡이 아니라 행운이야. 그래 행운 중의 행운이고말고. 한데, 하고 많은 소설가 중에 왜 내가 선택됐지?

권도혁은 흥분을 감추지 못해 손이 떨릴 지경이었다.

"능력은 없지만 열심히 해보겠습니다."

"좋아, 아주 좋아."

왕 회장이 먼저 일어나 섰다. 그리고 문득 생각이 났다는 듯이 입을 열었다.

"김 부장!"

"네, 회장님."

"오늘 저녁이나 같이 먹을까."

"네, 회장님."

"여기 권 과장하고 말이야, 종합조정실 부장급 이상은 다 오라구 해."

"알겠습니다."

"아니야, 부장이 몇이지?"

"저까지 모두 일곱입니다."

"부장은 빼. 김 부장 당신은 제외하고 말이야."

"그렇게 하겠습니다."

"가만있자. 퇴계로 그 호텔로 할까? 그래 그게 좋겠어. 7시까지 일식집에서 만나지."

어떻게 회장실에서 나왔는지 권도혁은 도무지 정신을 차릴 수가 없었다. 그냥 둥둥 뜨는 기분이었다.

언제 어떻게 소문을 냈는지, 부사장급인 종합조정실장이며, 전무며, 상무며, 다섯 명을 헤아리는 이사급이며, 모두가 권도혁이 보기를 장원급제한 이 도령 대하듯 하는 것이었다.

"권 과장, 내 차를 타지." 초면인 박 실장이 권하는데도 "아닙니다. 제가 모시고 가겠습니다" 김석호 부장이 또 덥석 끼어드는 것이었다.

퇴계로 남산 입구에 위치한 일식집 홀은 생각보다 넓었다. 열세 명이 아니라 스무 명 서른 명이 둘러앉는다 해도 아직 그만큼한 공간이 더 남아 있을 지경이었다.

하나, 그렇게 넓은 공간이 필요할 수밖에 없었다. 손님 한 명당 한 사람씩 돌아갈 여자들이 꾸역꾸역 몰려들었기 때문이었다.

한복으로 곱게 차려입은 여자들이었다. 예정 시간보다 한 20분쯤 늦게 도착한 왕득구 회장은 일일이 여자들의 짝을 지정해 주는 것이다.

"그래, 넌 저기 저 대머리 안경 옆에 앉아라. 정력이 아주 뛰어난 남자란다" 종합조정실장을 가리켜 그렇게 말했고, "넌 이쪽 남자다. 말없는 샌님이지만, 여자에게 그토록 친절할 수 없는 신사야" 양재무 전무를 그런 식으로 평했으며, "이것 봐, 저 소설가한테는 입담 좋은 네가 안성맞춤이겠어. 이봐, 그렇다고 시시콜콜 다 말해선 안 돼. 잘못했다간 흰지 검은지 소설로 다 써버릴테니깐" 초면인 권도혁을 그렇게 설명했다.

그때마다 사람들은 와와, 웃었다. 아니 웃었다기보다 웃어 주었다고 하는 편이 더 정확한 표현인지 모른다. 사람들은 왕 회장이 입을 벌리기만 해도 웃을 준비부터 먼저 하는 것 같았다. 물론 그 같은 상황은 왕득구 회장 자신이 더 철저하게 즐기는 일종의 게임 같은 것인지도 몰랐다.

어쨌든 그것을 아첨이라고 하기에는 뭔가 미흡한 느낌이었다. 오히려 웃지 않는다거나, 왕득구 회장이 요구하는 분위기에 동참하지 않는 게 비정상같이 느껴지는 것이었다.

권도혁 역시 마찬가지였다. 당신을 만난 지 불과 두어 시간밖에 되지 않는데도 어느새 속물화됐는지, 다른 족제비들처럼 혜혜, 히히 잘도 웃고, "여부 있습니까? 회장님" "암요, 그렇구말굽쇼" 등등 잘도 굽실거렸다.

아니, 속물근성의 발동뿐 아니었다. 눈에 보이는 모든 것을 다 그런 식으로 해석해 버리는 아량까지도 아무 거부감 없이 동원하는 것이었다.

요컨대 왕득구 회장과 그 옆에서 시중을 드는 통통한 계집이 부리는 수작이 그러했다.

집어 주는 안주를 먹다 말고 갑자기 왕득구 회장이 몸을 고쳐 앉았다. 그리고 그녀의 치마 속으로 그 큰 손이 쑥 들어갔다.

그녀는 조용하게 견디는 편인 계집이 아니었다. 반대로 과장을 해서라도 잔뜩 교태를 부리고 싶어 하는 다소 경망스러운 여자였다. 그렇기 때문에 왕개구리라도 한 마리 뛰어 들어온 듯 그토록 엉덩이를 풀썩거릴 수 없고, 전신을 비비 꼴 수 없는 것이었다.

"아이, 회장님두……."

"그래. 금테 둘렀구나."

"금테가 아니구 모테예요. 회장님."

"모테라니?"

"한문 글자 있잖아요? 털모 자 모테요."

"허허, 거 제법이구만그래."

그러면서도 어르신네 표정은 꽤나 어두웠다. 그래서였을까.

그날 밤 왕득구 회장은 모테 양과 함께 그곳을 나서지 않았다. 그 어른이 점지한 계집은 전혀 엉뚱했다.

식사를 끝내고 가진 여흥 시간에 불려 온 통기타 가수였다.

그녀 역시 통통하고 희멀쑥하게 생긴 여자였다. 왕득구 회장이 노래할 때 잠시 거들었을 뿐이고 몇 곡 도는 춤을 추었을 때 역시 그녀가 한두 번 상대했을 뿐이었다.

한데도, 마지막 카드는 그녀가 쥐고 있었다는 결론이었다.

모든 스케줄이 끝나고 호텔 앞에 서 있을 때, 아니 왕득구 회장의 승용차가 그곳을 다 빠져나갈 때까지 꼼짝없이 도열해 있어야 했을 때, 김석호 부장이 은밀하게 말하는 것이었다.

"오늘 회장님 기분이 아주 좋았어요."

"술을 많이 드시던데요."

"술도 술이지만 우리 권 과장 때문인 거 같애."

"아니, 왜 내가……."

"자서전을 맡기셨잖소."

"아, 네……."

"그래서, 내 오늘 한잔 더 사고 싶었는데, 미안하게 됐소."

"미안하다뇨?"

"회장님 지시가 또 떨어져서……."

"지시요?"

"아 참, 롯데호텔까지 우리 같이 갈까?"

"네?"

"회장님은 기분 좋으시면 꼭 이 시간에 거길 들르시거든."

그가 말을 이었다.

"아무래도 무리 같애. 오늘은 이 정도에서 끝냅시다. 앞으로
시간은 얼마든지 있으니까."

이윽고 왕득구 회장이 내려왔고, 대기했던 승용차에 혼자 올
라앉았다. 그리고 스키가 미끄러지듯 조용히 일식집을 빠져나갔
다.

그다음이 실장님, 전무님, 상무님 순이었다. 맨 나중에 김석호
부장이 남았다. 아니 김석호 부장 혼자뿐 아니었다. 예의 통기타
가수도 있었다.

그녀를 뒷좌석에 모신 김석호 부장이 액셀러레이터를 밟으며,
"낼 만납시다" 권도혁에게 손을 흔들었다.

2

이튿날 권도혁은 소형 녹음기를 두 개씩이나 구입했다. 테이프도 앞뒤 네 시간짜리 일제(日製)를 특별 주문했는데 운이 좋아서 그랬는지 금세 100시간 가까운 양을 확보할 수 있었다.

메모용 노트도, 필기도구도, 심지어 휴대용 소형 사전까지 완벽하게 구비한 것이었다.

아니, 꼭 녹음뿐 아니었다. 그 어른 말대로 언제, 어떻게 전국을 유람할지 모르므로 지방별로 회장이 묵을 호텔, 유명 음식점, 관광지까지도 권도혁은 세세하게 다 조사해 놓고 있는 것이었다.

말 그대로 준비 완료였다. 이제, 부르기만 하면 금세 뛰어갈 수 있었고, 왕득구 회장이 원하기만 하면, 언제 어디서든 곧장 녹음 상태로 돌입할 수 있는 것이었다. 한데, 왕득구 회장은 권도혁을 호출하지 않았다. 그다음 날도 그 다음다음 날도 마찬가지였다.

그날 면담대로라면 이튿날 아침부터 당장 시작할 기세였는데 웬걸, 일주일, 이주일, 삼주일이 다 지나도록 매양 꿩 구워 먹은 자리이기는 마찬가지였다.

아니, 넓지도 않은 사무실, 그것도 같은 층에 위치해 있었으므로 어쩌다 마주칠 때도 종종 있었는데 왕득구 회장은 내가 언제 그랬었느냐는 식으로 외면해 버리곤 하는 것이었다.

숫제 권도혁의 인사도 받지 않을 정도였다. 그냥 목을 뻣뻣하게 세우고 회장실로, 혹은 엘리베이터 안으로 흡입되듯 들어가 버리기 일쑤였다.

"그 어른 사람 얼굴 익히는 데 꽝장히 더딘 편이오. 이름 외우는 것도 마찬가지구. 내가 5년째 가까이 모셨는데, 이제야 내 성을 기억할 정도라면 대강 짐작이 될 거요."

홍보 담당 이사의 설명이었다.

왕 회장을 만난 지 한 달쯤 되던 어느 날 오전이었다.

엘리베이터 앞이었다. 왕득구 회장이 그 앞에 어색한 포즈로 서 있었다. 완전한 차렷 자세였다. 옆에는 군복 차림의 젊은 장교가 당당하게 우뚝 서 있었다. 그렇게 지위가 높은 군인 같지 않았다. 아니, 계급장은 분명히 다이아몬드 세 개뿐이었다. 대위였다. 엘리베이터 문이 열리자, "안녕히 가십쇼" 명광그룹 4만여 직원들을 좌지우지하는 우리의 왕득구 회장이 90도 각도로 허리 굽혀 큰절을 하는 것이었다. 하나, 엘리베이터 속의 장교는 달랐다. 그냥 인사치레의 거수경례로 슬쩍 손을 붙였다 내릴 따름이었다.

권도혁은 아직 그토록 정중한 인사를 본 적이 없었다. 최대의 예의를 갖췄다기보다 모든 것을 당신에게 맡기옵니다 하는 식의 굴종과 복종이 함께 섞인 기묘한 모양새가 바로 그날의 그 인사였다. 한데 더욱 놀라운 것은 그다음 순간에 보여준 왕득구 회장의 행동이었다.

"안녕하십니까? 회장님."

권도혁이 잽싸게 고개를 숙였는데도 본체만체였다. 그리고 몸을 돌리고 있었다. 하나 권도혁은 놓치지 않았다.

다름 아닌 왕득구 회장의 얼굴이었다. 그토록 어질던 얼굴이, 아니 굴종과 복종으로 점철되었던 표정이 어느 사이에 저처럼 급변할 수 있단 말인가.

정말 그것은 근엄하고 무서운 얼굴이었다. 세상의 온갖 고뇌를 억울하게 뒤집어썼다는 표정이었다. 그러므로 세상의 어떤 것과도 손을 잡을 수 없다는 오만과 권위로 똘똘 뭉쳐 있었다. 온통 뒤틀리고 있었다.

솔직히 말해서 그것은 사람이라기보다 흉포한 괴물의 조화라고 해야 옳았다.

한참 후에 알게 된 사실이지만 그 무렵이 왕득구 회장에게 있어서는 무척이나 견디기 어려운 곤혹의 시절로 전해지고 있다.

다 알다시피 80년 봄은 사회 전반의 질서와 궤도가 제자리를 잡지 못해 혼돈의 연속으로 치닫던 시기다.

한마디로 난기류라고나 할까. 시야 전체가 안개로 휘말린, 말 그대로 오리무중이었다. 물론 쥐뿔도 없는 사람들에게야 세상이 난기류든 오리무중이든 내 알 바 아니지만, 돈푼깨나 있는 사람들, 특히 한국의 내로라하는 재벌인 왕득구 회장 같은 사람에게는 그야말로 풍전등화 격이 아닐 수 없었다.

요컨대 '먹히느냐' '먹느냐' 아니면 '본전치기냐' 그렇게 세 가지 길이 놓여 있었다. 한데, 그 무렵 왕득구 회장의 입장은 먹느냐도 아니고 본전치기도 아니었다. 그냥, 먹히느냐 한 가지뿐이었다.

다름 아닌 제5공화국을 출범시킨 사람들이 그 상대였다.

"그동안 돌아가신 대통령과의 긴밀한 교류로 본다면 당연히 지속해야 옳지만 국민 여론이 그렇지 않기 때문에 부득불 귀하를 현직에서 은퇴하도록 권고할 수밖에 없소. 왜냐하면 왕 회장 당신이야말로 부정부패의 원흉이기 때문이오."

대충 그런 메시지가 전달되었음 직했다. 그러나 어떻게 모은 재산이고 어떻게 일으킨 기업인데, 그처럼 순순히 물러날 수 있는가.

아무리 그들이 날아가는 새도 떨어뜨릴 만큼의 무서운 세력을 가진 사람이라 하더라도, 어찌 이 회사 저 회사를 떼어 내고, 이 그룹 저 그룹을 바꿀 수 있으며, 이 업종 저 업종을 교통정리하듯 함부로 옮겨 놓을 수 있단 말인가.

그쪽 방면으로 도통하다 못해 아예 입신한 왕득구 회장으로서는 단 한 발자국도 물러날 수 없는, 이른바 죽기 아니면 살기인 한판 싸움이었다.

그의 교묘한 계략과 밀어붙이기 식의 우격다짐의 대결이 시작된 것은 정확히 1980년 1월부터 대충 3, 4개월간 연이어 계속되었다고 해야 옳았다.

뭐랄까 재력과 권력의 팽팽한 줄다리기라고나 할까.

그러나 승부는 오랜 시간을 요하지 않았다.

왕득구 회장이 먼저 두 팔을 높이 쳐들어 항복을 하고 나섰기 때문이었다.

그러나 그들에게 필요한 것은 항복이 아니라 돈이었다.

그런 쪽에 들어가야 할 돈이라면 굳이 인색할 필요가 없다는 사실을 왕득구 회장만큼 잘 아는 사람도 없었다.

왜냐하면, 권력이란 흡사 철부지 아이들 같아서 단 몇 푼 차이로 씨도 없이 몰살할 수도 있고, 반대로 기사회생, 두 배 세 배의 보상을 공짜로 얻어 낼 수도 있기 때문이었다.

그런 정치적 위기를 몇 번씩이나 견뎌 온 왕득구 회장으로서는 오히려 역전의 용사로서의 훈장을 또 한 번 목에 걸 수 있는 기회가 바로 그 싸움이었는지도 몰랐다.

3

어쨌거나 왕득구 회장은 막대한 현금을 헌납하고 그 위기에서 벗어났고, 그것을 기념하기 위한 파티를 여러 번 개최한 것이었다.

본디 술과 여자라면 누구보다 자신만만한 왕득구 회장이었다. 그런 점에서 5공화국 주역들과 왕 회장은 화통한 교감을 만끽할 수 있었다.

고려병원 뒤켠에 위치한 모 요정에서 가진 파티의 답례가 돈암동 산중턱 명광그룹 서울 영빈관에서 열렸고, 연이어 모 장군 초청 파티가 한남동에서, 그 답례 파티가 이태원에서…… 그런 식으로 두어 달을 계속 파티에서 파티로, 마치 나팔꽃 넝쿨처럼 줄줄 이어지는 것이었다.

이름하여 전화위복이라고나 할까. 처음엔 아무것도 없는 암흑에서 시작하여, 맨몸뚱이가 살아났고 얼굴이 붙고 그리고 팔다리가 생겨나 비로소 왕득구란 이름의 재벌이 또 한 번 탄생된 것이었다.

그러기 위해 그는 철저히 복종하고 타협했으며 철저히 그 자신을 희생하는 모범을 보이지 않으면 안 되었다.

이를테면 각하께서 죽으라 하면 죽는 시늉까지도 능히 보여줄 수 있는 담력을 그는 충분히 소지하고 있었던 것이다.

두려운 상대에겐 철저하게 복종하고 대신 돈의 위력에 눌린 사람들, 예컨대 명광그룹 산하 임직원들을 철저히 굴복시키는 왕득구 회장 식의 통치 방식이라고나 할까.

어쨌거나 권도혁이 세 번째로 왕득구 회장을 만난 것은 그해 5월 어느 토요일이었다.

비서실을 통해 전갈이 온 것이었다. 그러나 전갈을 받은 사람은 장본인인 권도혁이 아니고 종합조정실 관리를 맡고 있는 김석호 부장이었다.

"드디어 일이 시작되려는가 보군."

다짜고짜 그렇게 서두를 꺼낸 김 부장이 왕 회장의 호출 사실을 전했다.

"지금 회장실로 가면 됩니까?"

권도혁이 옷매무새를 고치며 물었다.

"아니요. 한 시간 뒤 롯데호텔 주차장 앞으로 나오라는 거요."

"주차장이라면, 지하 말인가요?"

"글쎄, 호텔 정문 앞에 대기하고 있으면 수행비서가 알아서 안
내할 거요."

"하필 왜 주차장이지요?"

"그러게 말이오."

"혹시 여행을 떠나실 작정은 아닐까요? 요전번에 그렇게 말씀
하셨잖습니까?"

"오, 그랬던가? 하지만 요즘 돌아가는 정세로 봐서는 그럴 여
가가 있을 것 같지 않은데……"

그래도 권도혁은 만일의 사태에 대비, 만반의 준비와 점검을
잊지 않았다.

물론 점검이래야 캐비닛 속에 보관해 둔 녹음기와 테이프가
고작이고 그 밖에 메모지나 필기도구 따위는 기본인 셈이었다.

그가 작은 가방을 어깨에 메고 호텔 앞에 한 10여 분 대기했
을까. 김석호 부장 말대로 낯익은, 그러나 신참내기로 통하는 젊
은 수행비서가 검정 세단에서 뛰어내리는 것이었다. 미남형으로
쪽 빠진 비서였다.

"타세요. 과장님."

자동차에는 비서와 운전기사뿐이었다. 운전기사는 피부가 검
어서 그런지 더욱 우락부락하게 생긴 사내였다. 생김새만큼 성
격도 여간내기가 아니었다. 명광그룹 최고 실력자의 차를 몰고
있다는 자만심으로 가득 찬 얼굴이었다. 숫제 권도혁 쪽은 돌아
보지도 않았다. 네까짓 게 기껏해야 과장밖에 더 되느냐는 투였

다. 신참내기 비서가 그를 대하는 태도만 봐도 그랬다. 이건 운전기사 눈치 보기에 바빴다. 말끝마다 그쪽의 반응을 살핀 뒤에야 다음 말을 잇는 것이었다.

"참, 인사하시죠. 이쪽은 권 과장님이시고 이쪽은……."

비서의 말을 가로채며 그가 퉁명스럽게 말했다.

"나 김이오."

물론 얼굴도 돌리지 않고 있었다. 자동차는 호텔을 빠져나와 어느새 한강대교를 건너는 중이었다.

"어디로 가는 겁니까?"

권도혁이 조심스럽게 입을 열었다.

"회장님께선 오늘 울산 현장에 내려가실 스케줄이거든요."

"울산 현장?"

"권 과장님도 함께 가실는지, 아니면 잠시 지시만 하실는지, 그걸 모르겠어요."

"회장님은 지금 어디 계십니까?"

"글쎄요…… 경부고속도로 인터체인지에서 기다리기로 했습니다만……."

아니나 다를까, 인터체인지에서 오래 지체하지 않았는데 왕득구 회장이 탄 예의 그 검정색 세단이 저만큼 미끄러지며 끼익, 섰다.

"잠깐 계세요. 권 과장님."

먼저 신참내기 비서가 그쪽으로 내달렸다. 차 유리문이 열리고 뭔가 지시가 떨어지고 있었다. 한데 차 속에는 왕 회장 혼자

돈황제

앉아 있는 게 아니었다.

여자였다. 그것도 한 사람이 아니라 둘씩이나 되는 여자였다. 힐끔힐끔 이쪽을 돌아보는 얼굴이, 보통 미녀들이 아니었다. 원색에 가까운 캐주얼 차림이나 잘 손질된 머리 모양으로 보아 보통내기들이 아닌 듯싶었다.

이윽고 두 여자 속에 파묻혀 있는 왕득구 회장의 자동차가 움직이기 시작했다. 뭔가 지시가 끝난 모양이었다.

"권 과장님도 울산까지 따라오시라는데 괜찮겠습니까?"

신참 비서가 말했다.

"회장님 지시를 어떻게 거역합니까?"

"이럴 줄 알았으면, 하루 전에 알려 드리는 건데……."

"천만에, 이제 나도 명광그룹의 정식 직원 아뇨."

"그렇긴 하지만……."

"손님 대하듯 하는 거, 피차 쑥스럽지 않습니까?"

"문제는 회장님께서 어떻게 생각하시는지 모르지만, 권 과장님을 울산까지 모시고 가는 그 자체가 우선 중요한 사건이거든요."

"사건이라뇨?"

"당연히 사건이고말구요. 우리 회장님 여간해서 부하직원 대동하고 나들이하시지 않는답니다."

"그렇다면……."

"제가 알기로 아마 과장급으로는 이번이 첨 아닌가 싶습니다."

"정말 영광이군요."

어지간히 속력을 냈는지 이제 왕득구 회장 승용차 뒤를 곧바로 따를 수 있었다. 한 50미터쯤이나 될까. 그런데도 두 아가씨의 자태가 너무 선명하게 부각되는 것이었다. 물론 그 가운데 자리 잡은 왕 회장의 뒷모습은 말할 나위 없었다.

"오늘 우리 회장님 심기가 아주 좋으신 거 같애요."

신참 비서가 자동차에서 눈을 떼며 입을 열었다.

"왜, 심기가 좋을 만한 일이라도 있었습니까?"

권도혁이 물었다.

"있구말구요."

그러나 신참내기 비서는 곧바로 말을 잇지 않았다. 대신 옆자리의 김이라는 운전기사에게 고개를 돌린 채, "오늘 아침 표정이 젤 밝으신 거 같지요?" 동의를 구하는 것이었다.

"그럴 수밖에, 장군들이 세 사람씩이나 배웅을 나와 줬으니까."

운전사 김씨가 그동안 참기 어려웠다는 듯이 불쑥 끼어들었다. 그러나 그는 반말투였다.

"아니, 어디서 뭘 하셨는데요?"

권도혁의 호기심은 본래부터 유별난 터였다.

"파티를 했잖소."

"아, 장군 초청 파티였군요."

"장군 초청이 아니라, 우리 회장님을 초청하는 파티였죠. 자기들은 별자리만 셋이고, 이쪽은 우리 회장님 혼자시고…… 그래도 우리 회장님이 누구신데 제놈들 페이스에 말리시겠소? 오죽했으면 밤 11시에 끝낼 예정이 새벽 4시까지 연장되었겠소만."

돈황제

"그러니까, 파티가 끝나고 장군 셋이 우리 회장님을 배웅하셨군요."

"그렇다니까. 그중엔 진짜 대빵인 보안사령관도 끼어 있는데 그 작자도 우리 회장님에게 끔뻑 죽어서, 바야흐로 왕 회장 시대가 도래하겠수다라고 우리 회장님 손을 두 손으로 부둥켜 잡고 마구 흔들더라구."

"왕 회장 시대의 도래? 그게 무슨 뜻이죠?"

"그건…… 보안사령관이 우리 회장을 치려고 했잖소."

"호. 그랬었나요?"

"소식이 깡통이시군. 사전에 시나리오가 그렇게 짜여졌다는 거 아뇨. 시나리오대로 마지막 칼날이 우리 회장님 목을 내리치는 바로 그 찰나, 우리 회장님이 태권권법으로다가……."

그러니까, 그 새벽이 마지막 타협이 이뤄진 시점인 셈이었다. 요컨대 명광그룹 쪽으로서는 기록되어 마땅한 기념비적인 날이라고 해도 과언이 아니었다.

그렇게 본다면 왕득구 회장의 심기는 당연히 좋을 수밖에 없었다. 그래서 처녀들을 둘씩이나 거느리고 울산을 찾아 나서는 것일까.

얼마나 기분이 좋았으면 그녀들 가운데 푹 빠져 옴짝달싹하지 않는 걸까.

"같이 가는 여자들, 누군지 알아요?"

한번 입이 터지자 운전사 김씨는 묻지도 않은 얘기를 술술 잘도 내뱉었으며 더불어 해답도 그 자신이 내리는 것이었다.

"그 요정에서 만난 아이들이라구."

"그러니까, 기생들인 셈이군요."

이번에도 권도혁이 받았다.

"기생은 아니구…… 내 보기엔 신인 탤런트들이 아닌가 싶소만…… 하긴 요즈음엔 신인 탤런트가 요정 기생이고, 요정 기생이 신인 탤런트인 세상이니까. 뭐가 됐든 장군이 붙여 줬다는 게 중요한 거지 뭐."

"장군이 붙여 주다뇨?"

"장군이 그녀들을 불러 우리 회장님 수청 들게 했으니, 붙여 준 거 아니고 뭐요?"

"아, 그러니까 장군이 울산까지도……."

"글쎄…… 그거야 모르지요. 여자는 본래 요물들이니까, 따로 꼬리를 쳤는지…… 어쨌든 우리 같은 사람도 오랜만에 가슴이 탁 트이는 거 같애."

금강휴게소였던가. 아니, 울산시를 한 반 시간 남겨 놓은 간이 휴게소였을 터였다.

먼저 가던 승용차가 그곳에서 정차를 했고, 그쪽 운전사가 이쪽으로 건너와, "과장님, 앞 차를 타시랍니다" 하는 것이었다.

물론 두 명의 여자들은 권도혁이 내린 곳으로 옮겨 갔으므로, 송구스럽게도 왕득구 회장과 단둘이 나란히 앉은 것이었다.

한데도 자동차 안이 그렇게 좁을 수가 없었다. 권도혁은 아예 무릎을 모아 깍지를 끼고 앉아 있어야 했다. 그만큼 왕득구 회장이 자리를 다 차지해 버린 탓이었다.

일종의 구조 변경이었다. 그러니까, 여자아이들을 태웠을 때와 권도혁을 태웠을 때가 다른 셈이었다.

물론 구조 변경이라니까 굉장한 것 같지만, 기실 의자 하나 차이에 불과했다. 운전사 옆자리, 다시 말해 앞 의자 하나를 빼버리는 형식이었다.

그렇게 함으로써 당신의 두 다리를 흡사 침대 위에서처럼 길게 뻗을 수 있는 것이었다. 왕득구 회장은 심기가 불편하지 않은 대신 피곤한 기색이 역력했다. 그도 그럴 것이 밤새 숱한 별들과 대작을 하고, 곧이어 자동차 여행이니, 아무리 뛰어난 건강의 소유자라 하더라도 지금쯤 스르르 눈이 감길 수밖에 없는 상황인 것이다.

왕득구 회장은 실제로 눈을 감고 말했다.

"이것 봐."

"예, 회장님."

"거, 있잖아. 짧은 글을 하나 써야겠어."

"어떤 글을 말씀입니까?"

"제목은 80년대 주역으로서의 명광의 역할이야."

"그러니까, 칼럼 형식이군요."

"그래, 칼럼으로 써."

"알겠습니다."

"내용의 핵심은 말이야. 세계로 뻗어가는 명광이야. 그러니까 이제 우리는 한국이 아니라 세계를 상대로 한다 이거야. 세계에서 제일 깨끗한 회사를 만드는 것이 곧 세계 제일의 회사가 된다는 이념으로 가족 한 사람 한 사람이 최선을 다해 나가자, 그런 내용으로 써."

"알겠습니다."

"아직도 우리 명광이 개척할 분야는 무궁무진하다 이거야. 제2의 창업을 한다는 정신으로 똘똘 뭉치면 하루아침에 세계의 정상에 올라설 수 있는 거야. 무슨 뜻인지 알겠어?"

"예. 회장님."

"바로 써서 나한테 보여 줘."

"내일 아침까지 올리겠습니다."

"아니야, 저녁에 줘. 잠자리 들기 전에 검토할 테니까."

"밤 10시쯤 괜찮겠습니까? 회장님."

"그래, 그게 좋겠어. 근데, 울산 현장엔 언제 왔었나?"

"이번이 두 번쩹니다. 회장님."

"그래, 어디어디 봤지?"

"산업시찰용 버스로 그냥 지나치기만 했습니다."

"그걸 봤다고 하는 게야? 내 자동차를 하나 내줄 테니깐, 조선 도크하고, 엔진, 플랜트 그리고 자동차까지 샅샅이 돌아봐."

"그렇게 하겠습니다."

"특히 엔진 쪽을 더 자세히 돌아보라구. 칼럼 만드는 데 도움이 될 테니까."

어느새 자동차는 울산 시가지를 관통하고 있었다. 갑자기 왕득구 회장이 벌떡 일어나 앉았다. 감았던 눈도 떴다. 그리고 차창 쪽으로 시선을 보내기 시작했다. 교통순경들이 우선 거수경례를 했고, 지나가는 몇몇 관용차들이 머리 숙여 경의를 표하는 것이었다.

오라, 그렇구나. 권도혁도 차창 밖으로 시선을 돌리며 고개를 끄덕였다. 그래서 여자들을 뒤차로 옮겨 타게 했구나.

흡사 금의환향하는 시저 격이었다. 왕 회장은 일일이 손을 들었고 일일이 미소를 머금어 가며 답례하는 것이었다.

그러나 울산 번화가를 지나고 왕득구왕국인 명광중공업 단지로 들어섰을 때는 달랐다. 뭐랄까. 민방위 날의 경계경보 해제라고나 할까. 왕 회장의 태도가 돌연히 바뀌는 것이었다. 우선 자세가 그러했다. 아까처럼 한껏 드러누웠고 눈마저 스르르 감아 버렸다. 감긴 눈은 좀체 뜰 기미가 아니었다. 축 늘어져 있었다.

그때였다. 권도혁은 길게 누운 왕 회장의 모습을 아무 생각 없이 훑었을 뿐인데, 그 망칙한 부분이 마치 영상 화면의 클로즈업처럼 시야를 깊숙이 파고드는 것이었다.

다름 아닌 바지 부분의 아랫도리였다.

흔히 남대문이 열렸다고 하던가. 당신의 남대문은 그야말로 완벽하게 활짝 열어 놓은 모습이었다.

나쁜 계집들, 권도혁은 혼자 투덜댔다. 하나 그날 밤 모테 양의 치마 속을 다람쥐 도토리굴 드나들듯 했던 그분의 두꺼운 손에서 느낀 그 연민의 정이 또 한 번 권도혁을 엄습하는 것이었다.

그래, 호쾌하고 호탕하지 않은 호걸은 없다고 했어. 그는 잠자코 고개를 끄덕였다.

어쨌든 그날 울산 현장에서 권도혁이 쓴 이른바 '80년대 경제

발전과 주역'이라는 경제 칼럼은 보기 좋게 딱지를 맞지 않으면 안 되었다. 송구스럽게도, 아방궁 같은 영빈관의 조용한 방까지 제공받았는데도 칼럼의 수준이 왕득구 회장이 원하는 경지에 이르지 못한 것이었다.

그도 그럴 것이, 소설가는 역시 소설가일 뿐이었다. 생각하는 구조 자체가 전혀 다른 방향이었다. 이를테면 언론인의 그것에 비해 논리적 접근 방법이 신통치 않다고나 할까.

아니, 그보다 더 중요한 것은 권도혁이 아직도 경제를 모른다는 데 있었다. 솔직히 경제 문제에 관한 한 권도혁의 그것은 흡사 절간의 굴뚝 속이나 진배없었다.

하나, 왕득구 회장의 경우는 전혀 달랐다. 그 분야 한 가지만 가지고 얘기한다 해도 웬만한 경제학자들은 근접도 못할 특유의 왕득구 식 이론으로 단단히 무장하고 있는 것이다.

이름하여 현장 경제라고 하던가. 그는 실제 경제를 손바닥 위에 놓고 주무르기도 하고 흔들기도 하고, 또 때로는 떨어뜨려 깨뜨려 보기도 했으므로, 상식적인 논리나 통계학에서 응용되는 가상 수치로 문제를 제기하고 해결하는 대학교수들의 그것과는 하늘과 땅 차이 견해를 보이는 것이었다.

아니, 경제를 보는 그의 시각이 뛰어나다기보다, 일반 경제학자들을 보는 그의 시각이 뒤틀렸다고 하는 편이 더 옳은 표현인 줄도 몰랐다.

꼭 대학의 경제학자들뿐 아니었다. 경제부처에서 정책을 입안하는 공무원들 역시 마찬가지였다.

"개뿔도 아닌 자식들이 관속배라고 감 놔라 배 놔라 하고 앉았으니, 이 나라 경제가 온전히 발전할 턱이 있는가 말야. 지금까지 우리 명광그룹이 그 관속배 말대로 움직였다면 진작 보따리 싸 가지구 저잣거리에 쪼그려 앉았을 거라구."

그러니까 경제 문제 하나만은, 그 자신의 생각만이, 아니 그 자신이 세운 이론만이 정상적인 것일 뿐 다른 쪽의 그것은 아예 무식하거나, 어느 한편에 기울었거나, 너무 유식하거나 해서 깡그리 비현실적인, 그래서 아무짝에도 쓸모없는 주장이라고 일축해 버리는 것이었다.

그런 판국에, 권도혁이 소설가적인 애매한 안목으로 경제 칼럼을 썼으니, 왕득구 회장의 그 까다로운 눈에 들어 채택될 리가 없었다.

되려 그 어르신네 앞에 불려가 이것도 칼럼이냐고 집어던지는 수모를 당하지 않았던 게 다행이라면 다행일 지경이었다. 하나, 권도혁이 쓴 원고 중의 맨 끝부분, 그러니까, 80년대를 맞는 기업인의 철학이라는 부분에 강조된 '생활은 낮게, 생각은 높게, 개인은 검소하게, 사회는 풍요롭게' 부분만이 따로 채택되어 수요일자 모 조간지 경제 칼럼 난을 화려하게 장식했다. 아마도 다른 스피치 라이터에게 그 대목을 살려서 집필하라는 특별 주문을 내린 것 같았다.

아무튼 그 날짜의 그 칼럼은 제5공화국 주역들로부터 재신임을 얻었다는 통보와 그리고 기어코 그 방향으로 몰고 갈 수 있었던 자신의 괴력을 만방에 과시하는 일종의 시위라 해도 과언이 아니었다.

기왕 얘기가 나왔으니, 그날 권도혁이 묵었던 영빈관에 대한 몇 가지 인상을 피력하고 넘어가자.

기실 원고를 퇴짜 맞은 것과 함께 쫓겨나지 않으면 안 된 영빈관에서의 이모저모는 권도혁의 호기심을 자극하는 데 조금도 부족함이 없었다. 한마디로 영빈관은 규정이 엄한 유럽식 호텔이었다. 하나, 호텔을 움직이는 지배인이 따로 없는 게 특색이라면 특색일까. 아니, 지배인이 없다는 것은 어불성설이었다. 왜냐하면 유일무이한 이곳의 주인이 곧 지배인 역할까지도 겸임하고 있기 때문이었다.

4

그날도 그랬다. 왕득구 회장은 도착하자마자 관리를 맡은 젊은이를 불러 방 배정부터 시키는 것이었다. 그러니까 아무개는 지위로 보나 연령으로 보나 특실을 사용해야 하고 또 아무개는 격식보다는 분위기를 좋아하므로 바다와 가장 가까운 4층 방을 줘야 하며, 또 아무개는 영빈관에 들 자격이 없긴 하나 업무상 필요한 사람이니 2층 일반실에 들도록 하라는 등등 시시콜콜 설명까지 붙여 가며 장구 치고 북 치고 다 하는 것이었다.

비단 방 배정뿐 아니었다. 손님들에게 내놓을 음식 메뉴까지도 어른이 일일이 체크, 지시하였다.

"그래, 일식이 좋겠어. 회는 광어하구 전복을 내. 전복도 너무 큰 거 말고 중간치기 있지? 그걸 1인당 한 마리 반씩 내오는 거야. 그리구 후식은 멜론이 좋겠지? 그래, 잘 익은 걸로 골라서…… 토막 칠 때 너무 크게 치지 마, 크면 맛이 없어. 멜론 한 개면 다섯 사람 몫이 나오지? 그래, 그렇게 해."

그러니까, 영빈관에 근무할 직원은 굳이 머리 큰 사람일 필요가 없었다. 고작해야 고졸 5급 사원, 그것도 이제 막 입사한 신참이 더욱 좋은 것이었다. 말하자면, 전혀 창의력이 필요 없는 직책이었다. 지배인(?)이 시키는 대로 자로 잰 듯 움직이면 그만이었다. 그리고 시키지 않는 일은 안 하면 그뿐이었다.

어떻게 보면 그토록 편할 수 없는 직책인데도 1년 이상 근무한 직원이 흔치 않을 지경이었다. 물론 본인의 의사와는 무관하게 시행되는 인사 로테이션 탓이었다.

하나, 실제는 그렇지 않았다. 6개월, 아니 3개월이 멀다고 5급 관리사원이 바뀌는 것은 그런 인사 방침이 이유가 아니었다. 정확히 또 다른 5급 여사원 관리에 문제가 있기 때문이었다.

항시 같은 숫자는 아니지만 대체로 예닐곱 명의 5급 여사원이 영빈관을 지키고 있었다. 그중 다섯 명 정도는 전화교환수이고 나머지 두 사람은 룸 청소 담당이었다.

한데 재미있는 것은 예닐곱 명의 직원들이 똑같이 20대 미만이거나 20대 초반이라는 점이었다.

아니, 공통점은 나이뿐 아니었다. 외모 역시 그러했다. 비슷비슷한 키에, 약간 통통한 체구에 피부는 비교적 하얗고, 얼굴은

동글동글했다.

또 있었다. 손이었다. 아무도 매니큐어를 바른 사람이 없었다. 똑같이 일류 호텔의 요리사들처럼 정갈하게 자른 손톱을 갖고 있는 것이었다.

얼굴도 그랬다. 눈꺼풀에 아무도 시퍼런 아이섀도를 칠한 사람이 없었다. 루주도 마찬가지였다. 본래 입술 색깔 그대로였다. 뭐랄까, 깊은 산속에서 수도하는 비구니이거나, 수녀학교 기숙사생이거나, 아무튼 꼭 그런 분위기였다.

물론 그 분위기는 순전히 왕득구 회장 때문에 만들어진 것이었다. 요컨대 단순하게 설명하자면 일반적인 취향이고 조금 괴이하게 해석한다면 그것이 바로 그분 특유의 여성관인 셈이었다. 왕득구 회장이 가까이하는 여자들은 하인을 막론하고 화장을 해선 안 되고, 머리를 길게 기르거나 복잡한 헤어스타일을 만들거나 해서도 안 되며, 더불어 한 개 정도의 기념 반지를 제외한 보석, 이를테면 귀걸이, 팔찌 따위를 치렁치렁 달아도 안 되는 것이었다. 그것이 왕득구왕국의 법률이었다.

그것을 어기는 여인은 왕국 백성의 자격을 스스로 박탈한 거나 진배없었다. 자진해서 물러가지 않으면 강제 추방이라는 형벌이 기다리고 있었다.

하나, 아직 그런 일로 영빈관에서 추방당한 직원은 한 명도 없었다. 오히려 왕국 쪽에서 손이 발이 되게 비는 때가 더 많다고 하면 어불성설일까.

그러나 그것은 사실이었다. 절대로 허무맹랑한 거짓이거나 과장이 아니었다.

이미 알 사람은 다 알고 있는 사실이지만, 왕득구 회장은 심한 신경통 때문에 고생하는 환자다. 울산시에 세계적인 공단을 만들면서 많게는 하루 세 번, 적게는 한 번, 그런 식으로 서울 울산 간의 천 리 길을 매일 승용차로 누비다 보니, 몸이 말이 아니게 부서졌다는 것이 스스로의 설명이고, 또 다른 측근의 얘기로는 처음부터 워낙 그 일에 깊이 빠지다 보니, 결국 그 일 없이 잠을 이루지 못하는 지경에 이른 것이라고 다소 비난조의 해석을 붙이는 것이었다.

나중에 안 사실이긴 하지만 권도혁이 상식적으로 생각해도 그것은 울산 공단 때문에 '으스러진 몸'이 아니고 일종의 '습관성 취향'이 빚은 은밀한 향연이 아닐 수 없었다.

왜냐하면 과로로 인한 신경통이라면, 오히려 20대 미만의 통통한 아이들보다는 그 방면에 정통한 물리치료사나 남자 안마사가 제격일 텐데 웬걸, 단 한 번도 그런 남자들이 영빈관에 초대되어 기술을 발휘한 적이 없는 것이었다.

다시 얘기해서 통통한 아이들, 이른바 직책상 전화교환수이고 룸 담당 청소부인 그녀들 역시 안마를 따로 배우거나 지압에 관해 정식 교육을 받거나 한 적이 없고 보면, 전자의 '으스러진 몸' 때문이 아닌 게 더욱 확실한 것이다. 요컨대 그녀들은 오로지 황제를 위해 존재하는 궁녀일 따름이었다. 언제 그분께서 홀연히 나타나실지 모르므로 늘 기름 채운 등(燈)을 닦으며 초조하게 그러나 의연하게 기다려야 하는 것이었다.

기실 그 무렵 왕득구 회장은 일주일 중 3일은 울산 공단 영빈관에서 보냈지만, 어떤 경우는 한 달 내내 영빈관 체류가 불가능한 때도 없지 않았다.

어쨌거나 그분께서 영빈관에 도착하면, 그날 밤 그 어른을 잠들게 할 궁녀가 과연 누구일 것인가, 똑같이 긴장하지 않으면 안 되었다.

손님들의 방을 정하는 것은 물론이고, 그 방에 꽃을 꽂으며 과일까지도 일일이 지시해 주시는 너무나 세밀하신 분이므로, 그날의 선택 역시 이쪽이 원한다고 해서 아니면 이쪽 사정 때문에 원하지 않는다고 해서 함부로 결정될 일이 아닌 것이었다.

적어도 그 왕국이 세워 놓은 법통으로 보아 그것처럼 성스러운 행사가 없고 그 일처럼 자랑스러운 간택이 없는 것이다.

물론 그 어른의 성장 배경 그 자체가 절약이었고, 삶의 근거또한 절약에서 비롯되었으며, 오늘에 이르게 한 생활철학 역시철저한 근검 정신에서 만들어졌으므로, 아무리 황제의 안방이라 하더라도 사치스러운 장식물을 비치하는 것은 그 자신이 용납하지 않는 것이었다.

그래서 그가 쓰는 방이 따로 있지 않았다. 아무 곳이나 들어가면 그곳이 그분의 보금자리이고 아늑한 침상인 것이다. 그러니까 근검 철학을 실천으로 몸소 보여 준 대표적인 경우라고나할까.

기왕지사 근검 얘기가 나왔으니, 그 어른의 손에 대해서도 한번쯤 거론하고 넘어가는 게 순서일 것 같다.

　　　　　　　　　　　　　　　　　　　　돈황제

확실하지 않지만, 하루저녁 선택된 궁녀에게 내리는 사례는 큰 변동이 없는 한 대체로 고정적이다. 그러나 액수와 관계없이 보여 주는 그 정성스러움은 소녀들의 가슴을 감동시키고도 남아돌 지경인 것이다.

우선 하얀 봉투가 그랬다. 그 봉투 속에는 조폐공사에서 막 인쇄되어 나온, 이른바 잘못 다뤘다간 손마디가 베는, 시퍼런 만 원짜리가 꼭 스무 장씩 들어 있곤 하는 것이다. 물론 20만 원이 적은 액수는 아니다. 그러나, 하다못해 영등포 역전에서 불러오는 경우도 하룻밤에 5만여 원인데, 하물며 명광그룹의 여직원 신분인 그녀들에게 20만 원이라면 결코 많은 금액이라고 할 수 없는 것이다.

그래도 우리의 왕득구 회장은 막무가내였다. 절대로 인상하는 법이 없었다. 철저한 근검 정신 때문일까, 아니면 나름대로 검토한 계산 때문일까. 하긴 영빈관 근무에 명하는 전화교환수들은 경제적으로 형편이 어려운 집안 출신이 대부분이었다. 아니, 대부분이 아니라 열이면 열 모두 세 발 장대 휘둘러도 거칠 것 없는 형편이라고 해야 옳은 것이었다.

그토록 어려운 집안의 아이들에게 20만 원이면 딴은 높은 수입일 수도 있었다. 게다가 한 달에 꼭 한 번만이 아닌 두 번, 어떤 때는 세 번까지도 선택이 가능한 터였으므로, 명광그룹에서 주는 고정 월급까지 거기에 가산한다면 웬만한 중역 월급에 비해 절대로 떨어지지 않았다.

그래서일까. 한국에서 둘째가라면 노발대발 역정부터 내시는 최고의 재벌 왕득구 회장께서 꼭 그런 이유 때문에 20만 원 선을 고수하는 것일까. 그렇다면 모모 탤런트에게는 왜 억대가 넘는 아파트를 고작 하룻밤 수청에 넘길 수 있으며, 모 영화배우에겐 데이트 한 번에 고급 승용차를 선물할 수 있는가 말이다. 대명천지에 하룻밤 함께 보냈다고 해서 1억여 원씩이나 쓰는 후한 재벌이 어디 있으며, 잠시 데이트 한 번에 최고급 승용차를 보내는 통 큰 재벌이 또 어디 있었단 말인가.

당신 말대로 텔레비전 화면이 아니면 쉬 만나기 어려운 탤런트는 금테를 두르고, 가난뱅이 민초 출신 계집들은 모테를 둘렀단 말인가.

한데, 그 20만 원짜리 민초 양, 머리 하나 잘 돈다는 이유로 금방 금테로 바꾼 케이스도 없지 않았다. 이른바 머리가 영악하고 능청스럽다고 해서 음숙이던가. 바로 영빈관의 전화교환수 음숙이 경우가 그런 케이스였다. 어쩌면 그녀는 애초부터 그런 상황을 머릿속에 그려 놓고 있었는지도 몰랐다. 그렇지 않고서야 어찌 그토록 간지러운 교태를 촬촬 쏟아부을 수 있었겠는가.

"회장님, 척추에서 미골까지는 장압(掌壓)을 해야 한대요."

목소리까지 낭랑했다.

"장압이 뭔데?"

"손바닥으로 미는 거 말예요."

"그래? 언제는 그렇게 안 했었나?"

"왜 그러느냐 하면요, 요즘 회장님 척추가 약간 구부정해졌걸랑요."

돈황제

"내 척추가?"

"오늘 들어오시는 거 보니까, 영 맘 아프더라 뭐."

"응, 그래?"

"제가 그걸 교정해 드릴 작정이거든요. 그동안 제가 정체 요법을 배웠다구요."

"정체 요법은 또 뭐야?"

"양 엄지로 피혈을 눌러 주는 건데요. 생체 반응이 무지 빠르대요. 회장님은 그냥 편하게 계시기만 하세요. 아니, 저한테 모든 것을 다 맡겨 버리세요. 마음까지두."

"마음까지?"

"싫으세요?"

"뭐 그건 아니지만……."

"그렇다면, 이 시간부터 음숙에게 아낌없이 다 줘버리세요. 네?"

"응, 그래. 그게 좋겠군."

어디서 굴러먹었던 민초인지, 고 계집애 움직임이 보통내기가 아니었다. 그렇지 않아도 다 알아서 할 판인데, 그쪽에서 먼저 선수를 쳐주니, 다른 무지렁이 계집에 비해 한결 편안하고 안온한 것이었다.

"회장님 멋쟁이!"이니, "나, 회장님한테 너무 많은 거 배우는 거 같애" 따위 걸쭉한 소리를 속삭일 줄 아는 아이도 오직 음숙이 그 계집뿐이었다던가.

자고로 장님이 장님 대우를 받는 건 너무 당연한 예의라던가.

절름발이, 벙어리 역시 그만한 배려를 받고 나서도 결코 즐거워하지는 않는다.

그들이 인간적인 기쁨과 즐거움을 느끼는 것은 장님이나 벙어리로서가 아니라, 정상인과 똑같은 인식을 받았을 때일 뿐이다.

조금 건방진 얘기 같지만 우리 왕득구 회장님 또한 예외가 아닌 것 같다.

물론 그분에게 신체적인 장애가 있을 턱이 없다. 기실, 그분만큼 건강한 사람도 흔치 않을 터이다. 그만한 나이에 그만한 활동을 한다는 것은 슈퍼맨 운운해도 과히 틀린 얘기가 아니다. 한마디로 그의 모든 신체적인 조건은 왕성하기 그지없다.

하나, 당신이 지금껏 대해 온 많은 사람들, 특히 잠들기 위해 만나는 여인들에게서 느낀 기분은 대체로 만족스럽지 못한 게 사실이다. 이른바 당신에게서 야릇한 이성(異性)을 찾는다기보다 하나같이 한국 최고의 재벌로만 대응할 따름인 것이었다.

그래서 그토록 황송해 마지않았고, 그토록 조심스러워해 마지않았던 것이었다. 한마디로 마음이 내켜서 대시하는 게 아니라, 이 일이 끝나면 큰 사례가 따르리라는 계산속에서만, 미소 짓고 아양 떨곤 했을 따름인 것이었다.

그래서 기껏 한다는 소리가, "우리 오빠 놀고 있는데, 취직하기 힘들까요, 회장님?" 아니면, "전셋값이 올라 가지구 살기 힘들대요. 우리 회사에서 짓는 작은 아파트 같은 거 있으면 한번 신청하구 싶어요" 식이었다.

열이면 일곱이 그랬다.

　　　　　　　　　　　　　돈황제

거개가 다 비슷비슷한 유형이었다. 혹간 그렇지 않은 경우가 있는 것 같아서 안아 보면, 이건 또 뭔가. 한마디로 말짱 도루묵이었다. 속과 겉이 너무 판이하게 달랐다. 몸으로는 제법 비비 꼬는 시늉이지만, 실제 그곳은 3년 내내 가뭄 상태였다. 세상에 기분 나쁜 것이 바짝 말라비틀어진 가뭄에 억지 나들이하는 일이라던가.

그런데, 우리의 음숙이년은 그렇지 않았다. 몸과 마음이 한통속인 것이었다. 언제 어디서나 만났다 하면 단비가 촉촉했다. 아니, 단비 정도가 아니라 숫제 장마 사태가 일어난 적도 한두 번이 아니었다.

확실히 그 계집아이는 우리 왕득구 회장을 돈 많은 재벌로 황송하게 대접하는 게 아닌, 매력 넘치는 한 사람의 남자로 받아들이고 있는 게 틀림없었다. 그러면서도, '취직'이니 '아파트 분양' 대신 "회장님 멋쟁이!" 아니면 "나, 회장님한테 너무 많은 거 배우는 거 같애"를 걸팡지게 속삭이곤 하는 것이었다.

하도 하는 짓이 가상해서 언젠가 한번 "뭐 어려운 일 없나?"라고 운을 뗐는데도 웬걸, 한마디로 딱 잡아떼 버리는 것이었다.

"어려운 일이 어디 있겠어요, 이렇게 회장님 곁에 있는데."

그리고 당신에게 더 가깝게 비비 꼬고 들어오는 것이었다.

"집안에 오빠는 없나?"

"오빠는 왜요?"

"취직해야 할 나이면, 내가 좀 도와줄까 해서."

"벌써 취직했는걸요."

"그래? 어느 회사에 다녀?"

"회사가 아니라 자그마한 가게를 냈대요."

"오라, 개인 사업을 하는구만."

"개인 사업인지 뭔지는 몰라도 커튼을 취급하는데…… 그냥 먹구살 만하나 봐요."

"그거 잘됐어. 아주 잘된 거야. 뭐니뭐니 해도 남자는 자기 사업을 해야…… 그건 그렇구, 살고 있는 집은 자기 집인가?"

"그러믄요. 우리집 아주 좋아요. 텃밭도 있구, 꽃밭도 있어요. 참, 제가 우리집 꽃밭에 채송화랑 봉숭아 가득 심어 봤거든요. 시간 나시면 회장님 모시고 가서 꽃구경시켜 드리고 싶다."

음숙이가 더 간드러지게 말을 잇는다.

"회장님 무슨 꽃 좋아하세요?"

"글쎄…… 꽃도 좋지만 내가 뭐 도와줄 일이 없나 보군."

"꼭 절 도와주시고 싶으세요?"

"원하는 게 있으면 한 가지쯤."

"좋아요. 회장님, 저한테 일 하나 맡겨 주실래요?"

"일이라니?"

"우리 영빈관 있잖아요? 커튼이 너무 어두워요."

"그래?"

"제가 색을 고를게요. 회장님."

"거, 좋군그래."

갈수록 이쁜 소리만 골라서 하는 게 하도 귀여워 당신답지 않게 허리를 일으켜 음숙이년의 두 눈을 이윽히 들여다보며 대답

돈황제

하는 것이었다.

"정말 제가 새 커튼으로 바꾸는 일 얻은 거예요. 회장님?"

"그렇구말구. 아예 커튼을 너한테 다 맡기지."

"어머. 그거 정말이에요. 회장님?"

"물론 이번에 어떤 색깔을 고르는지 보구 결정하겠지만. 50점만 맞아도 그냥 통과시켜 줄 거야."

"고맙습니다. 회장님."

바보 같은 아이가 아니고서야. 어찌 그런 일로 저처럼 좋아할 수 있단 말인가.

그렇다. 우리의 민초 음숙이년은 바보일 수 없었다. 바보는커녕 그녀의 영악한 머리를 따라잡을 사람이 없을 지경이었다. 실제로 그 방면에 도통하다 못해 입신 경지에 이른 왕득구 회장 역시 그녀의 술수에 말려들었을 정도니. 굳이 무슨 설명이 필요한가 말이다.

음숙이년은 한 달이 멀다 하고 영빈관 커튼을 갈아 젖혔다. 아니. 영빈관뿐 아니었다. 명광공단의 건물이란 건물은 모두 그녀 손에 의해 커튼이 달아졌고. 그녀 손에 의해 또 다른 커튼으로 바뀌는 것이었다.

하나. 그 정도에서 만족할 그녀가 아니었다. 기실 그녀가 처음부터 겨냥했던 것은 영빈관이나 기타 사무실의 커튼 따위가 아니라. 명광조선소에서 만들어지는 대형 선박에 납품되는 최고급 커튼이었던 것이다. 보통 한 척에 소요되는 커튼만. 영빈관의 열 배 수준일 정도였다. 한 달에 명광조선소에서 건조되는 배만 평균 열 척이 넘었으니 대충 계산해도 엄청난 액수가 아닐 수 없었다.

게다가 우리 음숙이년 얼마나 영악한지, 커튼의 단가를 시중의 그것에 비해 두 배 이상 높게 매기는 것이었다.

아니, 꼭 두 배라기보다 부르는 게 값이라는 표현이 더 적절한 해석인지 몰랐다. 그녀는 담당 직원하고도 상대를 하지 않았다. 명광그룹 계열의 사장급하고만 대화를 나누는 것이었다. 물론 왕득구 회장의 직접 지시가 먼저 떨어지게 한 다음, 견적과 수금이 동시에 이뤄지게 압력을 넣었다.

명광그룹에 있어서는 그분의 말씀이 곧 법이고, 그분의 지시가 곧 판결이거늘 어느 누가 감히 거역하겠으며, 어느 누가 필요 없는 곳에 커튼을 달았다고 항의하며, 왜 값이 두 배 세 배 이상 비싸냐고 추궁할 수 있으며, 어느 누가 커튼을 왜 그리 자주 바꾸느냐고 함부로 지적할 수 있으며, 어느 누가 커튼을 달지 않고 돈부터 찾아가느냐고 결재 난 전표를 보류시킬 수 있단 말인가.

그녀는 이미 알고 있었다. 아무리 이쪽의 실력이 기고 난다 하더라도 그분의 총애가 1년 이상 가지 않는다는 사실을 그녀는 익히 계산하고 있던 터였다. 기실, 우리의 민초 음숙이년만큼 주어진 1년을 완벽하게, 그리고 실속 있게 보낸 여자는 아직 없는 걸로 기억된다.

그녀의 친오빠일 수도 있고, 그냥 오빠로 통용되는 남자일 수도 있는 키 큰 사내가 울산시에 차린 작은 가게, 그러니까 그 커튼 회사는 꼭 1년 만에 철수했는데, 수익금만 무려 50억 원에 이

돈황제

른다던가. 물론 우리의 음숙이년이 왕득구 회장의 명령에 의해
그의 왕국에서 추방되었는지, 아니면 당초 계획대로 그녀 스스
로 그곳을 떠났는지 아무도 아는 사람은 없다.

하지만 그녀가 미련 없이 명광그룹 울산 영빈관 전화교환수
직을 사직한 것만은 사실이고, 그 시기 역시 울산시에서 철수한
커튼 가게와 때를 같이하고 있는 것이었다.

5

얘기가 다소 빗나간 셈이지만, 왕득구 회장의 자서전을 의뢰
받은 권도혁으로서는 시시콜콜한 영빈관의 이모저모를 찾아 나
선 것이 결코 주제넘은 일이라고 생각하지 않았다. 도리어 한 사
람이 살아온 삶의 궤적을 추적 정립하는 데 있어서, 그 같은 인
간적인 면모의 분석도 없이 어떻게 큰 기둥을 세울 수 있느냐고
자문자답해 마지않았던 것이었다.

물론 왕득구 회장이 의뢰한 자서전은 권도혁이 추적한 따위
의 비도덕적인 내용이 아니었다. 방황하는 청소년들에게 읽혀서
그들에게 미래의 희망을 안겨 주는, 이른바 그분이 어떻게 명광
그룹을 창업했으며, 어떤 난관을 어떻게 극복해서 오늘에 이르
렀는가를 감동적으로 보여 주고 싶었을 터였다.

권도혁이라고 그것을 모르고 있을 리 없었다. 또 그분의 의도
를 상반되게 해석할 까닭도 없었다. 다만 그분의 밝은 면, 그분

의 빛나는 공적을 보다 객관적으로 기술하기 위해서는 반대의 면모까지 세세히 이해하지 않을 수 없는 작가적인 관심을 스스로 표명했을 따름이었다.

권도혁에게 있어서 그런 식의 호기심은 쉽게 사라질 것 같지 않았다. 사라지기는커녕, 조금 더 깊숙이 발을 들여놓으면 놓을수록 더 구체적인 왕득구 회장의 발자국들을 더욱 선명하게 발견하곤 했다. 일테면 그 어른이 만들어 놓은 가족 구성이며, 그분이 살고 있는 집 안 분위기 등이 바로 그러했다. 하나 그 부분까지 권도혁이 개입할 입장은 아니었다.

왜냐하면, 진눈깨비 흩날리던 그 금요일 저녁의 면담 이후 왕득구 회장이 직접 자서전 운운한 적이 아직 없었기 때문이었다. 그러니까 그날로 긴급 구매했던 소형 녹음기도, 기타 장비도 아직 그대로 방치해 두고 있는 셈이었다. 그것도 한 달 두 달도 아닌 1년 가까운 세월을 입 한번 벙긋하지 않으니, 어쩌면 그 자서전 계획은 이미 사단이 났는지도 몰랐다.

그 같은 확실한 조짐은 왕득구 회장으로부터 전해졌다기보다, 종합조정실 관리를 맡고 있는 김석호 부장에게서 간접 전달되었다고 해야 옳았다. 어쩌다 점심이라도 같이 하는 때, 그가 불쑥 남의 얘기처럼, "권 과장 잘 됩니까?"라고 묻곤 하는 것이었다.

"뭐 말씀입니까?"

"우리 회장님 자서전 말이오."

"그냥, 그대롭니다."

"그래, 올해 안에 마무리 질 거 같애요?"

　　　　　　　　　　　　　　　　　　돈황제

"글쎄요. 회장님께서 통 시간을 주시지 않으니까."

"아마, 시간 내시기 어려울 거요."

"아니, 왜?"

"권 과장도 알다시피 상황이 반전되지 않았소?"

"그래……"

"우리 영감 성질에 자서전 쓴다고 차분하게 들어앉을 어른이 아니오."

"그렇다면……"

"권 과장이야, 자서전 집필 때문에 입사한 건 아니잖아? 주어진 업무도 다 쳐내지 못하는 형편 아니오?"

"그렇긴 합니다만……"

"오늘부터라도 깨끗이 정리해 버려요."

김석호 부장이 계속한다.

"왜, 서운하쇼?"

"서운하다기보다, 회장님께서 그토록 진지하게 말씀하신 일이라서……"

"그런 식의 진지한 말씀이 어디 한두 번인 줄 아슈?"

"아니, 그렇게 말씀하시고도 뒤집어 버리는 경우도 있습니까?"

"권 과장은 아직 몰라서 그래요."

"뭘 모른단 말입니까?"

"우리 명광그룹이 어떻게 돌아가는지 대강 짐작하려면, 그래도 3년은 걸려야……"

어쨌거나 자서전을 그대로 집필하든 보류하든 간에, 권도혁

고쳐 쓴 자서전

은 쉽게 후퇴하지 않았다. 눈에도 선명한 왕득구 회장의 발자국을 보면, 만사 작파하고 그것부터 추적하는 것이었다. 성북동 고급 주택가에 자리 잡고 있는 왕득구 회장 저택이 바로 그런 케이스였다.

권도혁이 그곳을 방문한 것은 10월 초순이었다. 명광그룹 창립 30주년을 앞두고 제작 중인 기념 소책자 때문이었다. 그러니까 명광 30년을 한눈에 볼 수 있는 화보용 사진 수거를 위해 성북동 대문을 두들긴 것이다. 김석호 부장이 미리 통고한 방문이어서 대문 아래 위치한 수위실 직원의 인터뷰는 그다지 까다롭지 않았다. 일단 그곳만 통과하면, 대체로 만사형통이었다. 집 안에서는 따로 체크하는 사람이 없었기 때문이었다.

정원은 꽤 넓어 보였고, 그곳을 꾸미고 있는 나무 또한 빈약하지 않은데도 왜 그런지 왕득구 회장이 꾸민 정원 같지 않았다. 이것 또한 그분의 근검절약 정신 탓일까. 하나하나 눈여겨보면 값나가는 고급 수종 한 그루 없고, 그럴듯한 돌, 그럴듯한 조각품 하나 놓여 있지 않은 너무 평범한 정원이었다.

물론 그처럼 치장되지 않은 분위기는 그 어른이 매일 거주하는 집 내부라고 해서 특별히 다를 바 없었다. 그냥 널찍널찍하다는 것만 제외하면 과연 이곳이 한국 최고의 재벌이 사는 집인가 싶을 만큼 마냥 소탈하기만 할 뿐이었다. 예컨대, 바람에 문이 닫히지 않도록 하는 특수 고리 대신 커다란 짱돌을 고여 놨다거나, 볼품없이 넓기만 한 화장실에 간신히 움직일 정도의 촉수 낮은 전등알을 끼워 놨다거나, 가죽껍질 소파에 짜깁기 자국이 선

돈황제

명하다거나 하는 따위가 그런 것이었다.

그러나 권도혁을 근본적으로 놀라게 한 것은 집 안의 구조나 가구가 아니었다. 왕득구 회장의 부인인 오순덕(吳淳德) 여사였다. 왕 회장과는 다섯 살 차이라던가.

하나 그녀는 완연한 할머니 얼굴이었다. 아무리 꾸미고 또 꾸며도 그 모습을 은폐시키기에는 역부족일 터였다.

사실 권도혁이 처음 그녀를 봤을 때, 바로 이분이 왕득구 회장의 부인일 것이라는 예상은 단 1퍼센트도 하지 못했을 정도였다. 그랬기에, "저, 사모님 좀 뵐 수 없을까요?" 하필 그분께 청해 마지않았겠는가.

"사모님이라니?"

그녀가 물었다.

"오 여사님 말입니다."

"어디서 왔죠?"

"회사에서 왔습니다."

"회사 어디?"

"전화를 드렸었는데요."

"글쎄, 전화는 전화구, 어디서 왔느냐니까?"

"종합조정실에서…… 사진 때문에……."

"사진?"

"네, 오 여사님께서 앨범을 관리하신다고 해서……."

"알았어요. 사람 내려보낼 테니까."

그래서 내려온 사람이 처녀아이였다. 성북동 오 여사님 비서라고 했다. 울산 영빈관에서 근무하는 여직원들과 비슷한 유형의 얼굴이었다.

그러나 울산의 그녀들과 다른 것이 아주 쾌활하다는 점이었다. 영빈관의 그녀들이 외부인과의 대화를 의도적으로 회피한다면 성북동의 그녀는 자발적으로 접근하는 형이라고나 할까.

"금방, 그분이 누군지 아세요? 오 여사님이라구요."

그녀가 말했다.

"아니, 그게 정말입니까?"

"꼭 식모 아줌마 같죠?"

"맞습니다. 그건 누구라도……."

권도혁이 괜히 강조해 마지않았다. 이쪽의 실수가 아니라, 바로 오 여사의 차림새에 함정이 있었다는 점을 상기시키기 위해서였다.

그것은 사실이었다. 일본말로 몸뻬라고 하던가. 한국동란 무렵 우리네 여인들이 즐겨 입었던, 그러나 물자 부족 때문에 어쩌는 수 없이 걸치지 않으면 안 되었던, 바지도 아니고 그렇다고 치마도 아닌, 아주 볼품없는 몸뻬에, 헐렁한 스웨터를 끼고 있었으니, 그녀를 처음 보고 어느 누가 '오! 사모님' 하고 끔뻑 죽을 수 있겠는가.

"정말, 왜 그리 궁상맞은 줄 모르겠어요."

그녀가 속삭이듯 말을 이었다.

"지금도 사모님은 당신 방에 이런 열쇠를 채우신다구요."

그녀가 권도혁 앞에 내보인 것은 전쟁 직후에 유행했던 뭉툭

돈황제

한 미제 열쇠였다.

"아니, 열쇠는 왜요?"

"앨범을 꺼내 드려야 되잖아요."

"그렇군요."

권도혁의 또 다른 호기심이 발동한 것은 바로 그 부분이었다.

물론 그 나이에 한방을 쓰리라고는 생각하지 않았지만, 대재벌의 정식 부인에다가, 그녀가 낳은 자식들이 현재 명광그룹의 중요 직책을 도맡고 있는 판국에 운동장 같은 안방을 남편에게 내주고 혼자 협소하기 짝이 없는 부엌방을 쓰고 있다는 것은 뭔가 잘못되었다면 크게 잘못된 것이고, 특별한 사연이 있다면 그 역시 보통 사연이 아닐 것이란 판단이었다.

성북동에서 돌아온 뒤에도 권도혁은 오랫동안 그 야릇한 사연에 집착하지 않으면 안 되었다. 무엇보다, 그녀가 쓰는 1인용 침대가 그랬다. 이상하게 그것이 눈앞에서 쉬 사라지지 않는 것이었다. 물론 군대에서 쓰는 식의 흔한 대중용은 아니었다. 흡사 아기 요람인 듯 지붕까지 만들어 씌운 특수 디자인에다. 치잣빛으로 윤을 낸 나무 색깔 때문에 더욱 격이 있어 보이는, 이른바 골동품 같은 가구였지만, 왜 그런지 그것을 처음 보는 순간, 사도세자의 뒤주인 양 괴기함이 먼저 느껴지는 것이었다.

하나 권도혁은 그 괴기함의 정체를 구체적으로 찾을 만한 어떤 단서도 발견하지 못했다. 그것은 말 그대로 미궁의 연속이었다. 다만 있다면 그 요상한 침대를 배경으로 이 구석 저 구석에 놓여 있는 또 다른 잡다한 가구들, 예컨대 한때 부자들의 상징

이었던 일제 싱거 미싱 대가리. 아예 칠이 날아간 오동나무 앉은
뱅이 화장대, 그리고 바늘쌈지, 골무, 가위 등을 넣어 두는 색대
바구니……. 이른바 그런 잡동사니들을 총칭해서 '궁상스러운
사모님'으로 힐난해 마지않았던 것이었다.

권도혁은 함부로 말을 꺼내지 않았지만, 기회가 생기면 흡사
먹이를 발견한 짐승처럼 끈덕지게 물고 늘어지는 의욕을 보이곤
했다. 상대는 김석호 부장이었다.

"저번에 봤더니 오 여사님 건강이 안 좋아 보이시던데요?" 식
으로 말머리를 빼는데도 김 부장 왈. "그쪽 얘긴 하지 마쇼. 안
그래도 머리 아픈 일이 많은데……"라고 훌쩍 일어서 버렸다.

"아니, 커피도 안 하시구?"

"권 과장이 다 드쇼."

그리고 복도 건너 관리부로 총총 사라졌다.

어떤 형태든 간에 성북동 얘기만 나오면 똑같이 그랬다.

뭐랄까, 70년대나 80년대의 고급 공무원들이 청와대를 성역
으로 여겼던 것처럼 김석호 부장 역시 성북동을 함부로 거론해
선 안 되는 치외법권 지역으로 확연히 구분해 버리는 것이었다.

그래서일까, 다른 경쟁 그룹, 이른바 '동일'이니 '금화'니 하는
여타 그룹 창업주 가족들은 한 달이 멀다고 여성 잡지 화보로
장식, 등장하곤 하는데, 유독 왕득구 회장 부인인 오순덕 여사
만은 흡사 복면의 낭자인 양 어디에도 얼굴 한번 내민 적이 없
었다.

바로 그런 사실을 이용해서 권도혁이 또 한번 김석호 부장과

돈황제

마주 앉았다.

"여성 잡지에서 오 여사님 취재 좀 하겠다는데요."

"뭐라구요?"

"오 여사님 페이지를 만들어 보겠다는 겁니다. 왕 회장님은 너무 많이 알려졌는데, 사모님께서는 아직……."

"그거 누구 아이디어요?"

"아이디어라뇨? 여성 잡지 쪽에서……."

"권 과장하구 잘 아는 사람이오?"

"누구 말입니까?"

"잡지사 말요."

"아, 잡지사 데스크요? 모르는 사이는 아닙니다만."

"그러면 잘됐구만. 용돈 좀 줘서 말려요."

"말리다뇨?"

"계획을 취소시키란 말요."

"하지만……."

"비자금은 어디다 쓰라는 돈이오? 다 그런 데 쓰라고 만들어 놓은 거지."

그가 거침없이 일갈했다.

"이번에 아예 못을 박아요. 다시는 그런 발상이 나오지 않게 시리."

"한데, 부장님."

권도혁이 말을 이었다.

"그렇게 완강히 막아야 할 이유가 뭡니까? 다른 그룹에서는 돈을 들여서라도 소개하려고 안달인데."

"그건 그쪽 사정이고 우린……."

"우린 왜 은폐시켜야 합니까?"

"은폐라니, 그게 무슨 뜻이오?"

"성북동 사모님의 근검 정신은 우리나라 여성 전체가 본받아야 할 귀감 아닙니까? 결국 그것이 우리 명광그룹의 창업 정신이고 더불어 미래를 향한 비전 아닙니까? 왜 그렇게 좋은 보고를 놔두고 숨기려고 하시는지, 저로서는……."

"권 과장!"

"네, 부장님."

"권 과장이 허락받을 자신 있소?"

"허락?"

"왕 회장님 지시가 떨어지지 않고서는 사모님 이름 석 자도 낼 수 없다는 사실, 권 과장도 잘 알잖소?"

"……그건……."

"자신 없는 일은 함부로 거론하지 마쇼, 아시겠소?"

"하지만, 사모님께 직접 말씀드리면 어떨까요? 본인이 원하실지 모르잖습니까?"

"권 과장."

"네, 말씀하십쇼."

"하긴, 이제 1년도 안 됐으니, 아직 신참이겠지. 그러나, 권 과장은 왕 회장님을 수행하고 울산까지도 갔다 온 사람 아뇨?"

"그러믄요."

돈황제

"한데도, 아직 돌아가는 걸 모르시겠소?"

"돌아가는 거라뇨?"

"성북동 사모님 얘기가 왜 밖으로 나가선 안 된다는 걸 진정 모르시나요?"

"전, 아직……."

"홍보 업무를 맡을 자격이 없구려."

들고 있던 담뱃불을 보고 나서,

"제기랄, 관리부장이 그런 것까지 미주알고주알 설명해야 되다니, 이건 뭔가 잘못돼도 크게 잘못된 거야."

김석호 부장이 투덜거리며 또 소파에서 일어나 섰다. 확실히 그는 권도혁이 못마땅한 모양이었다.

그렇기에 권도혁이 개인적으로 찾아가는 때가 종종 있었는데도 시선 한번 주지 않을 뿐 아니라 설령 눈이 마주쳤다 하더라도 몹시 바쁘다는 듯이 회피해 버리곤 하는 것이었다.

그렇다고 성북동에 대한 호기심을 포기할 권도혁이 아니었다. 게다가 김석호 부장이 지적해 마지않았던 이른바 '명광의 약점'쯤은 익히 아는 그였다. 아니, 명광그룹에 적을 둔 직원들치고 그 문제를 모르는 사람은 없을 터였다. 꼭 명광 가족뿐 아니었다. 기업 내부에 웬만큼 관심 있는 사람들은 설령 외부인이라 하더라도 시시콜콜 알고 있는 것이 바로 그 약점인 것이었다.

다름 아닌 왕 회장의 자녀 문제였다. 정식 호적에 입적되어 있는 아들이 총 아홉인데 이 중 두 명을 제외한 일곱 명이 오순덕 여사와 하등 관계없는 아들이라는 사실이었다. 그러니까, 위로부터 두 번째까지만 그녀가 직접 생산한 아들이고 나머지는 모두 다른 곳에서 거둬들인, 이른바 다른 배 자식인 셈이었다.

하긴 왕 회장이 젊음을 누렸을 그 시절, 그리고 돈푼깨나 만진 한량들치고 축첩하지 않은 사람 없고, 그렇게 젊음을 누린 사람 중에 두 배 자식 거느리지 못한 사람 또한 없었다. 하나, 왕득구 회장의 경우는 조금 달랐다. 아니, 조금 다른 정도가 아니었다. 막말로 일반적인 상식으로는 도저히 이해가 안 가는 상황이라고나 할까.

그렇다. 아무리 그 방면으로 뛰어난 어른이라 하더라도 어떻게 일곱이나 되는 아들을 하나같이 핏덩이째 오순덕 여사에게 맡겨 기르게 할 수 있으며, 그 아들들 역시 오순덕 여사를 생모로 믿고 아무 탈 없이 자랄 수 있는가 말이다.

기실 남의 얘기니까 쉽게쉽게 넘어갈 수 있지만 실제로는 현실감이 전혀 없는, 이른바 안데르센 동화에서나 나오는 스토리쯤으로 간과하기 십상이었다.

하나, 바로 이것이 왕득구 회장 일가에서 일어난 생생한 가족사였다. 생각해 보라. 한 명 두 명도 아닌 무려 일곱 명의 자식을 그것도 핏덩어리째 안고 대문을 들어서는 남편의 배짱은 어떤 것이며, 그야말로 군소리 한마디 없이 일곱 명의 자식들을 감쪽같이 키워 성장시킨 아내의 배짱 또한 어떻게 생겨먹은 것인가.

적어도 권도혁이 보기에는 왕득구 회장이나 오순덕 여사나 똑같이 이 세상 사람 같지가 않은 것이었다. 특히 오 여사가 그랬다. 여자란 본시 질투의 동물이라고 누가 말했는가. 오죽하면

돈황제

여자의 마음속에서 질투를 도려내는 것과 잘 튀는 공에서 바람을 빼는 것과 똑같은 이치라고 했겠는가.

그렇게 본다면 오순덕 여사의 그것은 흡사 바람 빠져 튀지 않는 공이나 진배없다는 결론 아닌가. 그렇지 않고서야 일곱이나 되는 핏덩어리를 자신의 아이처럼 곱게곱게 길러 낼 턱이 없는 것이다. 더구나, 사랑하거나 싫어하거나 두 가지 중의 하나일 뿐, 그 중간 방법이 없는 것이 여자라면, 오 여사의 그 같은 자기희생은 도대체 어디서 비롯된 것이란 말인가.

하나, 권도혁은 믿고 있었다. 장본인이 살아 있는 마당에 섣불리 좋은 쪽으로 해석하는 사람도 여자를 충분히 모르는 경우지만, 반대로 그녀를 나쁜 쪽으로 비방하는 경우는 더욱 여자를 모르는 사람이란 사실을.

권도혁의 뇌리에서 오순덕 여사는 쉽게 지워지지 않았다. 쉽게 지워지기는커녕, 그러면 그럴수록 새벽 여명인 양 더 선명해지기만 하는 것이었다. 특히 그녀의 작은 골방과 미제 열쇠더미, 그리고 그 요상한 침대 등의 괴기한 분위기가 그러했다.

그렇다. 오순덕 여사의 자기희생과 그 분위기가 절대로 무관하지 않으리라. 권도혁은 거의 확신하고 있었다. 하나 어디까지나 확신일 뿐이었다. 그것을 확증할 만한 증명이 없는 것이었다.

그러므로 권도혁에게 있어서 성북동은 바닥이 보이지 않는 미궁이나 진배없는 것이었다. 물론 방향만 제대로 찾는다면, 그래서 바닥까지 내려갈 수만 있다면 실로 엄청난 사연이 숨어 있는, 왈 노다지 광산이 바로 그 미지의 동굴 속이기도 했다.

그런 막연한 기대감 탓일까. 권도혁은 흡사 철벽 요새인 양 완벽하게 무장된 성북동을 바라보며, 언젠가 저절로 문이 열리리라고 제법 낙관하고 있었다.

비록 큰 대문이 아닌 작은 쪽문 격이지만, 문제의 성북동의 문이 권도혁 앞에 활짝 열린 것은 그로부터 반년이 지난 후였다.

제3장
신화의 기둥

궁핍한 자를 삼키며 땅의 가난한 자를 망케 하려는 자들아 이 말을 들으라.

너희가 이르기를 월삭(月朔)이 언제나 지나서 우리로 곡식을 팔게 하며 안식일이 언제나 지나서 우리로 밀을 내게 할꼬. 에바를 작게 하여 세겔을 크게 하며 거짓저울로 속이며, 은으로 가난한 자를 사며, 신 한 켤레로 궁핍한 자를 사며, 잿밀을 팔자 하는도다.

「아모스」8장 4~6절

1

그것도 성북동이나, 을지로 입구 본사나, 울산 현장이 아니었다. 엉뚱하게도 만리타향인 중동 지역에서였다. 그 무렵 권도혁에게 언감생심 꿈도 꾸지 못했던 해외출장의 행운이 떨어진 것은 아주 우연한 일 때문이었다.

명광그룹에 입사하기 훨씬 전부터 권도혁이 비교적 가깝게 모셨던 고향 선배 한 분을 공교롭게도 14층 복도에서 마주친 것이었다. 서문성(徐文成)이었다. 그는 모 일간신문의 논설위원이었다.

"아니, 자네가 웬일인가?"

"선배님은 어쩐 일이십니까?"

"나, 볼일이 있어 왔지. 자넨?"

"전…… 여기 직원이 됐습니다."

"뭐라구?"

"진즉 찾아뵙고 인사를 드린다는 게…… 근무하는 부서가 부서라서 꼭 부탁하는 거 같애서……."

"그래? 무슨 부서에 있나?"

"홍보 업무를 맡고 있습니다."

"그거 잘됐군. 여기 이 방인가?"

"그렇습니다."

"내 용무 끝내고 찾아가도 괜찮겠나?"

돈황제

"그렇게 해주신다면 영광이지요."

그 우연한 만남이 바로 해외출장의 근거가 된 것이었다. 도무지 믿어지지 않는 사실이었다.

그것도 그런 벼락치기 해외출장이 없었다.

내용인즉, 그 선배 언론인이 명광그룹에 평소 호의적이었는 데다, 최근 왕득구 회장 경제시책 방향에 동조하는 내용의 칼럼을 발표해 준 보상으로 해외여행을 권유받았다는 것이다.

기왕 얘기가 나온 김에 안내 겸 동행자로 권도혁을 천거했더니, 왕득구 회장 왈 "그 소설가 그렇게 발이 넓은 줄 몰랐습니다" 했다는 것이다.

아무튼 벼락치기로 떨어진 행운의 출장이라 그런지 권도혁에게는 나날이 즐거운 하루였고 신기한 경험이었으며, 작가로서의 견문을 넓히는 데 그처럼 좋은 기회가 없는 것이었다.

동남아의 여러 나라를 거쳐 중동 지역에 첫발을 내디딘 곳이 '도하'였다. 코뿔소의 머리처럼 생긴 아라비아반도의 동쪽, 그러니까 코뿔소의 코 부분쯤 되는 돌출 지역이 바로 카타르고, 도하는 그곳의 수도였다. 카타르는 명광그룹이 A급 재벌로 격상하는 데 결정적인 계기를 마련해 준 지역으로 유명한 나라였다.

다름 아닌 카타르 항만 공사였다. 총공사비가 1억 6천만 달러라면 천문학 운운하기엔 과히 미흡한 면도 없지 않았지만, 그즈음 계산법은 전혀 달랐다. 한마디로 깜짝 놀라 뒤로 벌렁 나자빠질 금액이었다.

전사적인 힘을 카타르에 집중시키지 않으면 공사 수행 자체가 어려울 지경이었다. 아니, 공사비 총액이 엄청나기보다 그때만 해도 회사 규모가 그 정도로 영세했다고 하는 편이 더 올바른 해석이었다.

그러니까 일종의 무모한 도전이었다고나 할까. 그 무렵 명광그룹의 재정 능력이나 관리 체제로 미뤄 그만한 대형 공사를, 그것도 만리타향 해외에서 감당한다는 것은 표현 그대로 역부족인 셈이었다.

어쩌면 회사 경영진들이 둘로 나뉘어 '모험이냐, 안정이냐?' 양자택일의 첨예한 의견 대립을 보였던 것은 너무 당연한 과정인지도 몰랐다. 그때 과감한 결단을 내린 사람이 왕득구 회장이었다. 숫제 망해도 좋다는 식이었다. 이 한 몸 카타르에 바쳐 불살라진다 해도 여한이 없다고 큰소리를 빵빵 쳐댔다.

"사운을 걸고, 카타르 항만 공사에 전력투구할 것!"

왕득구 회장의 특기 중의 특기가 바로 그것이었다. 마구잡이로 밀어붙이는 것이었다. 옆도 뒤도 돌아보지 않았다. 오로지 전진만이 있을 뿐이었다.

기실 그때만 해도 왕득구 회장의 그 단순한 전술이 먹히던 시절이었다. 밤이고 낮이고 없이 불도저로 밀고, 덤프트럭으로 흙모래를 실어 나르고, 파일을 박고 시멘트를 비벼 쑤셔 박는, 이른바 1분의 휴식도 용납하지 않는 그 무자비한 돌격 전술……. 아무튼 그 무렵 왕득구 회장은 거의 모든 시간을 카타르에서 보내지 않으면 안 되었다.

열흘, 스무 날 정도가 아니었다. 한 달 내내, 아니 세 달 네 달

　　　　　　　　　　　　　　　　　　돈황제

을 온통 카타르에만 쏟아붓는 것이었다.

이름 그대로 전력투구였다. 한창 피크일 때는 카타르에 동원된 한국인 근로자만 1만여 명에 이르렀다니, 혀를 내둘러도 한두 번 내두를 일이 아니었다.

오죽하면 성북동 오순덕 여사 팀까지 카타르 현장으로 옮겨 왔을 정도였을까.

어쨌거나, 그만큼 심혈을 기울였으므로 성공리에 공사를 마칠 수 있었고, 그와 같은 실적을 가짐으로 하여 국제 규모의 초대형 공사에 대한 자신감과 국제적 공신력을 동시에 획득할 수 있었던 것이다.

사실 그때 카타르에서 얻은 명성과 경험이 없었다면 명광그룹이 중동 최대 건설시장인 사우디아라비아의 노다지를 겨냥, 공략한다는 것은 그야말로 천방지축 격이었을 터였다.

하나, 왕득구 회장은 그것을 가능케 만들었다. 결국 카타르가 사우디아라비아 진출의 교두보 역할까지 담당하게 한 것이었다.

개인적인 영웅심리는 우선 제쳐 두고라도, 국가적인 차원으로 보아 실로 대단한 공적이 아닐 수 없었다.

"카타르엔 꼭 들러서 봐야 됩니다. 지금은 볼품없어 보이지만, 그때는 그만한 공사가 드물었으니까요. 나, 이 왕득구의 의지와 패기가 총동원된 현장이 바로 카타르 항만 아닙니까."

왕득구 회장이 서문성 논설위원에게 자랑조로 건넨 말이라던가.

그러나 지금은 그렇지 않았다. 어디까지나 옛날의 영화였다.

왕득구 회장 말대로 그토록 빈약해 보일 수가 없었다.

따지고 보면 명광그룹 카타르 지사가 큰 현장을 운영하지 않는데도 스무 명이 넘는 관리직원을 파견 근무케 하는 것도, 이제 사양길이라고 해도 과언이 아닌 작은 공사, 예컨대 10만 달러 단위 건축 보수 공사도 마다하지 않고 시행하는 것 역시 그런 배경 탓이라고 해야 옳았다.

하나, 카타르 명광건설 현장의 옛 영빈관 시설을 지금까지 관리 운영하고 있다는 사실마저 그런 맥락으로 해석할 수는 없었다.

기업이 까다로운 법규나 복잡한 규정 때문에 엄두를 못 내는 여타 기관들과 달리 월등히 앞서 갈 수 있는 장점이 있다면, 그것은 이익이 생기지 않는 잉여 시설이나 잉여 인원을 그때그때 축소 철수할 수 있는 순발력 때문일 터였다. 다시 말해 일차 목표인 이익 창출에 위배되었을 때는 설령 중대한 사안이라 하더라도 가차 없이 처단하는 것이 기업의 생리이며, 그것이 곧 생존을 위해 유일하게 행사할 수 있는 기업의 권리이기도 했다.

기실 비천한 우리나라 기업사를 되돌아보건대, 그런 권리와 순발력을 빙자해서 얼마나 많은 조직과 사람을 무자비하게 잘라 내고 공중분해시켰던가.

한데, 명광그룹 카타르 지사의 영빈관은 달랐다. 요컨대 기업의 순발력을 완전히 망각하고 있는 상황이었다. 아무리 십몇 년 전 그때의 카타르가 옛 로마처럼 번영의 극을 달렸다 하더라도 어디까지나 과거의 흔적일 뿐이고, 이미 지나간 영광에 불과할

돈황제

따름이었다.

　물론 옛날 규모에 비한다면 너무 미미한 것이긴 하지만, 왜 그 즉시 철수시키지 못하고 지금까지 질질 끌어오고 있는 것인가.

　권도혁은 괜히 혼자 고개를 젓고 또 저었다. 도무지 그의 상식으로는 이해할 수가 없었기 때문이었다. 비근한 예로 왕득구 회장 경영어록만 봐도 "지금까지 이문 없는 장사를 한 기억이 없다는 사실이 가장 자랑스러운 일"이라고 극언하지 않았는가. 한데, 왜 카타르만 유일하게 필요 없는 투자를 흡사 밑 빠진 독에 물 붓기 식으로 계속하고 있는 것일까. 권도혁의 의문은 끝이 없었다. 계속 꼬리에 꼬리를 물었다.

　"쓸데없는 잡념을 뭐라고 하는 줄 아나?"

　서문성 논설위원이 질문을 하고 답을 했다.

　"그런 걸 보고 망상이라고 하는 거야. 자넨 망상을 너무 즐겨 하는 거 같애."

　하긴 카타르 지사에 영빈관 시설이 있다는 것은, 홀홀 떠나온 나그네에게 있어서는 여러모로 편안하고 유익한 일이었다. 물론 울산 중공업 안에 있는 영빈관에 비하면 아주 협소하고 보잘것없는 건물이었다.

　그러나 중동의 하와이로 알려진 도하시에서 비록 임대이긴 하지만 그만한 시설을 단독 건물로 소유하고 있다는 것은 여간 자랑스러운 일이 아니었다. 바로 앞이 바닷가였다. 이름하여 아라비아해였다.

　생각 외로 바다는 맑고 깨끗했다. 한낮에 보는 바다는 더 그랬다. 말 그대로 연초록빛이었다. 초록빛 물결이 와 닿는 곳의 색깔도 그지없이 화려했다. 흰 모래밭이었다. 흔한 잿빛은커녕 그어떤 잡물도 섞이지 않은 완벽한 백색으로 길게 누워 있었다. 그 위로 갈매기가 끼룩끼룩 날고 있었다. 흡사 파수꾼인 양 해변을 빽빽이 지키고 있는 야자수들이 두 팔을 길게 벌리고 꿈꾸듯 갈매기의 비상을 바라보고 있었다. 바람 한 점 없었다.

그 너머로 보이는 것은 하나같이 호화로운 요트들이다. 아예 닻을 내린 것도 있고, 출항을 위해 시동을 거는 것도 있었으며, 긴 항해에서 이제 막 도착했는지 형형색색의 돛을 내리는 것도 있었다.

한마디로 아름다웠다. 그냥 그림이었다. 그것도 보통 그림이 아니었다. 마네의 끈적한 마티에르가 그대로 살아 있는 절제된 화폭이었다. 특히 명광그룹 카타르 지사 소속의 영빈관 창문에서 보는 그 광경들은 더 그랬다. 전망 하나만은 뛰어나다는 얘기였다.

과연 중동의 이름난 부호들이 휴가를 보내기 위해 속속 모여들 만한 풍경이었다. 더구나 철저한 이슬람 추종국답지 않게 약간의 음주가 허용되는 나라가 또 카타르였다. 물론 까다로운 규정을 지키는 한도 내에서의 음주였다. 일테면 실내 음주에 국한한다든가, 술에 취해서는 거리에 나올 수 없다든가 하는 금지 조항 따위가 그러했다.

카타르에는 술을 취급하는 슈퍼마켓도 없었고, 여자 종업원을 두고 잔술을 파는 바도 없었다. 어디까지나 술은 호텔만이

돈황제

갖는 특권이었다. 그러니까 카타르 사람들을 제외한 외국 관광객들의 편의를 위해서만 음주가 허용될 뿐인 셈이었다. 그래서 사우디아라비아 인접 국가 중 유일하게 양주 한 병씩의 통관이 가능한 곳이 카타르인 것이었다.

그런 이유 탓일까. 도하의 호텔 비용은 과히 금값이었다. 중간 수준의 숙박 요금이 런던 A급 호텔 수준이라면, 도하를 찾는 관광객에게 얼마나 많은 바가지를 씌우는지 대충 짐작되고도 남는 일이었다.

한데도 일주일 전에 예약하지 않으면 숫제 방이 없을 정도였다. 그런 실정을 굳이 감안하지 않는다 하더라도 권도혁 같은 여행자에게는 카타르 영빈관만큼 마음 편한 숙소가 따로 없는 것이다.

뭐니뭐니 해도 식사가 우리 음식이라는 점이 그러했다. 아니, 또 있었다. 그 영빈관을 지키고 운영하는 사람이었다. 한 오십쯤 되었을까. 아주 전형적인 한국 여자였다. 얼굴 피부가 남달리 희다는 점을 제외하면 특징을 따로 찾기 힘든 얼굴이었다. 그만큼 개성이 없다고나 할까. 사실이었다. 누가 봐도 그녀는 평범한 가정부의 모습일 뿐이었다. 그 이상도 이하도 없었다. 카타르 지사 직원들은 그녀를 '영 아줌마'로 불렀다. 앞에 영을 붙이는 이유는 영빈관 때문이었다. 그러니까, 영빈관의 첫 자를 따서 '영 아줌마' 아니면 '영 아주머니'로 호칭하는 것이었다.

그녀는 무척이나 조용한 성격이었다. 식사, 세탁물 따위 통상적인 얘기 외에는 누구와도 따로 말을 거는 법이 없었다.

그녀는 매우 한가한 편이었다. 권도혁이 일주일을 묵는 동안 영빈관을 이용하는 손님은 단 한 사람도 없었다. 권도혁 일행이 도착하기 열흘 전에 명광그룹 모 부사장이 이틀을 묵었을 뿐이 라니까, 영 아줌마에게 주어지는 작업량은 크게 많은 것이 아니 었다.

평균 한 달에 한두 사람 정도의 손님을 치른다고나 할까. 그것 도 식사는 모두 현장 식당에서 만들어 배달했으므로, 그녀의 책 임이란 고작 식탁이나 차리다가 치우면 그만인 것이다.

그래서일까. 그녀는 늘 영빈관 구석방에 혼자 틀어박혀 있기 일쑤였다. 아무리 귀를 기울여도 그녀가 움직이는 소리는 들리 지 않았다. 그냥 조용했다. 적막 그대로였다.

"아주머니, 온종일 뭘 하구 보내세요?"

하도 괴이쩍어 권도혁이 말을 붙였지만, 그녀는 "빨래하고, 음 악 듣고, 테레비 보고…… 그래유" 특유의 충청도 말씨로 우물 쭈물 넘겨 버리는 것이다.

"아주머니 계시는 방에는 텔레비전이 없잖습니까?"

"이 나라 테레비 방송 뭐 볼 게 있어야쥬. 말도 알아듣기 힘들 지만, 우선 프로가 재미없어유."

"음악을 들으신다구요?"

"그래유…… 근데 그건 왜 물어유?"

"아, 아닙니다. 그냥……."

"세탁물이나 빠지지 말고 내놓으세유. 여긴 물이 나빠서 보통 비누로는 때가 빠지지 않아유."

그러나 권도혁이 그녀에게 특별히 관심을 쏟게 된 것은 마냥 한가로운 그녀의 하루 일과나, 한번 들어가면 온종일 옴짝하지 않는 구석방 때문이 아니었다.

아니, 만약 그 무렵이 이슬람교도 최대 행사인 라마단 기간이 아니었더라면, 그래서 원래 예정대로 3일 만에 그곳을 떠나게 되었더라면, 영 아줌마의 기이한 인생역정은 권도혁의 작가노트에서 영원히 제외되었을지도 몰랐다. 만약 그랬더라면, 문제의 성북동 대문도 쾅쾅 한번 두들겨 보지 못하고 물러섰음은 두말할 나위가 없었다.

하나, 공교롭게도 라마단 기간에 걸려 비행기가 뜨지 않았을 뿐 아니라, 다음 행선지인 사우디아라비아 비자마저 라마단 휴가 때문에 보류 연기되었으므로 어쩌는 수 없이 무료한 일주일을 보내지 않으면 안 되었던 것이다.

세상사 이치는 참으로 미묘하고 절묘했다. 정말 그 흐름처럼 함부로 예측할 수 없는 게 어디 또 있을까. 그렇다. 그토록 꽉 막혔던 철의 요새가 우연찮은 계기로 술술 풀리리라고 과연 누가 상상이나 했겠는가.

그날 권도혁은 무료함을 달래기 위해 낚시를 했고, 동행한 선배께서는 에어컨 감기 증세 때문에 숙소에서 휴식을 취하고 있었다.

비록 과장직에 불과했지만, 왕 회장이 어려워하는 손님을 모시고 나온 특수 임무를 띠고 있는 데다, 근무 부서 역시 종합조정실이었으므로 지사 직원들의 대접은 도에 지나칠 정도로 극진

한 편이었다.

　기실 그날 낚시에 나이 든 근로자를 한 사람 딸려 보내 준 것도, 낚시 가방에 시바스리갈을 한 병 은밀히 끼워 넣어 준 것도 모두 그런 극진한 배려 탓이라고 해야 옳았다.

　페르시아만 낚시로는 베테랑급이라는 민씨는 본래 용접공으로 나왔지만, 지금은 닥치는 대로 일하는 잡부가 되어 세월을 보내고 있다고 자기소개를 잊지 않았다. 올해 나이 정확히 쉰넷이라고 했다.

　10여 년 전 왕득구 회장의 패기와 의지가 덕지덕지 묻어 있는 항만 끄트머리였다. 나란히 앉았다.

　"여긴, 바다가 바다 같지 않씀더."

　민씨가 혼잣말처럼 씨부렁거렸다. 정말이었다. 그의 표현 그대로였다. 시원하게 파도가 쳐 오곤 했지만 실제의 바다는 그렇지 않았다. 뜨거웠다. 열해였다. 커다란 냄비 속처럼 숫제 부글부글 끓어오르는 것 같았다.

　바다 위를 쓸어다가 쏟아 놓곤 하는 바람 역시 마찬가지였다. 볼에 와 닿는 바람기가 흡사 활활 타는 장작불이었다.

　오후 5시면 이제 어느 정도 고개를 숙일 만한데, 그래서 온종일 지겨웠던 열기를 상큼한 오후 기온으로 말끔히 씻어 낼 법도 한데 웬걸. 시간이 가면 갈수록 더 기승을 부리는 것이었다. 한낮의 맹위보다 오히려 후텁지근하다고나 할까. 온몸에 덕지덕지 엉겨 붙는 소금기 탓이리라.

　"씨이펄, 게기들이 다 마실 나갔나?"

또 민씨가 투덜거렸다. 그는 벌써 미끼를 바꿔 꿰고 있었다.

"이 나라 게기덜은 통 믿을 수가 읍는 기라요."

"믿을 수가 없다뇨?"

권도혁이 물었다.

"무는 시간이 따로 읍다 아닌교."

"무는 시간?"

"어떤 날은 넣기가 바쁘게 올라오다가도, 또 어떤 날은 아무리 넣고 기다려도 함흥차산 기라요."

맥 빠진 말투다.

"그래서 아라비아 낚시는 헐 맛이 안 난다 그 말 아닌기요."

실제로 그는 흥이 나지 않는지 낚시를 아예 뽑아 놓고 담배에 불을 붙이고 있었다.

"여긴 뭐가 잘 잡힙니까?"

권도혁이 입을 열었다.

"대중읍써요. 꺽다구도 나오고 숭어도 나오고, 어쩌다가 눈 먼 도미 같은 것도 잽히는데, 게기가 게기 같아야 옹골지고 재미 있지, 이거야 원……."

"고기가 왜 고기 같지 않습니까?"

"열해 게기는 힘도 읍구, 맛도 읍구, 모양새도 읍구…… 뭐니 뭐니 해도 게기는 우리나라 동해안 아닌교."

"고향이 동해안이십니까?"

"영덕이올시다."

"아, 영덕 게?"

"오디 영덕이 게뿐인교?"

"어쨌든 좋은 곳이잖습니까."

"좋다마다요."

"돌아가시고 싶은 모양이죠?"

"돌아가고 싶은 맘은 읍소만, 고향이 그리운 건 1년 전이나 지금이나……."

"돌아가고 싶은 맘이 없다구요?"

"그럴 만한 사연이 안 있겠씹니꺼? 건 그렇고 형씨, 나 술 한 모금 해도 되겠는교?"

"아, 네. 되고말구요. 드십시오."

말이 떨어지기도 전에 민씨는 양주병 뚜껑을 비틀고 있었다. 마침내 꿀꿀꿀 소리가 나게 그는 한참이나 병나발을 불었다.

"커어, 조오타. 자, 형씨도 한잔."

"아, 난 천천히 하죠."

"와요. 술 안 좋아허쇼?"

"뭐 안 좋아한다기보다……."

"허긴 영빈관에만 가모 술이 쌨다 아닌교. 그런데 우리 같은 노무자들이야 오디 술 옆에 얼씬거리기나 헐 수 있는가, 바로 그 말입니더."

민씨가 계속했다.

"역시 술보다 더 존 인생이 읍는 기라요."

벌써 혼자 반병을 해치운 터였다. 아니, 병나발 몇 번 불지 않았다 싶은데 밑바닥이 보일 지경이었다.

"그처럼 술을 좋아하시면서 어떻게……."

"중동 땅에 나와 있느냐, 그 말씀 아닌교?"

"실인즉 그렇습니다."

"잘 봤소, 그마. 한마디로 다 끝난 기라요. 고향 집에 돌아가고 싶은 맘이 웁쓸 정도라면 인생 파이헌 거 아닌교?"

"인생 파이라뇨? 설마 부인께서 도망가신 건 아니겠죠?"

"맞씁니더. 우쩨모 그렇게 딱 알아맞추는교?"

"아니, 뭐라구요? 전 순전히……."

"뭐 실지가 그런 긴데, 미안허게 생각헐 거 웁씁니더."

"아무렴……."

"세상 여자란 게 한 꺼풀 벗겨 놓고 보면 다 마찬가진 기라요. 남자가 곁에 웁시모, 자연히 음심을 품기 마련이고 또 그런 여자 궁딩이만 쫓아댕기는 얄궂은 놈팽이가 생기기 마련이고, 그러다가 보모…… 맞씁니더. 죄가 있다모, 여자가 아니라 웬수놈의 돈이지요. 그노무 돈만 아니었다모……."

민씨는 또 술병을 쥐었다. 꿀꿀, 들이켰다.

"커어, 조오타."

멀리 갈매기가 날아가고 있었다. 소리와 실제 감촉이 다른 파도가 철썩 촤르르 시멘트 벽을 때리고 내려갔다.

민씨 말대로 낚시는 계속 함흥차사였다. 꺽지 한 마리 올라오지 않았다. 권도혁 역시 낚싯대를 뽑아, 민씨처럼 길게 눕혔다.

"나도 한잔 주시겠습니까?"

"용서하이소, 지가 다 묵었씸더."

"그렇게 좋아하시는 줄 알았다면 진즉 모실 텐데…… 언제, 영빈관에 한번 오십시오. 제가 모시고 있는 어른도 아주 이해가 많으신 분이거든요."

"말씀이라도 감사합니더."

"인사말이 아닙니다, 이건."

권도혁이 술병을 다시 민씨에게 건네며 물었다.

"그래, 몇 년쨉니까?"

"중동 노무자 말입니꺼?"

"그렇습니다."

"놀라지 마이소."

"놀라다뇨?"

"어느새 10년째 아닌교."

"아니, 10년을 중동으로 돌아다녔단 말입니까?"

"돌아다니긴 와 돌아다녀요?"

"그럼, 여기 카타르에만?"

"그래서 사람들이 내보고 '카' 귀신이라 안 쿱니꺼."

"카 귀신?"

"자동차 귀신이 아니고 진짜 카타르 귀신 말임더. 그건 실집니더. 10년 동안 두 번 휴가 갔다 왔씸더. 물론 우리 노무자들에겐 휴가가 따로 웁지만서두…… 어쨌든 재식이 삼식이도 휴가는 휴가 아닌교? 안 그렇소, 형씨?"

"그러니까, 일단 귀국했다가 다시 지원해 나왔다는 말씀 아닙니까?"

돈황제

"맞씸더."

"10년 전이면, 여기 공사가 시작될 때 아닙니까?"

"그렇씸더."

"그럼 왕득구 회장도 잘 아시겠군요."

"알다마다요. 난 그 사람한테 뺨마디기도 한 차례 얻어맞았다 아잉교."

"뺨을 맞았다구요?"

"왕 회장, 수틀렸다 하면 구둣발질부터 허는 사람인 기라요. 거 안 있는교, 쪼인튼지 워커발인지……."

"아무렴…… 누구한테나 발길질을?"

"어허, 지금은 양반 됐는지 몰라도 그땐 호로 쌍…… 가만있자, 이거 내가 많이 취했지요? 워낙 입이 더러워서…… 용서하이소."

"욕도 욕 나름 아닙니까?"

"허기사, 이젠 더 갈 데도 읎는 놈이라서…… 막갈 땐 사정읎시 가뻐리는 더러븐 성질이라……."

"그래, 왕 회장한테는 왜 뺨을 맞았습니까?"

"그 사람 주먹뺨 칠 때 이유 달아서 치지 안씹니더. 거 뭐라 카요? 전시효과라 카던가, 모델 케이스라 카던가. 이유 불문코 주먹뺨을 올린 다음, 병신 같은 놈, 니 그래 갖고 피죽이나 얻어묵 겄나? 마치 소증에 삥아리 쫓듯 손이 또 올라오는 기라요."

"아니, 어떻게 이유 없이……."

"그래서 전시효과라 안 쿱니꺼. 많은 사람 보는 앞에서 그렇게 해봐야 다른 사람들이 정신 차리고 일을 잘헐 끼다. 그런 이유 아닌교?"

"그렇군요."

"근데, 형씨는 와 왕 회장 얘기만 묻는 기요?"

"우리 명광그룹의 회장님이시니까……."

"소문으로는 안 그러튼데요?"

"아니, 무슨 소문이요?"

"뭐, 왕득구 출세기를 쓴다나, 영웅전을 쓴다나? 형씨가 소설가라매요?"

"어떻게 그런 소문이……."

"우리 같은 사람이라고 해서 소경 노릇만 허란 법이 어딨는교?"

"뭐, 그런 뜻은 아닙니다만……."

"어쨌든 간에, 왕득구 그 사람 좋은 얘기, 자랑허는 얘기만 모아서 책을 써놓으모 누가 읽을까요? 아매도 재미읍실 낀디요?"

"사실은 그게 걱정입니다."

"우리 겉은 사람들이 헐 말은 아니지만, 그런 책은 종이 아깝소, 그마…… 쓰으파알 비싼 종이에다가 와 그 더러븐 얘기를 쳐바르느냐 그 말입니더."

민씨는 아까부터 비어 버린 술병을 하늘 높이 쳐든 채 주둥이를 빨아 대고 있었다. 아니, 빨아 댄다기보다 숫제 핥는다고 하는 편이 옳았다.

그가 말을 이었다.

"숙주나물 맛 변하듯 하는 왕득구를 그럴듯하게 꾸며 논다고 정말 영웅이 될 낀가?"

"아니, 무슨 원한이라도 진 사람처럼 말하시는군요."

"원한?"

"그렇지 않고서야······."

"원한이 있다모 있씸더."

"무슨 원한인지 몹시 궁금한데요."

"책으로 써준다 카모, 얘기 못헐 것도 읍지요."

"좋습니다."

"약속허는교?"

"하구말구요."

"사내장부끼리 허는 약속인 기라요."

"두말하면 잔소리지요."

한데도 민씨는 권도혁의 손을 잡고 몇 번씩이나 흔든 다음에야 비로소 입을 열기 시작하는 것이다.

"내 이름도 득굽니다. 그러니까, 성이 다를 뿐 왕 회장허고 이름이 같은 거지요. 그래서 그랬는지, 나만큼 왕 회장을 존경헌 노무자도 읍썼씸더. 가능하면 그 어른 옆에 가까이 가서 보고 싶고, 말허고 싶고······ 마치 소핵교 학생처럼 가슴 두근거린 기라요. 지성이면 감천이라고 하더니, 결국 회장님을 직접 모시게 안 됐는교."

2

카타르 항만 공사 초기 때의 얘기였다. 물론 왕득구 회장이 제반 공사를 깡그리 진두지휘할 즈음이었다.

공사 발파에 쓰일 화약을 구하지 못해 애를 먹던 차에, 때마침 카타르 내무성에서 허가장이 나왔다. 하나 허가장이 나오고 나서 한참을 기다려야 물건을 인수받을 수 있는 게 관례인데도 왕득구 회장은 그날로 당장 화약을 싣고 오라고 명령하는 것이다.

"순서가 있기 때문에 어렵습니다. 회장님."

누군가 그렇게 말했다가 사직서 써놓고 귀국하라고 호통치는 바람에 옴짝 않고 바지선을 끌고 카타르 내무성 창고가 있는 바하마 부두로 들어간 것이다. 그러니까 민씨는 임시 운반 요원으로 차출된 셈이었다.

무슨 부장인가 하는 사람이 땀을 비 오듯 흘리며, 그 사람들과 실랑이도 하고, 손이 발이 되게 싹싹 빌기도 하고 무릎 꿇고 앉아 큰절을 하기도 한 덕분에 꼭 만 사흘 만에 화약을 잔뜩 싣고 돌아올 수 있었다. 인수 책임자인 모 부장의 계산대로라면 나흘을 앞당겨 수령한 셈이었다.

하나, 왕득구 회장의 계산은 달랐다. 화약이 이틀 먼저 도착하지 않았으므로 전체 공기에 일주일이나 차질을 가져오게 했다는 것이다.

왕 회장은 의기양양하게 돌아오는 담당 부장을 격려하거나

돈황제

치하하지 않았다. 치하는커녕 다짜고짜 조인트부터 까기 시작했다. 그것도 화약이 잔뜩 실려 있는 바지선 위에서였다.

"병신같이, 화약 하나 제대로 챙기지 못해서 얼마나 손해난 줄 알아? 100만 달러면, 네놈 조상을 다 동원해도 만질 수 없는 액수란 말야."

만약 그때 뭐라고 변명이라도 하는 날에는 정말 날벼락이 떨어질 판세였다. 날벼락이란 다름 아닌 권고사직이었다. 그때만 해도 흔해빠진 게 실업자라 왕 회장은 마음 놓고 '사표 받아!'라고 호통쳐 마지않았다.

바로 그 순간이었다. 바지선 위에 불이 붙은 것이었다. 산소 절단기 고장으로 순식간에 일어난 화재였다.

"불이야! 불!"

사람들은 너나 할 것 없이 고함을 고래고래 지르며 배 밑으로 피신하기 시작했다. 왕득구 회장이라고 해서 예외가 아니었다. 모 부장의 멱살이라도 잡을 듯 으르렁거리던 당신이 언제 그랬느냐는 식으로 땡굴땡굴 굴러 들어와 마치 한 마리 연체동물처럼 배 밑창에 철썩 눌어붙은 것이었다.

이제 곧 요란한 폭음과 함께 화약이 폭발할 참이었다. 한데 조용했다. 한참을 그러고 있어도 아무 일도 일어나지 않았다.

"누구 불 끌 사람 없나!"

왕득구 회장에게 조인트를 까이던 부장이었다. 그가 소리치고 있었다. 그때 민씨가 벌떡 일어났다. 물론 꼭 불을 꺼야 된다는 무서운 각오 때문은 아니었다. 뭐라고 할까, 자신도 모르는 우발적인 행동이었다고나 할까. 처음부터 화약을 받아 관리했던 모종의 책임감…… 어쨌거나 제정신이 아닌 것만은 확실했다. 민씨는 배 밑창에서 용감하게 기어 나왔고 소화기를 집어 들었으며, 불 속을 향해 뛰어들었다.

바지선 위에 따로 집을 지어 화약을 보관했던 덕분에 불은 그곳까지 미치지 못하고 있었다. 여간 다행스러운 일이 아니었다.

일단 잡힌 불꽃은 더 이상 기승을 부리지 못했다. 그래도 불이 완전히 꺼지는 데는 제법 시간이 걸렸다. 마지막 불길을 다 잡고 나서도 민씨는 마냥 멍청히 서 있기만 했다.

한참을 그러고 있었다. 사람들이 하나둘 배 밑창에서 기어 나오기 시작했다. 화약 운반 담당 부장도 나오고, 마침내 왕득구 회장도 어슬렁어슬렁 올라왔다.

"불 끈 사람이 누구야?"

왕득구 회장이 말했다.

"저기, 저 사람입니다. 민씨라구."

왕 회장 옆에 있던 동료들이 대신 대답하고 있었다.

"뭐허는 사람이야?"

"용접입니다."

"용접?"

"그렇습니다."

"그럼 아까 그 산소 절단기도 저 사람 담당 아냐?"

"민씨가 사용하던 건 아닙니다만……"

"어쨌든, 용접허든 사람들이 관리를 잘못한 거 아닌가?"

"그야⋯⋯."

"저녁에 저 사람 불러."

"네?"

"불 끈 사람 말이야. 내 저녁 식탁에 초대해."

"알겠습니다."

왕득구 회장은 열 명도 더 되는 보좌관들을 거느리고 바지선을 떠났다. 동료 근로자들이 민씨를 향해 함성을 질렀다.

"민씨 축하하오."

"아먼. 이제 팔자 한번 고치겠구만."

"팔자는 무슨⋯⋯."

"먼 소리여? 왕 회장 목숨 건져 준 건디. 만약에 민씨가 불을 끄지 않았다 생각혀 봐. 그래서 화약이 터졌다, 배가 폭발했다, 오매 나 죽겄네⋯⋯ 우리도 다 죽은 거 아녀?"

"호들갑스럽긴. 아무리 화약이 폭발한다구 해서 바지선 밑창까지 날아갈까?"

"먼 소리당가? 화약이 자그마치 100톤이여, 100톤, 알어?"

"하긴⋯⋯ 100톤이 한꺼번에 터진다면, 그 위력도 보통은 아닐 거야."

"이 화약이 다 터지면 말여, 바닷속에 구멍이 생길 겨, 쌍팔년도 박격포 한 알이 시멘트 다리를 폭삭 내려앉게 헌 거 못 봤는감?"

"암튼 우리 민씨가 왕득구 생명을 구한 거여."

"아먼. 생명의 은인이 어디 따로 있남?"

"아무리 고래등 같은 기와집에, 금은보화를 쌓아 두면 뭐해? 죽으면 다 소용없는 거라구."

"세상에 목숨보다 더 중요한 건 없어."

"맞아. 그렇게 왕득구 회장이 절대로 가만있지 않을 거시여."

"한밑천 단단히 해주든지, 아니면 정식 직원으로 올려 주든 지…… 암튼 우리 민씨는 팔자 고친 겨."

"오매, 좋겄네."

"사람 싹 변허지 말더라고 민씨."

장본인은 막상 가만있는데 주위 동료들이 더 극성이었다. 자기들이 떡도 먹고 김칫국도 마시고 북 치고 장구 치고 다 하고 있었다.

어쨌거나 그날 민씨는 퇴근을 한 시간이나 앞당겨 현장에서 빠져나왔다. 그리고 머리 감고, 샤워하고, 면도하고, 새 옷 갈아입고 거울 앞에 서서 오랜만에 잔뜩 멋을 부린 것이었다.

소위 말하는 간부식당이었다. 민씨가 그 문을 밀고 들어섰을 때 왕득구 회장은 식탁 중앙에 벌써 자리 잡고 앉아 있었다. 그 옆에는 카타르 항만 공사 현장소장이 있었고, 관리이사, 기술상무 등등 명광그룹의 기라성 같은 분들이 그 앞줄에 도열하듯 앉아 있었다.

"불 끈 사람인가?"

왕득구 회장이 물었다.

"네. 그렇씸더."

"이리 와, 내 옆에 앉지."

돈황제

"고맙씸더."

"이름이 뭔가?"

"득굽니더."

"득구?"

"아, 네. 회장님 존함허고 건방지게 같은 기라요. 허지만 성은 민갑니더."

"민득구?"

"맞씸니더."

"그래, 반갑구만."

"이렇게 뵙게 되어 지가 영광임더, 회장님."

"술 좀 하나?"

"술이라 쿠모 이 민득구 아직 한번 거절한 적이 읍심더."

"거 잘됐구만. 자, 한 잔씩 따릅시다."

왕득구 회장이 술잔을 쳐들었다. 그리고 민씨의 잔에 쨍그렁 부딪친 다음, 제법 연설조로 입을 여는 것이었다.

"오늘 우리 현장에 이 같은 용감한 근로자가 있었으므로 해서, 우리 대한민국이 빛을 보는 겁니다. 자, 부라보!"

"부라보!"

"위하여!"

언제 봐도 호랑이 같았던 현장소장도 기술상무도, 밖에 한번 나와 보지 않아서 얼굴이 누르뎅뎅한 관리이사도, 왕득구 회장 앞에서는 훈육주임에게 불려온 신입생 조무래기 본새였다. 옴짝달싹 못했다. 말끝마다 "네, 알겠습니다. 회장님"이었고, "여부 있습니까, 회장님"이었다.

어떤 방도로든 더 충성하지 못해 몸이 비비 꼬인다는 식이었다. 실제로 식탁에 둘러앉은 사람들 모두가 두 손을 싹싹 비비고 있었다.

하나, 민씨만은 달랐다. 왜 그런지 왕득구 회장이 전혀 두렵지 않았다. 벌써 알딸딸해지기 시작한 취기 때문일까.

"한 잔 더 하지, 민씨."

"고맙씸더."

"정말, 술을 좋아하는구만."

"술이라 쿠모, 아직 누구한테 져본 적이 읍심더."

"그래, 고향에는 누구누구 있나?"

"늙은 부모님에다, 기집허고 핵교 댕기는 아덜허고, 그렇씸더."

"부모님을 모시고 있구먼."

"우리 어무이 아부지, 아직도 정정헙니데이."

"그래, 복이 많은 사람들은 다 그렇다구 하더군."

"지가 복이 많다꼬요? 아이쿠 회장님, 지 겉은 사람은 진짜 복 구경 아직 못해 봤씸더. 오죽했시모 이런 데까지 나왔겠씸니꺼."

"이런 데가 어째서 그래? 자랑스러운 건설 역군인데."

"건설 역군이고 건설 군대고, 어떤 때는 잠이 안 오는 밤이 많 씸더."

"왜 잠이 안 와?"

"핵교 댕기는 아덜만 다섯 아닌교. 지놈들이 허기 싫어서 중

돈황제

도에서 파이짱을 노면 몰라도 다 대학까지 올라가겠다코 저 야단이니. 애비 되는 입장에서 잠이 오겠씹니꺼."

"그랬겠구만. 가만있자."

왕득구 회장이 옆자리로 고개를 돌린 것은 바로 그때였다.

"김 소장."

"네. 회장님."

"우리 민씨 말야. 모범 근로자 장학금 조로 해서 매년 500만 원씩 지급토록 조처해."

"500만 원요?"

"그래. 다섯 명이니까. 한 사람에 100만 원씩이야."

"알겠습니다."

"지급 시기는 언제가 좋겠나? 가만있자. 지금이 12월인가?"

"그렇습니다."

"민씨 귀국이 언제지?"

"내년 2월입니더."

"2월? 그럼 두 달밖에 안 남았구먼."

"그렇씸더."

"그렇다면 3월이 좋겠어. 귀국하자마자 지급받을 수도 있구. 그래 3월로 하자구. 매년 3월 말이야. 그리고 지급 연한도 말이야. 한 10년쯤 계속해서 지급해. 대학을 졸업해도 바로 취직이 안 될 테니까."

"그렇게 하겠습니다."

"김 소장이 책임지고 그렇게 하는 거야."

"알겠습니다. 회장님."

그리고 왕득구 회장은 민씨의 빈 잔에 술이 철철 넘치도록 따랐다.

"아이쿠, 회장님. 황송합니더."

"마셔. 어서."

"이거 우짜모 좋습니꺼? 아덜 평생 학비꺼지……."

"그래. 나는 본래 당신 같은 사람을 좋아해. 왜냐하면, 나도 민씨 같은 과정을 겪고 올라온 노동자 출신이기 때문이야. 알겠나?"

"맞씸더. 그래서 우리 회장님 아닙니꺼."

"그리구 이건 오늘 있었던 일을 치하하고 싶어서 만든 상금이야. 돈은 많지 않아. 미화로 천 달러니까. 하지만 만 달러라고 생각하고 요긴하게 쓰라구."

민씨는 아무 대꾸도 할 수 없었다. 실제로 그는 삐질삐질 울고 있었다. 한번 눈앞을 흐릿하게 만들었던 눈물이 시도 때도 없이 마구 쏟아지는 통에, 함부로 얼굴을 들 수가 없는 것이었다. 창피하게시리 온통 눈물범벅이었다.

"그리고 어려운 일이 생기면 언제든지 날 찾아와. 내 방문은 항상 열려 있으니까."

민씨의 어깨에 올려진 왕득구 회장의 손바닥은 따뜻하다기보다 아예 뜨겁다는 표현이 옳을 정도였다. 그가 말을 계속하고 있었다.

"열심히 전력투구하는 사람에게는 반드시 그 보상이 있는 법

돈황제

이야. 세상에 공짜는 없어. 꿀이 달지만, 벌은 쏜다구. 자, 우리 열심히 삽시다."

기억하건대 그때처럼 흠뻑, 그리고 사내답지 못하게 엉엉 울어 본 적이 없는 민씨였다. 그래서 그는 동료들에게 축하주 한 잔 사지 않았다. 왕 회장에게 받은 귀한 상금을 그런 식으로 허접스레 쓸 수 없다고 생각했기 때문이었다.

계약 임기를 마치고 첫 귀국 했을 때도 그랬다. 그는 왕득구 회장의 장학금 지급 결정 소식을 그의 아내에게조차 말하지 않았다. 물론 다섯이나 되는 아이들에게도 마찬가지였다.

그날 저녁 식탁에서 들은 '꿀은 달지만 벌은 쏜다'는 얘기 탓이었다. 괜히 사행심만 높이는 결과를 가져올 뿐이라고 민씨는 믿어 의심치 않았던 것이다. 아니, 남에게 의지하지 않고 스스로 개척해 나가는 정신을 그 아이들에게 심어 주고 싶었다고나 할까. 비록 오늘은 내 이렇게 살지만, 다섯 중에 하나쯤은 왕득구 같이 위대한 재산가가 되지 말라는 법도 없지 않은가.

그는 이를 앙다물고 연 500만 원 장학금 지급 소식을 끝내 발설하지 않았던 것이었다. 대신 민씨는 전혀 다른 계획을 세우기 시작했다. 거듭나기를 바라는 민씨 자신의 새로운 각오라고나 할까, 그 가족을 위해 펼치는 일종의 개혁운동이라고나 할까.

아무튼 민씨는 그처럼 좋아하던 술을 딱 소리 나게 끊었다. 담배도 입에 물지 않았다. 그토록 좋아하던 노름판 역시 언제 그랬느냐는 식으로 근접조차 하지 않는 것이었다.

이건 완전히 다른 사람이었다. 그러면서도 민씨는 그렇게 태연할 수가 없었다. 그렇다. 소가 길길이 뛰는 것은 비빌 언덕이 없기 때문 아닌가. 일단 의지할 곳이 생기고 의지할 만한 계기가 있다면, 뭐 할 일이 없다고 술 처먹고 화투장 조이겠는가.

민씨의 새 출발은 참으로 획기적이었다. 그는 영덕 읍내에 있는 집을 내놓고 대신 중선(中船)을 잡았다. 게잡이 배였다. 물론 집 한 채 값으로는 손도 댈 수 없는 배였지만, 겁도 없이 부랴부랴 계약부터 서두른 것은 그동안 카타르에서 벌어 온 돈과, 그리고 내일모레 수령할 장학금 500만 원을 합하면 그럭저럭 충당할 수 있다는 계산이 나왔기 때문이다.

따지고 보면, 바로 그 점이 문제라면 문제였다. 하긴 민씨의 원래 성격 탓으로 돌린다면 어쩌는 수 없는 일이긴 했다.

그러나 아무리 임자 없이 떠돌아다니는 돈이라도 수중에 들어오지 않으면, 내 돈 아닌 것이 세상 이치일진대, 어찌 남의 손에 든 것을 내 것인 것처럼 함부로 계약서에까지 덜컥 인감을 찍을 수 있는가 말이다.

어쨌거나, 그다음 얘기는 왕득구 회장과 약속한 문제의 3월이 돌아오는 것과 함께 시작된다. 솔직히 그때의 민씨는 완전히 미친 사람이라고 해도 과언이 아니었다.

언제 어디서나 싱글벙글이었다. 누구를 만나도 얼굴 한번 찌푸리는 법이 없었다. 상경 준비에 여념이 없었을 때의 민씨는 더욱 그러했다.

경상북도 영덕에서 서울로 올라오기 위해, 아니 왕득구 회장을 서울에서 상면하기 위해 그는 결혼 후 처음으로 신사복도 한

　　　　　　　　　　　　　　　　돈황제

벌 해 입었으며, 그 어른이 좋아할지 귀찮아할지 알 수 없었지만, 그래도 이쪽의 정성이라 생각하게 일본으로 수출하기 위해 막 상자에 들어간 게를 싸움싸움 끝에 구해 들고 고속버스에 올라앉은 것이었다.

그런데, 이게 무슨 날벼락이란 말인가. 을지로 입구 명광빌딩에 들어설 때 뭔가 요상하다 싶었는데, 웬걸.

"장학금이라뇨? 지금 무슨 말을 하고 있는 겁니까?"

해외인력관리부 담당 직원이 잔뜩 이마를 찌푸리며 면박부터 주는 것이었다.

"그게 무엇인가 하면, 500만 원올시다."

"500만 원?"

"아들 하나에 100만 원씩, 도합⋯⋯."

"이거 보쇼. 지금 누굴 놀리고 있는 겁니까?"

"놀리다니?"

"그렇지 않아도 정신없는 판에⋯⋯ 비켜요!"

"이 사람, 와 이카노?"

"멀쩡한 사람이 정말 왜 이래요?"

"이건 내 얘기가 아니고, 왕 회장님과 직접 체결한 약속이라 그마."

"왕 회장 약속?"

"회장실에 물어보모 될 거 아닌가?"

"회장실로 올라가 보쇼."

"뭐라코?"

"직접 가서 부딪치시라구요."

"비서실에서는 이리 가라코 허더만은."

"글쎄, 여긴 담당 부서가 아녜요. 아시겠어요?"

"그라모 오디로 가라 그 말인교?"

"글쎄, 내가 어떻게 압니까?"

"카타르의 김만봉 소장님, 혹시 휴가 안 나왔소?"

"안 나오셨어요."

"그라모 현장으로 전화 한 통화 넣어 주소."

"국제전화를?"

"와, 안 되는교?"

"안 되는 게 아니라, 불가능해요. 카타르에서 근무해 봤으면, 본인이 더 잘 알 거 아녜요?"

틀린 말이 아니었다.

"자, 나 할 일 너무나 많아요. 좀 비켜 주시겠습니까?"

어쩌는 수 없었다. 다시 왕득구 회장 비서실로 올라갔지만 매양 그 소리가 그 소리였다.

"글쎄요, 무슨 말씀인가는 이해가 되는데요, 저희들은 아무런 지시도 받은 적이 없거든요. 결국 회장님을 직접 뵙는 수밖에 없을 것 같습니다."

"어제 텔레비전에 왕 회장님 박 대통령 예방했다코 뉴스가 나오던데, 언제 또 외국에 나간 기요?"

"오늘 아침 비행기로 가셨습니다."

"귀국은 언젠교?"

"확실히 모르겠어요. 왜냐하면 사우디아라비아 공사 입찰 건으로 여러 나라를 들르실 계획이시니까요."

"그래도 한 보름이믄 안 돌아오실까?"

"아마, 지금 스케줄로 봐서는 어려울 겁니다. 그리고 설령 돌아오셨다 하더라도 바로 뵐 수 있을 거라고 생각해서는 안 됩니다. 청와대, 상공부, 과학기술처, 영국 대사관 등등, 계속 방문하실 곳이 많거든요."

다리에 힘이 좌악 소리 나게 빠졌다. 주저앉고 싶었다.

갈수록 태산이었다. 막말로 말을 붙인 놈이 병신이었다. 하긴 하나같이 기생오라비같이 생긴 젊은 비서 놈들이 뭘 알겠는가 싶기도 했다. 그래서 시시콜콜 따질 수가 없는 것이었다.

아니, 말끝마다 존댓말을 붙여 주고 말끝마다 "죄송합니다" 소리를 달아 주는 사람들 얼굴에 무슨 욕설을 퍼붓는단 말인가. 웃는 쌍판에 침 못 뱉는다고 누가 그랬는가.

그렇다고 쉽게 돌아설 수 있는 입장도 아니었다. 민씨는 새로 맞춰 입은 양복이 다 구겨질 때까지 뻔질나게 을지로 입구 명광 빌딩을 드나들었다.

물론 그날로 마시기 시작한 술 때문에 민씨의 얼굴은 늘상 뻐얼겋게 취기로 물들어 있곤 했다. 그래서 더욱 미친 사람 취급을 쉽게 받았을 터였다.

어쨌거나 그 문제의 장학금은 3월이 다 가도록 수령하지 못했을 뿐 아니라, 그 일로 하여 경찰서 신세까지 지지 않으면 안 되었다. 정신이상자 횡포 운운하는 수위실 신고로 백차에 실려 가

신화의 기둥
127

즉결재판을 받은 것이었다.

그는 휘청거리며 명광빌딩 입구에 서서 고래고래 고함을 내질 렀다.

"이런 씨부럴노무 경우가 어디 있노!"

"왕득구 그놈, 순전히 사기꾼 아니가?"

"누가 첨부터 돈 달라 했나? 와 가만있는 사람을 요 모양 요 꼴로 만들어 놓는 기가?"

"그래, 돈 많은 재벌 영감은 시퍼런 거짓말을 해도 죄가 안 되 는구마, 더런 놈덜!"

하나, 아무리 씨부리고 또 씨부려도 바윗돌에 계란 던지기 식 이었다. 누구 하나 말상대해 주는 사람조차 없었다.

참으로 어이없는 일이었지만, 고향에 벌여 놓은 일들을 해결할 그 어떤 대책도 보이지 않는, 말 그대로 적막공산의 연속이었다.

결국은 그냥 당하고 있는 수밖에 없었다. 아니, 모든 것을 생 기지 않았던 일로 돌릴 수밖에 없었다.

그해 5월이던가 6월이던가, 해외인력관리부에서 전보가 날아 들어 왔다. 재취업 유무를 묻는 의례적인 전보였다. 민씨는 벌떡 일어났다. 바로 이때다 싶었다. 그날 밤 왕득구 회장의 명령을 받아, "알겠습니다. 그렇게 시행하겠습니다" 머리 숙였던 카타르 현장 소장을 만난다면 모든 것이 저절로 해결되리라 믿어 의심 치 않았기 때문이었다.

그러나, 그 꿈마저 산산조각이 나고 말았다. 믿었던 김만봉 소 장마저 민씨가 두 번째 취업으로 카타르에 도착하기 열흘 전에

돈황제

런던 지사장 발령을 받고 떠나 버린 탓이었다.

재수 없는 놈은 뒤로 넘어져도 코가 깨진다던가.

"씨부럴. 나 같은 놈한테 그런 복이 굴러들어 올 리가 읍지. 결국 내가 바보 멍팅구런 기야. 세상을 덜 살았다는 증거 아닌가배."

민씨의 제2차 방황은 그렇게 해서 시작되었으며, 그해 날린 집과 부채를 해결하기 위해 무려 4년씩이나 연장근무를 했다는 것이었다.

그러나 결과는 너무도 엉뚱하게 빚어진 것이다. 원상 복구는 커녕, 늙은 여편네까지 바람이 났고, 그러다 보니 아들놈들 대학은커녕, 군대 간 큰놈 하나를 제외하고는 아들 사형제가 소리 소문 없이 천지사방으로 흩어져 버렸다는 것이었다.

3

"그래, 그 뒤로 왕 회장님은 뵙지 못했습니까?"

권도혁이 물었다.

"내 멀라코 그런 사기꾼을 만날끼요?"

민씨의 저항은 지금이라고 해서 많이 가라앉은 것은 아니었다. 오히려 더 기승을 부린다고 해야 할 판이었다. 물론 양주 한 병을 거지반 혼자 비운 취기 탓이리라.

"그래도 왕 회장이 깜박 잊고 있을 수도 있잖습니까?"

"잊어삐고 있다코? 천부당만부당인 기라. 지난 추석 전날이니까 9월 말쯤이구만. 내 미친 척하고 또 그 빌딩을 들린 기라. 왕득구를 한번 만내 볼 끼라코……."

"그래서요?"

"비서실이 10층이든가 12층이든가?"

"14층입니다."

"우쨌거나. 거기서 고마 딱 마주친 기라. 원수 외나무다리에서 만난다 카이 고마 딱 소리 나게 마주쳐 버린 기라."

"그래서요?"

"내가 큰 소리로 나 민득굽니더 했지. 고마."

"그랬더니요?"

"뻔헐 뻔 자지 뭐. 언제 닐 봤더나 식이라."

"그래서요?"

"다짜고짜로 장학금 500만 원 내노이소 회장님! 허고 달라붙었는데 그기 아닌 기라."

"그게 아니라뇨?"

"비서 시켜 돈 50만 원 던져 주고 끝내 뺀 기라 그마. 집에 갈 차비라 카드나 밥값이라 카드나……."

"아무렴!"

이번에는 권도혁이 분개해 마지않았다.

"해필 그날 밤 텔레비 뉴스에 머라코 난 줄 아는교? 왕득구가 K대학에 장학발전기금이라코 70억 원을 기부했다 그 말인 기라. 형씨, 내 술 취해서 허튼소리 허는 거 아님더. 왕득구 그놈 숭칙

한 거짓말쟁이에다. 돈독이 올라도 더럽게 오른 짐승인 기라요 그마."

민씨의 얼굴에 번지는 냉소가 그렇게 차가울 수 없었다. 그가 목소리를 높였다.

"내 겉은 경우가 어디 한둘뿐인교? 그 양반은 술 묵은 여흥으로 으싸라삐야 내뱉았는 줄 모르지만 우리 겉은 무지렁이 인생들에겐 그 한마디가 올매나 중요헌 줄 모리요. 아예 못 지킬 약속 같으모 처음부터 안 허는 게 상수인 기라요. 그 정도 크게 성공했시모, 이제 해줄 거 안 해줄 거 가릴 줄 알아야 사람이제, 되나 캐나 뱉았다가 되나 캐나 나 몰라라 자빠지는 것이 오디 사람이요? 아직도 그 사람 밑에서 밥은 묵고 있지만, 이 민득구, 왕득구 사람 취급 안 하는 재미로 사요. 형씨, 내 말 알아듣겠소?"

권도혁은 눈을 감고 있었다. 아니, 눈이 아니라 귀를 막고 싶은 심정이었다. 실제로 그는 귀를 막고 있었다.

한데 이상했다. 두 손으로 막았다가 놓았을 때의 느낌이 다른 것이었다. 같은 바다와 같은 파도인데도 전혀 생소한 해조음으로 들려오는 것이다.

여직 한 번도 감지해 보지 못한 야릇한 음악 같다고나 할까. 그리고 권도혁은 보고 있었다. 어둠으로 덮인 열해에 흡사 망부석인 양 우뚝 서 있는 저 망연한 사내의 자태. 그리고 수십 년 노동에 마모될 대로 마모된 손바닥과 그 속에 파묻힌 구릿빛 얼굴.

오, 사내여. 무릇 생각함에 있어서 이기심을 가지고 하거나, 비판적인 정신 없이 무턱대고 하거나, 격한 감정에 지배되어 하지 말라. 그보다 그대 행동의 동기를 그럴듯하게 꾸미지 말라. 말을 지나치게 많이 하는 것도 교활해지는 지름길이니 입을 다물고 눈을 감고 귀를 막을지어다. 그리하여, 다른 사람들의 맹세나 증언을 필요로 하지 않는 사람이 되게 하라. 인간은 오만하고 교활하고 탐욕스러운 자에 의해 세워져서는 안 되며, 스스로 똑바로 서야 하는 것이니라.

권도혁이 민씨를 다시 만난 것은 그 다음다음 날이었다. 이번에는 이쪽에서 그를 부른 것이 아니라, 민씨가 자진해서 권도혁에게 전갈을 보내온 것이었다.

아침을 막 끝내고 식탁에서 일어서려는데, 예의 영 아줌마가 말하는 것이었다.

"오늘 낚시 갈 거냐고 묻데유."

"낚시요? 관리부장님이 그러시던가요?"

"관리부장이 아니구 민씨예유."

"아, 그 양반? 언제 여기 왔었습니까?"

"아침 일찍 왔다 갔어유. 만약 가신다면, 새우를 미리 준비해 놓겠다구……."

"어디로 하면 연락이 됩니까?"

"저한테 일러 주시면 전달허쥬."

"좋습니다. 오후 5시쯤 해서 출발하겠다구…… 그런데 아주머님, 민씨하구 친하세요?"

"친하다기보다 잘 알아유. 서로 오래됐으니까."

"민씨 그 양반, 10년 됐다면서요?"

　　　　　　　　　　　　　　돈황제

"그러무요. 꼭 10년째일 꺼유."

"아줌만 어떻게 됩니까?"

"나두 이제 꽤나…… 왜 또 그런 건 물어유?"

"민씨하구 아주머니하구 누가 더 먼전가 궁금해서 그렇습니다."

"그런 게 뭐가 궁금해유?"

"제가 카타르 현장 역사를 기록하기로 했거든요."

"역사유?"

"맞습니다. 현장이 처음 시작되어 오늘에 이르기까지의 얘기를 다 적는 거지요."

"그런 건 적어서 뭐해유?"

"회사 발전을 위해서 꼭 필요한 일입니다. 그래, 아줌만 몇 년도에 오셨죠?"

"어머, 내 정신 좀 봐유. 다리미질하다 그냥 내려왔구먼유."

영 아주머니는 부랴부랴 치마를 털고 일어섰다. 그리고 죄 지은 고양이처럼 잽싸게 2층 계단을 올라가 버렸다. 물론 다리미 운운한 것은 사실이 아닐 터였다. 일종의 임기응변이라고나 할까. 하지만 그 임기응변만 아니었어도 권도혁에게 그만큼 철저히 추적할 계기는 만들지 못했을 것이다.

아무튼 그날 권도혁은 낚시를 가지 않았다. 공교롭게도 그날이 영 아주머니의 생일이라는 얘기를 민씨에게 전해 듣고, 권도혁 역시 임기응변을 발휘한 것이다. 미리 준비했던 양주와 안줏감을 감쪽같이 영빈관으로 밀반출시킨 것이었다. 비단 술과 안

주뿐 아니었다. 이건 민씨의 제의였지만, 도하 시내를 뒤져 어렵게 구입한 케이크는 그야말로 아이디어 중의 아이디어였다. 물론 케이크 위에 꽂을 붉은 촛불도 잊지 않았다.

"아니, 그 아주머니 생일을 어떻게 기억하고 있습니까?"

영빈관으로 돌아오는 차 속에서 권도혁이 물었다.

"그런 얘긴 묻지 마소 고마. 입장 곤란허그만은."

매사가 그처럼 투박스럽던 민씨가 치마저고리 입혀 놓은 선머슴처럼 갑자기 야들거리게 말했다.

"입장이 왜 곤란해요?"

권도혁은 기회를 놓치지 않았다.

"그건 내 사생활 아닌교."

"사생활이라구요?"

"신사들은 그런 거 함부로 넘어다보지 않는다 카더만은."

"그러니까 영 아주머니를 좋아하신다는 말씀이군요?"

"글쎄, 뭐 편할 대로 해석하이소."

"하지만 혹시 짝사랑 아닙니까?"

"짝사랑?"

"일방적인 사랑 말입니다."

권도혁이 물었다.

"왜, 대답을 못하세요?"

"마…… 어디까지나 개인적인…… 마, 치웁시더."

"좋습니다. 대신 한 가지만 더 묻겠습니다."

"얼마든지 물으소. 내 그 일만 아니라 쿠모 한 가지 아니라 만

가지라도 문제 읎는 기라요."

"영 아줌마 술 좀 하십니까?"

"술?"

"만약 할 줄 알면 오늘 한자리 만들어 볼까 해서요."

"그 여자 술 먹는 거 내 못 봤소."

하나, 영 아주머니는 달랐다. 술을 벌레 보듯 탈탈 털지 않았다. 게다가 우려했던 것처럼 아주 경색된 몸놀림도 아니었다. 왜냐하면 생일 케이크와 잘 포장된 몇 가지 하찮은 선물 상자로 치장된 방으로 유인해 올 때만 해도 그녀는 마치 한 마리 야생동물처럼 극렬하게 저항했기 때문이었다.

어쨌든 권도혁이 연출한 그날의 드라마는 성공적인 셈이었다.

"해피 버스데이 투 유~."

"해피 버스데이 투 유~."

아니, 연출뿐 아니었다. 능청스러운 민씨의 연기 또한 일품이었으며 그의 노래 솜씨는 가히 타의 추종을 불허할 정도였다. 실제로 그녀는 50회 생일을 상징하는 다섯 개의 큰 촛불을 훅 불어 끄는 순간 찔질찔질 울고 있었다. 손수건으로 눈꼬리를 찍고 있었다.

"너무너무 감사해유. 이건 생각도 못했슈. 정말이예유."

선물 상자를 하나 풀며 그녀가 말했다. 그리고 활짝 웃었다. 그 순간은 누가 봐도 50회 생일을 맞는 여자 같지 않았다. 말 그대로 앳된 소녀였다.

어디에 저런 청순함이 숨어 있었을까. 어디서 저런 천진스러운 표정이 나오는 것일까. 권도혁이 준비해 온 샴페인을 펑 소리 나게 터뜨린 다음 말했다.

"자, 이 즐거운 날 한 잔씩 하십시다."

"하모, 이리 존 날이 오디 있노? 안 그렇소 아지매."

역시 분위기 잡는 데는 민씨였다.

그렇게 해서 영 아주머니도 그날 술자리에 어울리지 않을 수 없게 되었으며, 민씨가 얼마나 잘 구슬렸는지, 양볼에 홍조까지 불그스레 띠는 것이었다. 아마도 샴페인을 포함해서 양주 서너 잔은 좋이 마셨을 터였다.

어떤 경우건 간에 여자가 술을 마시면, 지금까지 잘 감당해 오던 자제력을 잠시 망각하기 마련이었다. 2층 구석방으로 피신해 버리곤 하던 그녀가 제법 대범해져서 노래까지도 한 곡조 부른 것이었다. 애간장을 녹이는 듯한 가냘픈 목소리였다.

〈여자의 길〉이란 옛 가요였다. 노래를 끝내고 나서도 그녀는 부끄러워 쩔쩔매지 않았다. 그녀 스스로 가사에 도취했는지, "난, 다시 난다면 꼭 남자로 태어날 꺼예유"라느니, "여자는 왜 남자보다 약허쥬?" 따위 묻지도 않은 말을 불쑥 내뱉는 것이었다.

그 같은 태도 변화는 권도혁이 당초 노렸던 바였다. 하나 이번에도 민씨가 권도혁을 압도해 버리는 것이다.

"와, 여자로 태어나서 손해 본 거 있는교?"

민씨의 그것은 언제나처럼 투박스러웠다. 한데도 그녀는 익숙한 듯 매우 다정하게 답하는 것이었다.

"결국 산다는 거 자체가 손해 아니겠어유?"

돈황제

"와, 거 어려븐 말도 헌다. 안 그렇소, 형씨?"

"제대로 표현하신 거죠, 뭐."

권도혁도 거들었다.

"내는 철학적인 말만 나왔다 쿠모, 영 안 되겠는 기라. 말을 통 몬 알아묵어예."

너스레를 떨며 민씨가 계속했다.

"건 그렇다 치고 내 하나 물읍시더. 결국 인생이 고해다 그 말인교? 아니모 지금 이 시간이 특별히 손해다 그 말인교, 영빈관댁?"

"글쎄유. 옛날도 그렇고 지금도 그렇고 다 똑같애유."

"허, 그 무신 소린교? 옛날이야 호강 안 했소? 말이야 바른말 이제, 영빈관댁이야말로……."

"민씨!"

마침내 그녀가 제동을 걸기 시작했다.

"또 주정이세유?"

그러나 그녀의 시선은 평소처럼 극단적인 것이 아니었다. 어느 정도의 허용을 의미하는 경계신호라고나 할까.

그러나, 한계를 넘을 경우 결코 가만있지 않겠다는 위협도 포함된 일종의 경고성 엄포인 것이었다. 문제는 그런 위협과 엄포를 받으면서도 결코 굴하지 않는 민씨의 배짱에 있었다.

"와요. 왕 회장한테 대우받았을 때는 좋았다 아니요?"

"그만두세유!"

"그러지 마소. 가슴속에 묻어 두모, 그기 병이 되는 기요. 와

병을 키울라 쿠요? 요렇게 존 날 싹싹 훑어내리 뺍시더 그마. 안 그렇소. 영빈관 아지매."

민씨가 이번에는 권도혁을 향해 말한다.

"내사 무식해서 그런다 치고, 형씨는 우찌 생각허요?"

"그 말도 틀리지 않습니다."

"보소. 소설가도 생각이 다 같은 기라. 아지매, 그마 우리 종 치고 일어나는 기 우떻소? 왕득구고 뭐고 이제 다 때리치아 삐 고……."

"민씨, 정말 그럴 꺼예유?"

"입이 삐뚤어져도 말은 바로 하라코, 와 내 말이 틀렸는교? 지 금도 그놈의 왕득구가 와서 아이고 내 색시야 허고 엉덩이 방딩 이 두들겨 줄 줄 아는가배. 만약 왕득구가 아지매 찾아 카타르 까지 온다 쿠모 내 손에 장을 지지겠소. 내 손에 장을!"

"민씨, 이제 제발 그만혀유!"

"아니라요. 아지매가 말만 떨쿼 주모 내 카타르 한국 대사 부 랄을 잡고 늘어져서라도 아지매 여권을 맨들어 올 끼요. 아니, 대사가 읍시모 그 밑에 사람, 그 밑에 사람도 읍시모 또 그 밑 에……."

민씨가 말을 더 이상 잇지 못한 것은 그 자신의 격한 감정 때 문이 아니었다. 그녀가 마침내 그 자리에 풀썩 엎어지며 흑흑흑 흐느껴 울기 시작한 까닭이었다.

"아지매, 안 그렇소? 와 이 천리만리 낯선 땅에서 볼모로 지내 는 기요? 무슨 죄를 지었다코 허구헌 날 연기 쐰 꽹이 얼굴 허고

돈황제

숨어 살아야 허는교?"

민씨가 설득조로 말을 이었다.

"왕득구가 그리 무서운교?"

그래도 그녀는 대답이 없다.

"내 정말이요. 아지매가 한 말만 떨궈 주모 여기 지사장 멱살을 잡고 흔들든 대사 부랄을 잡고 늘어지든 그까짓 여권 한 개 못 빼올 줄 아요? 그래서 우리 서울로 들어갑시더 그마. 만약 왕득구 패거리들이 보복할라 쿠모 신문사로 들어가 삐는 기요. 있는 그대로 만천하에 공개하모 누가 더 손핸교? 쥑일 놈덜!"

이제 권도혁 역시 더 이상 그들의 울먹임을 듣지 않아도 전후 사정을 대충 짐작할 만했다. 아니, 대충이 아니었다. 그 어떤 장면이건 간에 너무나 선명하고 뚜렷하게 눈앞에 그릴 수가 있었다. 흡사 재주 부리지 않는 영화 화면인 양 때로는 슬로 모션으로, 때로는 고속 화면으로 얼마든지 변경 조종이 가능한 것이었다.

그렇다고 해서 이후의 이야기가 그런 방식으로 대충 정리된 것은 아니다. 그로부터 사흘이나 여유가 있었던 이른바 라마단 휴가 기간 동안 권도혁은 두 번 더 민씨를 만났고, 더불어 영 아줌마와도 서너 시간을 좋이 대화를 나눈 터수였다.

4

영 아줌마의 본명은 조은실(趙銀實)이었다. 고향은 충청도 온

양 근처의 작은 마을이었는데, 꼭 조은실 씨 집뿐 아니라 마을 전체가 밑이 찢어지게 가난한 편이었다. 게다가 초등학교도 졸업하지 못한 어린 나이에 어머니를 여의었으므로, 집안은 더욱이나 말이 아니었다. 목수 직업을 가진 아버지는 대전 어디로 일을 나갔다 하면 한 달도 좋고 두 달도 좋다는 식이었다. 설령 집에 왔다 해도 하루도 성한 날이 없었다. 매양 술독에 빠져 지냈다. 그래서 동네 사람들 모두가 그녀의 아버지를 주정뱅이라고 불렀다.

대패, 끌, 쇠각자 등이 들어 있는 연장 자루를 어깨에 걸머메고 고개를 넘어올 때마다 부르는 "두마안강 푸른 물에 노 젓는 배앳사아공~" 노랫소리는 온통 마을을 떠나보낼 듯했다.

그런 아버지를 제일 못마땅하게 여기는 사람은 대전에서 데리고 들어온 새엄마였다. 없는 살림에 박하분이며 루주며 구리무며, 그 당시 유행한 화장품이란 화장품은 죄다 갖추고 있었다. 하루 종일 하는 일이란, 그녀가 와서 낳은 사내아이 젖 주는 일과, 또닥또닥 얼굴 다듬는 일뿐이었다. 아무리 다듬고 또 다듬어도 그게 그거 같은데, 왜 그처럼 지성으로 거울 앞을 떠나지 못하는지, 어린 소견에도 답답함을 금치 못했던 그녀였다.

『콩쥐팥쥐』의 주인공인 양 그녀도 새엄마의 질시와 눈총을 밥 먹듯 하지 않으면 안 되었다. 아버지가 하루도 술독에 빠지지 않은 날이 없듯 그녀도 계모의 명분 없는 탄압 때문에 온전한 날이 없었다.

그래도 그녀는 중학교에까지 입학을 했다. 이웃 면에 있는 외갓집의 적극적인 지원을 받았기 때문이었다.

그러나 중학교 1학년 겨울방학 땐가, 아버지가 마을 너머 고개를 넘어오지 못한 탓에 그녀는 학교를 중단하지 않으면 안 되었다. 아버지의 육신이 고기 상자 속의 동태처럼 꽁꽁 얼어붙어 버린 것이었다.

동사(凍死)라고 했다. 마을을 빠져나가는 상여에서도 독한 술 내음이 생솔 연기인 양 물씬 풍겨 나오고 있었다. 아버지가 없는 집안은 말 그대로 풍비박산 격이었다.

가슴이 아프긴 했지만 배다른 형제들과 뿔뿔이 흩어질 수밖에 없었다. 그녀는 언제나처럼 또 혼자였다. 부엌이건, 뒤뜰 감나무 밭이건, 닭장 속이건, 대숲이건 마다하지 않고 늘 혼자 동그마니 앉아 명상에 잠기곤 했다.

아무리 외갓집이라 하더라도 항상 마음이 편할 수는 없었다. 더욱이나 그처럼 극진히 그녀 편을 들어 주던 외할머니마저 저세상 사람이 되자 그날로 당장 대접이 달라졌다. 한마디로 천덕꾸러기에다 눈치꾸러기였다. 하지만 더 이상 갈 데 올 데 없는 처지였으므로, 혀를 깨물며 참고 견디는 수밖에 다른 방도가 없었다.

조은실 씨의 꿈 많은 처녀 시절은 그렇게 해서 도매금으로 금세금세 넘어가 버리고 말았다. 아니, 막상 도매금으로 넘어간 것은 그녀의 처녀 시절이 아니라, 일생에 단 한 번뿐이어야 하는 결혼인지도 몰랐다.

정확히 혼사는 그녀 나이 스물한 살에 이뤄졌다. 외삼촌이 정해 주는 혼사라서 그런지 그토록 일방적일 수가 없었다. 본인의 의견도 승낙도 받고 말고가 없었다. 그냥 일사천리였다. 말 그대로 찬물 한 대접 떠 놓고 상견례하는 식이었다. 신랑 역시 일가친척 없이 이리저리 떠돌아다니는 장돌뱅이 신세였다.

조은실 씨가 신랑 될 총각을 보자마자 첫눈에 휙 돌아앉은 것은 그의 직업이 아버지처럼 목수라는 점 때문이었다. 아버지가 메고 다니던 바로 그 연장 자루가 총각 어깨에도 잔뜩 걸려 있었는데, 얼마나 무거웠는지 땅바닥으로 푸욱, 꺼질 지경이었다. 그래도 운명이거니 했다.

사람은 생긴 그대로 수더분한 편이었다. 타고난 본성이 악하지 않아서 매사가 싹싹하고 인정미가 넘쳐흘렀다. 그런 까닭이었을까. 결혼 초기는 그런대로 아기자기하게 흘러간 셈이었다.

비록 남의 집 단칸 월셋방에, 먹는 거 입는 거 하나같이 구차스러웠지만, 이곳이 내 집이고 안식처다 싶어 괜히 배부르고, 괜히 행복했던 시절이었다. 하나, 뜻대로 되지 않는 게 세상일이었다. 남편이 지붕에서 굴러 떨어지는 사고가 생긴 것이었다. 허리뼈와 목뼈가 한꺼번에 부러지고 말았다.

쇳덩이로 된 추를 세 개 네 개 매달고 침대에 누워 있어야 했던 병원 생활은 그래도 남한테는 그럴듯해 보였다.

그처럼 호사스러운 병원 생활이 일주일도 채 안 되어 살림이 거덜 나고 말았다. 살림이 거덜 난 것은 그래도 견딜 만한 일이었지만, 떠꺼머리 같은 장정이 산송장이 되어 드러누워 있는 모습은 차마 눈을 뜨고 볼 수가 없었다.

얼마나 옴짝 못하고 한여름철을 견디었으면 등짝에 구더기가

돈황제

다 슬었을까.

조은실 씨가 본격적인 식모살이로 나선 것은 그 이듬해부터였다.

젖먹이 딸년을 외갓집 숙모에게 맡겨 두고 첫 번째 들어간 곳이 어떤 국영기업체의 모 과장 집이었다. 일주일 내내 부엌일 하다가 하루저녁 휴가를 얻어 딸을 만나고 산송장 격인 남편을 보살폈다. 그런 생활을 3년여 계속하다 보니, 주인아주머니를 비롯한 주위 사람들의 칭송을 한 몸에 받을 수밖에 없었다. 열녀상을 줘야 한다느니, 도지사상을 내려야 한다느니 한창 말이 많았던 어느 가을, 그녀는 주인아주머니 호출을 받고 마주 앉았다.

"이거 어쩌면 좋지, 주리 엄마."

주리는 조은실 씨의 딸 이름이었다.

"아니, 왜 무슨 일이 생겼남유?"

"글쎄, 우리 아빠가 전근을 가게 됐지 뭐야."

"전근이 뭐쥬?"

"직장을 옮기게 됐어, 전라남도 광주로."

"광주로?"

"주리 엄마, 같이 갈래?"

"……어떻게 광주까지……."

"그래, 병석에 누운 주리 아빠도 있는데, 그럴 수는 없을 거구. 그래서 아빠하고 의논을 했어요. 기왕 고생하는 바엔 돈이나 많이 받는 게 상책이라고 말야."

"누가 돈을 많이 준대유?"

"아빠 직장의 공사를 맡아 준 회사 회장님 집이 그렇게 후하 대요."

"회장님 집이 어디래유?"

"서울."

"서울?"

"그래. 기왕 나설 바엔 그런 데로 빠지는 게 좋아요. 마침 우 리 아빠가 부탁을 했더니, 언제라도 보내라는 허락을 하더래."

조은실이 어떻게 판단하든, 그렇게 결정되었다는 듯이 주인 여자가 말했다.

"주리 아빠도 병원 시설이 좋은 서울에서 치료받는 게 훨씬 유리하지 않겠어."

조은실 씨의 상경은, 아니 그녀의 성북동 입적은 그렇게 해서 이뤄졌다. 전 주인아주머니의 설명 그대로였다. 굉장한 부자였 다. 정말 그렇게 큰 집에 그녀는 단 한 번도 들어가 본 적이 없었 다. 대궐 같았다. 마당의 잔디밭만 웬만한 초등학교의 운동장이 었다.

대신 식구도 많았다. 처음에는 누가 누군지 도무지 구별이 안 될 지경이었다. 그렇다고 정해진 집안 식구들만 밥을 먹고 잠을 자는 것이 아니었다. 드나드는 사람 모두가 밥을 먹었고, 웬만하 면 다 잠을 자고 나갔다. 그러다 보니 이건 가정집이 아니라 무 슨 합숙소 같은 분위기였다.

시도 때도 없었다. 밀리는 게 손님이고 들이닥치는 게 회사 사 람들이었다. 자연히 일할 사람을 많이 고용할 수밖에 없었다.

조은실 씨 같은 사람만 모두 넷이었다. 한 사람은 오십이 넘은 여자였고, 그다음이 마흔, 그다음이 서른, 그리고 스물아홉 살의 조은실 씨였다. 아니, 심부름만 도맡아 하는 열여섯 살짜리 순영이란 계집아이까지 합치면, 도합 다섯인 셈이었다.

식모 군단이었다. 그 군단의 최고 사령관은 이 집의 안주인인 오순덕 여사였다.

처음엔 이 여자도 식모 중의 한 사람이거니 여겼을 정도로 소탈한 부인네였다. 아니, 소탈하다기보다 원래가 식모 취향이라고 해야 옳았다. 도무지 몸을 가꾸는 법이 없었다. 일주일에 한 번 정도 하는 외출 때도 머리 빗고 나서 금세 한복으로 갈아입으면 그만이었다. 매사가 그랬다. 막말로 집안일에 한창일 때는 누가 안주인이고 누가 식모인지 구별할 사람이 없었다.

하지만, 외모만 그럴 뿐 실제 행동은 전혀 달랐다. 그녀는 특별히 식모들에게만 엄했다. 부자가 더 인색하다더니 바로 그 짝이었다. 막말로 쌀 한 톨 콩나물 한 오라기 함부로 버리는 일이 없었다. 어쩌다 실수로 쌀 낱이라도 흘려보낼라치면 이건 생벼락도 보통 생벼락이 아니었다.

"피똥 쌀 년"이니, "눈알을 빼서 뒤꼭지에 붙일 년"이니 별별 요상스러운 욕설을 다 퍼부었다. 그것도 온종일 잔소리였다. 손이 발이 되게 싹싹 빌어도 그 자리에서는 도무지 용서가 없었다.

그처럼 괴팍한 성미를 가졌으면서도 다른 가족들에게는 그렇게 후할 수가 없었다. 일테면, 수도 없이 많은 그녀의 아들들에게 특히 더 그랬다. 워낙 집이 넓어서 그랬는지, 아이들이 학교가 있는 시간을 제외하고는 하나같이 집에서 많은 시간을 보내 곤 했다. 게다가 아들 한 명당 열 명 가까운 친구들을 부하처럼 거느리고 집 대문을 밀고 들어서는 것이었다. 그러다 보니 "아줌 마, 우리 주스요!" 해도 열 잔이고, "아줌마, 과일 좀 올려다 줘 요!" 해도 10인분이었으니, 그 시중만 들어도 하루 일손이 모자 랄 지경이었다.

그래도 오순덕 여사는 눈 하나 찌푸리는 법이 없었다. 어떤 경 우든지 간에 아들이 데리고 온 친구라면 조건 없이 칙사 대접이 었다. 뭐든 아끼는 법이 없었다. 어떤 때는 아이들 방에까지 찾 아가, "뭘 먹으련?" "왜 안 먹니?" "실컷들 들어라" 식으로 권하기 까지 하는 것이었다.

하나, "아줌마 우리 점심!"이니 "우리 밥 주세요"는 적어도 이 집 안주인인 오순덕 여사가 집 안에 거하고 있는 이상에는 불가 능한 일이었다. 왜 그러는지는 모르지만, 식사만은 정확하게 시 간을 지키는 것이 이 집의 법통이었다.

아무리 귀한 집 아들이라 해도 일단 식사 시간을 넘기면 그것 으로 끝이었다. 늦잠에서 이제 막 일어났으므로, 어떤 일 때문 에 늦게 귀가했으므로 혼자 특별히 밥상을 차려 내주는 일이 없 었다.

아주 매정하고 엄한 그 규정은 오순덕 여사에 의해 철저하게 지켜지고 있었다. 어쩌다 배고픈 아들과 실랑이하는 광경을 볼 라치면, 이건 모성애로 뚤뚤 뭉쳐진 어머니가 아니라, 전통 있는 기숙사의 엄한 사감 같은 느낌까지 줄 정도였다.

　　　　　　　　　　　　　　　　　　　돈황제

어쨌거나, 그런 가법(家法)을 일찍이 익힌 터라 아들들 역시 식사 시간 때문에 불평하는 일은 거의 없다시피 했다.

아니, 그것을 꼭 집안의 법통 탓이라고 잘라 말하기는 어려웠다. 왜냐하면, 집안의 법통이 곧 이 집안의 최고 어른인 왕득구 회장의 취향이기 때문이었다. 그러니까, 식사 시간 엄수를 비롯한 몇 가지 규정, 이를테면 일찍 일어나야 한다든가, 어떤 경우든 외박을 금한다든가, 담배를 태워서는 안 된다든가 하는 따위가 곧 그것이었다. 실제로 왕득구 회장 자신이 몸소 실천해 보임으로 해서, 어느 누구도 그것을 어길 수 없게 만드는 방식, 그것이 곧 이 집의 가풍이라고 해야 옳았다.

따지고 보면 왕득구 회장만큼 철저한 사람도 그 유형을 찾기 어려웠다. 특히 그가 유용하게 쓰는 시간이 그러했다. 왕득구 회장에게 있어서 시간은 말 그대로 황금이었다. 그는 유명한 구두쇠이지만, 특히 시간에 대한 인색함은 말로 다 표현할 수가 없을 정도로 극단적이었다. 실례로 그는 어떤 경우라도 새벽 4시 30분이면 정확히 기상하는 습관을 갖고 있었다. 기실 왕득구 회장보다 아침 시간을 더 값있게 쓰는 사람도 드물 터였다.

우선 해외에서 걸려 오는 전화가 그러했다. 언제부터인가 명광그룹 해외 지사 및 현장에서 직접 왕득구 회장에게 보고하는 제도가 생겼는데 그것이 바로 새벽 전화였다. 물론 세계 각국의 시간이 각각 다르므로 어느 지역은 정오일 수도 있었지만, 어쨌거나 받는 쪽은 기분 좋은 새벽이므로 새로운 기분, 밝은 정신으로 지시를 할 수 있어서 좋고, 중요한 문제일수록 바르게 판단할 수 있어서 더욱이나 좋은 것이었다.

그러나 그 시간 왕득구 회장이 꼭 해외 지사의 보고 전화만 받는 것은 아니었다. 공적이라기보다 개인적인 것에 가까운 내용의 전화도 심심찮게 걸려 오는데, 그처럼 새벽 시간을 이용하는 사람들은 대체로 여자라고 해도 결코 망언이 아니었다. 그들은 왕득구 회장과 극히 사사롭게 만나는, 이른바 은밀한 관계의 여자들이었다. 물론 은밀한 관계가 아니라면, 그 비밀스러운 전화번호와 더구나 새벽 시간의 한적함을 그녀들이 감히 알 리 만무한 것이었다.

사실이 그랬다. 그 같은 사적인 전화는 그 시간이 아니면 거의 불가능하다고 해야 옳았다. 왜냐하면 일단 그때를 넘기고 나면, 온종일 왕득구 회장이 수화기를 직접 드는 일이 거의 없기 때문이었다. 회사고 성북동이고 영빈관이고 간에 한결같이 비서를 거쳐야 통화가 이뤄지는 것이어서, "어디세요?" "성함이 어떻게 되시죠?" "무슨 일로 전화 거셨나요?" "연락 전화가 몇 번이죠?" 따위 복잡하고 까다로운 심의를 거치고도 한두 시간을 기다려야 간신히 통화가 가능할까 말까 했다. 실로 하늘의 별 따기가 아닐 수 없었다.

각설하고, 왕득구 회장은 일단 전화통화가 끝나면 곧바로 독서로 들어갔다. 기실 말이 그럴듯해 독서지 기껏 신문 탐독 정도가 고작이지만, 그래도 그만한 지위를 가진 사람치고, 왕득구 회장만큼 신문 기사에 집착하는 사람도 많지 않을 것이었다. 어제 오후 석간에서부터 시작하여 이제 막 배달된 조간에 이르기까

　　　　　　　　　　　　　돈황제

지 웬만한 기사는 빼지 않고 모조리 읽어내려 가는 것이었다.

그렇다고 해서 신문의 1면부터 마지막 16면까지 다 섭렵한다
는 얘기는 아니다. 역시 그가 관심을 가진 지면은 정치면, 경제
면, 사회면 그리고 유명 인사나 신문사 주필 급들이 쓰는 시사
칼럼과 사설 등속이다.

그리고 더 있다면 텔레비전 프로그램 안내 지면 정도라고나
할까. 물론 텔레비전 쪽은 연예계의 소식이 심심치 않게 소개되
기 때문에 특별한 관심사 중의 하나였다.

5

이왕 그 어른의 독서 얘기가 거론됐으니, 한 가지만 더 첨가
하자. 왕득구 회장은 읽어야 된다고 판단이 내린 책은 기어코 꼭
손에 들어야 직성이 풀리는 어른이었다.

하나, 그 판단을 누가 왜 내리느냐가 문제였다. 그렇다. 그 어
른 자신이 아닌 다른 사람의 권유를 받고 읽은 책은 아직까지
단 한 권도 없다는 것이 문제라면 문제였다.

솔직히 말해서 왕득구 회장이 첫 장부터 마지막 끝 장까지
탐독한 책은 불과 다섯 손가락 꼽기도 힘들 터였다. 그저 읽는
시늉만 할 뿐이었다. 남들과 대화할 때 화제의 내용을 몰라 혼자
개 짖는 소리 하는 이변이나 간신히 면할 정도라고 하면 너무 의
도적인 표현일까.

그러나 그 자신의 이미지 관리에 매우 중요하다고 판단되는 명사들의 사교 모임에서는 달랐다. 그런 모임일수록 왕득구 회장은 항시 히어로이기를 원했고 실제로 주인공 역을 늘 그가 혼자 독차지하곤 하는 편이었다.

아주 특이한 기질을 발휘, 단숨에 좌중을 압도해 버리는 천부적인 재질 때문이었다. 이름하여 임기응변이었다.

하나, 같은 임기응변이지만 사전에 철저히 준비된 시나리오에 의해 연출되는 경우도 없지 않았다. 예컨대 여류시인 P씨 같은 사람이 그 대표적인 케이스였다.

P씨는 시인일 뿐 아니라, 널리 이름을 떨치는 이른바 한국의 지성(知性) 중 두 번째 가라면 서운해할 사람이었다. 그런 P씨가 왕득구 회장이 주관하는 만찬에 초대되어 다른 명사들과 함께 자리를 같이했다.

"나 왕득굽니다."

으레 그렇듯 그는 어울리지 않게 명함을 꺼내 P씨에게 권하는 일부터 먼저 했다. '명광그룹 회장 왕득구'라고 찍힌 아주 소박한 명함이었지만, P씨는 그것 한 장에 그만 넋을 잃고 만 것이었다. 왕득구 하면 천하가 다 아는 이름인데 어찌 저토록 정중하게 명함까지 건넬 수 있는가 말이다. 그러나 그녀가 막상 놀란 것은 그다음 일이었다.

"죄송한 얘기 하나 해도 실례가 안 되겠습니까? 실은 제 머릿속에 그리던 P씨의 모습이 아니라서……"

"제 모습이 회장님 마음에 안 드신다는 말씀인가요?"

"천만에. 시인의 모습이 아니고 미인 콘테스트의 심사위원장 같은 모습이라……."

"심사위원장이라구요?"

"미인 콘테스트 규정을 보면 그 심사위원장은 반드시 미인 콘테스트 출신을 선정한다더군요."

처음에는 어리둥절했지만 결국 P씨가 뛰어난 미인임을 강조하는 은유법을 동원한 것이었다.

"어머, 정말 대단하셔!"

P씨는 새삼 감동해 마지않을 수 없었다. 하나 그녀 입에서 결정적인 감탄의 소리가 터져 나오게 한 것은 왕득구 회장이 사전에 준비한 다음 막이 오르고 나서부터였다.

왕득구 회장이 말했다.

"P선생님을 이렇게 뵙는 순간, 갑자기 시를 한 편 암송하고 싶어집니다."

"어머, 시를 다 암송하세요?"

"제가 좋아하는 시가 아니면 읽어 보지도 않습니다만, 제 취향에 맞는 시를 발견할 때의 그 기쁨이란, 말로 다 표현할 수가 없지요. 아마 시가 암송되어지는 것도 그런 기쁨의 충격 때문이 아닐까 싶습니다."

"어머, 멋져라. 회장님. 그 암송 시 듣고 싶네요."

"정말 실례해도 되겠습니까?"

"실례라뇨. 그 무슨 말씀을……."

왕득구 회장은 험험 목을 다듬은 다음 천천히 암송을 시작했다.

한데 이게 웬일인가. 놀랍게도 P씨 작품 아닌가. 그것도 스스로 대표작이라고 생각되는, 그래서 대중적인 인기는 좀 덜하지만 말 그대로 문학성 짙은 본격 시 아닌가. 그런데 그것을 문학평론가도 아닌 왕득구 회장이 어디 한 군데 막히는 데 없이 줄줄 다 외워 버리다니. 어쩌면 세상에 이럴 수도 있단 말인가.

P씨는 기절 일보 직전이었다. 감탄, 감동 따위는 저리 가라였다. 세상에, 세상에, 이런 멋쟁이가 또 있었단 말인가.

사실이 그랬다. 우리나라에서 바쁘기로 하면 대통령 다음이라 해도 과장이 아닌 재계의 거물인 왕득구 회장이 남들은 거들떠도 안 보는 시 작품을, 게다가 암송용도 아닌 본격 시를 어쩌면 그렇게 달달 외울 수가 있단 말인가.

하나 P씨가 만약 왕득구 회장의 음흉한 저의를 알았다면, 그토록 감탄했던 자신을 금세 후회했을 터였다. 아니, 후회 정도가 아니었다. 그처럼 박수를 쳐가며 감동했던 일이 얼마나 유치하고 치졸한지 다시는 그 대목을 상기하는 일까지도 삼갔을지 몰랐다. 요컨대 왕득구 회장의 암송은 그의 표현대로 시를 사랑하고 좋아해서가 아니었다.

그가 겨냥했던 것은 엉뚱하게 P씨였고, 영빈관의 궁녀들을 그렇게 하는 것처럼 그녀를 소유해야겠다는 간절한 욕망이 만들어 낸 함정이 바로 시 암송이었던 것이다. 그 함정을 어떻게 하면 완벽하게 위장시킬 것인가를 놓고 그는 나름대로 최선을 다한 것이었다. P씨의 시집을 한동안 손에서 놓지 않았던 것도 다 그런 이유 때문인 것이었다.

그러니까 P씨를 소유하기 위한 무서운 집념, 그 한 가지 때문에 비행기 속에서도, 자동차 속에서도, 심지어 새벽 신문 독파 시간까지도 할애해 가며 시를 읽고 암기하고 복습하고 예습하고 다 했던 것이었다.

어쨌든 왕득구 회장의 전용 특실이 있는 L호텔로 P씨가 은밀히 초청된 것은 이튿날 오후였다. 콧대 높은 고고한 여자를 남성으로 제압함으로써 얻는 희열을 지성 콤플렉스라고 하던가. 그러나 일단 욕망이 충족된 다음에 그의 태도는 달랐다. 내가 언제 그런 따위 시를 암송했느냐는 식이었다.

왕득구는 그런 데 애착을 갖는 남자가 아니었다. 달달 외웠던 시를 미련 없이 그의 머릿속에서 축출해 버리는 것이었다. 그는 실속 없는 정보를 머리에 빼곡이 넣고 다니는 사람을 아주 경멸하는 편이었다. 그는 꼭 필요한 정보, 바로 내일모레 당장 써먹을 수 있는 정보가 아니면, 아예 고개조차 돌리는 법이 없는 것이었다.

아무튼 그의 독서 경향에 대해 분석하는 사람은 적어도 그의 주위에는 없었다. 그의 다양한 책 선택도 그러했다. 어떤 때는 시집이었다가, 노래 가사 책이었다가, 딱딱한 논설집이었다가, 유명 연예인들이 팬 관리를 위해 만들어 내는 에세이집이었다가, 도무지 예측할 수 없는 기상천외한 것들의 연속인 것이었다.

왕득구 회장의 새벽 독서에 관한 에피소드는 이쯤 해두고 다음은 그의 귀가론(歸家論)에 대해 언급하는 게 순서일 것 같다.

왕득구 회장이 어눌한 필체로 갈겨 놓은 '명상록'이란 이름의 낙서 중에 이런 구절이 있었다.

세계가 넓다 하나 나에겐 내 집같이 그윽한 곳이 없다. 그곳은 아무것도 간섭이 없고 구속이 없는 절대의 안락경이기 때문이다.

물론 그것은 왕득구 회장의 글이 아니었다. 어떤 영국 극작가의 작품 속에 나오는 대목인데, 언제 어떻게 인용했는지 확실하지 않았지만 아무튼 그 대목을 낙서로 남겼다는 게 주목할 만한 일이었다. 꼭 그 대목뿐 아니었다. 왕득구 회장은 그의 많은 아들들과 간혹 대화를 나눌 때마다, "어떤 새든지, 자기의 둥지를 가장 좋아하는 법"이라고 강조해 마지않는 것이었다.

거기다가 한술 더 떠서 "참으로 행복하게 되고 싶은 자는 집에 더 많이 머물러 있어야 한다"고 못을 박는 것이었다. 이른바 함부로 집을 비워서는 안 된다는 왕득구 식의 교훈이라고나 할까. 그 점에 대해서 그는 몸소 실천하는 것만이 아들들에게 모범을 보이는 일이라고 믿어 의심치 않았다.

사실이었다. 왕득구 회장은 아무리 좋은 일, 아무리 중대한 일이 있어도 하룻밤을 통째로 밖에서 보내지는 않는 습관을 오래 전부터 갖고 있었다. 그는 어떤 경우라도 반드시 새벽 2시 이전에 마무리 짓고 마치 큰일이라도 생긴 듯이 집으로 우당탕 뛰어오곤 하는 것이었다. 예컨대 비싼 대가를 치른 인기인이라고 해

돈황제

서, 고고한 여류라고 해서 예외가 있을 수 없었다. 그는 시간만 되면, 만사 작파하고 뭔가에 홀린 짐승처럼, 귀소본능에 투철한 곤충처럼 새벽같이 성북동 집 대문 앞에 우뚝우뚝 서곤 했다.

집안의 왕이 그럴진대, 어찌 다른 식구들이 감히 외박 운운이나 할 수 있겠는가. 그것은 절대로 과장이 아니었다. 집안의 어느 누구도 왕 회장의 명을 거역하고 함부로 외박을 감행할 사람은 없는 것이었다. 만에 하나라도 그런 일이 생겼다고 하면, 절대로 그냥 지나치지 않는 게 또 왕득구 회장의 고집이었다.

한마디로 무서웠다. 자신이야말로 절대권자요, 만왕의 왕이요, 성북동 집을 보호하는 신(神) 같은 존재였다. 어느 누구도, 심지어 그의 정식 부인인 오순덕 여사까지도 그에게 함부로 말대꾸를 할 수 없었다. 그의 입에서 한 말씀 떨어지면 그것이 바로 법도가 되고, 미래를 여는 열쇠가 되었다.

요컨대 그가 가족들에게 강물에 뛰어들라 명령했다 하더라도 결코 빠지게 하는 게 아니라, 그들의 몸을 깨끗하게 씻기기 위한 방편이라는 식이었다. 그러므로, 행여 그의 권위나 그의 존재를 입증하려는 온갖 시험이 있다면 그것은 이미 그에 대한 모독으로 간주할 수밖에 없는 것이었다.

그 같은 인식은 누구를 막론하고 똑같이, 그리고 공평하게 적용되는 일이었다. 일테면, 그의 부인인 오순덕 여사라고 해서 약간의 예외가 따를 수 있다고 생각한다면 그것은 큰 오산이었다.

그의 수많은 아들들 또한 마찬가지였다. 아버지와 아들 사이이므로 으레 모종의 아량과 양해가 있으리라 지레짐작하겠지만,

그야말로 천만의 말씀이었다. 아무리 작은 부분의 사건이라 할지라도 당신의 권위를 손상케 하는 일로 판단되면 일단 형벌부터 준비했다.

그리하여 어느 때, 어느 장소, 상대가 누구인가 가리지 않고 철퇴를 들어 무자비하게 갈겨 버렸다. 그래야만 직성이 풀리는 양반이었다. 그래야만 왕씨 가문에 평화가 온다고 믿는 위인이었다. 그래야만 당신이 유일무이한 존재로 영원히 남으리라 믿어 의심치 않았다.

요컨대 '성북동 법전(法典)'의 첫 장을 열면 최고 통치자인 왕득구 어른의 권위를 왜 지켜야 하는가로 시작되어, 당신의 권위를 어떻게 하면 제대로 지킬 수 있는가라는 구절로 마지막 장을 장식하는 것이었다.

따지고 보면 그의 법전 요지는 아주 단순했다. 이른바 세 가지 금지법이었다.

생을 부여한 자에게 복종하지 않는 죄는 크다. 그러나 더 큰 죄는 양육하는 자에게 복종치 않는 것이며, 그보다 더 큰 죄는 복종키로 약속했으면서도 복종치 않는 행위였다.

왕득구 회장은 또 관대함과 관용이 많으면, 가정이건 사회건 문란의 경지에 빠져 마침내 혼돈에 이른다고 주장하는 사람이었다. 말 그대로 일인독재 신봉자였다.

얘기가 잠시 샛길로 빠졌지만, 왕득구 회장 소유의 기업이 60년대 들어 번창일로에 들어섰던 것도, 70년대에 활짝 만개했던 것도, 기실 그 일인독재 신봉 사상과 무관하지 않을 터였다. 무관하기는커녕 너무나 죽이 잘 맞는 사람을 만났음으로 하여 너무나 화려한 전성기를 맞이할 수 있었던 것이었다.

그는 누구보다 힘이 많은 사람을 존경했고, 일단 존경심을 표시했다 하면 옷을 훌훌 다 벗어부치고 충성하는 행동력을 보인 사람이었다. 비굴하다느니, 격이 없다느니, 천박하다느니 따위 비방은 아예 안중에도 두지 않았다. 오로지 충성과 복종만 있을 뿐이었다.

그분께서 재물을 원하시면 재물을 바치고, 그분께서 하룻밤 쾌락을 원하시면 또 그만한 여흥을 마련해 드렸으며, 그분께서 큰 국제 게임에서 우승하기를 원하시면 수단과 방법을 가리지 않고 총동원하여 기어코 승리하는 모습을 보여 드렸다.

아니, 그분의 명령이 당신의 최초 법임을 증명하는 데 게으르지 않았던 사람이 바로 왕득구 회장이었다. 그런 확실한 행동력과 실천력 때문에 왕득구는 기업인으로 대성할 수 있었다. 사람들이 그를 가리켜 '100년에 한 사람 날까 말까 한 인물'이라고 높이 치켜세우는 것도 기실 무리가 아니었다.

기왕 일인독재 신봉자의 권위에 대한 말이 나왔으니 그 대표적인 이야기를 한 가지 거론하고 넘어가자.

6

수많은 에피소드 중에서 첫 번째로 그 유명한 마천 공단의 준공식 해프닝을 꼽지 않을 수 없다. 왕득구 회장에게는 다섯 명의 형제와 두 명의 누이가 있었는데, 그중 첫째 동생인 왕득혁(王得赫)의 경우는 왕득구 회장이 창업한 명광그룹을 본궤도에 올려놓는 데 결정적인 역할을 한 이른바 창업공신 중의 한 사람이었다.

지금도 뜻있는 사람들이 모이면 왕득혁 없이 오늘의 명광이 있겠으며, 더불어 오늘의 왕득구가 존재하겠느냐고 열을 올리다 못해 애꿎은 양주병만 왕창왕창 비울 정도다.

왕득혁이 그처럼 절대적인 인물이었지만 어떤 모종의 일로 왕득구와 한순간에 등을 돌리지 않으면 안 되었다. 그 모종의 사건을 놓고 동생이 형을 겨냥한 일종의 항명이라고 단정하는 사람이 있는가 하면, 또 어떤 사람들은 실추된 권위를 찾기 위해 형이 파놓은 비열한 함정에 동생이 걸려들었을 따름이라고 극언하는 등 구구한 주장으로 하여 한동안 그 일로 명광그룹이 설왕설래한 적이 있었다.

어쨌거나, 그 사건을 계기로 왕득혁은 명광그룹을 홀연히 떠나 새로운 회사를 만들어 독립을 선언했으며, 왕득구는 왕득구대로 명광그룹를 재정비하는 데 전력투구했던 것이다.

그러나 배운 게 그 일이었으므로 왕득혁이 만든 기업과 명광그룹이 비슷하거나 아예 같거나 한 업종일 수밖에 없었고, 그래서 급기야 숨 가쁜 경쟁의 한 승부가 가려지지 않을 수 없었던 것이었다.

하지만 그 시점에서 분명히 짚고 넘어가야 할 것이 있다. 하필 그 무렵에 명광그룹이 설립한 명광방위산업이 바로 그것이다. 그 것도 왕득혁이 그동안의 경륜과 자금과 신용을 총동원하여 세운 마천중공업과 같은 지역에 공장을 건설한 것이었다.

하나, 왕득혁이 심혈을 기울인 마천중공업은 그 규모로 보아 과히 세계적이라고 해도 과언이 아니었다. 그러니까 왕득구가 설립한 명광방위산업은 마천중공업의 그것에 비해 너무나 월등히 뒤떨어지는, 왈 중소기업 규모에 불과한 것이었다. 게다가 마천중공업이 계획대로 가동이 된다면, 그동안 명광이 쌓아 온 그 분야의 정상 자리를 그쪽에 양보하지 않으면 안 되는 절박한 상황이 시시각각 다가오기도 했던 터였다.

하지만, 아무리 그렇기로서니 동생의 첫 번째 자립을 견제하기 위해 또 다른 경쟁 업체를 하필 그 지역에 세운다는 것은 아예 그 싹을 잘라 없애겠다는 모종의 술수가 아닐 수 없었다.

이건 확인될 수 없는, 소위 명광그룹 형의 유언비어에 속하는 이른바 유비통신의 일종이지만, 그 무렵 명광에 몸담고 있었던 다른 형제들, 그러니까 왕득구 회장의 셋째·넷째 동생들이 감히 형에게 반기를 들고 나섰다는 것이다. 표현이 거칠어 반기지, 기실은 오랜만에 직언을 서슴지 않았다고 하는 편이 옳은 판단일 터였다. 그도 그럴 것이 왕득혁이 죽을 둥 살 둥 해서 만든 마천중공업의 준공식을 겨냥, 명광방위산업의 준공도 같은 날, 같은 시에 테이프 커팅을 하겠다는 식이니 어느 동생인들 큰형의 그 같은 비열한 행위를 방관하고 넘길 수 있겠는가.

물론 성북동의 응접실이거나, 어느 호텔의 깊숙한 방이거나,

아무튼 형제들끼리만 모이는 특수한 장소였을 것이다.

"그것만은 안 됩니다, 형님."

이미 짜여진 각본대로 누군가가 먼저 서두를 꺼냈으리라.

"뭐라구?"

"작은형님의 준공식을 우리가 방해한다는 것은……."

바로 그 순간이었을 것이다. 왕득구 회장의 두꺼비 같은 손이 휙 허공을 가른 것은. 그리고 그의 호령으로 하여 천장이 욱신거렸을 것이다.

"이 병신 같은 자식들, 니들이 뭘 안다구 까불어! 득혁이를 그대로 놔뒀다간 우리 형제 모두가 다 망한단 말야! 힘을 한곳으로 모아도 안 될 판에 왜 두 개로 분열시키느냐 이거야!"

얼얼한 벼락 뺨을 움켜쥐고 "하지만 작은형님 회사를 큰형님이 밀어 주신다면, 그게 그거 아니겠습니까?" 또 한 번 직언을 하는 찰나, 이번에는 탁상 위에 있던 기물이 괴력을 발휘하며 날아갔다.

"이 병신놈들아! 내가 해도 힘드는데 어떻게 득혁이가 그 일을 해낸다는 거야? 그리구 그자식은 혼 좀 나봐야 돼. 형을 배신한 형벌이 얼마나 무서운지, 한번 뜨거운 맛을 봐야 된단 말이야!"

"그건 형님을 배신한 게 아니구, 작은형님도 자립할 시기가 되어……."

"이놈의 새끼들, 아직도 내 말을 못 알아들어!"

이번에는 그 유명한 조인트였다. 이름하여 손과 발을 자유롭게 사용하는 킥복싱 형이라고나 할까. 그만큼 인정사정없는 무자비한 공격이었다.

　아무리 아버지 같은 큰형님이지만, 그래도 장성할 대로 장성한 아우들이었다. 아니, 장성한 정도가 아니었다. 이제 자식들이 커서 일부는 혼인시켜 손주 볼 나이에 든, 이른바 한창 체면 차려 가며 어른 노릇 할 시기의 아우들을 그토록 무자비하게 구타한다는 것은 아무래도 상식적인 일은 아닌 터였다.

　그래도 누구 하나 형의 폭력을 폭력으로 막으려는 아우는 없었다. 쥐 죽은 듯이 잠자코 고개 숙여 폭풍이 잠잘 때를 기다리고 있을 따름이었다. 그것을 흔히 힘의 뿌리라고 하던가. 그렇다. 왕득구가 탐욕스럽게 내린 뿌리는 참으로 왕성하기 짝이 없었다. 재력이라는 이름의 뿌리였다. 그에겐 누구도 근접할 수 없을 만큼의 엄청난 재산이 쌓여 있는 것이었다.

　만약 그것이 왕득구에게 없다면 그의 권위에 복종하고 충성하며, 설령 킥복싱으로 폭력을 행사한다 하더라도 잠자코 참고 견디는 사람은 아마 한 사람도 없을 것이었다. 바꿔 말해 왕득구의 권위는 인간적인 면모, 예컨대 덕이나 인품에 의해 차곡차곡 쌓인 것이 아니라는 얘기다. 그러니까 왕득구의 그 높은 권력 행사가 순전히 재력의 뿌리에 의해 좌지우지된다고 해서 반론을 제기할 사람이 없었다.

　어쨌거나 여러 아우들은 갖은 수모를 당해 가며 비뚤어진 형님의 아집을 바로잡기 위해 안간힘을 다 썼다. 하나 결론은 불을 보듯 너무 훤했다. 어떻게 해볼 방도가 없었다. 형의 일방적인 승리였다. 아니, 아우들의 재력이 너무 보잘것없었다고 하는 편이 옳은 판단인 줄도 몰랐다.

"형님! 이번만은 재고해 주십시오."

"네놈들, 다 나가!"

"형님!"

"나가란 말야. 나와 같이 일하기 싫은 놈은 사표 쓰고 나가!"

왕득구 회장은 맹수처럼 으르렁거렸다.

"정말 나가지 못해!"

그가 다시 말을 이었다.

"오늘 이후부터 득혁이놈한테 가는 놈은 나하고는 의절하는 줄 알아. 사업도 다 끊어. 서로 교류도 할 필요 없어! 네놈들이 만드는 제품, 우리 명광에서 써주지 않는다고 불평하는 놈은 입을 뭉개 버리겠어! 병신 같은 놈들!"

물론 방문을 쾅 소리 나게 여닫고 그곳을 나온 사람은 여러 명의 아우가 아니라 왕득구 회장 자신이었다.

그는 숨을 헐떡거리며 자신의 집무 책상에 다가앉아 수화기를 들었다. 이미 지시해 놓은 사안을 다시 한 번 점검하는 것이었다.

명광그룹 종합조정실 김석호 부장이었다.

"이봐, 청와대에는 들어갔다 왔어?"

"네, 회장님. 방금 나왔습니다."

"그래, 어떻게 됐어?"

"마천중공업 준공식 말씀입니까?"

"병신같이. 이봐, 내가 지시한 게 그거 말고 또 있어?"

"그것은 조사를 완료했습니다. 회장님."

"그래, 뭘 어떻게 완료했어?"

"마천중공업에서 우리 쪽의 정보를 빼간 것을 확인했습니다."

"우리 쪽의 정보를 빼가다니?"

"그렇지 않고서야 준공식을 내일모레로 정해 버릴 수가 없잖습니까. 회장님?"

"그래?"

"이건 완전히 기습작전입니다."

"모레 몇 시야?"

"오전 10십니다. 회장님."

"그쪽 초청장을 확인했나?"

"제가 카피도 한 벌 해왔습니다. 원본은 벌써 올린 것 같습니다만……."

"아니, 벌써 각하에게 올렸단 말야?"

"확인된 바로는……."

"그럼 우리도 그렇게 해."

"네?"

"우리도 오전 10시로 초청장에 박아 넣으란 말야."

"하지만…… 회장님."

"뭘 꾸물거려? 빨리 초청장을 만들어 가지고 오잖구."

"알겠습니다. 회장님."

"당장 가져와. 10분 내로."

"인쇄가 아직 들어가지 않았기 때문에……."

"병신 같은 놈, 일시만 비워 두고 인쇄는 다 해놓으랬잖아?"

"글자가 한 자라도 인쇄는…….”

"이 병신 같은 놈, 너도 사표 쓰고 싶어?"

왕득구 회장은 부리나케 차비를 했다. 청와대로 들어가기 위한 모종의 준비였다. 며칠 전에 따로 챙겨 놓은 흰 봉투를 재삼 확인했다.

특별하게 부탁하는 일이 있어 면담 신청을 할 때마다 준비하곤 하는 봉투였지만, 이번 것은 좀 액수가 크다 싶었다. 그러나 사안이 사안인 만큼, 돈의 액수가 문제 될 바 아니었다. 어떻게 해서든지 각하의 옥체를 이쪽으로 돌려야 하기 때문이었다.

당시만 해도 대통령이 참석하는 준공식은 전국에 텔레비전 중계를 하게 되어 있었다. 아니, 텔레비전뿐 아니었다. 관계 부처 장관은 물론이고 외국의 유명 대사와 관련 업계 대표들 역시 대통령이 참석하는 준공식에는 반드시 동참하도록 제도적으로 정해 놓은 것이다. 다시 말해, 대통령이 참석하느냐 안 하느냐에 의해 그 준공식의 중요도가 결정되는 것은 말할 나위 없고, 경우에 따라서는 그 사업의 장래 전망까지도 좌지우지될 때가 없지 않았던 터였다. 실제로, 크게 알려진 회사가 아닌데도 대통령이 참석함으로 해서 일약 유망 업체로 올라선 기업이 얼마나 많았는가.

기실, 그때만 해도 자기자본보다는 국가 시책에 따른 각종 특혜, 융자 그리고 양질의 차관 보증 등 정부가 마음만 먹으면 기업 하나 살리고 죽이기는 말 그대로 식은 죽 먹기였던 시절이었다.

돈황제

그러니까 왕득구 회장이 설비하는 명광방위산업 준공식에 대통령의 옥체를 유치하려는 의도는 곧 왕득혁이 심혈을 기울이는 마천중공업을 궁지로 몰아, 마침내 파멸시키겠다는 비열한 공작이나 진배없는 것이었다.

이른바 대통령의 마천중공업 참석을 저지시키는 일종의 호박말뚝 박기 작전이라고 해야 옳았다. 하나 그날 왕득구 회장이 만난 대통령 각하의 태도는 매우 심상치 않은 것이었다. 지금까지 보여 주시던 파격적인 지지나 총애가 느껴지지 않는 것이었다.

"아니, 왜 형제끼리 이런 싸움을 벌이시오?"

대통령 각하가 아주 못마땅하다는 듯이 질문하는 것이었다.

"모든 게 불초소생이 불민한 탓입니다. 각하."

"불민하고 말고가 무슨 문제요?"

"다름이 아니옵고……."

"내 구구한 설명을 듣고 싶지 않아요."

대통령이 일갈했다.

"왕 회장 가정사에 관여할 바는 아니지만, 남 보기에 아주 민망해요. 안 그래요, 왕 회장?"

"면목 없습니다."

"이건 쓸데없는 낭비올시다."

대통령이 목소리를 낮춰 말을 이었다.

"그게 초청장입니까?"

"그렇습니다. 각하."

"놓고 가시오."

"죄송스럽습니다만 각하의 참석을 학수고대하옵니다."

"놓고 가시라니까요."

"그럼 오시는 걸로 믿고 이만 물러나겠습니다."

왕득구 회장의 심기는 매우 불편했다. 대통령 각하의 총애가 평소 같지 않았기 때문이었다. 이러다가 아우와의 싸움에서 밀려나지 않는가 하는 아주 방정맞은 생각이 물밀고 올라왔다. 그리고 갑자기 초조하고 불안해지기 시작했다.

그렇다. 만약 각하가 그쪽으로 방향을 돌려 버리신다면, 그래서 모든 장차관과 외국 내빈들이 마치 뱀 꼬리인 양 마천중공업 식장으로 딸려가 버린다면, 그래서 모든 영광이 아우에게 돌아가 버린다면…….

그는 또 수화기를 들었다. 마천 지역에 세우는 명광방위산업 현장이었다. 일이 이렇게 될 것을 미리 예측하고 제법 똑똑한 현장소장을 박아 놨던 터였다. 양주민 이사였다.

"별일 없나?"

"네. 회장님. 잘되고 있습니다."

"언제 하는 거야?"

"빨리 서둘면 일주일 내로 끝낼 수 있을 것 같습니다."

"뭐라구?"

"일주일이면 공기를 두 달 앞당기는 겁니다. 회장님."

"이것 봐."

"네. 회장님."

"일주일 후면 너무 늦어. 오사마리 내일 오후에 해!"

"아니, 회장님. 그건……."

"이것 봐! 그까짓 공장 하루이틀 지어 봤어? 하려고 맘만 먹으면 안 될 거 없잖아!"

"그래도 넬 오사마리는……."

사실이었다. 그것은 불가능이었다. 마천중공업 쪽에서 그 같은 공정을 미리 알아차렸다느니, 기습작전을 감행했다느니 하는 것 모두가 그런 맥락에서 비롯된 얘기들이었다.

왕득구 회장 자신도 그것을 모르는 바 아니었다. 그렇다고 눈 버젓이 뜨고 당할 수는 없는 일이었다. 아니, 오히려 그 불가능한 일을 해냄으로써 상대를 단 한 방에 녹아웃시키는 계기로 삼을 수 있을 것이었다. 이른바 허허실실 작전이었다. 상대방의 기습을 오히려 역이용하는 전법이라고나 할까.

"하라면 하는 거야! 밤을 새워서라도 기어코 해내란 말야!"

그래서 왕득구 회장의 명령은 더욱 추상같은 것이었다.

결국 왕득구 회장 뜻대로 명광방위산업 공장은 이틀 후 위용도 당당하게 우뚝 설 수 있었다.

하나 그 위용은 완벽한 모습이 아니었다. 일부는 마치 연극무대 막을 세우듯 페인트공을 동원, 그림으로 그려 얼기설기 세워놓았기 때문이었다.

어쨌거나 결판의 그날 아침, 대통령 전용 헬리콥터는 청와대 뜰에서 이륙을 했고, 기수를 마천 쪽으로 돌려 천천히 비행하기 시작했다.

흰 장갑을 낀 왕득구 회장도, 그의 아우 왕득혁 마천중공업 대표도 똑같이 자기 공장 앞에 서서 대통령 각하 행렬이 하시라도 도착하기를 가슴 졸이며 기다리고 있었다.

한데, 이게 웬일인가. 그제만 해도, 아니 어제 오후 전화 문안을 올렸을 때만 해도 그다지 밝은 표정이 아니던 대통령 각하가 그것도 준공식 5분 전에 그 거대한 리무진 전용차를 앞세우고 손을 흔들며 명광방위산업 정문으로 홱 꺾어 들어오시지 않는가.

'오. 위대한 지도자시여. 당신의 결단에 새삼 감탄하고 놀랐나이다. 오. 위대한 영도자시여. 당신만이 유일하게 강력한 분이옵니다.'

왕득구 회장은 저절로 쩍쩍 벌어지는 입을 감당할 수가 없었다. 그저 기쁘고 또 기쁠 따름이었다.

흰 봉투 속의 그 힘이 새삼 작용한 탓이었을까. 그 위대한 분과 흔쾌한 우정을 수시로 나눈 결과일까. 아니면 하늘의 뜻이 아직도 이 왕득구를 버리지 않았다는 확고한 증거인가.

어쨌거나 그날 오전 10시를 기해 왕득혁의 회심의 역작은 하루아침에 물거품이 되지 않으면 안 되었다. 말 그대로 파산이었다. 모든 차관, 특혜 융자가 끊겼기 때문이었다.

아니, 차관이나 융자뿐 아니었다. 정부 차원의 각종 공사, 일테면 발전소 건설 등 대형 플랜트 공사를 마천중공업은 단 한 건도 수주하지 못했다.

일이 없는 공장은 그야말로 쑥대밭일 수밖에 없었다. 어쩌면 세계적이라는 규모의 방대함 때문에 더욱 파죽지세로 쉽게쉽게 넘어져 갔는지도 몰랐다. 어쩌면 형을 압도했을지도 모르는 세

　　　　　　　　　　　　　　돈황제

계적인 사업가 왕득혁은 그렇게 해서 한순간에 몰락을 자초하고 말았다. 아니, 그날은 왕초를 배신하는 자는 상대가 누구든 간에 결코 살려 두지 않는다는 성북동 왕국의 잔인한 법률이 집행되는 날이었다고 해야 옳았다.

아무튼 그렇게 해서 왕득혁은 재계의 빛나는 별 속에 한번 끼어 보지도 못하고 사라졌고, 상대적으로 왕득구 회장의 권위는 하늘을 뚫을 듯 의기충천했던 것이었다.

그러나 오늘의 명광그룹을 일으킨 보이지 않는 장본인 왕득혁이 그처럼 쉽게 무너질 위인은 아니었다. 하지만 이제 왕득혁의 피눈물 나는 재기의 이야기는 다음 장에서 거론하기로 하고 다시 본론으로 들어가는 게 순서일 것 같다.

아마 그날 밤쯤이었을 것이다. 물론 장소는 성북동 왕득구 회장 사저.

우리의 조은실 씨는 그날따라 너무너무 바빠 눈코 뜰 새가 없었다. 잔심부름을 하던 계집아이가 감기 몸살로 아예 드러누워 버려서도 그랬지만, 기실 그날 저녁이 바로 남편을 면회 가는 날이어서 더욱 마음과 몸이 한꺼번에 바빴던 것이었다.

산송장이나 다름없는 남편을 데려다 둘 곳이 마땅찮던 터에 누군가 삼각산 기도원을 소개해 줘, 아주 쉽게 거처를 정할 수 있었다. 게다가 삼각산 기도원이라는 곳이 먼 산골짜기에 위치해 있는 것이 아니어서 무엇보다 다행이라면 다행이었다.

성북동에서 엎어지면 코 닿는 곳이라고 해도 과히 틀린 말이 아니었다. 지금 청와대 뒤편 쪽 마을인 평창동이 바로 그곳이었다. 그 중턱에 삼각산 기도원이 자리 잡고 있었는데, 운이 좋아 택시를 타면 20여 분이고, 걸어가더라도 한 시간이면 족할 정도로 성북동과는 지척인 거리였다.

그처럼 지척인데도 벌써 두 달 동안이나 감감무소식인 터였다. 그만큼 조은실 씨의 일상이 바빴던 탓이었다. 아니, 분명히 하룻밤 휴가를 진즉 약속받았는데도 이 집의 내무장관인 오순덕 여사 왈, "다음 주에 가면 안 될까? 내 다음에 꼭 보내 줄 테니까. 그렇게 해줬으면 고맙겠어" 통사정인 터라 어쩌는 수 없이 눌러앉고 또 눌러앉고 하는 바람에 어느새 두 달이 후딱 지나가 버린 것이었다. 더구나 며칠 전에는 기도원에서 사람이 와, 보호자의 연락이 끊기니까 환자의 정신 상태까지 정상이 아니라는 전갈을 전해 주고 간 터였다.

조은실 씨는 기도원 사람 편에 아무 일 아무 시에 꼭 들르겠다는 쪽지까지 써서 남편에게 전했다. 바로 그날이 오늘이었다. 그래서 더욱 일손이 바쁜 것이었다.

본시 정해 놓은 날일수록 가족 일감이 더 밀린다던가. 꼭 눈 위에 서리 치는 격이었다. 무슨 놈의 일이 하필 그때를 기다려 생기는지, 하다못해 부산에서 왕득구 회장의 사촌누이인 고모가 올라오지 않나, 셋짼지 넷짼지 하는 도련님이 미국에서 귀국하지 않나, 정말 손이 열 개 스무 개라도 부족할 지경이었다.

그러나, 무엇보다 결정적인 일은 왕득구 회장의 귀가였다.

그날따라 무슨 변이 생기려고 그랬는지 밤 10시도 안 되어, 왕득구 회장이 불현듯 대문을 차고 들어왔다. 술이 거나하게 취

돈황제

한 상태였다. 기분이 과히 좋아 보이지 않았다. 그도 그럴 것이, 자신의 권위를 지키기 위해서는 철저히 냉혈한이 되는 왕득구 회장이지만, 그렇다고 손아래 아우를 그것도 제 손으로 직접 처형한 마당에 잔칫집 분위기를 낼 수는 없는 터였다.

회사에서도 마찬가지였다. 겉으로는 명광방위산업 준공 파티를 아주 화려하고 웅대하게 가졌지만, 기실은 오늘의 승리를 자축하는 흥청망청 놀이판을 벌였는데도 웬일인지 하나같이 흥을 내지 못하고 비실비실거렸다. 꼭 초상집에서 노래판을 벌이는 것 같은 어색한 기분들이었다. 하긴 어제까지만 해도 한 분은 회장으로 또 한 분은 부회장으로 극진히 모셔 왔던 직원들 아닌가. 한데 오늘 아침 갑자기 한 사람을 적의 원흉으로 만들어 잔인무도하게 살해해 버렸으니 뭐가 그리 즐겁고 흥겹겠는가.

왕득구 회장은 겉으로는 떠들어 대지만, 내심 울고 있는 직원들을 더 이상 닦달하여 걸쭉한 노래판을 벌이지는 않았다. 불러 왔던 계집들에게도 손 하나 대보지 않았다. 따지고 보면, 흥청망청 놀자판에서 제대로 놀지 못하는 분위기처럼 어색한 것도 없었다. 왕득구 회장이 꼭 그 짝이었다. 이상하게 몸 둘 바를 몰라 더 이상 자리를 차지하고 앉아 있기가 거북할 지경이었다.

그는 오늘만은 일찍 단념키로 마음먹었다. 그리고 파티장을 서둘러 나와 버렸다. 언제나처럼 생각이야 간절했지만 직원들 눈도 있고 아우들의 감시도 있는 것 같아 얌전히 성북동 집으로 직행하고 만 것이었다.

한데 그게 아니었다. 몇 잔, 그것도 급하게 넘긴 술 때문이라고 평계 삼기는 아무래도 어쭙잖았지만, 아무튼 이대로 누워서 잠들 수는 없는 요상한 기분이었다. 그는 일찍 누웠던 침대에서 벌떡 일어나 앉았다. 그리고 인터폰을 번쩍 들어 올렸다. 아래층 오순덕 여사 방으로 연결된 인터폰이었다. 자고로 법을 만드는 위대한 사람은 오히려 법을 어기는 데 능통하다던가. 아니, 법을 어기는 그 자체가 또한 새로운 법의 시행령인지도 모르는 일이었다.

마침 그때 조은실 씨가 회장님이 잠자리에 들기 전에 꼭 한 잔씩 마시는 뜨거운 인삼차를 들고 그분의 침실을 노크한 참이었다. 여느 때 같으면 순영이 고 계집애가 도맡아 하는 일이었지만, 공교롭게도 오늘은 모조리 다 그녀 몫이었다.

"잘 주무세유, 회장님."

그녀는 중학교 여학생인 양 공손히 절을 하고 그 방을 빠져나왔다. 무서운 눈을 부릅뜨고 잠자코 이쪽을 보는 시선이 유별나다기보다 오히려 두려웠던 그녀였다. 괜히 오금이 쩰쩰 저렸다고나 할까.

어쨌든 조은실 씨가 간단한 보자기를 싸들고 성북동 집을 막 나서려는 찰나였다. 파주댁이 그녀를 불러 세웠다. 성북동 생활만 15년째 경력을 가진, 소위 식모 사회에서 형님으로 통하는 거물급 여자였다.

"자네, 나 좀 볼까?"

"무슨 일이신데유, 형님?"

"잠시, 이리 들어와 봐."

부엌방 곁이었다. 오순덕 여사의 거처 옆방이었다. 부산 고모

돈황제

님도 다리를 쭉 뻗고 촌부들처럼 정강이를 주무르며 앉아 있었다. 아니, 부산 고모님이라고 해서 예외일 수 없었다. 어쩌면 오순덕 여사를 뺨치는지도 몰랐다. 행색으로 말할 것 같으면 영락없는 시장 골목 장사치였다. 노점 좌판을 벌여 놓고 하루 종일 쪼그리고 앉았다 들어온 억척 부인네 모습 그대로였다. 그날도 이제 막 세수를 마쳤는지 목에 수건을 걸쳐 놓은 채, 연신 다리며 허리며를 두드리고 주무르고 있었다.

"다른 게 아니고……"

파주댁이 어렵게 어렵게 서두를 꺼냈다.

"자네가 오늘은 맡아 줘야겠어."

"맡아 주다뉴. 뭔 말씀인가유?"

조은실 씨가 어리둥절한 목소리로 물었다.

"회장님 말일세."

"회장님이 왜유?"

"회장님이 자네를 부르신단 그 말이야."

"왜 저를 불러유, 형님?"

그때 부산 고모님이 나섰다. 잠자코 보다 보니 답답해 죽겠다는 듯이.

"어이구 이 멍청아, 이 집에 온 지 며칠 됐나?"

조은실 씨의 머리에 군밤까지 한 알 먹이면서 그녀가 말했다.

"회장님을 남자로 생각하지 말어. 그 어른은 그냥 어른일 뿐이니까. 내 말 알겠지, 이 멍청아."

"아니, 무슨 말씀이세유?"

"능청 떨지 말고 당장 목욕부터 해. 5분 내로 후딱후딱 씻고 건너와. 어서."

7

조은실 씨가 파주댁에게 애원하듯 두 손을 맞비비며 말했다.

"형님, 나 오늘 마님하구 약속했잖아유. 기도원에 가야 한다고……."

"쉿! 마님이 옆방에 주무셔."

"하지만……."

"기도원인지 주문 외는 곳인지는 낼 아침에 가면 되잖아."

"그건 안 돼유."

"안 되긴 뭐가 안 돼."

"약속을……."

"아, 어서! 시간 없어."

"마님……."

"마님은 곤히 주무신다구."

"그래도 지는 못혀유."

"고모님, 저걸 어떡허죠?"

"괜찮아, 첨엔 누구나 다 그러는걸 뭐."

부산 고모는 그렇게 말하면서도 조은실을 쳐다보지도 않고 피곤하다는 듯 손을 내저었다.

돈황제

"이봐, 자네한테 절대로 해가 되는 일이 아녀. 다 잘살게 해주는 일이라고 생각하면 끝나는 일이라니까."

"하지만……."

"뭐가 하지만이야? 우리 순영이도 하고, 다른 아줌마들도 다 하는 일인데."

"네?"

"정말, 요건 맹추로구만."

조은실이 미처 대답할 틈새도 없이,

"그래도 회장님이 자넬 부르신 게 용하네그려, 히힛."

부산 고모가 웃자, 파주댁도 덩달아 흣흣 고추잠자리 웃음을 한숨인 양 휴 내뿜는 것이었다.

"그냥, 회장님이 시키는 대로 안마만 해드려. 그렇다고 뽀르르 기어 내려오지 말구. 괜히 자네 때문에 집안이 시끄러우면 곤란하니까."

그날 밤 조은실 씨는 남편이 학수고대하는 삼각산 기도원을 가지 못했다. 아니, 삼각산 기도원이 문제가 아니었다. 정말 이건 감히 상상조차 할 수 없는 일이었다. 적어도 그녀가 갖고 있는 상식으로는 그랬다. 아무리 만왕의 왕이라 하더라도, 아무리 성격이 불칼 같다 하더라도, 아무리 그 위에 또 다른 사람이 더 없는 최상의 어른이라 하더라도 어찌 한 지붕 밑에 사는 마님이 모르는 척 묵인할 수 있으며, 또 그 이튿날이라도 심하게 닦달해서라도 기강을 잡지 못하는가 말이다.

게다가 어디 마님뿐인가. 만에 하나라도 그런 일이 생기면 도

시락 싸들고 다니면서 말려야 할 고모까지 한술 더 떠서, "회장님이 자넬 부르신 게 용하네그려, 히힛" 하고 비아냥거릴 정도니, 그야말로 개판 5분 전이라도 보통 5분 전 집안이 아니었다.

아무리 뭉칫돈을 벌어들이는 서슬 푸른 어른이라 하더라도 그런 일은 차마 할 수도 없고, 또 해서도 안 되고, 아니 설혹 회장님은 또 그런다 하더라도 울며불며 목숨 걸고 막아야 할 마님이 도리어 잠자는 시늉까지 불사하는 판이니, 도대체 올바른 정신을 갖고 사는 사람들인가 말이다.

어쨌거나 조은실 씨는 그날 밤, 남편 아닌 다른 외간 남자, 그러니까 두 번째 남자를 만났고, 그 보상으로 15만 원을 받았다. 한 달 월급이 8만 원이었으니까, 하룻밤에 무려 월급의 두 배를 벌어들인 셈이었다. 물론 돈은 파주댁이 마님으로부터 수령하여 전해 주었다. 그날 아침 파주댁이 말했다.

"수고했네, 정말 수고했어."

그다음 날도 그녀가 부럽다는 듯이 말했다.

"자넨 겉보기보다 속이 탱탱히 찼나 봐."

그다음 날도 마찬가지였다. 연속 3일을 그랬다.

여자라면 산지사방에 그득그득한 복받은 어른이 왜 조은실 씨 같은 식모뜨기에게 그 같은 배려를 했는지 지금도 잘 알 수 없지만, 어쨌든 왕득구 회장께서 연 3일을 조은실 씨만 극구 고집해서 수청 들게 한 것이었다.

그러니까 3일째 되는 날이었다. 왕득구 회장이 갑자기 생각났다는 듯이 벌떡 일어나, 침대 머리맡을 더듬거리는 것이었다. 그

176   돈황제

리고 뭔가를 그녀 손에 쥐어 주는 것이었다.

"이거, 임자 가져."

"이게 뭔데유?"

"반지야."

"반지라뉴?"

"다이아몬드. 이런 거 끼어 봤어?"

"아네유."

"하지만 일할 때 끼어선 안 돼. 다마가 빠질지도 모르니까."

"한데……."

"그냥 기념으로 주는 거야."

왕 회장이 계속했다.

"아무 뜻도 없어."

"이거 너무 비싼 거 아네유?"

"싼 물건은 아니야."

"그렇다면 전 싫어유."

"왜 싫어?"

"이런 거 가졌다가 괜히 사람만 버릴지도 모르니까유."

"왜, 임잔 다이아반지 낄 자격이 없나?"

왕득구 회장이 그녀 손가락을 잡은 채 말했다.

"세상 여자들 다 엉터리야. 내가 보기엔 임자만이 자격이 있어."

왕득구의 시선이 사슴의 그것 같은 조은실의 눈망울을 뚫어져라 쳐다보며 계속했다.

"그렇다고 아무에게나 자랑하고 다니면 안 돼."

바로 그날 밤 그 시각이었다. 삼각산 기도원에 맡겨 둔 남편이 자살한 것은.

3일째 밤을 보내고 왕득구 회장이 해외출장을 나갔으므로 오랜만에 하루 온종일 휴가를 받아 기도원에 도착했는데 웬걸, 그 같은 참변이 그녀를 기다리고 있었다.

그녀는 생각보다 오래오래, 그리고 슬프게 울었다. 왜 그리 눈물이 앞을 가리는지 몰랐다. 울어도 울어도 계속 쏟아지는 것이 눈물이었다. 왜 하필 그 시간에 자살을 했을까. 결국 남편을 죽인 사람은 그녀 자신이 아닐까. 비록 산송장이나 다름없는 남편이지만, 그녀 자신의 부정을 미리 감지해 냈기 때문에 그 같은 무서운 일을 벌일 수 있었던 것은 아닐까.

그녀가 남편을 땅에 묻고 성북동에 돌아왔을 때는 어느새 초가을이었다. 꼭 보름 만인데, 어느새 여름이 다 가고 가을이 냉큼 와서 길목을 지키고 있었다.

한동안 왕득구 회장은 성북동에 오지 않았다. 울산 공장 일이 너무 바빠 미처 서울에 올라올 여가가 없다고 했다. 그렇다고 해서 그녀의 일상이 크게 달라진 것도 없었다. 마냥 그대로였다. 계속해서 하루 종일 동동걸음 치는 식모살이 고용인일 따름이었다.

따지고 보면 성북동에 적을 두고 있는 사람들이 다 그랬다. 우선 잔심부름꾼 노릇을 하는 순영이도 그랬고 조은실 씨 바로 위에 있는 구룡포댁도 마찬가지였다. 올해 서른넷인 구룡포

돈황제

댁 역시 종종 마님에게 일금 15만 원씩을 받아 넣는 눈치인데도 암상궂게 시치미를 뚝 떼고 지내는 것이었다. 아니, 설령 왕득구 회장 침대에 한두 번 올랐다고 해서 그날로 당장 식모살이를 면하는 것은 아니었다.

순영이 같은 아이는 거의 날마다 새벽이고 야밤이고 없이 찻잔을 들고 드나드는데도 매양 부엌데기 보조원 역할일 뿐이었다. 그러니까, 성북동 법률로는 그 일로 해서 지위가 함부로 격상되는 사례가 없었던 셈이었다.

만일 그런 식으로 지위가 달라진다면 오순덕 여사는 하루아침에 마님 자리를 내놓고 뒷전에 물러앉아야 할 판세였다. 조은실 씨가 달력에까지 기입해 봤지만, 왕득구 회장이 오순덕 여사를 침실로 부르는 경우는 한 달 내내 단 하루도 없는데도, 여전히 그녀는 성북동 집을 총괄하는 마님이고 아직도 머릿수가 확실치 않은 왕씨 가문의 수많은 아들들의 어머니인 것이었다.

말이 났으니 하는 얘기지만, 오순덕 여사가 남편인 왕득구 회장을 가리켜 '여보'라고 호칭한 것을 조은실 씨는 단 한 번도 들은 적이 없었다. 언제 어디서나 '회장님'이었다. 본인하고 맞상대해서도 "회장님, 진지 드세요"였고, "회장님, 안녕히 다녀오세요"였다. 왕득구 회장 역시 마찬가지였다. 그녀를 "여보"라고 부르지 않았다. 굳이 꼭 호칭해야 할 경우에는 마지못해 '광표 엄마'로 적당히 얼버무리는 것이었다.

그런데 왜 하필 광표 엄마인가? 조은실 씨는 처음부터 그것이 궁금해 마지않던 터였다. 왜냐하면 이 집의 장남은 광표가 아니라 광길이었기 때문이었다.

물론 두 분 다 큰 회사를 두서너 개씩 맡고 있는 사장님들이고, 이미 결혼을 해서 아이들을 중고등학교에 보내는 학부형들이었지만, 그래서 일주일에 한 번씩은 아이들을 앞세우고 꼭 문안을 오곤 하는 처지이지만, 아무튼 두 사장님의 어머니인 마님을 '광길이 엄마'가 아닌 '광표 엄마'로 호칭하는 것은 그녀로서는 쉽게 이해하기 힘든 일이었다.

언젠가 한번 성북동 원로 식모로 이름난, 그래서 그냥 인천댁으로 통하는 여자를 붙들고 앉아, "왜 우리 회장님은 광표 엄마라고 하쥬?" 조은실 씨가 질문을 던진 적이 있었다.

"그야, 광길 사장님은 마님이 낳지 않았으니까 그렇지."

아주 간단명료한 답이었다.

"그럼, 우리 마님이 후처란 말예유?"

"그렇다는 얘기만 들었어, 나두."

"어머, 회장님 본처와는 상처했나유?"

"상처는 무슨…… 버젓이 살아 있다는데."

"그래유? 어디 계셔유, 큰마님은?"

"이북에 있대."

"이북?"

"왕 회장님 댁이 이북 출신들 아냐?"

"옳지, 그래. 이북서 넘어올 때 큰마님을 못 모시고 나오셨구면유. 그래서 여기서 다시 결혼을 하신 거구."

"놀고 있다."

"놀고 있다뇨?"

"이것 봐. 셈도 할 줄 몰라? 육이오 때 생이별하고 새장가 갔다면 광표 사장님 나이가 몇 살이겠어?"

"어머, 그렇네유."

"해방도 훨씬 전인 일제시대에 있었던 일이란 말야. 요 맹추야."

"정말……."

"멍청도 사람들은 다 그런 모양이지?"

"멍청도 사람이라뉴?"

"자네 고향이 충청도 아녀?"

"맞아유, 충청도예유."

"그래서 그렇게 숙맥이야?"

"건 또 무슨 말씀이세유?"

"다른 사람들은 다 두 장씩 받는데, 자네만 한 장 반이야."

"네?"

"난 몰라, 나두 그 이상은 말 못해."

"두 장은 뭐구 한 장 반은……."

"싫어, 싫어. 더 이상 말 시키지 마. 안 그래도 요즘 마님 죽을 상판인데…… 까딱 잘못했다간 쫓겨나기 딱 십상이야."

"아주머니!"

"시꺼. 누구 목 자르고 싶어서 그래?"

"아주머니!"

"글쎄, 못 들은 걸로 해달라니깐."

그가 천천히 말머리를 돌렸다.

"그보다 마님이 왜 죽을상인 줄이나 알어?"

"글쎄유."

"아, 어젯밤에 회장님한테 마님 대드는 소리 못 들었어?"

"아뇨, 전 못 들었는데유."

"그럼, 마님이 어제부터 계속 음식을 입에 안 대고 있는 것도 몰러?"

"정말 그래유. 마님 요즘 식사하시는 거 못 봤어유."

"그게 왜 그런 줄 알어?"

"지가 어떻게 알아유."

인천댁이 은밀한 목소리로 말했다.

"이북에서 편지가 와서 그렇대."

"네? 이북에서 편지유?"

"본처 말야."

"어머, 본처가 편지를 보냈어유, 회장님께?"

"설마 본처가 보냈겠어? 김일성이가 대남 공작용으로 보냈겠지. 우리 회장님이 남한에서는 큰 부자니까."

"어머나, 세상에 그럴 수도 있겠네유…… 헌데 왜, 우리 마님이 마음 상해 하셔유?"

"본처니까 그렇지."

"본처라니…… 마님께서는…… 회장님 방에……."

"어휴, 요 맹추야. 자네들 그 방에 보내는 거하구 이북에서 편지 온 거하고는 차원이 달러."

돈황제

"그래유?"

"그래서 여자 마음은 여자도 모른대는 거여, 알겠는감?"

그래도 조은실 씨는 확실히 감을 잡을 수가 없었다. 그 선배 말대로 명청도 출신의 촌년이라서 그럴까.

사실이었다. 모든 게 그저 해괴할 뿐이었다. 성북동 사람 거의가 다 그렇다고 해도 과언이 아니었다. 우선 왕득구 회장 침실을 설사 난 환자 화장실 드나들듯 하는 순영이년이 그러했다. 언젠가 한번 사랑채에 딸린 운전사 대기실에 찻잔을 치우러 나갔다가 그녀는 못 볼 광경을 목격하고 말았다. 회장님 운전사인 김씨였다. 김씨가 우리 순영이를 그렇게 하고 있는 것이었다. 더 놀라운 것은 순영이년이었다. 그런 일이 처음이 아니라는 듯이 제법 어른 흉내를 내며, 노골적으로 김씨의 목을 잔뜩 감고 있었다.

하긴 회장님이 날마다 그렇게 하는데, 나라고 못할 게 뭐냐는 식이라면 따로 할 말이 없지만 어쩌면 대명천지 밝은 대낮에 그 지경으로 붙어 있을 수 있는가. 조은실 씨 판단으로는 도무지 이해가 되지 않는 일이었다. 그 역시 그저 해괴망측할 따름이었다.

순영이년을 운전사 김씨가 소개해서 데리고 왔다는 사실을 나중에야 알았지만 아무리 그렇다고 날마다 뒷좌석에 모시고 다니는 주인이 남달리 총애하는 아이를 감히…… 그 후로 조은실 씨는 운전사 김씨만 마주쳤다 하면 지레 겁을 먹고 비실비실 피하곤 했다.

그처럼 해괴한 일은 또 있었다. 다름 아닌 아홉이나 되는 아들들이었다. 물론 조은실 씨는 그 아홉의 이름을 지금도 다 외우고 있는 것은 아니었다. 어디, 이름뿐인가. 드글드글 끓는 아들들의 수와 순서를 익히는 데, 아니 누가 아들이고, 누가 그 친구인가 완전하게 터득하는 데 꽤 많은 시간과 정성이 소요되지 않으면 안 되었다.

거기에는 이유가 있었다. 아주 분명한 이유였다. 우선 얼굴 생김새가 그러했다. 아무리 수효가 많아도 아, 뉘집 자식들이구나 한눈에 감이 잡히게 마련인 것이 피가 섞인 형제들인데, 이건 어찌 된 셈인지, 하나같이 골격이 다르고 얼굴 생김생김이 달랐다. 그러니 어찌 한 번 두 번으로 저 청년이 왕 회장의 셋째구나, 넷째구나, 그렇게 단숨에 식별할 수 있단 말인가. 그건 충청도가 아니라 똑똑한 평안도 사람 열을 불러다 놔도 마침내 어리벙병나 몰라라 하고 물러설 게 뻔한 터수였다.

생김생김은 그렇다 치고 성격 또한 얼마나 각각인가. 이건 성북동 식모살이 해본 사람만이 알아주는 고충이지만, 그 아드님들 직성에 맞게 시중드는 일이야말로 생선 두 마리, 보리떡 한 개로 군중을 먹이는 일보다 더 어려운 일이 아닐 수 없었다. 얼마나 개성들이 강했으면 그런 말이 다 나왔을까.

성북동 입적이 그중 오래된 인천댁이 그 점에 있어서는 비교적 통달한 편이었다. 다섯 명의 식모 중 단연 으뜸 격이었지만, 입이 너무 가볍다 해서 하루가 멀다고 마님에게 욕을 먹는 통에 리더 자리를 파주댁에게 내주고 늘 뒷전으로만 도는 인천댁이었다.

한데도 머리 돌아가는 것 하나만은 어느 누구도 그녀를 따라

돈황제

갈 사람이 없었다. 그녀는 일을 하다가도 문득 혼잣말처럼 씨부렁거리곤 했다.

"어디서 저리 골고루 낳아 오셨을까? 참으로 용한 분이셔."

물론 조은실 씨가 옆에 있을라치면, "안 그래. 멍청도 색시?" 혼자 심심하단 듯이 동조를 구하는 것이었다.

"글쎄요. 지야 뭐……"

"모르겠다 그 말이야?"

"모른다기보다도…… 생각하면 할수록 머리가 아프구먼유."

"그렇지. 색시도 머리가 아프지? 사실은 나두 그래."

"그래서 아예 생각하기 싫다구유."

"그래도 그렇지, 한 가족이나 다름없는데 걱정두 않구 살어?"

"지가 걱정헌다구 뭐가 해결되는 게 있남유?"

"허긴…… 근데 거 넷째아드님 말여."

"광익 사장님 말인가유?"

"사장은 무슨 사장이여. 전무 하다가 이번에 물러났잖은가벼."

"그랬시유?"

"어휴, 답답허긴……."

"그래서유?"

"아무래도 내 생각에 광익 도련님 모친 같애."

"뭐라구유?"

"며칠 전에 웬 여자 하나 왔잖어?"

"웬 여자라뇨?"

"요상한 한복 입고 스카프 맨 여자 말여."

"아, 그 여자?"

"멍청도 색시는 그 여자 보고 무슨 생각 했어?"

"절에 다니는 마님 친구 아닌가……."

"어휴, 멍청아. 마님 친구분이면 그렇게 웬수 대하듯 하겠어? 구석 골방에 앉혀 놓고, 응접실에 나와 회장님께 전화 거는 마님 목소리가 달달 떨리더라구."

"어머나, 형님은 어떻게 마님 전화 거는 소리까지 다 들어유?"

"누가 듣고 싶어서 들었나? 마침 응접실 청소허다가……."

"어쨌든, 그래서유?"

"그리구 득달같이 달려오더구먼."

"누가유?"

"김 부장이지 뭐."

"아, 여기 자주 오는 회사 사람……."

"멍청허긴, 김 부장은 회사에서 성북동에 오는 사람이 아니구 성북동에서 회사로 나가는 사람이여."

"그래, 김 부장이 그 아주머니를 데리구 나갔겠네유."

"8척 장정 둘을 거느리고 와설랑은 그만 짐짝 챙기듯 댕궁 들고 나가더라구…… 어디로 갔을까?"

"그게 궁금해유?"

"그럼 궁금하지 않구? 꼭 어디 가 감쪽같이 처넣어 버릴 기세로 나가던데……."

"근데 왜 넷째 광익 도련님 어머니일 거라구 생각허세유?"

"끌려 나가면서 그 아주먼네가 우리 광익이, 우리 광익이 그

　　　　　　　　　　　　　돈황제

런 소리를 해서 알지. 내가 어떻게 알어?"

"어머, 그랬어유? 불쌍해라. 광익 도련님을 만나게 해주었으면 얼마나 좋았을까유?"

"뭐, 광익 도련님을 만나게 해줘?"

"엄마와 아들 사이 아네유?"

"병신…… 만약에 그랬다만 봐라. 회장님이 가만 계시나. 아마 이 집 대들보가 내려앉고 말걸."

"그러니까 회장님이 못 만나게 허는구만유?"

"그걸 말이라고 해? 이 집 도련님들 모조리 마님이 생모로 되어 있는데."

"둘째와 셋째만 마님이 낳으셨다는데유?"

"그건 우리끼리만 알고 있는 얘기고, 실제 밖에서 알고 있기는 그렇지 않다 그 말씀이야."

"근데, 생모들이 가만있남유?"

"그러니까 부잣집이지."

"부잣집이라뉴?"

"돈으로 다 막아 버리니까."

"뭉텡이 돈을 주나 부지유?"

"뭉텡이 돈뿐이겠어? 아파트에다 자동차에다 뭐 별거별거 다 주겠지. ……여봐 멍청도 색시."

갑자기 인천댁이 정색을 해서 불렀다.

"왜유 형님?"

"귀 좀 빌려."

"귀는 왜 빌려유?"

"글쎄 가까이 오래니깐."

조은실 씨가 그녀에게 다가앉자, 그녀가 새삼스럽게 소곤소곤 말하는 것이었다.

"근데 말이야, 세상이 다 아는데, 실제 주인공들만 몰라. 깜깜 장님들이여. 무신 소린 줄 알어?"

"주인공이라면, 도련님들?"

"그래, 이제 머리가 좀 돌아가누만."

"모르는 게 좋은 거 아녜유?"

"좋은 게 아니라 약이지, 뭐. 그런데 광익이 도련님은 아닌 거 같애."

"아니라뇨?"

"그 아주먼네를 한두 번 만난 거 같더라니까."

"형님이 어떻게 알아유?"

"그렇게 넋 놓고 쫓아다닐 정도면 밖에서 한두 번 안 만났겠 어? 생각해 봐. 초등학교, 중학교, 고등학교, 대학교까지 몇십 년 이야? 설마 그 몇십 년 동안 아들 한 번 안 마주쳤다면 말도 아 녀."

인천댁이 단안을 내렸다.

"그래서 우리 광익 도련님이 그렇게 미친 척하는 거야."

"뭐라구유?"

"멍청도 색시는 말해도 못 알아들을 테니깐."

천만의 말씀이었다. 그것은 인천댁이 사람을 너무 얕잡아 본

돈황제

소치였다. 왕득구 회장 넷째아드님 광익 도련님 일이라면, 조은실 씨도 남 못지않게 안다면 아는 사람이었다.

왜냐하면 성북동 아드님들 중에 그중 인정이 많은 사람이 있다면 단연코 광익 도련님이기 때문이었다. 유일하게 그 아드님만이 식모라고 해서 업신여기거나 건방지게 함부로 대하는 법이 없었다.

어디서 그런 착한 성품이 길러졌는지, 사람 처지 불쌍한 것을 미리 알고, 어려운 일이 있을 때는 그쪽에서 먼저 손을 내밀고 따뜻하게 위로의 말을 건네곤 하는 것이었다. 그래서 성북동 식모 중에서 왕광익 도련님을 싫어하는 사람은 한 사람도 없었다.

8

왕광익 도련님은 우선 생김부터가 유별한 편이었다. 고구마를 연상시키는 얼굴 틀이라든가, 거무튀튀한 피부라든가 하는 것은 왕득구 회장의 그것을 그대로 옮겨 놓은 듯한 일종의 축소판이었지만, 웃을 때 굵은 입술 선과 턱 부분이 모조리 허물어지는 왕씨 일가 특유의 스타일과는 달리, 왕광익 도련님은 웃으면 웃을수록 윤곽이 더 뚜렷이 그리고 아름답게 살아나는 이른바 전형적인 미남 얼굴이었다.

뭐라고 할까. 왕득구 회장의 그것이 천민(賤民) 형이라면, 왕광익의 그것은 품격을 그런대로 다 갖춘, 전형적인 귀족 스타일이라고나 할까.

한데도, 왕광익 도련님은 좀체 활짝 활짝 웃는 법이 없었다. 늘 우울하고 어두운 얼굴이었다. 특히 왕득구 회장의 호출을 받았을 때라든가, 새벽 식탁에서 의무적으로 마주 앉을 때 더욱 그러했다. 하긴 언제 어디서나 왕득구 회장의 지적과 꾸지람을 받지 않는 때가 흔치 않았으므로 기실 아버지 앞에서는 흡사 고양이 앞의 새앙쥐처럼 지레 주눅이 들 수밖에 없는 처지이긴 했다.

따지고 보면 왕광익 도련님 쪽도 매사가 원만한 편은 아니었다. 왕득구 회장 입장으로 보면 응당 처벌받아야 마땅한 행동을 도련님 쪽에서 먼저 도전하는 격이었다.

사실이었다. 왕씨 가문의 법통이나 가풍은 우선 제쳐 두고라도, 왕득구 회장의 취향을 역류(逆流)해서 거꾸로 올라만 가는 유일한 아들이 바로 왕광익 도련님이었다. 예컨대, 왕득구 회장이 아들들에게 적극 권장하는 스포츠를 극구 기피한다든가, 몰래 숨어 담배를 피운다든가, 간혹 학교를 빼먹는다든가 등등 왕득구 회장이 그중 싫어하는 일만 골라 가며 저지르는 것이었다. 특히 운동 경기 같은 경우가 더 그랬다. 왕득구 회장은 어쩌다 시간이 나면 아들을 전원 집합시켜, 야구며 배구며 씨름이며 각종 운동 시합을 곧잘 주관하곤 했다. 한데 왕광익 도련님만 늘 그 행사에 불참하였다.

그렇다고 근본적으로 운동을 싫어하는 성미도 아닌 터였다. 고등학교 때는 럭비 선수로 제법 이름을 날렸고, 대학에 가서는 농구팀에 자원해서 선수로 뛴다기보다 뒤에서 심부름을 도맡은

돈황제

일종의 살림꾼으로 그 역량을 발휘하기도 했던 왕광익 도련님이었다.

그런데 왜 집안 행사에는 그처럼 열의를 보이지 않았을까. 왜 왕득구 회장만 끼었다 하면 만사 작파하고 이만큼 물러나 버리는 것일까.

기실 왕광익 도련님을 제외한 큰도련님, 작은도련님 할 것 없이 어떻게 하면 왕득구 회장의 환심을 더 살 수 있을까. 어떻게 하면 점수를 조금 더 딸 수 있을까 전전긍긍인 것이 성북동 특유의 분위기라면 분위기였다.

그러니까, 왕광익의 그것은 어리석고 겁 없는 청개구리 배짱이라고 해서 과히 틀린 말이 아닌 셈이었다. 일종의 돌연변이라고나 할까. 그는 스키를 좋아했지만, 겨울방학 때마다 보내 주는 알프스 여행에의 참석을 거부했고, 웬만한 사람은 생각도 못해 보는 승마 또한 관심을 두지 않았다.

한번은 이런 일이 있었다. 호주에서 승마용 서러브레드 종(種) 말을 수입하여 아들들에게 똑같이 나누어 주었는데, 왕광익 도련님만 유독 말을 타지 않았다. 다른 아들들은 꼭 주말이 아니더라도 시간만 났다 하면 승마장부터 달려가기 마련인 판에, 왕광익 도련님 혼자 집 안에 틀어박혀 옴짝달싹도 하지 않았다. 그렇다고 집에 앉아 학교 공부를 한다든가 책을 읽는다면 또 몰라도 밤이나 낮이나 똑같이 컴컴하게 만든 방 안을 뒤척거리며 공상 속에 빠져 있었으니 왕득구 회장이 그냥 지나쳐 줄 리 만무했다.

"넌 왜 승마장에 한 번도 나가지 않았어?"

"말이 싫습니다."

"다른 형들이나 동생들은 다 좋아하는데, 넌 왜 싫어?"

"전 살아 있는 짐승을 학대하고 싶지 않습니다."

"학대라니, 그게 무슨 소리야?"

"말 못하는 짐승이라서 그렇지, 얼마나 참담하겠습니까? 생각해 보십쇼. 남은 등골이 내려앉을 지경인데, 위에 올라앉은 작자들은 뭐 그리 좋다고 이랴 낄낄 이랴 낄낄 하고 있으니……."

왕광익이 계속했다.

"저는 그렇게 잔인할 수가 없습니다."

"넌, 도대체 뭐하는 놈이냐?"

왕 회장이 목소리를 높였다.

"땡중이라도 될 양이냐?"

"땡중이라뇨? 저도 아버님처럼 기업을 경영할 텐데요."

"기업?"

"네, 아버님."

"그만 나가거라."

"네?"

"내 앞에서 서성거리지 말란 얘기다."

정말로 왕광익 도련님은 슬슬 뒷걸음을 치기 시작했다. 말 그대로 어리친 강아지 새끼였다. 성난 아버지 심기 살피랴, 흡사 경멸하듯 이쪽을 보고 있는 형제들의 얼굴 하나하나 감지하랴, 정말 우두망찰 제정신이 아닌 것이었다.

돈황제

"정신병원에 데리구 가서 감정이라도 해야겠어."

오죽 어이가 없었으면 그랬을까. 얼마나 가슴이 막혔으면 왕 득구 회장이 지레 머리 절절 흔들고 말았을까.

그러나 그런 따위 동문서답은 약과 중의 약과였다. 언젠가는 이런 일도 있었다.

하필 왕득구 회장의 생일날 저녁이었다. 새벽 1시가 지나도 외출했던 왕광익 도련님이 집에 들어올 생각을 하지 않는 것이 었다. 아니, 왕득구 회장이 그때까지 아들을 기다리느라 잠자리 에 들지 못했거나, 엎치락뒤치락 잠을 설쳤거나 할 정도는 아니 었다.

문제는 그놈의 전화였다. 물론 야밤의 전화라서 왕득구 회장 이 직접 수화기를 들지 않았지만, 앞뒤 잴 줄 모르는 순영이년이 문제의 전화를 냉큼 받은 것이었다.

"뭐라구요? 남대문경찰서라구요? 하지만 회장님은 주무시는 데요."

그쯤 되면 아래채에 잠든 왕득구 회장 운전기사 김씨에게 달 려가든지, 정히 판단하기 어려웠다면 하다못해 마님인 오순덕 여사 방을 노크했어야지, 이 소갈머리 없는 것이 그만 곤히 잠든 왕득구 회장을 흔들어 깨웠으니, 때 아닌 야밤의 난장판이 일어 나지 않을 까닭이 없는 것이었다.

"왕광익이 댁의 아들 맞습니까?"

"……그렇소만."

"알 만한 집 아들이 왜 그러는 겁니까?"

"무슨 사고라도?"

"술들이 너무 취해 아직 조서는 못 받았습니다만…… 이런 일이 어디 한두 번이어야지요."

"미안헙니다…… 친구를 잘못 사귀어서 그만…… 못된 아이들하고 또 한바탕 다툰 걸 겁니다."

"다퉜다구요? 천만의 말씀올시다. 다섯 놈이 온통 피투성입니다. 이러고도 어찌 살인이 나지 않았는가 의심스러울 지경이올시다."

"여봐요, 여봐요!"

"말씀하십쇼."

"우리 아이놈은 어떻습니까?"

"댁의 아드님은 술 때문에 정신이 없다니까요."

전화 속의 목소리가 하소연으로 바뀐다.

"제발 좀 저희들도 편히 지내게 해주십쇼. 걸핏하면 잡혀 와서 경찰서 기물을 다 부수니, 이거 어디……."

삽시에 집안이 발칵 뒤집어졌다.

왕득구 회장 고함소리에 시멘트 천장이 욱신거릴 지경이었다. 집안 식구 모두가 벌떡벌떡 일어나 앉지 않으면 안 되었다.

그렇다고 금세 뾰족한 수가 따로 생겨날 리 없었다. 12시면 정확히 사이렌을 울려 대는 통금 시간 때문에 더 그랬다. 힘을 써 줄 사람들 역시 마찬가지였다. 아무리 막역한 관계라 할지라도 깊이 잠든 심야에 찌르릉 찌르릉 깨워 일으킬 수는 없었다.

그것도 엄청난 사건이라면 몰라도 고작해야 작은 패싸움에 불과한 건으로 검사장이니 치안국장이니 함부로 들이댈 수는 더욱 없는 일이었다.

까딱 잘못 찔렀다가 긁어 부스럼 만들기 십상이었다. 사실이었다. 괜히 일을 빨리 해결하려다가 신문 가십 감으로 찍혀 창피 당하기 딱 좋은 케이스였다.

결국 남대문경찰서와 가까운 명광그룹 사옥으로 전화를 거는 수밖에 없었다.

"누구야, 나 회장인데!"

"아, 네 회장님, 총무부 안 대립니다."

"안 누구냐구?"

"안창승 대립니다."

"그래, 안창승 대리, 지금 곧 남대문경찰서로 달려가서 말이야……."

충성스러운 안 모 대리의 맹활약으로 왕광익 도련님은 통금 해제와 함께 풀려나왔고, 병원을 들러 성북동 집에 도착한 것이 새벽 5시 반이었다.

때마침 왕득구 회장은 아침 식사 중이었다. 머리에 붕대를 감은 광익 도련님이 한 10분만 늦게 도착했어도 결코 그 같은 변은 생기지 않았을 터였다.

지난밤을 설친 화풀이라고나 할까. 더구나 아침밥맛마저 모래알 씹는 기분이어서 버럭 신경질부터 솟구쳤다고나 할까.

"병신 같은 자식! 여긴 뭐하러 와!"

왕득구 회장이 밥숟갈을 내던지고 야구방망이를 치켜든 것은 바로 그 순간이었다. 정말 광익 도련님을 부축하고 들어오던 총무부 안 대리만 없었어도, 그날 아침 무슨 이변이 생겼을지 아무도 예상하기 힘든, 말 그대로 절체절명의 상황이었다. 하나, 안 대리가 야구방망이를 든 왕득구 회장을 적극 마크한다고 해서 완벽한 보호가 보장되는 것은 아니었다. 정말 왕득구 회장은 프로야구 우승팀의 4번 타자처럼 유연하게 배트를 휘둘렀고, 마침내 "억!" 소리가 터져 나온 것이었다.

물론 왕광익 도련님의 머리가 깨어져 피가 솟구친 것이 그 타격에 의한 것인지, 그 맹위에 우두망찰, 풀썩 넘어져 난방용 스팀 라디에이터에 머리를 찍힌 것인지 확실히 알 수 없지만, 어쨌든 왕광익 도련님은 그길로 다시 병원으로 내달리지 않으면 안 되었다.

피투성이 아들을 내보내는 왕득구 회장의 두 눈은 평상시의 그것이 아니었다. 괴기 영화의 특수 촬영에서나 보는 그런 눈빛이었다. 온통 시퍼랬다.

그는 야구방망이를 들었던 손을 탁탁 소리 나게 털고 식탁에 앉거나 선 여섯 명의 아들들을 휘이, 둘러봤다. 모두가 철판처럼 굳어 있는 얼굴이었다.

"밥들 먹어."

왕득구 회장이 말했다.

"먹으라니까!"

또 한 번 강조했지만, 어느 아들에게서도 한 번 놓은 숟갈을 다시 들 기미는 보이지 않았다.

돈황제

"병신 같은 자식!"

왕득구 회장의 목소리는 달달 떨리고 있었다. 아니, 처음 듣는 사람은 몰라도 조은실 씨처럼 가까이 모셔 온 사람으로서는 그것을 떨림으로 해석할 수가 없었다. 뭔가를 갈가리 찢어 내는 분노의 일갈이었다. 아직도 분이 풀리지 않았다는 일종의 포효 같았다. 물론 그 포효가 꼭 병원으로 다시 실려 간 광익이 도련님에게만 국한된 것이 아니기 때문에 더욱 그랬다. 그렇다. 판단 여하에 따라서는 식탁에 남아 있는 다른 아들들에게도 똑같이 적용되는 일종의 위협일 수도 있는 것이었다.

왕득구 회장 앞에서는 어느 누구도 성역이 없고 어느 누구에게도 예외가 없다는 강력한 선전포고라고 해야 옳을 것이었다.

"밥들 안 먹을 거야?"

왕득구 회장이 밥을 통째로 국그릇에 말아 훌훌 들이켤 때야 잔뜩 겁먹은 아들들이 수저를 들기 시작했고, 그제야 입맛이 난다는 듯이 "국 한 그릇 더 갖구 와!" 왕득구 회장이 조은실 씨를 돌아보며 공을 세우고 막 돌아온 병사처럼 말했다.

어쨌든 왕득구 회장에게 혼쭐이 나 병원으로 내달렸던 왕광익 도련님은 그날부터 긴 세월을 병상에 실려서 보내지 않으면 안 되었다. 아니, 만 6개월 동안이나 제 발로 병상을 내려오지 못했다고 해야 옳았다. 말 그대로 죽음과 삶의 갈림길을 놓고 혼자 사투를 벌인 것이었다.

조은실 씨도 마님을 따라 여러 번 병원에 문병을 갔었지만 한동안 왕광익 도련님은 누구의 얼굴도 상세히 알아보지 못하는 것이었다. 그가 무의식 속에서 내지르는 유일한 말은 "엄마, 혼자 가지 마"였다. 처음엔 다 큰 어른이 유치하게시리 엄마가 뭔가 싶어 다소 얄망스럽기도 했지만 웬걸, 그 소리를 들으면 들을수록 가슴 깊은 곳이 찡하게 아려 오곤 했다.

조은실 씨가 왕광익 도련님의 생모에 관한 얘기를 처음 구체적으로 접한 것은 그가 병원에서 퇴원한 지 얼마 안 되는 어느 토요일 저녁이었다.

명광그룹 계열사 사장 부인 정기 모임이 바로 그 자리였다. 꼭 사장이 아니라도 명광그룹 내에서 중요한 업무를 맡은 중역 부인은 대체로 다 참여하는, 이른바 최고 간부 내조자 모임이었다. 물론 모임의 어른은 왕득구 회장의 부인인 오순덕 여사였다.

권력지향형의 집념은 여자가 남자를 압도한다던가. 그래서일까. 두 달에 한 번 성북동에서 만나는 그 모임을 위해 명광그룹 임원 부인들은 모조리 전력투구한다고 해도 과언이 아니었다. 오순덕 여사에게 상납할 선물 선택에서부터 이번에는 어떤 화제로 그녀 앞에 서야 관심을 집중시킬 것인가 저마다 궁리에 궁리를 더하는 것이었다.

그러니까 소위 사장단 부인 모임에서 오순덕 여사를 대하는 분위기는 흡사 대통령 영부인을 모시는 장관 부인들의 그것보다 훨씬 더 극성스러운지도 몰랐다. 한마디로 추종의 극치가 어떤 것인가를 보여 주는 본보기 모임이었다.

"사모님, 젊었을 땐 너무 아름다우셨겠어요."

"피부가 너무너무 고우세요."

돈황제

"화장품을 한 번도 안 쓰셨는데도 어쩌면 주름살 하나 없으세요?"

"그 비결이 뭔지 저한테만 살짝 가르쳐 주세요. 네?"

"어쩌면, 일을 하시는데도 손이 아기 손이에요."

"어머, 어쩌면 한복이 그렇게 잘 어울리시죠?"

"양장 한번 해보세요. 정말 품위가 돋보일 거예요."

"눈에 무슨 약을 넣으세요? 그렇게 맑고 깨끗할 수가 없어요."

아첨이 비굴의 표시라고 누가 그랬던가. 하나, 보다 근본적인 문제는 찬사를 아첨으로 해석하지 못하는 쪽에 있다고 해야 옳았다.

하긴 아무리 지적인 사람도 집중적인 아첨을 이기는 사람은 없다고 하지 않는가. 하물며, 교육의 기회를 가져 보지 못한 너무 평범한 촌부에게 있어서 그것은 설사 모독이고 굴욕이라고 하더라도 당장 듣기에는 그토록 만족스러울 수가 없었다.

그래서일까. 오순덕 여사가 그 모임을 그토록 기다려 마지않는 것은. 아니, 기다려 마지않는 정도가 아니었다. 온종일 소금에 절여 놓은 푸성귀인 양 추욱 흐늘어져 있다가도 모임에 관한 얘기만 나오면 웬걸, 순식간에 눈빛이 달라지는 것이었다. 마치 물을 만난 고기처럼 갑자기 싱싱해지고, 갑자기 생생해졌다. 기실 오순덕 여사가 제법 몸단장도 하고 거울 앞에 우뚝 서보곤 하는 유일한 시간은 바로 그때뿐이라고 해도 큰 막말이 아닐 지경이었다.

여기서 우리는 그녀가 가장 행복해하고 즐거워하는 때가 바로 그 모임이라는 사실에 대해 주목해야 할 필요가 있다. 얘기의 머리가 잠시 방향을 바꾸는 경향이 있지만, 비단 조은실 씨의 증언이 아니고라도 오순덕 씨의 고뇌와 갈등과 아픔에 관해서는 권도혁의 작가노트에도 빽빽이 기록되어 있는 터였다.

예컨대 왕득구 회장 일가 앨범을 완벽히 통달한 결과만 해도 그러했다. 그 수많은 사진들, 줄잡아 1만 장도 넘는 스냅사진 속에서, 그녀가 활짝 웃고 있거나 미소 짓거나, 굳이 웃는 얼굴은 아니라 할지라도 조금은 행복해하는 모습을 단 한 장이라도 찾을 수 있다면 그것은 기적이라 해도 가히 무방할 것이었다. 왜냐하면 그런 사진은 실제로 한 장도 존재하지 않기 때문이었다. 아니 그런 사진이 존재하지 않는다기보다, 오순덕 씨 자체가 단 한 순간도 행복을 느껴 보지 못했다고 해야 더 정확한 표현인지 몰랐다.

용달차로 한 차분이 족히 되는 그 앨범들 속에서 권도혁이 바로 이거다 하고 찾아낸 사진이 있다면 노랗게 퇴색된 손바닥만한 스냅이 고작이었다. 모르긴 해도 왕득구 회장 부부의 신혼 무렵 사진일 터였다. 물론 그 사진 속에서도 그녀는 매우 침통한 표정이었고, 반대로 나비넥타이에 조끼에 중절모에 금시곗줄까지 늘어뜨린 젊은 시절 왕득구의 얼굴은 그토록 자신만만할 수가 없는 것이었다. 지나가는 바람인 양 은밀히 머금은 미소가 금세 터져 나올 듯 두툼한 양 볼은 참으로 건강해 마지않은 모습이었다.

왕득구의 오른팔이 그녀의 동그마한 어깨를 포근히 감싸고

　　　　　　　　　　　　　　　돈황제

있었다. 이봐, 저 사진기 구멍을 보라구. 그가 소곤거리고 있었고, 그녀는 그 소곤거리는 소리를 듣는지 마는지 고집스럽게 왼쪽에 가 있는 시선을 거두지 않는 것이었다.

사진의 배경으로 보아 그녀가 바라보는 곳은 호수처럼 잔잔한 대동만(大東灣)이거나 광탄천(鑛灘川)의 하류쯤일 터였다. 왜냐하면 그들이 서 있는 곳이 재령평야 줄기를 받치고 있는 비발도(飛潑島) 솔밭이기 때문이었다. 아니, 더 정확히 남포 시가가 훤하게 내려다보이는 비발도의 병풍산 마루였다.

그 무렵 황해도 장연군(長淵郡) 사람들은 신혼여행이랍시고 떠났다 하면 으레, 구월산의 용연폭포 아니면 남포 시내 비발도이기 마련이었다. 당시에는 불알 두 쪽이 유일한 재산이었던 청년 왕득구였으므로, 신혼여행이고 뭐고 신경 쓸 여유가 없었겠지만, 그래도 배짱 하나만은 누구 못지않았던 터라 그녀를 앞세우고, 모처럼 휘황찬란한 도시 구경을 겸해 나온 것이었다.

물론 권도혁이 나중에 확인한 바에 의하면, 그것을 신혼 나들이라고 섣불리 단정할 수 없는 아주 특별한 상황이긴 했다. 그러나 결혼식을 올리고 난 직후인 데다, 두 부부의 첫 여행이라는 점을 감안하면 굳이 신혼여행이 아니라고 부인하기도 멋쩍은 입장이었다.

"그때, 우리 친정 식구들이 모두 신의주로 이사를 했어. 그때가 정월 스무이틀이었으니까, 딸 치우고 꼭 나흘째 되는 날인가봐. 뭐 그리 급했는지, 내가 태어나고 자란 정든 고향을 부랴부랴 떠나 버린 거야. 그러니까, 그때 찍은 이 사진은 신혼여행이 아니라, 우리 친정 식구들을 배웅하기 위해 남포까지 따라갔던 길이라구. 우리 두 사람 여비도 친정아버지가 부담했으니까."

언젠가 간부 부인들 앞에서 오순덕 여사가 직접 피력한 증언이었다.

어쨌거나, 두 사람은 비발도의 병풍산 마루에 흡사 소나무처럼 우뚝 서서 당시만 해도 화려하고 복잡한 남포항을 적이 내려다보고 있었던 것이었다.

그러나 실제 상황과 사진 내용은 달랐다. 금물 속에 담겼다가 건져 낸 듯한 그 퇴색된 사진대로 왕득구와 오순덕만이 그곳에 한가롭게 서 있었던 것이 아니었다. 다른 양복쟁이 두 사람이 더 동행한 터였다. 그들은 왕득구 본가가 있는 용두면 길동리에서부터 함께 온 사람들은 아니었다. 정확하게 말해서 명사십리 해당화로 유명한 몽금포 역전에서 만난 사람들이었다. 아니, 우연히 마주쳤다기보다 그들이 왕득구를 기다리고 있었다고 하는 편이 옳았다. 이른바 길목을 지켰다고나 할까. 그들은 그토록 진지할 수가 없었다. 마치 독립군을 추적하는 일본인 형사 행색이었다. 모르긴 해도 금세 멱살이라도 잡아 흔들 기세였다.

한데도 왕득구는 별반 놀란 기색이 아니었다. 너무나 태연하게 악수를 나눴으며, 간혹 너털웃음도 핫핫 터뜨려 상대방의 김을 빼놓곤 하는 것이었다.

나중에야 알았지만, 그들은 남포시 인근인 해안면 사람들이었다. 이른바 이쪽보다 도시물을 더 많이 얻어먹고 도시 사람들과 더 많이 접촉하는 사람들이었다. 그중에서도 나이 듬직한 사

돈황제

내가 더욱 그러했다.

그는 오순덕을 아예 똑바로 바라보지도 않았다. 아니, 그녀를 사람 취급하지 않는 것은 비단 나이 든 사내뿐 아니었다. 도리우치 모자를 삐딱하게 눌러쓴 사내는 오순덕을 보자마자 무슨 몹쓸 짐승이라도 발견했다는 듯이 그녀 발밑에 퉤퉤퉤, 침까지 함부로 뱉어 낼 지경이었다.

처음 그들이 침을 퉤퉤 뱉어 냈을 때, 왕득구도 가만 보고만 있지 않았다. 두 양복쟁이의 팔을 붙잡고, 황소처럼 씩씩거리며 역사(驛舍) 뒤쪽으로 끌고 갔다. 기실 외모로 봐서는 두 사내가 한꺼번에 달라붙는다 해도 왕득구 한 사람을 어찌지 못할 지경으로 그들의 체구는 왜소하기 짝이 없었다. 한데도 만만히 볼 상대는 아니었다.

"이렇게 도망한다구 일이 잘 풀릴 줄 알았나?"

마침내 나이 듬직한 사람이 걸쭉하게 시비를 걸고 있었다.

"내가 왜 도망갑니까? 난 도망 같은 건 절대루 하지 않습니다."

왕득구도 지지 않았다. 처음부터 가소롭다는 식이었다.

"그렇다면 누이는 어떻게 할 참이야?"

"누이를 어떻게 하다뇨?"

"아니, 이제, 내 누이가 누군지도 모르겠다는 얘기야, 뭐야?"

"누가 모른댔습니까?"

"그럼 내 누이가 어떤 사람인가?"

"한때는 내 처였소."

"뭐? 한때는?"

"왜, 형들한테 내가 틀린 말 했습니까?"

"내 누이는 지금도 자네 처야."

나이 듬직한 사내가 말하자,

"그것도 그냥 처가 아니라 조강지처, 본처라구."

도리우치가 친절하게 해설까지 덧붙이는 것이었다.

"몇 달 전만 해도 그건 틀림없는 사실이었습니다."

왕득구는 그쯤 해서 말을 끊고 두 양복쟁이를 적이 한번 훑었다. 그가 다시 입을 열었다.

"허나, 지금은 상황이 달라졌습니다. 왜냐하면 본인도 그렇게 하기를 원했고, 그래서 단단히 약조까지 했기 때문입니다."

"약조라니?"

"갈라서기로 말입니다."

"아니, 이 사람이 이제 흉측한 거짓말까지⋯⋯."

"거짓말이라뇨?"

"내 누인 아직 죽지 않았어. 눈 버얼겋게 뜨고 있단 말이야."

"그래, 본인이 그렇게 눈 뜨고 말하던가요?"

두 양복쟁이는 아무 대꾸도 하지 않았다. 아니, 않는 게 아니라 못한다고 해야 옳았다. 그냥 멀뚱거릴 따름이었다. 그런 호기를 왕득구가 섣불리 놓칠 리 만무했다.

"내 이런 곳에서 이런 소리 할 기분이 아니오만, 형들이 꼬치꼬치 따지고 드니 어쩌는 수 없이, 또 한 번 반복하는 수밖에⋯⋯ 자고로 칠거지악이라고 했소. 불순구고(不順舅姑)에다, 무자(無子)에다, 구설(口舌)에다, 그리고 악질(惡疾)에다⋯⋯ 나머지 세 가지는 굳이 거론할 필요도 없소. 아시다시피, 칠거지악 중에서 한 가지만 해당되어도 스스로 물러나야 할 판에 무려 네 가지씩이나 한꺼번에 소지하고 있으니, 이 조선 천지에 어느 시부모가 감당하고 용서한단 말이오."

다소 기세가 눌린 듯했지만, 그렇다고 순순히 조리를 내리고 승복할 조짐은 아니었다. 특히 도리우치가 더 그러는 편이었다.

"귀신 씻나락 까는 소리 그만하라구. 걔가 아직 자식을 갖지 못했지만서두, 그거야 순전히 자네 탓 아냐?"

"아니, 그게 왜 내 탓이오?"

"장사한답시고 타지로만 혼자 돌아댕겼으니, 여자 혼자 어떻게 아들을 생산해? 그리구 악질이니 뭐니 해서 몸이 약하다고 떠들어 대지만, 생각해 보라구. 낭군 없는 집에서 시집살이하다 얻은 병을 어떻게 칠거지악 속에 넣을 수 있는가 말이야."

"좋습니다. 다 좋아요. 하지만 시어머니가 한마디 했다고 해서 보따리 싸들고 나가는 며느리가 어디 온전한 여잡니까? 그것도 한두 번이면, 내 말도 하지 않습니다. 저번달 거까지 모두 열한 번째라면, 형들은 어떻게 하겠습니까?"

왕득구가 내친김에 계속 쏟아 냈다.

"게다가 저번달에는 제 아버님이 직접 전갈까지 보냈습니다. 다 용서할 테니, 그날로 돌아오라구. 한데, 어땠습니까? 발칙하게도 그 여잔 시아버님까지도 무시했지 않습니까?"

"그야, 사돈어른이 직접 나서신 줄 몰라서 그랬지."

"모르다니요? 그 얘기가 나올 줄 알고 아예 중신아비를 불러

심부름시켰다는 거 아닙니까?"

"중신아비 아니라 저승사자가 왔어도 모르는 건 모르는 게야."

"그건 상식적으로 얘기가 안 됩니다."

"그렇다고 금세 새장가 든 것은 상식적이구?"

"집에 돌아오지 않으면 다른 며느릴 맞아들일 거라고 몇 번씩이나 다짐을 받고 중신아비를 보냈다는데 그게 왜 상식이 아닙니까?"

"목에 당장 칼이 들어와도 할 말은 다 하렸지만서두…… 그게 다 내 누이를 쫓아내려는 야비한 함정이고 흉계였다구."

"아니, 저희 어른이 야비하다구요?"

왕득구의 그것은 흡사 화산 폭발 직전의 분화구 같은 것이었다. 그처럼 엄청난 괴력으로 당장 돼지멱이라도 칠 기세였다. 실제로 그의 주먹은 부르르 떨리고 있었다. 이제야 뭔가 손 안에 잡혔다는 식이었다.

너무 급작스레 당하는 터라, 두 양복쟁이는 어안이 벙벙할 뿐이었다.

"누가 어떻게 야비하다는 거요?"

부르르 떨리는 두 주먹을 치켜들며,

"왜 말들을 못해!"

입술까지 앙다물었다.

"한번만 더 우리 어른을 욕되게 하는 놈은 아예 아가리를 부숴 버릴 거야!"

한껏 으름장을 놓던 왕득구가 두 양복쟁이를 버리고 혼자 와

들와들 떨고 있는 오순덕 쪽으로 돌아온 것은 바로 그다음 순간이었다.

"자, 갑시다. 우리."

그는 배짱도 좋게시리, 그녀의 팔에 자신의 팔을 끼워 넣은 다음, 보란 듯이 비발도로 가는 버스 정류소를 향해 팔자(八字) 걸음을 걷는 것이었다.

한동안 넋을 잃고 서 있던 두 양복쟁이가 새삼스럽게 임전무퇴(臨戰無退)라도 상기시켰다는 듯이, 왕득구를 어슬렁어슬렁 뒤따라오기 시작했는데도, "뒤돌아보지 마. 겁먹을 거 하나도 없어. 아예 없다고 생각해 버려. 알았어?" 그녀에게 속삭여 마지않는 것이다.

"제풀에 곧 나가떨어질 거야. 병신 같은 놈들…… 따라온다고 누가 무서워할 줄 아나?"

하나 오순덕은 비발도 솔밭까지 끈덕지게 따라온 두 양복쟁이를 왕득구 말대로 간단히 묵살할 수가 없었다. 묵살은커녕 너무 겁이 나서 숨조차 크게 쉬지 못할 지경이었다. 자꾸 등줄기가 시큰하게 땅기는 것이다. 무슨 예리한 쇠붙이 같은 것이 날아와, 퍽 소리와 함께 등줄기에 꽂히는 느낌이었다.

그런데도 왕득구는 전혀 개의치 않는 눈치였다. 저만치 선 두 양복쟁이에게까지 들리게끔 핫핫핫 혼자 웃기도 했고, 그녀의 동그만 어깨를 포근히 감싸기도 하는 것이다.

남포 시내 유일의 유흥지인 비발도 솔밭에는 술집만큼 임시 사진관도 많았다. 왕득구가 그중 한 곳을 겨냥, 우뚝 서며 말했다.

"우리 기념사진 한 장 찍어야지?"

그녀는 대답도 않고 고개도 끄덕이지 않았다. 아니, 숫제 아무 말도 할 수 없었다. 흡사 입안에 무거운 자물쇠라도 채워 놓은 듯 하다못해 어, 소리 한 번 제대로 낼 수가 없었다.

그래도 왕득구는 그토록 태연할 수가 없었다. 그녀의 어깨를 두꺼비 손바닥으로 덥석 감싸 안으며 소곤거렸다. "이봐, 저 사진기 구멍을 보라구. 그리고 웃어 봐. 이쁘게 웃으라니까."

그러나 그녀는 웃지 않았다. 사진기 구멍도 바라보지 않았다. 호수처럼 잔잔한 광탄천 하류를 헤엄쳐 가는 작은 거룻배에만 고집스럽게 시선을 박고 있었다.

그리고 그녀는 곧바로 왕득구의 정식 부인이 되어 시부모님을 비롯한 많은 가솔들이 북적거리는 용두면 길동리에 두더지처럼 틀어박히지 않으면 안 되었다. 바야흐로 길고 긴 터널 같은 시집 살이가 시작된 것이었다. 그렇지 않아도 시집살이 그 자체만으로 서럽고 억울하다 못해 매사가 맵고 쓰고 짜기 일쑤였던 터였다.

오죽하면 시앗끼리는 하품도 옮지 않는다고 했을까. 하나 그녀의 원천적인 설움은 꼭 시앗만이 아니었다. 오히려 남편이 더 문제라면 문제였다. 그녀가 신혼살림을 차린 그 방을 먼저 썼던 바로 그 여자 때문이었다.

한데도 오순덕 여사는 그 일에 대해 함부로 불평할 수도 아무 에게나 하소연할 수도 없었다. 솔직히 그녀는 왕득구가 본처 달 린 왈 유부남이라는 사실을 까맣게 모르고 있었고 그래서 맞선 한 번 보고 선뜻 마음을 정해 버렸던 것이었다. 아니, 그 무렵만 해도 장본인인 그녀가 응하지 않는다고 해서 혼인이 성사되지 못한다는 보장이 없었다. 보장은커녕 아무리 그녀가 발버둥 쳐도 일단 양가 부모가 모여 앉아 고개 끄덕이고, 사주단자가 오고 가고 마침내 혼인 날짜가 정해져 버리면 천하의 고집쟁이 말괄량이라도 옴짝달싹할 수 없는 것이 당시의 법도였다.

천하의 말괄량이가 그럴진대, 하물며 양반집 막내 규수에다, 착하고 어질다는 칭송으로 인근 동네가 시끄러웠던 오순덕이 어찌 가타부타 이의를 제기할 수 있겠는가. 게다가 그게 어디 보통 혼사인가. 남편 될 왕득구와 여러모로 막역지우 사이인 그녀의 오빠가 발 벗고 나서 중매를 선 혼사 아니었던가.

아무려면 친오빠가 막내 여동생을 불행을 자초하는 엉뚱한 상대에게 짝 지우겠으며, 설령 유부남이라는 사실을 그녀가 사전에 알았다고 한들, 심사숙고해 마지않은 오빠의 결정에 어찌 반기를 들 수 있으며, 더구나 부모님들까지 쉬쉬하며 합의해 버린 혼사를 어떻게 번복시킬 수 있단 말인가.

그때 남포역에서 헤어지고 아직 만나본 적이 없는 오빠를 오순덕 여사는 지금도 너무나 선명히 기억하고 있었다. 결혼 전날 밤, 그녀를 불러 은밀히 충언해 마지않았던 오빠의 의연한 모습이 더욱이나 그러했다.

"왕득구 그 사람 크게 될 사람이다. 나는 그 친구가 너한테 홀딱 빠져 어떤 보상을 치르더라도 꼭 혼인하고 말겠다는 그 의지를 높이 평가하고, 더불어 너한테 있어서도 그것처럼 큰 행운이 없다고 나는 단단히 믿고 있다. 부디 어려운 일이 생기더라도 눈

딱 감고 모든 것을 그 사람한테 의지해야 한다. 그저 믿고 따르고 순종만 하면 만사가 다 능통하게 돼 있다는 얘기다. 이 오빠 말을 부디 명심해 주기 바란다."

물론 그래서 투정 한 번, 하소연 한 번 못한 것은 아니었다. 기실 두 양복쟁이의 추적을 받으면서, 아니 그중의 하나가 그녀를 발견하자마자 퉤퉤퉤, 침부터 먼저 뱉어 냈을 때 얼마나 창피하고 불안하고 두려웠는지, 지금 생각해도 전신에 소름이 좍좍, 돋을 지경이었다.

그러면서도 그녀는 왕득구 면전에서 고개 한 번 빳빳이 치켜든 적이 없었다. 고개뿐 아니었다. 그 양복쟁이 말대로 본처를 두고 어떻게 새장가 들 작정을 했느냐고, 변변한 항의 한 번 못해 본 그녀였다.

이유는 있었다. 부모 형제 등 모든 가족이 깡그리 용두면을 떠나 버린 사실이 그랬다. 그 무렵 그녀야말로 생면부지의 땅에 혼자 버려진 천애 고아라고 해도 과언이 아니었다. 그녀는 외로웠다. 아니, 가슴을 도려 파는 수많은 사건이 줄지어 생겨도 십시일반(十匙一飯)은 고사하고 혼자 삭이지 않으면 안 되는 자신의 처지가 그토록 억울하고 미울 수가 없는 것이었다. 그러므로 매사를 그저 눈 딱 감고 체념할 뿐인 것이었다.

하나, 눈을 감는다고 해서 만사가 형통해지는 것은 아니었다. 일방적인 이혼을 당하고서도 인근 면에 혼자 살았던 그 본처라는 여자 때문이었다.

사실이 그랬다. 그 여자가 그곳에 살고 있는 한 단 하루도 편

돈황제

히 넘기기 어려웠다. 오죽하면 재취 자리도 마다하고 기어코 혼자 살기를 고집하는 것일까. 얼마나 가슴에 큰 못이 박혔으면, 왕득구 형상을 만들어 놓고, 새벽마다 정화수 떠올리며 저주를 퍼붓는다는 것일까. 오순덕 여사가 날이면 날마다 그런 고통에 사로잡혀 잠을 설치는 것은 어쩌면 너무나 자명한 이치인지도 몰랐다.

그런 판국인데도 왕득구는 집 안에 붙어 있지 않았다. 사업을 한다고 했다. 어디서 무슨 사업을 벌이는지, 그가 나가 있는 곳을 확실히 말해 주지도 않았다. 가뭄에 콩 나듯 심심하면 한 번씩 배달되곤 하는 편지도 그랬다. 어떤 때는 서울이다가, 인천이다가, 또 엉뚱하게 평양에서 부쳐 오기도 하는 것이었다.

남포의 비발도에서 그 사진을 찍은 다음다음 날, 그러니까 신혼 기분도 채 들지 않아 용두면 길동리 집을 떠난 남편이 만 석 달 만에, 그것도 아무런 기별 없이 불쑥 찾아들어 왔다면, 설사 이미 쫓겨난 조강지처럼 보따리 싸들고 사립을 나선다 해도 달리 할 말이 없을 터수였다.

어쨌든 그 통에 문제의 조강지처에게 왕득구의 아이가 생겼다는 청천벽력 같은 소식도 오순덕 여사가 혼자 감당하지 않으면 안 되었다. 결혼식을 올린 지 꼭 보름 만의 일이었다.

이미 그 전에 임신을 했는데도 까맣게 모르고 있었다는 게 그쪽 주장이었고, 이쪽은 이쪽대로 보복적인 조작극일 뿐이라고 맞받아치고 있었다. 하나, 그녀의 임신은 일본인 산파에 의해 객관적으로 증명되었고, 이번에는 설령 임신이 사실이라 하더라도, 결단코 왕득구의 아이가 아닐 것이라고 시부모가 앞장서서 천부당만부당 우겨 대기 시작했다.

한데, 이게 웬일인가. 막상 떡두꺼비 같은 사내아이를 내질러 놓고 보니, 한눈에 영락없는 왕씨 가문 핏줄 아닌가. 길고 높은 콧등하며, 툭 튀어나온 광대뼈하며 유별나게 짧은 인중하며, 흡사 왕득구를 판으로 찍어 낸 듯한 얼굴 그대로였다. 심지어 홀랑 벗겨진 이마까지 할아버지의 그것과 너무 유사한, 이른바 오리 지널 왕씨 자손이었다.

바로 그 아이가 왕씨 가문의 법적 장남인 지금의 왕광길(王光吉)이라고 하면, 아마 곧이곧대로 믿는 사람이 많지 않을 것이다. 왜냐하면 오순덕 여사 입장에서 보면, 왕광길이야말로 틀림없는 서자 출신이기 때문이었다. 그쪽 사람들이 들으면 다소 야박스럽다고 할지 모르지만, 그것은 한 치 가감도 없는 사실 그대로였다.

그 무렵 용두면 부근에 살았던 사람이라면 누구나 훤히 꿰고 있었던 일들이 바로 그렇지 않은가. 분명코 말하지만, 오순덕 여사가 왕씨 가문의 종손 며느리로 호적에 당당히 입적된 다음에야 비로소 그녀가 임신을 확인하지 않았는가 말이다. 그것은 계란이 먼저냐, 닭이 먼저냐 식의 사사로운 문제가 아니었다. 너무도 이치가 자명해서 굳이 이러쿵저러쿵 따지고 말 것도 없는 일이었다.

아니, 광길이를 낳았을 때 그녀의 신분만 해도 그러했다. 그녀는 어휘 그대로 임자 없는 생과부 몸이었다. 그래서 혼자 나와 외따로 살고 있었다. 오죽하면 이혼당한 생과부 집이라고 해서 용두골의 한량이라는 한량은 떼거리로 몰려들어 기웃거렸겠으며, 또한 그런 일 때문에 그녀가 귀찮게 구는 남자들을 주재소에 고발한 적이 단 한 번이라도 있었는가 말이다. 막말로 친정에서 혼자 나와 살기로 작정했을 때 벌써 어느 한량의 밥이 됐는지도 모를 일이었다.

한데도 그녀가 낳은 왕광길이가 법적 장남이 되고, 3개월이란 간발의 차이로 늦게 출생한 오순덕 여사의 첫아들 왕광표(王光杓)는 차남이 되고 말았으니, 정식 부인 입장으로서 어찌 억울하고 섭섭하지 않겠는가 말이다.

그러나 이미 물은 엎질러진 뒤였다. 게다가 장본인인 왕득구가 손수 나서 감쪽같이 정리해 놓은 일이 바로 그 결정인 것이었다. 과연 왕득구다운 결단력이었다.

신의주로 떠난 뒤 편지 한 장 없는 친정오빠 말대로 왕득구의 능력은 날개 없는 맨몸으로 하늘을 날아다닌다 해도 그리 틀린 얘기가 아닌 셈이었다. 확실히 그는 유능한 남자였다. 뭘 어떻게 구워삶았으면 길길이 날뛰기만 하던 옛 조강지처를 단숨에 잠재울 수 있었으며, 더구나 그녀가 생명보다 더 귀히 여기는 그 핏덩이까지 감쪽같이 빼앗을 수 있었는가 말이다.

어쨌거나 왕득구는 그녀로부터 약탈하다시피 한 사내아이를 손수 안고 집으로 뛰어들어 왔고, 그길로 오순덕 여사를 앞세워 용두면 길동리를 과감히 파기해 버렸다. 서울로 거처를 옮긴 것이었다.

처음엔 서울이 아니고 인천이었다. 소금 창고 즐비한 부두 주변이었다. 한 반년쯤 살았을까. 왕득구의 조강지처 사람들이 어떻게 수소문했는지, 인천을 이 잡듯 샅샅이 뒤지고 다닌다는 얘기에 부랴부랴 이삿짐을 싸들고 서울로 입성한 것이었다.

한곳에 차분하게 뿌리내리지 못하기는 서울에서도 매한가지였다. 그러나 꼭 조강지처 사람들의 추적 때문만은 아니었다. 따지고 보면 왕득구의 사업도 피장파장이었다.

소금 장사다, 인삼 장사다, 하다못해 마포나루 새우젓 장사까지 별별 품목을 다 취급했지만, 때로는 도둑을 맞아서, 때로는 대화재를 당하는 바람에, 또 어떤 경우는 물난리에 창고가 떠내려가 버려서 하루아침에 쪽박을 덜렁덜렁 주워 차곤 하는 것이었다.

그러다 보니, 조강지처뿐 아닌, 수많은 빚쟁이들까지 왕득구 일가를 추적하기 시작했고, 급기야 야밤도 마다하지 않고 줄행랑을 놓곤 했다.

요컨대 눈뜨고 일어나면 보따리 싸기가 일이었다. 그것도 엊저녁 서대문에 짐을 풀었다 싶은데, 어느새 신당동이고, 동대문이고, 자하문이고…… 그처럼 끝없는 방황이 계속되는 것이었다. 뭐랄까, 흡사 장마철 곤충 신세라고나 할까. 허겁지겁 거미줄을 쳐놓으면 금세 비바람이 내리쳐서 또 한 번 공수래공수거가 되는 식의 반복…….

그러다가 해방이 되고, 곧이어 육이오 사변이 터졌다. 아니, 더 정확하게 얘기해서 그 끈덕진 조강지처가 마침내 황해도 장

돈황제

연군 용두면 길동리의 왕득구 본가를 차지하고 들어앉은 것이 해방되던 해고, 왕씨 가문의 큰며느리 행세를 하며 왕득구에게 인편으로 편지를 보내곤 한 게, 육이오 나던 해 봄이었다던가. 어언 40여 년 전 일이었다.

9

어쨌든 여기서 우리는 얘기의 가닥을 다시 원상태로 복구해야 할 필요가 있다. 다름 아닌 명광그룹 최고 간부 내조자 모임이 바로 그것이었다.

기왕 방향을 돌릴 바엔 내조자 모임의 배경 설명을 다소 지루하더라도 끝까지 경청하지 않으면 안 된다. 왜냐하면 성북동 안주인 오순덕 여사를 이해하는 데 있어서 그 모임만큼 완벽한 계기를 주는 경우도 드물기 때문이다.

사실이 그랬다. 오순덕 여사가 그 모임에 특별히 신경을 쓰는 것은 비단 자신의 몸단장만이 아니었다. 음식도 그랬다. 성북동에서 이뤄지는 각종 모임, 예컨대 왕득구 회장 초청 특별 만찬 같은 행사의 음식 준비도 모두 오순덕 여사가 총괄 지휘했는데, 워낙 손이 작은 탓인지 미처 행사가 끝나지도 않아 동이 나버리곤 했다. 오죽하면 성북동 만찬에 초대받은 사람들 왈, "미리 요기를 하고 가자구. 잘못하다가 쫄쫄 굶기 십상이래"가 유행어일까.

한데, 최고 간부 내조자 모임은 그렇지 않았다. 항시 음식이 남아났다. 그것도 시답잖은 요리가 아니었다. 신선도가 보장된 해물이며 생선, 아마도 성북동에서 차려 내는 것 중 가장 먹음직스러운 요리가 바로 그 모임의 음식일 터였다.

왜 그랬을까. 왜 왕득구 회장이 직접 주관하는 행사보다 그녀가 초대한 모임이 더 실속 있고 풍요로운 것일까. 그 점에 대해 말 좋아하는 모 간부 부인은 이렇게 일갈했다.

"사모님의 입장에서 유일하게 대접받을 수 있는 자리가 바로 우리 모임일 거예요. 왕 회장의 절대권력에서 잠시, 그리고 순식간에 해방된다고나 할까요? 사모님은 그 자체를 나름대로 즐기고 계신 거예요. 그때 비로소 왕득구 회장의 수족이나 하인이 아닌, 인간 오순덕으로 우뚝 서는 셈이죠."

그렇다. "많이들 먹어요, 많이들……" 오순덕 여사가 이 자리 저 자리 옮겨 다니며, 적극 권해 마지않는 것도 모두 그런 기준에서 비롯된 배려일 터였다.

그뿐 아니었다. 명광그룹 왕득구 회장 비서실에 의해 금요일 오후의 참변으로 명명된 바 있는, 이른바 성북동 망언(妄言) 사건도 기실은 그런 맥락이라고 해야 옳을 것이었다. 금요일 오후의 참변은 서양식의 불길한 요일을 상징한 것이 아니라, 문제의 그 모임이 하필 금요일에 이뤄진 까닭이라던가.

그날따라 오순덕 여사는 그토록 진지해할 수 없었다. 시종일관 밝은 표정이다 못해 마치 소풍 나온 소녀처럼 함부로 들떠 있었다. 그렇지 않고서야 어찌 "우리, 여자들도 술 한 잔씩 돌리는

돈황제

게 어때요?" 식의 파격적인 제의를, 그것도 그녀가 솔선수범할 수 있었겠는가 말이다.

물론 평소 그녀답지 않은 면모에 감격한 탓도 있었겠지만, 모처럼 여자들만이 모인 홀가분한 자리인지라 "우리 사모님 최고야, 최고!" "멋쟁이 사모님!" 따위 찬사를 중구난방 떠들 수밖에 없는, 참으로 자연스러운 분위기도 한몫 단단히 한 터수였다.

"술이 어디 남자들만 마시라고 만들어졌나요?"

오순덕 여사가 구경하기 힘들 정도로 귀한 양주병을 따며 말하자, 여기저기서 "옳소! 옳소!" 박수가 터져 나왔다. 옳소, 옳소뿐 아니었다. "남자 몸 망치는 술, 여자가 대신 마셔 없애 주자!" 따위 캠페인성 발언도 있었고, 전혀 엉뚱하게 "여자도 사람이다, 사람대접 받아 보자" 식의 여성운동 구호도 거침없이 터져 나왔다. 참으로 화기애애한 자리였다.

누가 그랬는가. 계집 녀 셋만 모이면 간사할 간이요, 간사할 간 셋만 합쳐 놓으면 고물상 쇠붙이도 녹인다고. 그날 그 자리가 그러했다. 소위 명광그룹 최고 간부 부인이라는 나름대로의 권위가, 그 술잔으로 하여 더한층 기승을 부리는 것이었다.

"자, 이 잔 책임지지 못하는 사람은 대신 노래를 불러야 합니다."

번쩍거리는 크리스털 잔을 왼쪽부터 돌리기 시작하며, 오순덕 여사가 한껏 왕득구 회장 흉내를 내며 말하자 누군가 불쑥 일어나서 외쳤다.

"긴급동의입니다, 사모님! ……한 잔도 못하는 여자는 아예

이 모임에서 탈퇴시켜야 되지 않겠어요?"

또 한 번 까르르 까르르 웃음소리가 추수 앞둔 밀밭 바람인 양 좌중을 압도했다. 그래서일까. 술 대신 노래를 선택한 여자가 단 한 사람도 없었다.

좌중의 보통 여자들이 다 그럴진대, 천하에 귀하신 몸인 오순덕 여사는 어떻겠는가. 이 여자가 "사모님, 제가 올리는 이 술 한 잔 받으시와요", 저 여자가 "제 잔은 술이 아니란 말입니까?", 또 이 여자가 "제 술 빈 잔으로 돌려주지 않으시면 이 자리서 옴짝 않을 거예요", 또 저 여자가 "설마 제 잔만 거절하시는 불상사는 일어나지 않겠죠? 그쵸, 사모님?"…….

모두 한결같이 아양을 떨다 못해 협박까지 동원할 정도였으니 아무리 그 방면에 도가 튼 여사라 할지라도 끝까지 온전할 리 만무했다.

게다가 흔히 말하는 요즘의 폭탄주 격인 스트레이트 진액이었으므로 몇 잔 털어 넣지 않아서 금세 헬렐레 경지로 빠져들고 마는 것이었다.

문제는 바로 거기에 있었다. 여자가 한번 맘먹고 판 벌였다 하면 상에 오른 접시에 구멍도 뚫는다던가. 그렇다. 어디까지나 시작이 어려울 뿐 일단 일을 벌여 술 한 잔 마셨다 하면 또 여자만큼 겁 없는 동물도 흔치 않았다. 요컨대 여자이므로 더욱이, 쉽게 작파할 까닭이 없는 것이었다. 어찌 보면 시시한 남정네들은 저리 가라였다. 이른바 할 말 못할 말이 없었다.

"이렇게 기분이 좋으니, 남자들이 주님 주님 하는가 봐요, 사모님.”

"주님이라니?”

"술 주 자 주님이요."

"아, 그 주님?”

"우리집 남자는 여자 없인 살아도 주님 없인 못 산대요. 글쎄."

"그거 다 흉측한 거짓말이야."

"거짓말이라뇨, 사모님?”

"남자란 짐승한테는 주님과 여자가 함께 따라댕겨야 비로소, 거 잘 먹었다 트림하는 법이니까."

"어머, 주님 마시듯 여자도 마신다는 얘긴가요?”

"그걸 보구 주색잡기라고 하는걸."

"그것도 남자 나름이겠죠, 사모님."

"그 짐승들은 다 그래."

"아무럼……."

"다 그래도 내 남편만은 깨끗할 거다 하겠지만서두……."

"그래요, 사모님. 믿는 도끼에 발등 찍힌다잖아요?”

"그러려니 하고 살아야 맘 편하지. 안 그래도 새 창자보다 못한 게 여자라는데, 남자 바람기를 어찌 다 간섭하고 살아?”

"오죽하면, 난봉꾼을 남편으로 섬기는 여자의 창자는 호랑이도 안 먹는다고 했으려구요."

일이 그쯤 해서 끝났으면 '금요일의 참변'으로 기록되는 그 엄청난 사건은 아예 생기기 않았을 것이었다. 한데, 일이 묘하게 꼬이려고 그랬는지, 그 여우 같은 여편네들이 호시탐탐하다가 마침내 왕득구 회장까지 무엄하게 물고 늘어진 것이었다.

"사모님, 이런 질문 해도 괜찮을지요?"

이미 위험수위에 이른 오순덕 여사 앞에 또 술잔을 채워 놓으며, 명광자동차 한 전무 부인이 아양 떨어 마지않았다.

"무슨 질문인데?"

"글쎄…… 꾸지람이나 듣지 않았으면……."

"꾸지람은 무슨 꾸지람이야? 이렇게 좋은 자리에서……."

"어머, 사모님 그거 진짜죠? 무슨 질문을 해도 야단치시지 않을 거죠?"

"그렇다니깐."

"저어…… 회장님께선 어떠신지요?"

"회장?"

"네, 왕 회장님 말예요."

"회장님이 뭐가 어떻다는 거야?"

"저희가 소문으로 듣기엔, 홍 모 탤런트하구……."

"아, 그거? 그게 뭐 어려워서 한참 뜸을 들이고 그래? 기왕 얘기가 나왔으니, 시원허게 내 신세타령이나 한번 하고 넘어가겠어요."

그리고 오순덕 여사가 주위를 휘, 훑는 것이었다. 갑자기 찬물을 끼얹은 것처럼 정적이 감돌기 시작했다. 그러나 그녀는 금세 입을 열지 않았다. 마치 누구 흉내라도 내는 듯이, 술잔을 치켜들어 흡사 목마른 나그네인 양 단숨에 탈탈 털어 넣었다. 안주도 한 입 어그적어그적 씹어 대고 있었다.

돈황제

확실히 정상이 아니었다. 한데도 아무도 그녀를 말리는 사람이 없었다. 호기심으로 가득 찬 음흉한 시선들만 가차 없이 그녀를 질타할 따름이었다. 그것은 일종의 압력이었다. 어서 시작하세요. 어서 입을 여시라구요. 빨리요. 궁금해서 못 견디겠어요.

"한 가족 같으니까 얘기지만서두…… 가만있자…… 그런데, 막상 하려니까, 어디서부터 시작해야 될지 모르겠어. 그리고 보니, 참 막연하구먼."

그때 또 기름칠을 하고 나선 여자가 명광건설 김 부사장 부인이었다. 무슨 여성단체 간부직을 맡고 있는 소위 여성 지도자급 인사 중의 한 명이었다.

"사모님께선 저희 단체에서 선정한 장한 어머니 상도 거절하셨잖아요? 항간엔 겸허하신 성품 탓이라고 하지만, 또 다른 한편으론 사모님께서……"

"그게 무슨 얘기죠?"

"다분히 회장님과 관련된……"

"아, 우리집 아이들 얘기구만."

오순덕이 음음음, 목청까지 가다듬고 계속했다.

"기왕 말이 나왔으니, 뭐 숨기고 말 것도 없을 거 같애요. 사실 우리집 아들이 모두 아홉이지만서두, 내가 낳은 아들은 광표하구 광석이뿐이라구. 그러니까, 둘째하고 셋째만 내 아이고 그 나머지는 모두가 다 각각인 셈이야. 무슨 얘긴지 알겠어요?"

"……각각이라면, 엄마들이 다르다는 뜻인가요?"

"그래, 맞아요. 하나같이 다 다르다니까. 한 녀석도 같은 배에서 나온 놈이 없다 그 말이라구."

"아무렴, 그럴 수가 있나요?"

"그럴 수가 없지요. 절대루. 하지만, 그건 엄연한 사실이에요. 암, 엄연한 사실이구말구."

"저희가 알기론 사모님께서 모두 기르신 걸로……."

"그래요. 내가 다 길렀어요. 진자리 마른자리 가려 가며 내가 아홉 아이를 모조리 다 키워서 저렇게 어른이 되게 한 거야."

"그렇다면 다른 어머니들은 낳기만 하고, 곧바로 아이를 내준 모양이죠?"

"핏덩이째로 데려왔지. 큰아이 광길이부터…… 우리 왕 회장님 수단이 보통이 아녜요. 정말 무서운 분이셔요. 그 어른이 한번 맘먹어서 안 되는 일이 없을 정도니까. 내 듣기로는 천하장사 씨름꾼도 약한 데가 있어서 잘도 넘어간다는데, 우리 회장님은 어디에도 엉성한 구석이 없는 거야. 여자만 해도 그래. 본래 사업 잘하는 사람이 여자한테 약해 가지구서 까딱하면 홀리기 마련이라는데, 천만의 말씀이라구. 천하일색 양귀비라도 절대로 살림만은 차리지 않으셔. 대신 워낙 수단이 좋으신 분이라, 아이가 생기면 그대로 안고 나와 버리시는 거 있지? 우리 넷째 광익이를 데리고 올 때도 그러셨어. 첩살림 하는 거보다 당신에게 이게 더 나을 성싶어서, 아이를 뺏어 왔으니 그리 알구려. 그때 나는 울었어요. 회장님은 감동해서 내가 눈물을 닦은 줄 알지만, 사실은 하도 어처구니가 없어서 울었던 거예요. 아니, 아이를 빼앗긴 여자가 괜히 불쌍해서 울었는지도 몰라."

돈황제

그리고 오순덕 여사가 갑자기 훌쩍거리기 시작하는 것이었다. 마치 당시의 상황을 그대로 재연이라도 하는 듯이, 사뭇 어깨까지 들먹이며 본격적으로 흐느끼는 것이었다. 방 안이 갑자기 숙연해졌다. 숨소리도 들리지 않았다. 오직, 오순덕 여사의 흐느낌 소리뿐이었다.

하나 어느 누구도 오열하는 그녀에게 함부로 접근할 수가 없었다. 그동안 바람잡이 역할에 열중했던 한 전무 부인도, 김 부사장 부인도 똑같이 꿀 먹은 벙어리 시늉이었다. 어찌 보면 좌중의 모두가 다 그랬는지도 몰랐다. 너무 심하게 다루지 않았는가라는 우려와 더불어 뭉클한 연민의 정까지도 느끼는 것이었다. 뭐랄까, 일종의 동병상련이라고나 할까.

그래, 저 때 묻지 않은, 마치 천진난만한 유치원생과도 같은 노인네를 우리가 너무 야박하게 찢어발긴 거야. 급소를 너무 깊이 찌른 거야. 얼마나 아팠을까. 얼마나 견디기 어려웠을까.

누가 저 긴 가슴앓이 병의 정체를 진단해 주며 그것을 말끔하게 치료할 수 있단 말인가. 아니, 치료는커녕 어느 누가 가슴 후련한 한마디 위로의 말이라도 던질 수 있단 말인가.

마침내 몇몇 마음 약한 부인네들이 나서기 시작했다. 이름하여 우정의 눈물이었다. 제법 찔끔거리고 있었다.

"사모님, 죄송해요."

"저희들이…… 용서하세요, 사모님……."

바로 그때였다. 어깨까지 들썩거리며 흐느끼던 오순덕 여사가 번쩍 고개를 들어 올리는 것이었다. 눈물 가득 고인 눈 밑으로 연꽃 잎사귀에 묻은 이슬방울인 양 또르르 또르르 눈물이 굴러 내리고 있었다. 한데도 그녀는 말짱했다. 흐르는 눈물과는 무관한 여자처럼 말하는 것이었다.

"광익이 생모를 만났어. 아니, 그 여자가 집으로 찾아왔더구만. 우리 회장님에게 받은 아파트도 돈도 자동차도 다 싫다는 거야. 꼭 광익이를 찾아가야겠다는 게야."

"그래서요, 사모님?"

"어디 우리 회장님이 가만히 계실 분인감? 그 이튿날로 당장 조처를 내리셨나 봐. 일본 아니면 미국으로 멀리 쫓아내셨겠지 만서두…… 역시 내 아픈 가슴은 어쩔 수 없더라구."

"그럼요. 사모님이니까 참으셨지…… 오죽하셨겠어요?"

"미국으로 쫓겨 간 분은 뭐하는 여자였는데요?"

누군가 또 불쑥 질문을 던졌는데도, 오순덕 여사는 얼굴 주름살 하나 잡지 않았다. 너무 태연하게 입을 열고 있었다.

"글쎄 뭐 시골 학교 선생이었다나, 교사였다나? 우리 회장님이 저수지 공사하러 다니실 때 만났는데, 에이비시디, 영어를 아르켜 줬대누먼."

"영어를 아르켜 주다뇨?"

"몰라, 나두. 얘기만 들었으니까. 우리 회장님 소싯적에는 영어 같은 건 안 배워 줬잖어? 그래서 늦게 배우셨겠지 뭐."

"그러니까, 개인 교습을 받으신 거군요."

"그러신 모양이야. 시골 학교에 사표를 내구, 회장님 영어 선생으로 서울에 올라왔대니까. 어쨌든, 그렇게 해서 정이 들었는 모

돈황제

양인데…… 그렇다고 단단히 약조까지 해놓구선 또 변심해서 찾아오는 거 보면, 정신은 온전치 못헌 거 같애."

"그때만 해도 회장님이 우리나라 최고 재벌이 되실 줄 몰랐나 부죠. 그래서 은근히 욕심이 생긴 거 아닐까요?"

"그러게 말야."

"그런 여자들은 단단히 버릇을 고쳐 놔야 돼요."

"어떻게 버릇을 고쳐? 제 새끼 보고 싶다고 오는 에미를 어떻게 호통쳐 내쫓느냐 말이야."

오순덕 여사의 입술이 부르르 떨렸고 숨도 가빠졌다. 그녀가 말했다.

"사실은 오늘 오전에 그 여자가 또 왔었어."

"네?"

"옷 입은 행색으로 봐서, 정상적인 여편네가 아니었어."

"미국에서 나온 건가요?"

"미국에서 나왔다면 오죽이나 좋아?"

"그럼, 어디서……."

"정신병원이래."

"난, 미국이나 일본으로 멀리 살러 보내신 줄 알았더니, 우리 회장님이 정신병원에다 강제로 입원을 시킨 모양이야."

"어머나! 세상에……."

"아무렴 멀쩡한 여자를 억지로 집어넣었으려구요?"

"그 여자 얘길 들으면 그래. 어젯밤에 도망을 쳐서, 아침에 여길 왔다구, 날 붙들고 통곡을 하는 거야. 아들을 안 봐도 좋으니,

제발 병원에만 입원시키지 말라고……."

그녀가 말끝을 흐렸다가 다시 이었다.

"그 여자 불쌍하지? 실은 우리 광익일 보고 싶다고 해도 보여줄 수 없는데 말이야…… 왜냐하면, 그 아이도 정신병원에 가 있으니까."

명광그룹 종합조정실 김석호 부장이 이른바 최고 간부 내조자 만찬장으로 헐레벌떡 뛰어들어 온 것은 바로 그 무렵이었다.

아니, 한 반 시간 먼저 그가 도착했어도, 금요일 밤의 참변은 사전에 예방했을지도 몰랐다. 아니, 만찬장에서 음식 심부름을 하던 조은실 씨만 조금 먼저 손을 썼더라도, 그 같은 망언은 쉽게 막을 수 있었을 터였다. 물론 조은실 씨의 신고 전화에 의해 황망히 달려온 김석호 부장이었지만, 이미, 원님 지난 뒤의 나팔이나 진배없는 판국이었다.

만취 상태의 오순덕 여사가, 그동안 잘도 가슴 깊이 묻어 두었던 왕득구 회장의 수치스러운 사생활을 겁도 없이 모조리 까발려 버린 것이었다.

비공식적으로, 그러나 절묘하게 터울을 맞춘 일곱 명의 아이하며, 그 아이들의 생모하며, 그 외에도 홍 모, 조 모, 김 모 따위 탤런트 여배우들하며, 아파트 상가와 백화점 점포에 무려 다섯 개의 제과점을 소유하고 지금도 왕득구 회장의 총애를 한 몸에 받는, 요정 출신 이 모 여인하며…… 참으로 해서는 안 될 금기의 문을 그녀 스스로 활짝 열어 버린 것이었다.

만약 그때 김석호 부장과 조은실 씨가 오순덕 여사를 부축하고 내실로 억지로 모시지 않았더라면, 또 어떤 부끄러운 비밀이 터져 나왔을지, 어느 누구 함부로 예측할 수 없는 상황이 바로 그 만찬 자리였던 것이었다.

그렇다. 그쯤 해서 억지로 중단되었으니 망정이지, 만일 그 같은 분위기가 더 이어졌더라면, 침실 몸종이나 진배없는 순영이년과의 요상스러운 관계하며, 하다못해 성북동 식모 군단 일원인 조은실 씨의 수치스러운 문제까지도 낱낱이 까뒤집어졌을지도 모르는 판세였다. 참으로 위기일발의 절박한 순간순간들이었다.

어쨌거나, 그날 이후로 최고 간부 내조자 모임은 더 이상 계속되지 않았는데, 그것은 대로한 왕득구 회장의 일방적인 지시 때문이었다. 이른바 소 잃고 외양간 고치는 격이라고나 할까. 아무리 그들이 명광그룹 지도자급 부인들이고, 왕득구 회장 입장으로 보아 가장 믿을 만한 명광 가족의 핵심이라 하더라도, 그래서 그 엄청난 금기성 비밀에 대해 철저히 함구하기로 약속하고, 손들어 서약까지 했다 하더라도, 상대는 어쩌는 수 없는 여자일 따름이었다. 남의 스캔들일수록 더욱 말이 하고 싶어 입이 근질근질한 천부적인 성품을 타고난 동물이 곧 여자라고 하지 않는가.

갈대 솜털처럼 가벼운 자여, 그대 이름은 여자이니라. 동서고금을 불문하고 그대들과 관계되지 않은 사건은 생길 수 없느니, 그대 이름은 위대한 여자일진저. 오, 믿을 수 없어서 더욱 아름다운 자여, 그대 이름은 대책 없는 여자일 뿐이니라.

"근데 있잖니? 이건 극비 중의 극빈데 말야. 절대로 너 혼자만 알고 있는 거야, 알겠지?"

　그런 식으로 순식간에 확산되는 것이었다. 가히 기하급수적이었다. 참으로 족쇄를 끼울 수 없는 것이 말이었다. 그래서 말의 위력이 핵폭탄에 비견된다던가. 오죽했으면, 말은 보태고 떡은 뗀다고 했겠는가. 말은 전해질수록 더 불어나고, 먹을 떡은 돌아가는 동안에 다 없어진다는 뜻 아닌가. 아니, 더 적절한 표현이 있다. 무족지언 비천리(無足之言 飛千里)라던가. 발 없는 말이 천 리 간다는 얘기다.

　참으로 순식간에 왕득구 회장 특유의 가족 구성이며, 해외토픽에서나 다뤄질까 말까 한 천박스러운 사생활이 만천하에 공개되어 버린 것이었다. 그것도 확인할 수 없는 유언비어가 아니라, 왕득구 드라마의 주역이자 가장 큰 피해자의 한 사람인 오순덕 여사의 입을 통해 직접 발설되었으니, 사후 변명이고 나발이고도 없었다. 그냥 돌아가는 대로 마냥 지켜볼 뿐이고, 그 결과의 처분만 기다릴 뿐이었다.

　한데, 그 과정에서 아주 특기할 만한 일이 있었다. 다름 아닌 왕득구 회장의 태도였다. 그동안 엄중히 지켜져 내려온 왕득구 왕국의 전통대로라면, 지위 고하를 막론하고 왕국을 배신한 사람을 관대히 용서하거나 잠자코 방관하는 법이 없었다. 그것이 왕국의 체통이었고 법도였다. 그러므로, 아무리 그녀가 왕득구 회장의 정식 부인이라 하더라도 응분의 형벌을 받아 마땅한 처지였던 것이었다.

　그런데 실제로는 그렇지 않았다. 무슨 영문인지 몰라도 왕득구 회장이 그 일 때문에 오순덕 여사를 닦달하거나, 그 일로 하여 언성이 높아져 대들보를 흔들리게 한 적은 한 번도 없었다.

기실 그 일이 있고 난 직후만 해도 성북동은 매일매일이 태풍 전야의 정적 같은 괴기함으로 꽉 차 있는 분위기였다. 흡사 폭발을 몇 초 앞둔 활화산의 여유라고나 할까. 바야흐로 오늘 밤은 사단이 나고 말 거야라고 조은실 씨를 비롯한 성북동의 하속배들은 똑같이 단단히 각오하고 또 각오하는 것이었다.

그런데도, 늘 화산은 폭발하지 않았다. 언제 그런 일이 있었더냐 식으로 평탄하게 그냥 지나쳐 버리곤 했다. 특히 성북동 식모 군단의 리더 격인 인천댁이 더 그런 편이었다.

"그 양반 성격에 절대로 그냥 넘어가지 않을 거야. 어쩌면 마님을 어디 절간 같은 곳에 감금시킬지도 몰라. 하긴 내가 회장님 이래도 그러겠어. 오죽 속상한 일이야? 믿는 도끼에 발등 찍혀도 유분수지…… 두고 보라구. 절대로 그냥 어물쩡 넘어가지 않을 테니……."

그 점에는 조은실 씨도 동감이었다. 자신이 직접 낳은 왕광익 도련님마저도 싸움 몇 번 벌였다고 야구방망이로 병원에 직송시키는 판에, 하물며 당신이 가장 중대하게 생각하는 권위와 자존심을 한순간에 땅바닥에 떨어뜨린 장본인은 어떻겠는가.

그러나 막상 결과는 달랐다. 그 일이 있고 나서 일주일이 다 지났는데도 감감소식이었다. 전혀 무반응인 것이었다.

오순덕 여사가 3일을 꼬박 내실에 누워 거동하지 못했을 때도 그랬고, 나흘째 되는 날부터 왕 회장의 아침상을 평소대로 그녀가 직접 준비하기 시작했을 때도 그는 눈 한 번 크게 부라려 보지 않았다.

물론 금요일 그 참사 자체를 아예 묵인하거나 방조하는 것은 아니었다. 다만 오순덕 여사만이 예외일 뿐이었다. 그러니까, 그 일로 하여 오순덕 여사가 아닌 다른 식솔들, 예컨대 성북동 식모 군단을 실제적으로 움직이는 지배인 역할의 파주댁이라든가 아무 혐의도 없이 무방비 상태로 난타당한 김석호 부장이라든가, 하다못해 조은실 씨까지도, 왕득구 회장의 노기 찬 질타에 한동안 고개를 떨어뜨리지 않으면 안 되는 것이었다.

"임자는 왜 그걸 그대로 보고만 있었어?"

조은실 씨에게 왕득구 회장이 던진 첫 일갈이었다. 그때 그녀는 왕득구 회장의 어깨를 주무르고 있는 중이었다. 왕 회장은 침구에 큰 대 자로 편히 누워 있었고 그녀는 쪼그리고 앉아, 일주일에 한 번씩 봐주는 순영이넌 휴가 공백을 메우고 있었다.

"왜 보고만 있었냐니까?"

왕 회장이 또 재촉했다.

"첨엔 몰랐어유."

"그렇게 눈치가 없어?"

"그런 건 우리들보다 마님이 더 철저헌 줄 알았쥬."

그녀가 계속했다.

"아무튼 죄송해유."

"앞으론 그 사람 보는 데, 술병도 놓지 마! 알았어?"

"알았시유."

"그만. 이리 들어와."

왕득구 회장이 시트를 잡아 올려 자신의 아랫도리를 가리키며 말했다.

"들어오라는데, 뭘 해!"

그래도 주춤거리기만 하자. 더 은근한 목소리로 채근했다.

"임자가 싫으면 불을 꺼도 괜찮아."

"오늘은……."

"오늘은 왜?"

"마님께서……."

"이런 멍청이 같으니, 평소에 그렇게 둔하니까 그런 일도 생기는 거지."

이윽고 왕 회장이 조은실 씨의 그곳에 손가락을 비벼 넣으며 입을 여는 것이었다.

"임자도 술 좋아하나?"

"아뉴. 저는 못 마셔유."

"그래서? 아직 경험해 보지 않았다는 거야 뭐야?"

"정말이예유. 저하구 술하구는 인연이 없슈."

"세상에 임자 같은 여자들만 있다면 얼마나 좋을까."

그로부터 꼭 한 달 뒤던가. 갑자기 명광그룹 종합조정실 김석호 부장이 조은실 씨를 찾아온 것이었다. 아니, 조은실 씨뿐 아니었다. 나이 서른 안팎인 성북동 식모 군단은 모두 그 앞에 호출된 것이었다. 조은실 씨까지 모두 세 명이었다. 김석호 부장이 말했다.

"우리 회사가 중동의 카타르라는 나라에서 아주 큰 공사를 땄어요. 너무 규모가 커서 공기만 1년이 넘는 공사요. 그래서 많은 사람들이 장기간 그곳에 유하지 않으면 안 되게 됐어요. 우리 회장님도 마찬가지예요. 앞으로는 국내보다는 그곳에 계시는 시간이 더 많을 거요. 그래서 얘긴데, 회장님 식사를 담당할 사람이 필요해요. 물론 가능하면 여기 있는 사람들 중에서 뽑고 싶지만, 아무도 지원하지 않으면 어쩌는 수 없이 다른 곳에서 선발할 수밖에 없소. 하지만, 세 사람 다 지원을 하면 시험을 보아 한 사람만을 뽑아 내겠소."

"월급은 얼마나 주나요?"

"직원하고 똑같은 대우를 할 거요…… 그러니까, 지금 받고 있는 월급보다 한 두서너 배 더 되지 않을까 싶소만."

"기한은요?"

"다른 근로자들처럼 1년 계약제요. 모르긴 해도 1년 근무를 끝내고 귀국할 때쯤이면 집 한 칸 살 돈은 손에 쥐었다고 해도 과언이 아닐 거요."

세상에 목돈 싫어하는 사람도 있을까. 더욱이나 남의 집 식모살이를 하지 않으면 안 되는 특별한 사정을 가진 아녀자들에게 있어서 그것은 너무나 황홀한 유혹이 아닐 수 없었다.

결국 세 사람 모두 다 지원을 했고 김석호 부장 말대로 소정의 필기시험을 보지 않으면 안 되었다. 그것도 명광그룹 사옥에서 정식으로 실시하는 시험이었다. 여고 중퇴 학력의 구룡포댁이 가장 유력한 줄 알았는데 웬걸, 조은실 씨가 두 사람의 경쟁

자를 누르고 당당히 합격의 영광을 차지했다.

나중에 알게 된 것이지만, 그것은 순전히 눈 가리고 아웅 하는 수작에 불과했다. 뭐라고 할까. 일종의 책임회피라고나 할까. 그러니까, 애초 계획에 조은실 씨의 카타르 취업이 결정되어 있었는데도, 그러니까 왕득구 회장의 식사와 수청을 동시에 그녀가 담당하도록 사전에 조정되어 있는데도, 굳이 시험이란 과정을 통해 공개적으로 선발했던 것이다.

그렇다. 만약 왕득구 회장의 개인 수행원으로 그녀가 선택되어 출국했더라면 사정은 전혀 달랐을 것이었다. 적어도 족쇄 같은 것으로 답답하게 채워져 있지는 않았을 것이다. 아니, 이제 탱탱 녹까지 슬어 버린 족쇄에 대해 뭔가 항의라도 할 수 있었을 터였다.

한데 그녀는 아무것도 할 수 없었다. 법률상 왕득구 회장이 어떤 하자도 갖고 있지 않았기 때문이었다. 법적으로 완벽한 왕득구 회장의 입장과는 달리 조은실 씨는 이미 '카 귀신'이 된 민득구 씨의 경우와 똑같이 연장 근무 중인 일반 기능공 신분에서 한 발자국도 더 나갈 수 없었다.

10

권도혁이 여행에서 돌아왔을 때, 아니 라마단 기간을 무료하게 보내고 조은실 씨와 민씨가 볼모로 잡혀 있는 카타르를 떠나

레바논과 요르단과 터키와 유럽 전역을 거쳐 미주까지 한 바퀴 돌고 귀국했을 때, 너무나 놀라운 두 가지 일이 그를 기다리고 있었다. 그 첫째가 권도혁의 승진이었다. 아무리 명광그룹 이전의 경력이 다양하고 걸쭉하다 하더라도 기껏 입사 2년도 채 안 된 판에 승진이라니, 확실히 이례적인 조처가 아닐 수 없는 것이었다.

물론 나이로 보아서는 전혀 달랐다. 권도혁 또래면 거의가 이사급이고, 늦어도 부장인 터수였다. 하다못해 같은 홍보팀에서 근무하는 팀장만 해도 그러했다. 권도혁보다 무려 두 살씩이나 아래였다. 그런 맥락에서 본다면 처음부터 과장 직급은 너무 부당한 대접이었는지도 몰랐다. 어쨌거나 권도혁은 이제 당당히 차장으로 진급한 것이었다.

하나 승진의 기쁨은 권도혁만의 전유물이 아니었다. 종합조정실의 김석호 부장도 마찬가지였다. 그도 당당히 이사직으로 깡충 뛰어올라 앉아 있었다. 그의 집무실은 온통 축하 화분 투성이였다. 무슨 신임 장관실을 방불케 할 정도였다. 그것도 난(蘭)이며 분재(盆栽)며, 하다못해 관음죽 따위 값비싼 것들뿐이었다.

각설하고, 두 번째 놀라운 사건은 다름 아닌 조은실 씨의 장례식이었다.

그것도 카타르 현장에서 명함을 교환했던 관리부 대리가 친절하게 전화를 걸어 줘 알게 된 사실이었다.

"누구 장례식이라구요?"

처음에 권도혁은 하도 어이없는 통보라서 도무지 믿기지 않던 터였다.

"영 아줌마 말입니다. 영빈관······."

"조은실 씨 말입니까?"

"맞습니다."

"아니, 그 아주머니가 왜?"

"글쎄요. 뇌졸중이라는 얘기도 있고, 자살이라는 얘기도 있고······ 저도 통 종잡을 수 없네요."

"자살이라고 그랬습니까?"

"그런 소문도 있다는 얘기일 뿐입니다. 카타르 후생성이 공식 발표한 사인은 뇌졸중이니까요."

"아무렴!"

"권 과장님께 꼭 연락해 달라는 부탁을 받고 전화 드렸습니다."

"누가 부탁을 했다구요?"

"민득구 씨 잘 아시죠?"

"그러믄요. 그분은 지금 카타르에 있나요?"

"귀국했습니다."

"언제요?"

"고인의 유해와 함께, 어제 새벽에 도착했습니다."

"그렇다면······."

"낼 아침이 발인이죠."

"거기가 어딥니까?"

"적으시죠. 전화번호 알려 드릴게요."

그녀의 외동딸 주리가 살고 있는 잠실 주공아파트였다. 물론 조은실 씨의 송금에 의해 장만한 아파트라고 했다.

열아홉 평짜리였다. 아파트 넓이로 봐서는 응당 발 디딜 틈이 없어야 마땅한데, 웬 영문인지 텅 비다시피 했다. 말 그대로 휑뎅그렁하다 못해 을씨년스럽기까지 했다. 초상집에 문상객이 없는 탓이었다. 권도혁이 그곳에 도착한 것은 발인을 몇 시간 앞둔 야밤이었다. 늦가을 가랑비가 추적추적 뿌리고 있었다. 방 안에 앉아서도 으스스 소름이 돋치는 서늘한 밤이었다.

예의 민득구 씨가 청색 작업복 차림으로 분향대 앞에 혼자 앉아 소주잔을 기울이고 있었다. 그는 권도혁을 보고서도 별로 놀라워하지 않았다. 고개만 까닥했을 뿐이었다.

"저도 한잔 주십시오."

권도혁이 그 앞에 풀썩 주저앉았는데도, 민씨는 손가락 하나 까닥하지 않았다. 어쩌는 수 없이 권도혁이 자작 술을 한 다음, "그래도, 기어코 나오긴 나오셨군요?" 빈 잔을 민씨 앞에 밀어 놓으며 말했다.

"와, 내가 귀국헌 기 뙵은가배?"

특유의 볼멘소리였다.

"아니, 그게 무슨 말씀입니까?"

"나, 이제 명광 놈덜허고는 말도 섞지 않기로 했소!"

"명광이라뇨?"

"형씨도 그놈덜 밑에서 녹 묵는 아전 아닌교?"

"왜, 무슨 일이 있었습니까?"

돈황제

"무신 일은 무신 일? 하도 더러븐 인간들이라서 그런 기제. 이건 인간도 아닌 기라. 인간의 탈을 쓴 짐승인 기라."

그가 말을 이었다.

"왕득구놈은 본래 치사헌 놈이라 그런다 쿠고, 와 성북동 마님이며, 그 족속덜은 코빼기 하나 안 보이는 기요? 나쁜 놈덜!"

"……한데, 자살이라는 소문도 있던데, 그게 도대체 무슨 얘깁니까?"

민씨가 대답 대신 술잔을 입안에 쏟아부은 다음, 검은 리본의 조은실 씨 사진틀을 턱 끝으로 가리키며 버럭 소리를 질렀다.

"저 뱅신이 지 손으로 지 목숨 끊었다 아니요!"

"설마……."

"왕가놈만 좋아 삐릿제. 아매 지금쯤 얼싸덜싸 춤을 출 끼요. 유서 한 장 안 써노코 불쌍한 목숨 끊어 삣시니, 좋아도 좋아도 왕가놈만큼 좋을 사람은 읍씰 끼요."

"유서라니, 어떤 유서 말입니까?"

"왕가놈 씨를 이 애팬네가 생산했다는 소문을 나도 여그 나와서 들었소그마."

"회장님 아이를?"

"지금 막내아들이 조은실이 낳은 아이라 안 카요."

"설마…… 그런 얘기는…… 본인도 안 하시고……."

"요 맹추가 입을 닫아 걸어 삔 기라요. 회장님께 누가 될 끼라코 잘도 다물어 준 기라요. 그렇께 카타르로 식모살이 나온 것도 그 일 때문인 기라요."

"정말 확실한 애깁니까? 책임질 수 있냐구요?"

"책임은 무신…… 우리가 왕가놈 하루이틀 겪었능교? 척허모 삼천린 기제! 그래 났시니, 옴짝달싹 몬허게 묶어 둔 거 아니겠소? 안 그렇소? 소설가 형씨!"

아무럼 그럴 수는 없지. 권도혁이 혼자 중얼거렸다. 그래, 이 건 너무 엉뚱한 발상이야. 일종의 모함성 소문인지도 모르지. 아 니, 평소 왕득구 회장의 비상식적이고 비현실적인 행동으로 봐 서는 전혀 가능성이 희박한 것은 아니지만…….

민씨가 카악, 가래침을 뱉어 휴지로 싸며 말했다.

"니기미 씨이팔노무 자석덜! 벼룩의 간을 내 묵으라지, 이 애 팬네한테 뭐가 들어 있다고 등골 빼묵을 때는 은제고 인제 와서 는……"

그는 영정 사진을 향해,

"아이고, 요 뱅신아…… 내 성질대로 하자모, 요 소갈머리 읍 는 애팬네 시신을 왕가놈 안방에 들여 놓고 구들짱을 파내 삐리 고 시픈데…… 어느새 저 딸년한테 손을 다 써뻔 기라요."

민득구 씨가 소복 차림으로 오도카니 앉아 있는 여인네를 가 리키는 것이었다. 조은실 씨를 그대로 빼박은 얼굴이었다. 주리 라는 이름의 외동딸이었다. 이윽고 그녀가 까랑까랑한 목소리로 입을 열었다.

"아저씨, 제발 그만하세요. 아저씨하구 우리 엄마하고 아무 관 계도 아니잖아요? 이제 너무 머리 아파요. 아시겠어요, 아저씨?"

"빌어묵을!"

"그리구, 이제 그만 돌아가셔도 괜찮아요."

묵묵부답인 민득구 씨에게 그녀가 되물었다.

"아저씨, 제 얘기 듣고 계세요?"

한데도, 그는 숫제 귀 기울일 필요도 없다는 식이었다. 맨숭맨숭한 얼굴이었다. 실제로 그는 그녀를 거들떠보지도 않았다. 뭐랄까. 마치 쇠귀에 경 읽기라고나 할까. 민득구 씨가 더 기승을 부려 가며 큰 소리로 떠들고 있었다.

"소설가 형씨! 세상에 이럴 수가 있소? 영 아줌마라코 맨날 빨래 시키고 음식 시키고 술상 봐오게 허던 놈덜이, 단 한 놈도 찾아오지 않는 기라요. 이런 노무 회사가 오디 있소? 내 이런 노무 인면수심이 대체 오데서 생긴 기요? 더러븐 노무 새끼덜!"

제4장
광란 뒤에 오는 것

···

소경 된 바리새인들이여, 너는 먼저 안을 깨끗이 하라. 그 리하면 겉도 깨끗하리라. 화 있을진저 외식하는 서기관들 과 바리새인들이여, 회칠한 무덤 같으니, 겉으로는 아름답 게 보이나, 그 안에는 죽은 사람 뼈와 더러운 것이 가득하 도다. 이와 같이 너희도 겉으로는 사람에게 옳게 보이되 안으로는 외식과 불법이 가득하도다.

「마태복음」 23장 26~28절

1

권도혁이 한광필 과장을 만난 것은 아주 우연한 장소에서였다. 이른바 소줏집이었다. 하나 보통 흔한 소줏집이 아니었다. 으레 빈대떡으로 시작하여 낙지볶음, 대합구이, 홍어찜, 그리고 돼지족발 등등 일일이 입으로 열거하기 힘들 정도로 안주가 다양한 것이 일반 소줏집이라면, 그날 한광필 과장을 만난 그곳은 우선 분위기부터가 색다른 장소였다.

누가 봐도 고급 레스토랑이었다. 깨끗하다기보다 세련된 실내 장식에 의자마저 편안해 호텔 카페를 방불케 하는 곳이었다.

메뉴만 해도 그랬다. 통배추 물김치에 쇠곱창 철판구이가 전부였다. 그러니까 소줏집이라기보다 곱창 전문집이라고 해야 더 걸맞은 것인지도 몰랐다.

소문대로 곱창 맛은 일품이었다. 너무 부드러워서 오래 씹을 필요도 없었다. 입안에서 슬슬 녹는다고 해도 과히 틀린 말이 아니었다. 한데 왜 전문 고급 곱창집이 아니고 하필 소줏집이냐고 할지 모르지만, 가장 중요한 안줏값이 헐한 까닭이라면 웬만한 애주가치고 고개 흔들 사람이 없을 터였다.

요컨대 세 사람이 단돈 2만 원으로 소주 네 병에 제법 든든한 요기까지 할 수 있으니, 어느 애주가가 곱창집이라고 부르고 싶겠는가.

본래 맛깔나는 술집이나 음식점 소문은 다리 없어도 천 리

돈황제

간다던가. 중산층의 선두주자라고 자칭하는 은행원이며, 증권회사 직원이며, 무역회사 바이어들이 특히 그런 소문에 더 집착하기 마련이었다. 아니, 집착보다는 적극적인 대시(dash)라고 하는 편이 오히려 적절한 판단이었다. 물론 식도락에 사족을 못 쓰는 족속이 어디 그런 부류뿐일까만, 이른바 값싸고 맛있고 분위기 좋은 곳이라면 유별나게 극성을 부리는 것이 샐러리맨 특유의 순발력이었다.

어쨌거나 일반 은행, 증권회사 따위가 그럴진대 명광그룹 같은 대기업 직원들은 어떻겠는가. 어찌 보면 서른 개가 넘는 업종별 계열사를 거느리고 있는 명광그룹 직원들이 그곳에 거지반 자리를 차지한다고 해도 결코 과장된 표현이 아니었다.

우선 위치 때문에도 그러했다. 명광그룹 사옥과 너무 근접한 곳도 아니고 그렇다고 단단히 마음먹지 않으면 찾아가기 곤란한 강 건너도 아닌, 버스 세 정거장쯤 떨어진 을지로4가에 자리 잡은 곳이 예의 그 소줏집이었다.

권도혁이 한광필 과장과 우연찮게 마주 앉게 된 것도 기실 그런 배경 탓이었다. 일종의 유명세 때문일까. 대체로 빈자리가 남아 있는 때가 드물었다. 퇴근 후인 저녁 7시에서 8시 사이에는 아예 두 사람이 한 테이블 차지하는 것도 미안할 지경이었다.

웬만하면 합석이었다. 손님에게 양해를 구하고 말고도 없었다. 아니, 주인이 뭐라고 하기 전에 손님들이 적당히 알아서 장작개비 재우듯 차곡차곡 자리 잡아 앉는 것이었다.

"아, 한 위원장, 이리 오시죠."

권도혁 일행인 김 대리가 벌떡 일어서서 이곳저곳 기웃거리며 지나치는 한광필 과장을 붙잡았다.

"누구지, 저 사람?"

권도혁이 작은 소리로 물었다.

"모르세요?"

"어디서 많이 본 사람인데?"

"어휴 차장님두…… 우리 회사 노조위원장 아녜요?"

"아, 한광필?"

"앉혀도 괜찮죠?"

"그럼, 괜찮고말구."

이왕지사 다홍치마라고 굳이 합석할 바엔 안면 있는 사람을 골라 앉히는 게 상책이었다. 다행히 그쪽도 두 사람이었다.

한광필 위원장은 인사 기록 카드에 적힌 서른다섯 살보다 한두 살 더 들어 보였다. 실제 명광에서 갖고 있는 직위도 생산관리 파트의 과장이니까 그만한 위엄은 갖춰야 되겠지만, 어쨌든 명광종합상사 노조위원장이라는 또 다른 지위 때문에 스스로 육중한 분위기를 만들어 내는 그런 스타일이었다.

"실례하겠습니다."

그가 말했다.

"어서 오십시오."

권도혁도 엉거주춤 일어서서 그들을 맞았다.

"참, 인사하시죠. 이쪽은 홍보팀의 권 차장님이시고…… 이쪽은……."

돈황제

김 대리가 미처 소개를 끝내기도 전에 "뭐, 자랑할 만한 인물이라구……" 손을 저으며 수줍어하는 듯한 표정을 지어 보였다.

"무슨 말씀입니까? 한 위원장 같은 유명 인사가 우리 회사 내에 또 누가 있습니까?"

"유명하긴 뭐……."

"솔직히 한 위원장을 몰랐다 하면 명광 직원이 아닙니다. 아니, 대한민국 국민이 아닐 겁니다."

소주 한잔 들어갔다 하면 아무도 못 말리는 김 대리가 열변을 토하자, "우리, 술이나 마십시다" 한광필 위원장이 제법 호기 있게 말했다.

그러나 웬일인지 그것이 호기로 해석되지 않았다. 목소리 때문이었다. 체구로 봐서는 꽤나 남성다운데, 음성은 그렇지 않았다. 그렇다고 여성스럽다거나 필요 없이 낭랑하다거나 한 것도 아니었다. 뭐라고 할까. 목소리 자체가 어눌하다고나 할까. 그렇다. 발음이 명확치가 않았다. 명쾌하게 터져 나오는 것이 아니라 자꾸 어물어물 들어가 버리는 그런 음성이었다.

따지고 보면 눈도 마찬가지였다. 뭔가 분명한 초점이 없었다. 휘 풀린 눈이었다. 무엇인가 은밀한 음모라도 꾸미고 있는 눈이었다. 아니, 꾸미고 있다는 사실이 문제가 아니었다. 그것을 교묘히 은폐하는 듯한 눈빛이 문제라면 더 문제였다.

사람 됨됨이를 어느 부위 생김새로 함부로 판정할 수는 없지만, 어쨌거나 초점 없는 눈동자로 봐서는 이른바 정직하고는 너무 동떨어진 그런 인상이었다. 관상학상 크게 될 인물은 아냐.

권도혁이 혼자 중얼거린 다음, "제 술 한 잔 받으시죠" 한광필 위원장에게 내밀었다.

"초면에 이래도 괜찮겠습니까?"

"실은 진즉 뵙고 싶었는데……."

"홍보팀에서 무슨 일 합니까?"

"뭐, 이것저것 합니다. 사보도 만들고, 자질구레한 카탈로그도 만들고……."

"사보를 만든다구요?"

"그렇습니다."

"편집 책임잡니까?"

"뭐 책임자라고 할 수는 없습니다. 제 위로 층층시하니까요."

"그래도 편집 실무는 맡고 있는 거 아닙니까?"

"물론입니다. 그달 그달 기획은 제 선에서 만들어집니다."

"그렇다면 한 가지 알아봅시다."

"뭐든지 좋습니다."

한광필 과장이 이만큼 허리 굽혀 거리를 바짝 좁혔다.

"왜 우리 노조 기사는 싣지 않습니까?"

휘 풀렸던 눈동자가 순간 반짝했다.

"……그건……."

오히려 권도혁 차장의 말문이 막히고 말았다. 그러나 한광필 과장은 권도혁 차장의 그럴듯한 답변이 나올 때까지 기다리지 않았다.

"물론 경영층에서 원하지 않겠죠? 특히 우리 왕 회장은 그 점에 대해 더욱 옹졸하실 거구⋯⋯."

"잘 아시는군요."

"그래도 읽는 사람이 우리 노조원들인데, 어느 정도는 소화는 해줘야죠."

"틀림없는 말씀입니다."

"사실 우리 같은 노조야 구성원 자체가 화이트칼라니까, 날 제외하고는 급진 강경파가 많지 않은 편이지만, 울산 쪽은 다르지 않습니까."

"맞습니다."

이번에는 한광필 위원장의 술잔을 권도혁이 받았다. 그가 말을 이었다.

"순수 노동자들로 조직된 노동조합이야말로 무엇보다 평등하게 대우하는 게 급선뭅니다. 사실 그동안 대학 나온 관리직이라고 해서 얼마나 그 계층을 박해했습니까? 만약 사보 같은 데서 그들의 가슴에 맺힌 상처와 소위 말하는 현장식 한(恨)을 얼마간 풀어 주었더라면 적어도 지금 같은 파업이나 폭력 사태는 막을 수 있었을는지도 모르죠."

"폭력 사태라뇨?"

권도혁 차장이 물었다.

"라디오 방송 못 들었어요? 긴급 뉴스로 방송하던데."

"무슨 내용인데요?"

"아니, 홍보팀에 계신 분이 그렇게 주(主) 업무에 소홀해도 되는 겁니까?"

"이거…… 면목 없습니다. 하지만 퇴근 무렵까지만 해도 평온했는데요?"

"바로 퇴근 시간에 일부 근로자들이 선박본부장실을 점거하고 기물을 부쉈다는 거 아닙니까."

"기물을요?"

"글쎄요, 자세한 건 나도 보고받은 게 없어서…… 어쨌든 왕회장 심기가 여간 뒤틀리지 않을 겁니다. 당신의 사진이 들어 있는 대형 판넬을 뜯어 불태웠다니까."

"예상을 못했던 바는 아니지만, 그 지경까지 갔다면 정말 보통 문제가 아닌데요?"

"울산 쪽은 절대로 쉽게 해결되지 않습니다."

그가 예언하듯 말을 이었다.

"왕 회장께서도 한번쯤 혼쭐이 나야 정신을 차리지요."

한광필이 빈 소주잔을 내밀고 계속한다.

"자, 그건 그렇고 내 술 한 잔 받으쇼."

"안 그래도 잔을 기다렸던 텁니다."

"어때요, 술맛 나는 뉴스 아닙니까?"

"글쎄요, 술맛이 나는 건지, 떨어지는 건지……."

"사실 우리 명광그룹의 미래를 위해서는 이런 과정을 반드시 겪어야 하는 겁니다. 절대로 온실 속에서는 뿌리 깊은 나무가 자랄 수 없으니까요. 자, 그런 의미에서 한 잔 더 받으쇼."

"한 위원장님, 제 잔두요."

그렇게 술잔을 건네받고 주고 한 게 어느새 세 병째였다. 한광

돈황제

필 위원장 역시 두 사람이 딱 한 병 작정하고 들어온 모양인데, "우리 한 잔씩 더 하시죠" 김 대리의 애교 있는 권주를 끝내 거절하지 못했다.

그러나 권도혁이 한광필에게 뭔가 교감을 얻은 것은 꼭 잦은 술잔의 왕래 때문이 아니었다. 휘 풀린 첫인상과는 달리, 그가 어눌하게 토해 놓은, 가시 박힌 말투하며 나름대로 논리정연한 주장하며, 여러모로 과연 한광필이구나 하는 모종의 확신을 갖게 하는 것이었다.

자고로 아무리 놀라운 사건이라 하더라도 석 달 이상은 가지 않는다던가. 뭐라고 할까. 대중의 기억 용량이라고나 할까. 사흘이 멀다 하고 터지는 또 다른 사건, 정보 등을 집어넣기 위해서는 기존 기억은 어쩌는 수 없이 파기하지 않으면 안 되었다.

하나, 아무리 기억 용량의 한계가 그렇다손 치더라도, 그리고 정확히 75일이면 뇌리에서 사라지는 것이 대중 심리의 기본 공식이라 하더라도, 당시 서울 장안을 온통 뒤집어 놓았던 소위 한광필 납치 사건을 어떻게 그처럼 쉽사리 잊어버릴 수 있단 말인가. 다른 사람은 몰라도 적어도 명광그룹에 적을 둔 10만 가족들만은 그 기억의 다리를 절대로 홀가분하게 뛰어넘을 수 없는 것이었다.

2

여름 휴가를 한 달여 앞두었을 때니까, 꼭 1년 전 일이다. 권도혁도 정확히 기억하고 있지만, 어느 금요일 오전, 경찰 출입 기자들이 종합조정실 홍보팀을 무더기로 찾아들어 오기 전만 해도 한광필 사건에 대해 아는 사람은 단 한 명도 없었다.

실제로 아무것도 모르고 있었다. 속수무책이었다. 오죽했으면 기사 취재를 위해 동분서주하는 신문 기자들의 꽁무니를 따라다니며, "한광필이 누굽니까?" "누가 누구를 납치했다는 겁니까?" 따위 해괴한 질문을 던지곤 했을까.

하나 그날 석간신문을 펼쳤을 때, 명광종합상사 노동조합 위원장으로 막 선출된 한광필 과장 행방이 일주일째 묘연하다는 놀라운 사실과 더불어, 한광필의 증발과 명광그룹 경영층이 무관하지 않다는 해설 기사까지 실려 많은 사람들을 한꺼번에 경악시켰다.

비록 명광그룹 내의 공식적인 큰 이슈로 등장한 것은 아니지만, 명광종합상사 노조 설립을 은밀히 탄압하고 방해했던 사실을 모르고 있는 사람은 드물었다. 물론 그 노조 설립의 주도자는 한광필 과장이었다. 하나 그런 식의 노조 설립 해프닝은 흡사 유행성 감기 번지듯 여기저기서 발병했다가 스러지고, 스러졌다가 다시 발병하곤 했으므로, 속된 말로 흔히 일어날 수 있는 현상 정도로밖에 취급하지 않았던 것이다.

더구나 한광필 과장이 고군분투한 종합상사의 경우는 근로자 계층이 전혀 없는 이른바 관리직 사원들로만 구성된 온건 노조인 데다. 그 수효 또한 1천 명 미만이어서, 설령 노동조합이 정식 설립된다고 하더라도 울산 단지의 여러 계열사 생산 공장의 그것에 비하면 그야말로 모기 다리에 워커 격이라고 해도 과언이 아니었다.

게다가 수출이 주 업무인 종합상사야말로 직원의 절반을 해외에 거주시키고 있어서, 노조 활동 자체가 별반 효력을 발휘할 수 없는, 왈 완벽한 무풍지대가 바로 그곳이었다.

한데 왜 한광필이 증발한 것일까? 아니, 왜 한광필의 증발 사건의 혐의를 명광그룹이 혼자서 뒤집어쓰고 있는가? 실제로 노조 탄압 차원에서 한광필을 납치, 감금하고 있는가? 그 조직이 과연 명광그룹의 경영층으로 은밀히 이뤄진 비밀 결사대인가?

그 무렵 명광그룹 사원들은 둘만 모여도 그 같은 의문을 주고받는 데 인색하지 않았다. 여기서 쑤군쑤군, 저기서 쑤군쑤군, 그야말로 백화난만(百花爛漫)이었다.

하나 그 같은 의문을 결정적으로 풀어 해결할 만한 능력을 가진 사람은 아무도 없었다. 말 그대로 시간이 가면 갈수록 더욱 추측만 만발할 뿐이었다. 명광그룹 전체를 통괄 커버하는 홍보팀이라고 해서 예외는 아니었다.

"설마, 회사가 그랬겠어?"

"말도 안 돼. 아무리 노조 결성을 원치 않는 입장이라 하더라도 그렇지, 하필 노조위원장을 납치할 이유가 없잖아."

"맞아, 그래도 대명광그룹인데 그따위 미련한 사건을 만들겠어?"

"그래, 나이로 치면 우리 명광도 마흔 살이 넘었어."

"마흔 살이면 가장 현명하게, 그리고 중후하게 판단할 때야."

"어쨌든 대명광이 제 무덤 제가 파는 짓은 하지 않아."

"혹시 누군가의 모함 아닐까?"

"모함이라니?"

"큰 나무에겐 귀찮은 바람들이 모여들게 되어 있잖아."

"바람이라…… 그렇다면 누군가가 꾸민 조작극?"

"그럴 가능성도 전혀 배제할 수는 없어."

대체로 결론은 그런 쪽으로 모아지기 일쑤였다. 그럴 수밖에 없는 것이, 한광필 소속 중역인 명광종합상사 윤기출 전무가 정식으로 노조위원장 증발 사건 개요에 대한 회사 측 공식 입장을 발표한 때문이었다. 조간신문에 대서특필된 윤기출 전무의 주장은 이러했다.

사건의 전모는 앞으로 수사 기관의 엄정한 조사 결과에 따라 확연히 밝혀지겠지만, 현재까지 나타난 객관적인 여러 가지 정황으로 미루어 보아서도, 본인의 양식과 양심을 걸고 처음부터 밝힌 것처럼 이번 사건에 대해서 본인은 물론 회사 역시 전혀 무관함을 거듭 밝히는 바이다.

우리 명광종합상사는 중공업 분야 해외 수출 사업을 주도하는 회사로서 이번 사건으로 말미암아 국내외에서 공신력을 잃어

예기치 못한 피해를 입을 가능성과 관련, 사건 전모가 조속히 밝혀지고, 한광필 과장 자신도 곧 본연의 자세로 돌아옴으로써 회사의 업무가 평상적으로 정상화되기를 바랄 뿐이다.

그 같은 윤기출 전무 발언에 기자의 보충 질문이 따르지 않을 수 없었다.

— 그날 밤, 왜 한 과장과 저녁을 먹었는가?
— 솔직히 노조 설립이 아직은 시기상조임을 강조, 가능한 한 설득하려고 애썼다.
— 한 과장의 반응은 어땠는가?
— 고집불통이었다. 본래 성격이 꽉 막힌 벽창호라서, 웬만큼 열심히 않고는 간에 기별도 안 가는 친구다.
— 한 과장과 마지막 헤어진 것이 몇 시인가?
— 정확히 밤 10시 41분이었다.
— 어떻게 헤어졌는가?
— 처음에는 내 차로 데려다줄 생각이었지만 한 과장이 굳이 택시를 타겠다기에 말리지 않았다. ……그가 길을 건너가는 것을 보고 나서야, 나도 차고 있는 쪽으로 방향을 돌렸다.
— 저녁 식사를 하면서 술을 마신 걸로 아는데…….
— 사실이다. 두 사람이 양주 한 병과 맥주 세 병을 나눠 마셨다.
— 그렇다면 제법 취한 상태 아닌가?
— 똑같이 취했다. 한 과장의 걸음걸이도 정상이 아니고, 나 역

시 정신이 혼미할 정도였다.

— 그런데 어떻게 헤어진 시간을 정확히 기억할 수 있는가?

— 그건…… 우연히 그 순간 손목시계를 확인한 때문이다. 사실이다. 그 이상도 이하도 아니다.

— 그날 오후 왕득구 그룹 회장실에 불려갔다는 게 사실인가?

— 내 직책이 전무이사이기 때문에 결재를 직접 받는다. 그리고 꼭 결재가 아니라도 수시로 찾아가 보고를 드리고 지시를 받는다. 그것이 내 업무다.

— 그날은 무슨 지시를 받았는가?

— 글쎄, 오래된 일이라서 상세한 기억은 없지만, 아마 파키스탄 엔지니어링 수출 건에 대한 업무 지침을 주신 것으로 알고 있다.

그리고 한 이삼일 지났을까. 회사 쪽이 자청한 또 다른 신문 인터뷰가 있었다. 물론 권도혁이 소속하고 있는 홍보팀이 중간에 다리를 놓아 마련된 인터뷰였다.

이번에는 명광그룹 종합조정실 인사조직 담당 중역이었다. 김석호 이사였다. 그는 아주 놀랍고 충격적인 발표를 했다. 열흘 가까이 감감무소식인 한광필 과장의 전력(前歷)이 운동권 출신으로 드러났다는 것이다. 아니, 운동권 출신이란 성분뿐 아니었다. 그는 앞으로 정치권 입신의 큰 야망을 갖고 있으므로 이번 기회를 호기로 삼아 자작 납치극을 벌였을 가능성이 매우 높다는 것이었다.

돈황제

그 같은 획기적인 발표는 신문 기자 인터뷰로 끝나지 않았다. 직원 전체 조회에서도, 사내 방송에서도 똑같이 앵무새처럼 반복하고 또 반복하는 것이었다.

솔직히 그 무렵만 해도 명광그룹 직원들은 행복할 때였다. 만에 하나 가슴에 꽂은 명광그룹 배지 때문에 부끄러워하거나 민망해야 할 일이 생기리라고는 아예 상상조차 못했다. 기왕 얘기가 나왔으니 말이지만 권도혁이 담당하고 있는 사보가 주관(主管)이 되어 '전 직원 배지 달기' 캠페인을 벌이던 때가 하필 그즈음이었다. '애사심'이니, '소속감'이니, '자긍심'이니 하는 캠페인 표어가 아무 저항 없이 잘도 먹히던 시기였다. 실제로 캠페인 효과도 대단해서 출퇴근하는 직원들 거의 절반 이상이 배지를 착용할 정도였다. 그 통에 배지 판매를 도맡았던 구내매점이 톡톡한 재미를 봤다는 후문도 들렸다.

한데, 이게 웬 날벼락인가. 어느 날 아침 갑자기 자긍심의 상징이던 명광그룹 배지가 태풍 만난 감나무의 감인 양 우두둑 떨어져 땅바닥 위를 굴러다녔다. 아니, 그냥 떼어 버리기만 하는 것이 아니었다. 어떤 직원들은 숫제 구두 뒤꿈치로 낑낑 짓이겨 버리기까지 하는 것이었다. 한광필 납치 사건의 전모가 백일하에 드러났기 때문이었다.

양식과 양심을 한꺼번에 내걸었던 윤기출 전무가 납치극의 주범으로 구속되었다. 신문 보도대로라면 윤기출 전무의 사주를 받은 전문 범죄 조직이 한광필을 납치, 동해안 어느 변두리 지역에 감금시켜 놓았다는 것이다.

한광필을 감쪽같이 살해해 주는 대가로 2억 원을 받기로 한 범죄 집단의 모 대원은 이렇게 말했다.

"죽이기에는 아까운 나이의 사람이라 차마 행동에 옮기지 못했다. 돈은 벌지 못했지만, 내가 한 일에 대해 결코 후회는 하지 않는다."

결국 한국을 대표하는 신뢰의 기업인 명광그룹은 범죄 집단 조무래기 행동대원의 양심선언 한마디에 흡사 와우아파트 사고 현장처럼 와르르 무너지고 말았다. 사실이었다. 그때는 명광그룹 소속이라는 사실이 그토록 창피할 수가 없었다. 실로 하늘을 올려다보기가 민망할 지경이었다.

권도혁 차장 역시 마찬가지였다. 어디 구멍이 있으면 아무 곳이나 비비고 들어가 꼭꼭 숨어 버리고 싶은 마음뿐이었다. 오죽했으면 사건이 마무리되는 시기에 맞춰 항용 게재하기 마련인 사과 광고문 집필 지시마저 기피했을까.

"아니, 이걸 안 쓴다면 누가 씁니까?"

권도혁 차장 직속상관인 허병우 부장이 허탈해하며 난색을 표명했다.

"가능하면, 부장께서 직접 쓰십쇼, 전⋯⋯."

"아니, 지금 상황에 누구는 일이 손에 잡힙니까? 다 마찬가지 지요."

그가 쩝쩝 입맛을 다시며 계속했다.

"비서실에서 연락이 왔었어요. 권 차장이 초안을 잡아서 올리라고."

"비서실이라도 그렇죠. ……그래, 뭐라고 써야 옳습니까? 부장께서는 쓸 말이 있다고 생각하십니까?"

"글쎄…… 입이 백 개라도 할 말이 없다. ……뭐 그런 식으로 적당히 얽어매는 거지요, 뭐."

"난 적당히 얽어매는 식으로 이 문제를 다루고 싶지 않습니다."

권도혁이 입매를 앙다물었다.

"내가 언제 집필 지시를 어긴 적 있었습니까? 그건 아마, 왕득구 회장님도 잘 알고 계실 겁니다. 뭐든지 시키는 대로 다 써드렸지만, 이 일만은……."

"그래, 정말 못하겠다는 겁니까, 안 쓰겠다는 겁니까?"

"두 가지 답니다."

"이건 분명히 권 차장 업뭅니다."

권도혁은 개의치 않고 천천히 일어서 나왔다. 허병우 부장이 막 배달된 석간신문을 집어 들며 말했다.

"항의할 일이 있으면 직접 비서실로 하세요."

말도 아닌 소리였다. 명광그룹 체제상 비서실 항의는 금기 사항이었다. 아니, 광고용 사과문 집필 거부 따위가 비서실 운운할 만큼 중대 사안이 아니라는 사실은 누구보다 허병우 부장이 더 잘 알고 있기 때문이었다.

정말 어쩌는 수 없었다. 울며 겨자 먹는 식으로 권도혁이 그 초안을 작성하지 않으면 안 되었다.

사죄의 말씀

거두절미하고 먼저 온 국민 앞에 정중히 무릎 꿇어 사죄 말씀 아뢰옵니다.

이번 사건의 수사 결과가 어떻게 종결되든 간에 그 같은 부끄러운 일로 국민 여론과 판단을 한 달 이상 갈팡질팡 혼돈케 한 사실은 순전히 저희 책임이 아닐 수 없으며, 더불어 그처럼 우둔한 소치가 또 있을까 심히 자괴스러울 뿐입니다.

그동안 매스컴을 통해 만천하에 공개된 힐책 역시 마찬가지입니다. 하나 '가증스러운 철면피'라든가 '뻔뻔스러운 파렴치한'보다 더 저희 가슴을 아프게 도려낸 것은 '아무렴, 한국을 대표하는 국제적인 대기업 명광이 그럴 리가……' 도리깨질해 준 일부 선량한 시민들의 표정이었습니다.

그렇습니다. 비단 이번 사건에 저희 회사 간부들이 깊이 개입되었다는 사실 한 가지뿐 아닙니다. 아직도 실마리를 못 찾고 있는 울산 지역 노사분규 또한 저희들로서는 심히 민망한 결과가 아닐 수 없습니다.

결론이야 어떻든 노사분규 원인 그 자체가 만에 하나 우리 기업이 근로자들을 소득 창출의 동반자로 인정하지 않는 데서 비롯되지 않았는가 가슴에 손을 얹고 반성의 기회로 삼고자 합니다. 그런 맥락에서 볼 때 저희는 노사관계에서 야기된 제반 상황에 대해 입이 열 개 백 개라도 변명할 여지가 없습니다. 그저 국민들의 따가운 힐책과 힐난을 달게 수용할 따름입니다.

　　　　　　　　　　　　　　돈황제

그리하여 이 시점에 있어서는 그 같은 꾸지람과 채찍만이 우리 기업을 민주화시키는 데 명약이라는 점을 재삼 자각하는 바입니다.

자고로 그릇이 더러우면 무엇을 담아도 변해 버리기 마련이고, 불결한 공장에 선량한 근로자가 존재하기 힘든 법입니다. 사실입니다. 저희 명광이 창립 40주년을 맞으면서 터득한 수많은 경험 중에서도 잊을 수 없는 것이 불의가 번식하면 조직이 붕괴한다는 진리입니다. 실제로 저희는 그러한 경우를 허다하게 겪었으며, 더불어 그런 역경을 지혜롭게 이겨 냈기 때문에 지난해 총매출 15조 원이라는 기적을 만들 수 있었던 것입니다. 하나보다 더 중요한 진리는, 아무리 국가경제 발전에 기여했던 최고의 명성도 기업 내부의 작은 치부 하나로 완벽하게 와해된다는 사실입니다.

우리는 이번 한광필 씨 피랍 사건을 계기로 하여 그러한 진리를 뼈아프게 실감하게 된 것을 너무나 다행스럽게 생각하는 바입니다. 왜냐하면, 구시대의 폐습을 벗는 데 있어서는 반드시 동기와 계기가 있어야 하기 때문입니다.

그리하여 저희 명광이 수출 1위 기업만이 아니라, 건전한 노조 육성과 함께 노사관계의 원활한 정립 역시 국내 1위를 차지할 수 있다면, 그것이 바로 새 시대 새 기업의 선두주자가 아니겠습니까.

무릇 인간사에 있어서는 행운보다 불행이 두 배 세 배 더 많기 마련입니다. 그러나 소위 선진국이라는 독일, 일본 등은 국민적인 단결로 그 불행을 행복으로 바꾸는 데 인색하지 않았습니다. 다시 한 번 무릎 꿇고 아뢰옵기는, 불행한 사태를 고치는 치료 방법은 희망찬 미래의 약속밖에 없다는 점입니다. 앞으로 저희 명광은 오늘의 이 아픔과 상처를 거울삼아 노사가 더욱 협력하여 10만 종업원의 복지 증진은 물론이고, 회사 발전, 나아가 국가경제 발전에 배전의 노력을 다할 것임을 온 국민 앞에 약속드려 마지않습니다.

끝으로 그동안 명광종합상사 노동조합 한광필 위원장이 겪은 심신의 고통에 대해서도 이 자리를 빌려 심심한 위로의 말을 전하는 바입니다.

_명광그룹 회장 왕득구 배상

그러나 실제로 신문에 광고가 게재된 것은 전혀 다른 내용이었다. 우선 제목부터 달랐다. '사죄의 말씀'이 아니라 '사과문'이었다. 아주 간결한 문안에다 극히 형식적인 내용을 담고 있었다. 이른바 이번 사건에 회사의 중역이 개입되어 유감이라는 것과, 이를 계기로 노사가 더욱 협력하여 국가 발전에 진력하겠다는 다짐이 전부였다. 그리고 기껏해야 '물의'니, '심심한 위로'니, '깊은 사과'니 하는 따위 어휘가 간신히 동원되었을 뿐이었다.

명확히 확인할 수는 없었지만, 명광종합상사 사장실에서 재작성했다는 설도 있고, 왕득구 회장의 새로운 명을 받아 비서실이 최종 취합 정리했다는 설도 심심찮게 나돌았다. 여기서 왕득구 회장의 새로운 명이란, 권도혁 차장의 '사죄의 말씀'을 읽고 노발대발했다는 사실과 결코 무관하지 않았다. 일설에 의하면, 사과 광고 자체를 없애자는 의견도 분분했다는 것이었다.

그럭저럭 잊혀 가는 마당에 뭐 그리 자랑스럽다고 자진해서 '한광필 납치' 운운할 필요가 있느냐는 것이었다. 결과적으로 그것 때문에 피해도 될 매를 또 한 차례 얻어맞는 것 말고는 어떤 실리도 있을 수 없다는 주장이었다. 하긴, 사과 광고 자체를 묵살할 정도니 그 내용의 진실성이나 순수성은 아예 거론할 여지조차 없는 일이었다.

하나, 문제는 사과 광고 규모나 내용이 아니었다. 그 무렵 신문 방송을 통해 계속 보도되기도 했지만 과연 '한광필 납치 사건'이 윤기출 전무의 단독 범행이냐 하는 의문점이 바로 그것이었다. 물론 정식으로 구속 기소된 윤기출 전무가 완강히 단독 범행을 주장하는 데다, 경찰·검찰 등 사직당국 역시 사건을 더 이상 확대할 의지를 보이지 않았으므로 결국은 그렇게 굳혀지고 말 공산이 크던 터였다.

그러니까, 그것은 신문과 방송의 끈질긴 추적이라고 해도 과언이 아니었다. 아니, 신문·방송뿐 아니었다. 일반적인 여론도 그러했다. 막말로 사직당국의 수사 발표를 도통 믿으려고 하지 않았다. 눈 가리고 아웅이라는 것이었다. 손가락에 장을 지지는 한이 있어도 윤기출 전무의 단독 소행 운운에 수긍할 수 없다는 강경한 입장들이었다.

명광그룹 조직상 윤기출 전무 단독으로 2억 원이라는 현찰 동원이 불가능하다는 것이 그 첫째 이유고, 두 번째가 관련된 범죄 조직 단체의 성격상 오랫동안 외국에서 근무하다 돌아온 윤기출 전무와는 어떤 형식으로든 친분이 있을 수 없다는 점이며, 마지막 세 번째가 명광그룹 내 노조 결성에 관한 제반 상황은 왕득구 회장실에 시시콜콜 보고함과 동시에 일일이 지시를 받게 되어 있으므로 어느 누구 혼자의 결정이나 결단으로 그같이 큰 일을 벌일 수 없다는 것이었다.

그래도 여론을 이기는 것이 사직당국의 힘이었다. 아무리 세심한 수사를 감행해도 혐의점을 발견할 수 없다고 우기는 데야 그렇지 않다고 버틸 장사가 없는 것이었다.

결국 예상대로 그런 식으로 마무리되고 말았지만 그래도 여론은 무시할 수 없었는지, 단독 범행을 끝까지 고수한 윤기출 전무에게 징역 2년이란 비교적 막중한 형량을 선고한 것이었다.

3

권도혁 차장과 한광필 과장 일행이 실비 소줏집을 나온 것이 밤 10시였다. 일행 모두가 제법 거나하게 취한 상태였지만, 한광필 과장이 극구 귀가를 고집했으므로 끈덕지게 거론되던 이차 강행론은 결국 용두사미가 되고 말았다.

"집이 어디 쪽입니까?"

권도혁 차장이 물었다.

"잠실 아파트촌입니다."

한광필 과장이 건성으로 대답했다.

"같은 방향이군요."

"그래요? 잠실입니까?"

"나는 뚝섬입니다만 기왕이면 같은 차를 타지요."

"좋습니다."

그렇게 해서 함께 택시에 올라앉은 것이었고, 일단 두 사람만 단출하게 남게 되어서인지, 권도혁 차장의 맥주 입가심 제안을 극구 사양하지는 않았다.

우연히 차를 내린 곳은 천호동 술집 골목이었다. 을지로나 동대문 뺨치는 규모의 휘황찬란한 유흥가였다.

"나는 시끄러운 것은 질색입니다."

한광필 과장이 말했다.

"좋습니다. 카페 같은 곳은 조용할 겁니다."

한데, 물어물어 찾아간 술집이 흡사 시골 장터를 방불케 했다. 한데 이상했다. 그처럼 번잡스러운 분위기가 신경을 전혀 건드리지 않았다.

유치한 음악이며, 술꾼들의 작은 소요며, 킬킬거리는 웃음소리 등등의 술집 특유의 잡음은 권도혁 역시 평소 고개를 절절 흔드는 터인데 웬걸, 그런 잡소리가 두 사람의 은밀한 교감을 방해하지 못하는 것이다. 그만큼 열중한 탓이었을까. 사실이었다. 권도혁은 주로 질문을 던지고 한광필 과장은 답하기 바쁜 아주 일방적인 대화였지만, 웬일인지 그토록 진지할 수가 없었다. 뭐라고 할까. 모종의 공감대라고나 할까. 그렇다, 오늘의 주제가 바로 그것이었다.

위대한 독재자의 통치를 똑같이 받는다는 점에서 일치되는 공통점…… 아니, 더 중요한 것이 있었다. 그 막강한 통치력에 대해 집요한 의혹을 똑같이 갖고 있다는 사실이었다. 그 점이 두 사람을 끈끈한 결속력으로 묶이게 하는 근본 이유였다.

"신문 기사대로라면 감금 시 사지가 계속 묶여 있었다는 얘긴데, 사실입니까?"

"눈과 입도 다 봉해진 상태였죠. 물론 끼니때가 돌아오면 입은 열어 주었지만……."

"말이니까 그렇지, 정말 고통의 극치였겠군요."

"고통보다는 불안했지요. 죽음이 늘 눈썹 앞에 도사리고 있었으니까요."

"실제로 그들이 죽이겠다는 얘기를 하던가요?"

"시체에 돌을 매다느냐, 쇠뭉치를 매다느냐, 자기들끼리 의견이 분분했습니다."

"결국 바다에 수장시킬 작정이었군요."

"통통선까지 차대를 내놓았으니, 제반 준비는 완벽하게 끝낸 상태였죠."

"그 순간 뭘 생각했습니까?"

"그 순간이라뇨?"

"죽음이 눈앞에 다가온 순간 말입니다."

"이상하게 마음이 차분해졌습니다. 그래서 누구든 다 용서하기로 마음먹었습니다."

돈황제

"용서?"

"그렇습니다. 말 그대로 용서하기로……."

"아, 그래서 나중에 윤기출 전무를 면회하신 거군요?"

"글쎄요. 꼭 그렇다고는 할 수 없지만, 어쨌든 법률적으로 그분이 나의 가해자이지만, 인간적으로는 그분 역시 피해자 아닙니까?"

"윤 전무가 피해자라구요?"

"당연히 피해자지요."

"그렇다면 법정에서 단독범이라고 주장한 사실 역시……."

"아닙니다. 내가 말하는 것은 사건의 내막이 아니라 우리 사회가 갖고 있는 일률적인 틀을 얘기하는 겁니다. 길 가는 초등학생을 잡고 물어보세요. 한광필 납치를 누가 했느냐 하면 단 한 명도 윤기출이다라고 대답하는 아이가 없을 겁니다. 그런데도 윤기출 전무는 납치범의 주범입니다. 그것이 우리 사회의 틀입니다."

"사실 규명, 그 자체가 의미 없다는 뜻인가요?"

"일테면 그렇다는 얘기죠. 왜냐하면, 사실 규명을 원치 않는 막강한 정부가 뒷받침하고 있기 때문이죠."

"어떻게 보면, 우리 한 위원장님보다 윤기출 전무가 더 비참한 피해자인 줄도 모르겠네요."

"그건 사실입니다. 솔직하게 말해서 그는 전혀 혐의가 없는 사람입니다. 죄가 있다면 중역으로서 나를 회유하고 협박했다는 사실과 내가 납치되는 순간 현장 부근에 있었다는 사실, 그 두 가지밖에는…… 그러나 윤 전무의 회유는 지극히 피상적일 뿐이었습니다. 보다 구체적인 회유는 오히려 종합조정실 직원들이었다고 해야 옳습니다."

"그룹 인사조직팀 말입니까?"

"거 있잖습니까. 김석호 이사 졸개들 말입니다."

"그들이 직접 한 위원장을 만나러 왔다구요?"

"그 무렵엔 우리집에서 살다시피 한걸요. 어느 날 저녁, 그들이 왔었죠. 그리고 심각하게 입을 열었습니다. 만약 노동조합 위원장직을 포기하거나 사퇴한다면, 그만한 보상을 주겠노라고."

"보상이라면…… 뭘 의미하는 겁니까?"

"항용 하는 거 있지 않습니까? 하청 업체를 만들어 주겠다느니, 아파트 입주권을 주겠다느니, 현찰을 주겠다느니……."

"실례지만, 현찰을 준다면 어느 정도나?"

"협상 그 자체를 부정했으니까 구체적인 액수는 묻지 않았지만, 처음 1억부터 시작한 것은 확실합니다."

"1억?"

"완강히 거절했더니 결국 세 곱으로까지 올라갔었지요."

"세 곱이라면 3억 아닙니까?"

"맞습니다."

"아무렴……."

"명광그룹에서 3억이 어디 돈입니까? 내가 알기만 해도 그런 식으로 은밀히 거래되는 현찰만 한 달에 수십 억이라니까……."

"아무튼, 팔자 고칠 뻔했네요."

"그렇죠. 현찰 3억에 계열회사 부장 자리까지 보장한다고 했

돈황제

었으니까. 자, 술이나 듭시다."

"한 위원장의 굳은 절개를 위하여!"

"역사적인 큰 사건이 우연히 일어나는 법은 없습니다."

"그러니까, 한광필 납치 사건의 주범은 윤기출이 아니라는 결론이군요?"

"주범은 아마 여자를 무척 좋아하는 사람일 겁니다."

"여자를 좋아하려면 돈이 많아야겠군요."

"돈을 많이 갖기 위해서는 법을 계속 어겨야 할걸요."

"그러기 위해서 뇌물도 마구 뿌려야죠."

"아마 뇌물 먹은 사람은 그자 앞에서 옴짝 못할 겁니다."

"권력깨나 있다는 사람치고 그자 뇌물 안 삼킨 사람 드물 거라구요."

"그래서 법을 어기고도 아무 탈이 없는 거 아닙니까."

"법을 어겨도 되는 사람이니까, 도덕 같은 것은 아예 초월할 수밖에."

"그자에겐 부도덕도 재산이니까."

"아, 그래요. 이 시각에도 젊은 여자를 품고 있을지도 모르겠군요."

한광필 과장이 손목시계를 불빛에 비춰 보고 있었다. 권도혁 차장도 똑같이 했다. 벌써 자정이었다. 두 사람이 얼굴을 마주 봤다. 시선이 툭 소리를 내며 부딪쳤다. 누가 먼저랄 것도 없었다. 씨익 웃었다. 계속 웃었다. 마침내, "핫핫핫" 소리 내어 웃었다.

무슨 조화 때문이었을까. 왜 첫 대면인데도 그렇게 죽이 척척 잘 맞았을까. 권도혁은 혼자 감탄하고 또 감탄하고 있었다.

"여자, 여자, 여자 나와라…… 여자 어때요?"

이윽고 권도혁 차장이 말했다.

"그자를 흉내 내는 일만 아니라면."

한광필 과장이 시원하게 대답했다.

"좋아요."

"히힛!"

"노동자 만세!"

"여자 만세!"

두 사람은 귀가하지 못했다. 물론 이튿날 두 사람 다 지각을 했다. 그것도 10분, 20분 차이가 아니었다. 무려 세 시간이 넘는 지각이었다. 대기업의 홍보 업무는 대체로 아침나절이 장날이기 마련이었다. 그러니까 오전 11시경이면 얼추 끝난 파장이나 진배 없는 것이었다.

4

권도혁이 너덜너덜한 비닐껍질 같은 잠 속에서 깨어난 것은 정확히 새벽 1시였다. 그것도 그의 아내가 심하게 흔드는 바람에 벌떡 일어나 앉았다. 약간의 취기가 있긴 했으나, 한광필 과장을 만난 어제 같은 경우에 비하면 거의 마시지 않았다고 해도 과언 이 아니었다.

돈황제

고작 맥주 두 병이었다. 아무리 전날의 과음이 있었다 해도 그렇지, 맥주 두 병을 놓고 초저녁 내내 홀짝거렸으니, 자타가 공인하는 주당 체면이 말이 아니었다. 시쳇말로 간에 기별도 안 갔다고나 할까. 게다가 서둘러 10시 전에 귀가를 감행했던 권도혁이었으므로. 그리고 참으로 오랜만에 아내가 준비해 둔 저녁상을 흔쾌히 물릴 수 있었으므로. 적어도 이론상으로는 하등 피곤을 느낄 이유가 없는 상태였다.

한데도 머릿속이 무지근했다. 아니 무지근한 정도가 아니었다. 흡사 예리한 칼날로 금을 그어 놓고 톡 두들겨 끊어 내는 유리판처럼 머릿골이 싸아했다가 갑자기 휑뎅그렁하게 넘어지는 것이었다.

이등분되는 머리…… 눈도 한쪽씩 나눠지고, 코도 반으로 나눠지고, 입술도 나눠지고…… 가슴도, 배꼽도, 다리도. 오, 너무 정확해서 괴기한 이등분이여, 너무 곧게 잘려서 가증스러운 몸뚱어리여.

권도혁은 습관처럼 머리를 흔들었다. 마구 흔들었다.

"전화 받으라니까요."

아내가 말했다.

"무슨 전화야?"

권도혁이 열 손가락으로 머리칼을 끈끈하게 쓸어 올리며, 아직도 눈을 감은 채 중얼거렸다.

"울산이래요."

"울산?"

"시외전화예요."

"그래? 알았어."

그제야 마지못해 수화기를 건네받았다.

"네, 권도혁입니다."

"권 차장님, 저 능길임더."

"능길이라뇨?"

"김능길이요."

"아, 김 형, 웬일입니까?"

"너무 늦어서 참으로 미안씹니더."

"뭐…… 그렇긴 하지만…… 그래, 별일 없죠?"

"와 별일 없겠씹니꺼? 지금 여긴 만판입니더."

"만판이라뇨?"

"변화가 무쌍한 기지요 뭐."

"아, 그렇지요. 많이 시끄러운가요?"

"외면상으로는 잠잠헌 것 같애도 실상 속은 다 썩었는 기라요."

"지금, 전화하시는 곳이…… 댁입니까?"

"아입니더, 사무실입니더."

"사무실?"

"우리 사무실요."

"우리 사무실이라면……."

"모르시는 모양이지요?"

"네, 난 토옹……."

"좋씹니더. 지가 권 차장님을 믿고 전화 드리는 내용은 왕득

돈황제

구 회장이 어젯밤 일본에 갔다는 소문이 있는데, 그기 진짠가 해서 물어보는 깁니더."

"왕 회장이, 일본엘요? 그런 얘긴 못 들었는데요."

"서울에 있는 기지요?"

"아마도 그럴 겁니다."

"홍보팀 정보는 틀림웁는 거 아닙니꺼?"

"홍보팀 정보는 또 뭡니까?"

"우쨌거나, 고맙씸더."

"왜, 무슨 일이 있나요?"

"아입니더, 차장님. 여러 가지로 배려해 주셔서 진짜 고맙씸더."

"그게 아니고…… 혹시……."

"아입니더, 그마 안녕히 계시이소."

"아니, 김 형, 김 형!"

그러나 이미 전화는 끊긴 뒤였다. 너무나 일방적인 통화였다.

"누구예요?"

아내가 물었다.

"그냥 아는 사람이야."

"그냥 아는 사람인데, 숨넘어가는 소릴 해요?"

"숨넘어가는 소리라니?"

"전화를 안 바꿔 주면 큰일이라도 날 것처럼 방방 뛰었단 말예요."

"정말 싱거운 친구야."

"울산에서 뭐해요, 그 사람?"

"그냥 근로자야."

"근로자라면 노동자 아녜요?"

"그렇다니까."

"노동자 주제에, 곤히 잠든 사람을 깨워요?"

"노동자 주제라니?"

"난 또 무슨 중역인 줄 알았지. 미안해요, 여보."

아내가 저만큼 돌아누웠다.

미안할 거 없어. 권도혁이 혼자 멋쩍게 중얼거렸다. 그리고 또한 번 머리를 흔들었다. 역시 무지근하고 휑뎅그렁했다. 정말 싱거운 친구야. 마루 벽의 괘종시계가 한 점을 때리고 있었다.

김능길…… 그는 작가 지망생이었다. 아니, 더 정확히 말해 울산 공단 선박건조부 소속 용접공이었다. 한데도 글을 그토록 열심히 쓸 수가 없었다. 권도혁이 맡고 있는 각종 정기간행물 편집실로 자주 투고해 주는 잡문들도 그랬지만, 언젠가 뭉텅이째 들고 올라온 장편소설 습작도 어느 정도 수준을 유지하고 있어서 편집실 직원들을 놀라게 하는 데 하등 모자람이 없었다.

그뿐 아니었다. 극히 형식적 행사로 매년 한 번씩 치르는 명광 그룹 사원 문예작품 모집 현상에서도 수많은 관리직원 문사(文士)를 제치고 두 번 연속 최우수작을 차지해서, 이미 근로자 출신 사내 작가로 그 위치를 확고히 했던 김능길이었다.

아무리 그렇다손 치더라도 김능길은 집으로 전화를 걸고 받을 만큼 가까운 사이가 아니었다. 기껏해야 대여섯 번 상면했을까. 그것도 시상식 따위 행사장이 대부분이었고, 아니면 사무실로 불쑥 찾아들어 와 만난 것이 전부였다.

물론 권도혁이 그쪽에 출장 갔다가 우연히 마주친 적도 있었다. 왕득구 회장이 초청한 원로 여류 문인을 모시고 내려갔을 때던가. 으레, 울산 공단에 초대했다 하면 안내하는 VIP 코스가 따로 정해져 있었다. 대형 엔진 공장, 플랜트 공장, 선박 조립 라인, 파이프 공장 등.

한데 그 코스에서 김능길을 만난 것이었다. 자욱한 용접 가스 때문에 숨이 막힐 정도인 조립 라인을 지나는 길이었다. 게다가 여기저기서 터지는 용접 광선이 눈을 제대로 뜨지 못하게 만들었으므로 부랴부랴 걸음을 빨리하는데, 문득 그가 권도혁 쪽으로 튀어나오는 것이었다. 그러나 얼굴보다는 기름으로 떡칠된 거무튀튀한 장갑이 먼저 시야를 가로막았다. 그가 불쑥 손부터 내밀었기 때문이었다.

"권 차장님요."

"아, 김능길 씨."

"반갑씸니더."

"그렇군요."

"내 수필 한 편 써 보낸 거 받았씸니꺼?"

"네, 다음 달 호에 실릴 겁니다."

"내용이 우떻던가요? 우리 노동자덜 애환을 그린다고 그리 본 긴데."

"뭐…… 좋던데요."

사실은 그가 우송한 원고를 아직 읽어 보지 못한 권도혁이었다. 그래서 "김형 글이야 원래 보증수표 아닙니까" 같은 어쭙잖은 사족을 붙인 것이다.

"역시 권 차장님은 화통한 데가 있십니더. 내 헐 말은 아니제만은도, 지금 같이 온 저 할망구 문인덜 말입니다. 택도 없십니더. 도대체 뭐허는 족속들입니꺼? 사랑이 우쩌고, 눈물이 우쩌고, 낭만이 우쩌고 허는 거 빼놓고 뭐 작품 겉은 작품이 있십니꺼? 재벌헌테 꼬리 치고 아부나 해서 용돈 얻어 쓰고 공짜 여행하는 데 사족을 못 쓰는 저런 쓰레기들은 한마디로 민중의 적인기라요."

물론 공장 소음 때문에 그녀들이 김능길의 힐난을 들었을 리 만무했지만 권도혁은 괜히 간이 콩알만 해져서 "시간이 나면 이따 연락하지요" 어물어물 자리를 피했다. 김능길이 뒤에서 말했다.

"영빈관에 묵고 계신다꼬예?"

"그래요. 이틀쯤 더 있을 겁니다."

"기왕이면 좋은 거 많이 찾아 드시소. 결국 묵는 기 남는 기라요."

어쨌든 영빈관에 묵고 있던 그 이틀 동안 권도혁은 김능길을 만나지 못했다. 김능길이 아니라, 권도혁의 사정 때문이었다. 손님 접대에 워낙 뛰어난 집념을 발휘하는 왕득구 회장이라 밤은 밤대로, 낮은 낮대로 눈코 뜰 겨를이 없었다.

아니, 그 약속뿐 아니었다. 김능길이 올려 보낸 수필 역시 마찬가지였다. 그가 말한 대로 노동자 쪽의 주장이 필요 이상으로

돈황제

많이 강조된 글이었다. 그것도 피상적인 노동자가 아니었다. 아주 구체적인 노동운동의 필요성, 그리고 강경한 투쟁 방안이 제시된 이른바 선동용 논조인 것이었다. 한마디로 사보에는 마땅치 않은 글이었다. 어쩌는 수 없었다.

그러고는 연락이 끊겼다. 다른 때 같으면 특별한 계기 없이도 안부 엽서나 편지가 한 달이 멀다고 부쳐 오곤 했는데, 그 일이 있고 나서부터는 그것마저 딱 끊기고 말았다.

제기랄! 권도혁은 하품을 했다. 아무래도 그만 잠을 청해야 할 시간이었다. 한데도 쉽게 잠이 오질 않았다. 김능길의 전화 때문이라고 막연히 핑계 댈 수는 없었다. 애초부터 잠은 너덜너덜한 비닐껍질의 연속이었으니까.

말이 나왔으니 얘기지만, 어제따라 일찍 귀가한 것도, 맥주 두 병으로 초저녁을 다 보낸 것도 실은 전날의 한광필 과장 탓이 아니었다. 명확히 구분하자면 H신문 때문이었다.

어제따라 권도혁이 신문 당번이었다. 기실 신문 당번이라고 해서 특별한 업무를 수행하는 것은 아니었다. 첫 가판용 신문이 나오기 시작하는 오후 7시쯤, 신문 집결지인 광화문에 대기하고 있다가 부랴부랴 지면을 샅샅이 훑는 일이 고작이었다. 그것도 하루이틀이 아니고 매일 정기적으로 하는 업무라서 아예 아지트가 따로 정해져 있었다. 맥줏집이었다. 간부 직원 한 명, 일반 사원 한 명, 그렇게 두 명이 한 조로 짜여지는 비공식 업무에는 일인당 맥주 두 병과 저녁이 제공되곤 했다. 물론 그런 것 때문에 사람들이 모여드는 것은 아니지만, 웬만하면 퇴근 후 광화문 아지트에 들러 맥주 한 잔씩 걸치고 귀가하는 게 홍보팀의 오랜 전통이라고 해도 과언이 아니었다.

그러나 어제저녁 같은 경우는 정식 신문 당번 외에는 아무도 얼씬을 하지 않았다. 비상시국 덕분이었다. 저마다 주어진 업무가 막중한 탓이었다. 사고는 항시 그런 날 터지기 마련이었다.

하긴 H신문 한 면을 가득 메운 양재봉 씨의 특집 인터뷰 기사는 사고 운운할 계제도 아니었다. 왜냐하면, 미리 예고된, 그래서 이미 알 사람은 시시콜콜 다 아는 사실이기 때문이었다. 그래도 멍청히 앉아 있을 수는 없었다. 신문 당번으로서 해야 할 기본 의무는 당연히 이행해야 했다.

문제의 기사, 일테면 명광그룹이 원하지 않는 불온 기사가 터졌을 땐, 흡사 불을 보거나 간첩을 봤을 때 그러하듯 지체 없이 신속하게 신고하는 게 신문 당번자의 일차 의무였다.

"한번 읽어 보시고 전화하시죠, 차장님."

당번 보조인 김 대리가 말했다.

"읽어 보고 말 것도 없어."

"하긴 미다시만 봐도…… 이거 보십쇼. 이 시대의 파쇼, 왕 회장과 정면 대결할 터…… 이거 진짜 큰일 났네요. 왕득구 회장이 이 기사를 읽는 날엔…… 이러다가 정말 집에 가서 애 보는 거 아닙니까?"

김 대리가 동의를 구하는 눈빛으로 물었다.

"안 그렇습니까, 차장님?"

"애 보더래도 전화는 먼저 걸자구. 당신은 허 부장한테 하고,

난 김 이사한테 할 테니까."

"아닙니다. 제가 김 이사한테 걸겠습니다."

"왜, 허 부장은?"

"허 부장님 한숨 쉬는 소리, 들을 자신이 없습니다."

"좋을 대로."

김석호 이사는 왕득구 회장 비서실장이나 다름없는 직위를 갖고 있는 그룹 내 실권자였으므로 당연히 일차 보고를 받아야 할 권한이 있었다. 그러나 허병우 부장은 달랐다. 일 진행상 필요한 실무 책임자에 불과했다. 일종의 소방차 역할이라고나 할까. 일단 신고가 되면, 윙, 사이렌을 불며 되도록 빨리 현장에 도착해야 하는 것이었다.

다행히 허 부장은 김 이사 방에 있었다. 뭔가를 협의 중인 모양이었다.

"거기 계셨군요."

"무슨 일이오?"

"오늘 내가 신문 당번입니다."

"그랬던가? 그래, 뭐가 났어요?"

"예측한 대로 H신문 한 면이 온통……."

"양재봉 인터뷰인가요?"

"사진만도 대문짝만합니다."

"개자식들!"

허 부장이 계속했다.

"제목이 뭡니까?"

"민주노조 탄압 원흉 왕득구 타도할 텁니다."

"뭐라구요?"

"민주노조 탄압 원흉 왕득구 타도할 터라니까요."

권도혁이 재차 물었다.

"다시 읽을까요?"

"아니, 됐어요…… 정말 정신병자들이구만…… 나쁜 자식들, 처먹을 땐 언제구……."

"어떻게 할까요?"

"어떻게 하다뇨? 쳐들어가야죠."

"쳐들어가라구요?"

"H신문 편집국으로 가세요. 편집국장 가랑이를 잡든, 부국장 가랑이를 잡든, 일단 잡고 봐야 되잖겠어요?"

"가랑이 잡는다구 기사를 빼주겠어요?"

"그래도 하세요."

"편집국장은 부장님이 잘 아시잖습니까?"

"이 마당에 알구 말구를 찾게 생겼어요? 난 D일보 때문에 정신이 없어요. 경제부장 팀하고 저녁 약속이 돼 있다구요. 권 차장이 알아서 처리하세요. 2판은 벌써 돌았을 거고 3판부터만 빠져도……."

"아니, 허 부장님. 내가 가서 될 일이라면 열 번 스무 번도 가겠지만, 안면도 없는 생면부지로 뭘……."

"왕 회장님 지시 말씀 못 들었어요? 비상시국이라고 말이오."

허 부장이 대답할 틈도 주지 않고 덧붙였다.

"수고 좀 해주시오."

그쪽에서 먼저 찰칵 소리가 났다. 권도혁 차장은 한참 동안 수화기를 그대로 들고 있었다.

"차장님, 김 이사님은 계속 통화 중인데요?"

김 대리가 말했다.

"할 필요 없어."

"네?"

"보고된 거나 마찬가지야. 허 부장이 그 방에서 내 전활 받았으니까."

권도혁이 맥 빠진 소리로 말했다.

"그만 일어서지."

"H신문으로 가는 겁니까?"

"아냐. 각자 집으로 가. 오늘 같은 날은 일찍 좀 들어가 보지 뭐."

5

명광그룹의 출근 시간은 8시 반이다. 요즘 같은 초여름이야 별문제지만 한겨울철 8시 반은 아직 새벽 여명이 덕지덕지 남아 있을 정도다. 게다가 서울 아침의 교통 사정은 가히 살인적인 것이어서 웬만큼 가까운 거리가 아니고서는 한 시간쯤 여유를 두어도 예정 시간을 맞출까 말까였다. 아니, 한창 붐비기 시작한 시간에 걸려들었다 하면 한강 다리 하나 건너는 데 30분 잡아먹기는 다반사고 터널 하나 뚫고 나오는 데도 그만한 시간이 소요되기 일쑤였다. 그러니까, 어떤 방법을 강구해서든, 그 마(魔)의 시간은 피해야 하므로, 적어도 집 대문은 7시를 전후해서 나서야 했다.

명광그룹 임직원들은 거지반 다 그렇다고 해도 과언이 아니었다. 실제로 명광그룹 통근버스 운행 시간이 그러했다. 정확히 출발 지점에서 움직이기 시작하는 시간이 6시 40분경이었다. 중간 지점에서 버스를 기다리다 승차하는 시간 역시 마찬가지였다. 대체로 7시 전후해서 승차가 완료되는 셈이다. 그래야 을지로 입구에 자리 잡고 있는 명광그룹 사옥 앞에 7시 40분까지 도착할 수 있었다.

말이 그럴싸해서 살인적인 트래픽을 피하기 위한 30분 단축 운행법이지, 실제 내용은 전혀 달랐다. 버스 운행사인 관광회사와의 일종의 담합이랄까, 결탁이랄까. 말하자면 30분을 단축시켜 줘야, 일반 관공서 출근 시간인 9시에 맞춰 한 탕 더 뛸 수 있다는 얘기였다. 이른바 누이 좋고 매부 좋은 식이었다. 관광회사는 하루 아침에 두 탕을 뛸 수 있어서 좋고, 명광그룹은 명광그룹대로 운행 경비가 절감되어서 좋고…… 직원들을 반 시간 먼저 데려다 이것저것 부려먹어서 좋고…….

그러나 그런 유의 결탁 때문에 골탕 먹는 쪽은 아무래도 통근 버스를 이용하는 직원일 터였다. 오죽하면 출근 무렵의 10분은 다른 때의 한 시간과도 바꾸지 않는다고 할까. 기실 단잠을 설치는 새벽이, 순전히 시간 때문에 수저를 놓는 식탁이, 이를 닦기 위해 칫솔을 물면서 넥타이 매랴, 양말 신으랴, 법석대는 그 부산한 아침이 불과 10분 단축을 놓고 벌이는 아사리판 전쟁터이기 때문이었다.

그토록 귀중한 시간을 통째로 약탈당한 그들이었으므로, 흡사 보복이라도 하듯 통근버스 속이 시끄럽게 제가끔 아침 꿀잠을 즐기기 마련이었다. 여기서 쿨쿨, 저기서 드르렁, 과히 아름답지 못한 오케스트라가 아침부터 줄기차게 연주되는 것이었다.

물론 명광그룹 본사에 적을 둔 7천여 명의 직원들이 하나같이 통근버스로 30분 먼저 출근하는 것은 아니었다. 하나 자가용을 몰고 그보다 먼저 출근하는 일부 임원들이라고 해서 특별히 유별날 리 없고 8시 반 정각을 겨냥했다는 듯이 땡 소리와 함께 정문을 들어서는 대개의 직원들 또한 그런 따위 전쟁을 면하고 회사에 나온 경우는 눈을 씻고 봐도 없을 터였다.

어쨌거나, 이래도 좋고 저래도 좋은 쪽은 출근 시간에 쫓기는 직원들이 아니라, 그들을 부리는 회사 쪽이었다. 그렇다고 30분 일찍 출근했다고 해서 7천 명 직원 모두가 책상 앞에 쪼그려 앉아 곧바로 일을 시작할 리 없었다. 끼리끼리 모여 앉아 잡담하는 직원도 있었고 아침 사내 영어 방송을 들으며 어학 공부에 열중하는 직원이 있는가 하면, 신문을 보는 직원, 커피를 뽑기 위해 동전을 모으는 직원 등등 각양각색이었지만, 어쨌든 일을 시작하기 위해 일찍 일터에 모여들었으므로 일꾼을 부려야 할 주인 입장으로 보아 여러모로 유익하기만 할 따름이었다. 막말로 직원들을 일찍 끌어내 와서 하등 손해 볼 이유가 없었다.

기실 말이 쉬워 7천여 명이지, 그 엄청난 수효의 직원들을 싣고 삽시에 모여드는 통근버스 행렬은 흡사 강남 고속버스 터미널을 연상시키고도 남았다. 말 그대로 장관이었다. 버스의 대수도 대수였지만, 꾸역꾸역 토해 내놓은 직원들의 수효는 또 얼마인가.

지하도는 물론이고 인근 보도까지 빽빽하게 들어차 명광그룹 직원 아닌 사람은 운신하기조차 힘들 지경이었다. 그 엄청난 인파를, 명광그룹 본사 건물이 삽시에 깡그리 다 삼켜 버리는 것이었다.

그 통에 명광그룹 본사 뒤편의 골목길은 새벽부터 라면 끓이는 냄새로 진동하지 않으면 안 되었다. 봄, 여름, 가을, 겨울 없이 미처 아침을 먹지 못하고 나온 직원들로 온통 장사진을 이루었다. 이름하여 간식 골목이었다. 전체가 라면, 김밥, 만두 전문 가게였다. 다닥다닥 붙어 있다시피 했다. 어떤 익살맞은 직원은 그곳을 공조식 골목이라고 불렀다. 공처가 남편들의 아침 식사 장소라는 것이다.

어찌 그곳을 드나드는 사람들 모두가 공처가 출신일까만, 남자가 오죽 시원찮으면 남들 다 먹고 출근하는 아침을 거르고 나와 그 작은 나무 의자에 옹색하게 걸터앉아 뭐 그리 먹음직스럽다고 훌훌, 쩝쩝, 소리를 내고 있느냐는 반문에는 차라리 묵묵부답 쪽을 택하는 것이었다.

권도혁 차장이라고 예외일 수 없었다. 그는 통근버스에서 내

돈황제

리자마자 곧바로 공조식 골목으로 직행하곤 했다. 라면집은 늘 만원이었다. 시장터를 방불케 했다. 아침 그 시간 자리가 날 때까지 적당한 구석을 찾아 차례를 기다려야 했다. 그러는 그를 누가 쳐다보는 것도 아닌데, 괜스레 몸을 비비 꼬곤 하는 권도혁이었다.

나이 탓이었다. 솔직히 중후해질 대로 중후해진 40대 중반의 얼굴, 일테면 적당히 나온 배라든가, 시퍼런 면도 자국이라든가, 옷 색깔에 맞추느라 신경깨나 쓴 넥타이하며, 그 어떤 것을 보더라도 그가 라면집에 어울리는 모습은 아니었다.

아니, 라면집뿐 아니었다. 통근버스 역시 마찬가지였다. 따지고 보면, 그만한 나이에 그만한 면모에 그만한 지위에 오른 사람치고 권도혁만큼 통근버스에 줄기차게 매달리는 사람도 드물었다. 물론 지위래야 을지로 입구에 나서면 발길에 차일 정도인 차장직에 불과했지만, 웬걸 썩어도 준치라던가, 명색이 명광그룹 종합조정실 홍보 담당이라고, 예사 차장 보듯 함부로 하대하지 않는 것이었다. 하대는커녕, 계열회사 사람들은 숫제 마주치기만 해도 깜박 죽어 주는 시늉까지 해 보일 지경이었다.

물론 왕득구 회장 덕분이었다. 이른바 왕득구 회장 직속기관이 곧 명광그룹 종합조정실이고, 명광그룹 종합조정실에 근무하는 직원 모두가 일종의 친위대원인 셈이므로 권도혁 또한 명광그룹에서는 칼자루깨나 휘두르는, 소위 엘리트 요원 중의 한 사람인 것이었다.

요컨대 소관 업무에 따라 얼마든지 칼을 휘둘러 군림할 수 있는 요건을 갖춘, 왈 자랑스러운 특수 부서가 바로 종합조정실이었다. 그래서일까. 종합조정실 직원치고 자가용 없는 직원이 드물었다. 부장, 차장, 과장은 말할 것도 없고 하다못해 대리, 사원들까지 너나 할 것 없이 모조리 승용차를 굴리고 다녔다.

문제는 누가 차를 새로 갖느냐가 아니라, 누가 더 비싼 차로 바꾸느냐였다. 한데, 권도혁은 아직 차가 없었다. 물론 꼭 가져야 한다면 무리를 해서라도 구입하지 못할 바 없었지만 그럴 정도의 절대적인 필요를 느끼지 않는 데다, 무엇보다 운전면허를 아직 따내지 못한 것이 그 첫째 이유였다. 우선 남들 다 하는 골프에 입문하지 못한 것도 또 다른 결정적인 이유라면 이유였다.

그러나 권도혁에게 있어서 무엇보다 중요한 것은 출근이었다. 사실이었다. 만약 아침 통근버스가 없다면, 그래서 매일 택시 잡기 전쟁을 벌인다면, 아니 택시비가 승용차 운영비를 능가한다면야, 만사 제쳐 놓고 운전면허 얻는 데 주력하겠지만, 다행스럽게도 계산상 아직 그런 결론에까지 이르지 못한 것이다.

어쨌거나 권도혁은 그 나이에 어울리지 않는 일을 하루에 두 가지씩, 그것도 아침나절에 해치우곤 했다. 신입사원급이나 여직원이나 타고 다니는 통근버스 이용이 그렇고, 공처가 운운하는 라면집 출입이 또한 그것이었다.

예의 그 라면집을 들어서던 권도혁이 흡사 주눅 들린 파충류처럼 엉거주춤 발을 멈추지 않으면 안 되었다. 오늘 새벽잠을 설치게 한 장본인이 바로 그곳에 자리하고 있었기 때문이었다. 김능길이었다. 분명 울산 공단의 어느 사무실에서 전화를 건다던 그가 어떻게 이곳 라면집에 앉아 있을 수 있단 말인가.

어쨌든 김능길 역시 다른 손님들처럼 옹색한 나무 의자에 걸터앉아 국물 홀홀거리랴, 이미 구겨진 신문 보랴, 콧등에 맺힌 땀방울 닦으랴, 아침부터 한창 바쁜 중이었다.

"보통입니까, 특입니까?"

라면집 사내가 권도혁에게 말했다. 특이래야 계란 한 개 풀어서 200원 더 얹어 받는데도, 보통이라고 말하면 사내의 얼굴이 별반 밝아지지 않았다. 그러니까, 단돈 200원 차이로 얼굴 색깔이 밝았다가 어두워지고, 어두워졌다가 밝아지곤 했다.

권도혁은 아직 자리가 나지 않았는데도, 김능길 앞좌석으로 비집고 들어갔다. 그리고 그의 어깨를 쳤다. 김능길이 신문에서 눈을 떼며 이쪽을 봤다.

"아이쿠, 권 차장님 아니십니꺼?"

그는 용수철처럼 벌떡 일어섰다.

"웬일이슈?"

권도혁이 물었다.

"오늘 새벽에 출발했심더."

"그 시간에 말입니까?"

"우리 겉은 노동자들에게 새벽이 오디 있고 밤이 오디 있심니꺼?"

"그래, 무슨 일로 그렇게 급하게……."

"출장 아닙니꺼."

"출장이요?"

"마, 굳이 말헌다 쿠모 그렇다 그 말임더."

그 말에 김능길은 주위를 살폈다. 그러고 보니 울산 공단에서 함께 올라온 동료들이 한둘이 아니었다. 모두 다 명광그룹 특유의 작업복 차림이었다.

밤새 차 속에서 시달린 흔적은 똑같이 갖고 있었지만, 웬걸 이쪽을 보는 시선은 예사롭지 않았다. 좀 과장하자면 아예 활활 타고 있는 눈빛이었다. 그 어떤 상대도 결국 태워 없애 버리겠다는 결의로 똘똘 뭉친 시선들이었다.

권도혁은 그 시선들을 의식하고 있었으므로 함부로 노동쟁의니 집단 투쟁이니 하는 말은 꺼내지 않았다. 오늘 새벽 전화 또한 마찬가지였다. 모르긴 해도 열에 아홉은 그 일 때문일 터였다. 어쩌면 왕득구 회장 스케줄을 물었을 그 순간 대략 짐작했던 일인지도 몰랐다.

그렇다. 오늘 아침 조간신문을 장식한 양재봉 노조연합 위원장과도 무관하지 않을 것이었다. 물론 김능길이 울산 공단 노동쟁의에 깊이 개입하리라는 사실은 애초 예상치 못했던 권도혁이었다.

평소 말투로나 인상으로나 그럴 위인이 아니라고 지레 짐작한 탓이었다. 본시 작가 지망생들의 그것은 대체로 소극적이기 마련이었다. 설령 어떤 유형의 증오의 대상을 만났다 하더라도, 그래서 그것을 파괴하기 위한 열망에 가득 찼다 하더라도, 어디까지나 내적 갈등 요인일 뿐, 실제 행동은 전혀 다른 방향으로 표출되기 십상인 것이다.

사실이었다. 바로 권도혁 자신이 그랬다. 돌이켜보고 말 것도 없이 너무나 소극적인. 그래서 오히려 자신감 없는 외돌토리로 허송세월해 버린 것이다.

　한데 오늘 아침 김능길의 그것은 달랐다. 일반적인 상식을 완전히 뒤엎은 표정이었다. 누가 김능길의 저 얼굴에서 열등감을 찾을 수 있으며, 자신감 없는 외돌토리형이라고 함부로 판정 내릴 수 있는가 말이다.

　권도혁은 자신도 알 수 없는 미묘한 충동을 억지로 삼켜 넣으며 조심스럽게 말을 꺼냈다.

　"저번에 작품 미안하게 됐어요. ……저희 직원이 아마 편지는 띄웠을 겁니다만."

　"그런 거 이미 다 잊어삐씄니더. 차장님."

　의외로 김능길은 차분했다. 뭐 그리 대단한 일이냐는 식이었다.

　"그래서 요즘엔 작품을 안 보내십니까?"

　그렇다고 권도혁 역시 슬슬 물러날 상대가 아니었다.

　"뭐 그렇다기보다도…… 사는 데 열중허다 보니, 그리 안 됐씁니꺼."

　"그래도 쓰기는 많이 쓰시죠?"

　"오디요? 요참에는 통 그럴 여가가 읍씄더. 또 있다 캐도 생각대로 잘 안 되는 기라요."

　"그럴 때가 있습니다."

　"우째 됐든 미안쿠만은요. 원고 청탁서까지 부치 주는데…… 그마 시일을 넘기 삐리서……."

"웬걸요. 그래, 언제 내려갈 거죠?"

"글쎄 말임더. 일이 우찌 될 낀지…… 마, 안 그래도 사무실로 전화 한번 넣을 생각이었씸더."

"괜찮다면, 오늘 점심이나 함께할까요?"

"점심, 좋씸더. 지가 대접허겠씸더."

"어쨌든…… 12시에, 요 옆 다방에서 만나지요. 채플린!"

6

권도혁 차장이 종합조정실 홍보팀 문을 열고 들어선 것은 에 누리 없는 8시 정각이었다. 라면 그릇을 홀홀 다 비우고 담배까지 한 갑 사 넣은 채, 느릿느릿 엘리베이터에 몸을 실었는데도 아직 8시라면 그놈의 통근버스가 얼마나 급하게 달려와 컥컥 토해 놓았는지, 새삼스럽게 놀라울 따름이었다.

언제나처럼 그는 두 번째였다. 한 10분쯤 먼저 와서 자리 잡은 사람이 있었다. 광고 담당 손 과장이었다. 그 역시 기계처럼 정확한 사람이었다. 조간신문이란 신문은 모조리 배달되는, 그래서 쑤셔 넣으면 한 자루가 실히 되는 조간신문들을 뒤적여 예의 그것을 찾아 드는 것이었다.

모 경제신문이었다. 그림으로 보는 아놀드 파머 골프 강좌였다. 손 과장은 하루도 빠짐없이 그 부분을 복사해서 개인 스크랩북을 만들곤 했다. 그리고 붉은 줄을 쳐가며 읽고 또 읽었다.

아니 읽기만 하는 것이 아니었다. 복사된 신문 기사를 읽으며 골프채를 휘두르는 시늉도 했다. 그의 머릿속으로 공이 휠에 맞아 그린을 향해 날아갔다는 듯이 한참이고 허공에 시선을 박아 놓기도 하는 것이었다.

"부킹도 못하는 골프, 뭐 그리 열심이오?"

언제나 권도혁은 그렇게 아침 인사를 했다.

"미리미리, 준비를 해놔야죠."

"미리미리?"

"유비무환이란 말 있잖습니까? 아, 우리 종합조정실 실장님만 봐도 그렇죠. 신참 때 골프 연습 해놓지 않았다면 어떻게 그런 출세가도에 올라설 수 있었겠습니까?"

그가 말을 이었다.

"차장님도 그만 맘 고쳐먹고 꽉 잡으십쇼."

"잡으라니?"

"골프채 말입니다, 골프채."

손 과장이 물었다.

"오늘은 안 가십니까?"

"가야죠."

권도혁은 웃저고리를 벗어 걸고, 조간신문을 뒤적였다. 물론 어제저녁 광화문에서 대충 섭렵했던 지면들이었다. 한데도 생소하기 짝이 없었다. 마치 생전 처음 보는 곤충을 대하는 기분이었다. 여기저기서 스멀스멀 역겨운 곤충들이 기어가고 있었다. 이건 역겨운 곤충이 아니라, 숫제 흉측한 괴물을 방불케 했다.

그는 H신문은 일부러 거들떠보지도 않았다. 그러고 보니 굳이 고르고 말 것도 없었다. 기사는 같은 판에 찍어 놓은 듯 거의 비슷비슷한 내용이었다.

H신문을 제외하고는 특별히 뛰어난 신문이 없었다. 역시 화장실용으로는 스포츠 기사가 안성맞춤이었다. 권도혁은 오래 고민하지 않고 스포츠신문을 집어 들었다. 광고 담당 손 과장이 아놀드 파머를 복사하듯 권도혁 역시 출근하자마자 스포츠와 함께 화장실로 직행하는 것이 뺄 수 없는 아침 행사 중의 하나였다.

이름 붙여 습관성 환자라고 하던가. 어쩌면 배설을 위한 나들이가 아니라, 신문을 탐독하기 위한 공식 방문인지도 몰랐다. 그렇지 않고서야 어찌 매일 아침 20분씩이나 장기 체류할 수 있단 말인가.

그런데 이게 웬일인가. 권도혁은 신문을 펼치다 말고 잠시 천장을 망연히 올려다보지 않을 수 없었다.

— 울산 공단 노동자 파업 결의 시간문제
— 파업 주도 세력에 기존 어용노조 맥없이 밀려
— 당국, 불법쟁의 확대 보고만 있을 것인가

분명 스포츠신문인데도, 사회면 기사 머리가 그런 식으로 장식되어 있었기 때문이었다.

"제기랄."

하도 눈에 익다 못해 터져 버린 내용이라 감흥보다 먼저 짜증이 튀어나왔다. 물론 기사에 대한 반응 이전에, 결국 스포츠신문으로까지 감염되고 말았구나 싶은 일종의 허망감 같은 것이 불쑥 고개를 들고 올라온 것이었다.

사실이었다. 노동의 노 자만 나와도 정말 지긋지긋했다. 특히 조간신문이 더 그랬다. 곧바로 반응이 내려오기 때문이었다. 회장실은 말할 것도 없고 사장실, 부사장실, 전무실, 상무실, 심지어 이사들까지 마치 나한테도 입이 붙어 있다는 것을 증명이라도 하듯, 무차별 공략을 서슴지 않았다.

"홍보는 뭐하려고 있는 부서야. 그런 거 하나 못 막구 말야!"

"기자들 촌지는 촌지대로 매월 정기적으로 나가고, 기사는 기사대로 매일 터지구!"

"바보 같은 놈들. 밥 먹고 하는 일이 그건데, 그렇게 감들을 못 잡아?"

"안 되면 육탄으로라도 막아야 될 거 아냐?"

실제로 귀가 멍멍할 지경이었다. 전화벨만 울리면, 덜컹 가슴부터 내려앉았다.

물론 권도혁 차장의 업무 중에 신문 섭외는 들어 있지 않았지만, 홍보팀장인 허병우 부장이 직속상관이었으므로 강 건너 불 보듯 나 몰라라, 관망만 할 일이 아닌 터수였다. 아니, 하루가 멀다 하고 소위 대책회의라는 것을 열었는데, 그때마다 권도혁 차장도 의무적으로 참석해야 했고, 그때마다 연관이 있다는 대상지(紙)를 할당받곤 했다.

하나 말이 그럴싸해서 할당이지, 경제부 담당 기자 만나기가 하늘의 별 따기인 데다가, 설령 안면으로 어찌어찌 만난다 하더라도 현찰이 아니면 입도 벙긋할 수 없는 처지여서, 기사를 막기는커녕 오히려 긁어 부스럼 만들기가 다반사였다.

물론 명광그룹이 그런 쪽으로 인색하기 때문이 아니었다. 어쩌면 사건을 예방하기 위한 건수에는 다소 인색한 터이지만, 일단 사건이 터졌다 하면 돈을 아끼지 않는 곳이 바로 명광그룹의 특색이라면 특색이었다. 그러다 보니, 액수도 일이백만 원이 아니었다. 한 번 건수가 생겼다 하면 보통이 천만 원대였다. 영수증도 없이 나가는 돈이었다. 이름하여 기밀비였다.

자고로 비밀스러운 돈 만지는 사람치고 공개적으로 처리하는 사람이 없다던가. 허병우 부장이 바로 그러했다. 예산 자체가 비공식적인 돈이라서 정식 서류도 없이 연필로 사인하는 전표 한 장으로 기천만 원이 왔다 갔다 해서 그랬는지 모르지만, 어쨌든 기자들 촌지 먹이는 일을 다른 직원에게 위임한 적이 없었다. 그 스스로 혹은 허 부장의 오른팔이라고 해도 과언이 아닌 홍창모 과장이 아니면, 같은 홍보 부서의 누구도 함부로 현찰을 만질 수 없었다.

하다못해 관련 기자 접대비만 해도 그러했다. 사람을 만났다 하면 응당 식사를 해야 하고 술을 마셔야 하고, 그리고 여자가 제공되어야 함에도 불구하고 부득불 사후 영수증 처리로만 결제가 가능할 뿐이었다. 그것도 간이영수증이 아니라 금전처리기를 거쳐 나온 관인 영수증이어야 했으니, 어느 누가 여자 몸값으로 관인 영수증을 끊어 주며, 설령 어찌어찌 해서 끊어 준다 하더라도 그 진위 때문에 한동안 보류되어 은밀히 조사당해야 할 판이니, 어느 미친놈이 그 알량한 기자 접대에 나서겠는가.

그러니까 말로만 업무 협조고 지원 의뢰일 뿐, 적어도 신문 섭외에 관해서만은 허 부장과 홍 과장 그리고 박 대리로 이어지는 라인 외에는 어느 누구도 관여할 수 없는, 왈 성역인 셈이었다. 하긴 기사가 계획대로 잡히든 잡히지 않든 그 책임은 모두 허병우 부장이 지게 되어 있으니, 그가 팥으로 메주를 쑤든 두부를 만들든 굳이 관여할 계제가 아닌지도 몰랐다.

그러나 이번 울산 공단 파업 건은 달랐다. 우선 명광그룹 최고 경영자인 왕득구 회장이 잠자코 지나가 주지 않았다. 말 그대로 사사건건 물고 늘어졌다. 사장단 회의에서는 홍보 업무를 겨냥, 마구잡이로 질타함은 물론이고 심지어 비서진에게까지 홍보 조직 공중분해 운운을 서슴지 않았다.

그러니 신문·방송 섭외 업무 외의 정기간행물 발간이니, 그룹 광고 업무니, 영화니, 사내 방송이니, 카탈로그나 브로슈어 제작 등의 각조 홍보 업무가 제대로 진행될 리 만무했다. 일종의 냉각 상태라고나 할까. 적어도 노조 관계 기사가 신문에서, 혹은 방송에서 취급되지 않을 때까지 제반 업무가 올 스톱되는 것이었다. 자연히 짜증이 날 수밖에 없었다.

어제 오후 경우는 더욱 그랬다. 허 부장을 비롯 담당 이사, 전무 그리고 종합조정실장까지 깡그리 왕 회장실로 불려 들어갔다. 얼마나 호되게 당했는지 한 시간 만에 풀려나온 허 부장의 얼굴색은 말 그대로 영안실로 옮겨지는 시신의 그것을 방불케 했다.

"우리 회의 좀 합시다."

그가 힘없이 지껄였다. 항용 하는 방식이었다. 언제나처럼 권도혁 차장은 물론이고 사내 방송 담당 윤 차장, 영화 담당 오 과장 등 소위 중간 간부급에 드는 직원들은 모조리 회의실에 집합되었다. 하나, 늘 그랬듯이 아무런 대책도 없는 싱거운 회의가 바로 그 모임이었다. 직원들의 중지를 모으라는 이익수 종합조정실장의 특별 지시 때문에 어쩌는 수 없이 가지는 회의였기 때문이었다. 그러니 진행 역시 정상적일 수가 없었다. 일방적이었다.

"D일보는 어떻게 됐어?"

허 부장이 물으면, 직계인 홍 과장이 언제나 불쑥 나서기 일쑤였다. 아니, 그런 질문에 제대로 응할 사람이 따로 있을 리 만무했다. 그도 그럴 것이, 현찰을 만지는 황금 라인 외의 다른 사람은 숫제 일반적인 정보 자체도 얻기 힘든 탓이었다. 말 그대로 숙맥일 따름이었다. 꾸어다 놓은 보릿자루 같은 방청객을 잔뜩 모아 놓고 황금 라인들끼리 잘도 떠들어 댔다.

"D일보 팀은 어젯밤 비행기로 내려갔다는데요."

"팀이라니, 우리 출입 기자가 간 게 아니구?"

"취재팀을 따로 만들었다지 않습니까."

"아니, D일보도 그걸 만들었어?"

"게다가 팀장이 경제부장이 아니라, 사회부장이랍니다."

"사람 죽이는군."

"글쎄, 보통 문제가 아니라니까요."

"그렇다고 체념할 수는 없잖아! 강 국장한테 전화 좀 걸어 봐. 내가 직접 통활 해야겠어."

"강 국장 손에서도 떠났다는데요."

"뭐라구?"

"D일보 노조에서 직접 인선을 했다지 않습니까."

홍 과장이 계속했다.

"그보다 낼 아침 H일보를 어떻게 막느냐가 발등의 불입니다."

"H일보는 손을 썼잖어?"

"그쪽도 노조가 개입되어 가지구, 한 면이 온통……."

"한 면을 다?"

"지면 가득히 떡칠하기 위해 광고까지 뺐다는 거 아닙니까."

"뭐 그리 쓸 게 많다구……."

"양재봉을 인터뷰했다니까 오죽하겠어요?"

양재봉은 명광그룹 산하 울산 공업단지 연합노조 위원장이었다. 하나 연합노조 그 자체가 공식적인 것은 아니었다. 따지고 보면 명광그룹 안에 각 업종별 계열사가 있고, 계열사 단위의 노동조합이 있으므로 당연히 그것을 통괄하는 연합노조가 있어서 안 될 이유가 없었다.

한데도 회사는 막무가내였다. 한마디로 인정할 수 없다는 것이었다. 아무리 계열사 노동조합 임원들이 빠짐없이 모여 그것도 비밀투표로 선출한, 왈 정통성 있는 연합노조라 하더라도, 상대방 경영자 측이 계속 천부당만부당이면, 자연히 갈등의 불씨가 될 수밖에 없고, 마침내 합법이다 아니다로 나뉘어 일대 격전이 벌어질 수밖에 없는 상황이었다.

어쨌거나 이제 양재봉 위원장은 울산 공단의 거물이었다. 막말로 왕득구 회장이 경영층의 두목이라면, 양재봉 위원장도 10만 노동자를 대표한 공식 우두머리인 셈이었다.

왕득구 회장이 들으면 발가락이 간지럽겠지만, 기실 그거나 이거나 피장파장이었다. 실제로 양재봉은 매우 영특한 청년이었다. 우선 그만한 배짱도 있었고, 힘도 있었다. 회사 쪽의 끝없는 회유와 협박에도, 그리고 크고 작은 테러에도 끝내 넘어지지 않는, 이른바 불세출의 인물로 울산 사회를 리드해 나갔다.

그러나 양재봉이라고 해서 처음부터 노조 지도자로 명광그룹에 소속된 것은 아니었다. 대체로 다 그렇듯 양재봉 역시 초창기에는 어수룩한 미숙련공으로 출발했으며 숙련공이 된 뒤에도 단체행동보다는 돼지갈비, 소주 한 병에 더 탐닉하는 지극히 평범한 노동자에 불과했던 터였다.

한데, 어느 날 양재봉이 흡사 활화산인 양 불쑥 솟아오른 것이었다. 언젠가 울산 공단의 왕궁이자 부의 상징이던 영빈관을 공략했을 때 선봉에 섰던 바로 그 인물이 양재봉이었다.

"어휴, 그 친구 진짜 똑똑허데."

"왕득구하고 붙여 놔도 절대로 밀리지 않겠어."

"그런 친구가 진즉 나왔어야 하는 건데."

결코 입에 발린 소리가 아니었다. 양재봉이, 비록 명광그룹에서는 극히 미비한 회사이긴 해도, 어쨌거나 명광중기 노동조합

돈황제

위원장에 당선한 것이, 그 영향력 탓이기 때문이었다.

그리고 곧바로 양재봉 붐을 일으킨 것이다. 외형적인 면모로만 보건대 하등 취할 조건이 없는 것 같은데 웬걸, 각 계열사 노조 간부들은 물론이고 7만이 넘는 울산 근로자들 또한 "양재봉!" "양재봉!" 목이 터져라 연호하며 그 그늘로 모여드는 것이었다.

그 역시 모여드는 근로자들을 따뜻하게 맞아들이는 것으로 만족하지 않았다. 그는 폴란드 자유노조의 바웬사처럼 겁 없이 포효하고 또 포효하는 것이었다.

"노동조합을 탄압하는 명광그룹 사주는 각성하라!"

"노동자가 안심하고 살 수 있도록 기본임금을 인상하라!"

"노동자 임금 착취 주범 왕득구는 사죄하고 전액 근로자 복지에 투자하라!"

학력이래야 이름 없는 지방 고등학교 중퇴가 고작이고, 빼빼 마른 체구에다 도수 높은 안경잡이여서, 뭐 하나 제대로 갖춘 것이 없는 애송이 노동자가 어찌 감히 명광그룹 전체를 좌지우지 하는가 말이다.

권도혁은 '울산 단지'와 '노동쟁의'의 활자에서 과감히 눈을 떼어 스포츠신문의 연재만화로 옮겼다. 하나, 오늘따라 만화는 싱겁기 그지없었다. 아무 내용도 없어 그냥그냥 넘어가 버리고 말았다. 코미디언이 쓰는 개그도 그랬고, 프로야구 게임 순서 역시 어제의 그것과 별반 달라진 것이 없었다.

"제기랄!"

권도혁은 신문을 거칠게 뒤적였다. 그리고 마지막으로 오늘의 운세를 찾아, 시선을 박기 시작했다. 바로 그때였다.

"권 차장님, 계세요?"

누가 숨넘어가는 소리를 내며 화장실로 뛰어드는 것이었다. 권도혁은 드디어 올 것이 왔구나 싶었다. 하지만 화장실까지 손을 뻗친 건 누가 뭐래도 상식을 벗어난 행동이 아닐 수 없었다. 평소 허 부장의 성격으로 보아 더욱 그러했다. 아무리 위급한 사안이라 하더라도 어떻게 출근 시간 전의 개인 습관까지 통제할 수 있단 말인가.

"권 차장님 안 계세요?"

밖에서 또 한 번 강조하고 있었다.

"누구요?"

변기에 앉은 채 미동도 하지 않고 권도혁이 대답했다.

"차장님, 저 박 대린데요. 급하게 찾으십니다."

"……알았다구 그래요."

"벼락이 떨어졌습니다."

"벼락이라니?"

"회장님께서……."

"회장님이 날 찾는단 말이오?"

"그렇습니다. 지금 빨리 올라오시랍니다."

그러나 그는 라면집에서의 김능길처럼 용수철 튀듯 일어나 서지는 않았다. 권도혁은 되도록 천천히 두루마리 화장지를 손등으로 감으며 "알았어요" 시큰둥하게 대답했을 뿐이었다.

"몹시 급하신 모양입니다."

돈황제

"알았다니까."

권도혁은 누구보다 비서실 분위기를 잘 읽는 편이었다. 방 주인인 왕 회장이 한마디 뱉었다 하면 명광그룹 전체를 떠들썩하게 만드는 역할은 늘 비서들 차지였다.

매사가 그랬다. 일종의 뺑튀기라고나 할까. 숨넘어갈 듯이 사람을 불러올리지만, 실제는 대기실에서 반 시간 이상씩 가슴 조이며 기다리게 만들었다. 이름하여 비서실 특유의 김 빼기 작전이라던가. 그래야 왕 회장의 권위가 더 높게 올라가는 것인가. 그래야만 왕 회장이 더욱 두려운 어른이 되는 것인가.

권도혁은 끝까지 태연하고 초연한 척했지만 내심으로 여간 가슴 두근거리는 것이 아니었다. 그동안 두 번씩이나 독촉 전화가 더 걸려 왔다는 사실 때문에 더욱이나 그런 것이었다.

다행히 허병우 부장의 모습이 보이지 않았으므로 권도혁은 수첩과 필기도구를 잽싸게 챙겨들고 방을 빠져나올 수 있었다.

하나 권도혁은 곧바로 회장실 쪽으로 내달리지 않았다. 또 화장실이었다. 그는 대형 거울 앞에 서서 머리며 옷매무새며를 재삼 점검한 다음에야 천천히 회장실 문을 밀고 들어섰다. 한데, 이게 웬일인가. 비서들이 똑같이 길길이 뛰는 것이었다.

"아니, 지금까지 뭐하다가…… 빨리 들어가세요!"

한마디로 예측 불허의 상황이었다. 지금까지 왕 회장이 호출해서 이처럼 급하게 그리고 단숨에 처리된 적은 한 번도 없었다. 아무리 빨라도 한두 사람의 접견이 끝난 다음에야 비로소 차례가 오기 마련인데, 오늘 상황은 전혀 그렇지가 않았다.

"무슨 일 때문에 찾으시죠?"

권도혁 차장이 평소 안면이 많은 김 비서에게 다가가 물었다. 그렇다. 항시 그것이 문제였다. 왕 회장이 왜 찾는가 그 이유를 미리 알아낸다면 적절히 차비를 했다가 불같은 호령이 떨어지자마자 "여기 있습니다" 절묘한 대안을 내밀 수 있으련만. 항시 그 상황이 오리무중인 탓에 말 한 마디에 곤죽이 되고, 기침 한 번에 묵사발이 되곤 하는 것이었다.

김 비서가 그런 절실한 사정을 모르고 있을 리 없는데도 퉁명스럽게 말했다.

"글쎄요…… 저도 뭔지…… 어쨌든 두 번씩이나 찾으셨습니다. 어서 들어가 보세요."

화장실에 뛰어든 박 대리 말대로 날벼락이 나도 보통 날벼락이 아닌 모양이었다.

7

아닌 게 아니라 왕득구 회장은 문제의 H신문을 펴들고 있었다. 하나 돋보기를 걸치지 않은 걸 보면 신문에 열중하고 있는 것 같지는 않았다. 그런데도 꼭 문제의 기사를 읽고 있는 것처럼 얼굴이 붉으락푸르락해지곤 하는 것이었다.

마침내 왕득구 회장은 신문을 내동댕이치고 있었다. 아니, 내동댕이친다기보다 신문으로 소파 옆 탁상을 신경질적으로 두들기고 있다고 해야 옳았다. 그리고 그 앞에는 벌써 알 만한 계열사 사장들이 마치 주눅 들린 강아지들처럼 우물우물 앉아 있었다. 한결같이 머리를 땅바닥에 파묻고 있었다.

권도혁 차장이 왕 회장의 면전에 주춤주춤 들어섰는데도 이렇다 할 반응을 보이지 않을 정도로 그는 열변을 토하고 있는 중이었다. 아니, 열변이 아니라 숫제 호령이고 명령이었다.

누가 저처럼 군림하는 왕득구 회장을 대한민국 종신 경제 대통령이라고 일찍이 명명했는가. 누가 저 어른을 두고 100년에 한 명 나올까 말까 한 탁월한 기업인이라고 찬사를 보냈는가.

그렇다. 장안의 세론이 어떻든 간에 그는 우리나라 GNP의 5퍼센트를 혼자 감당해 내는 초인적인 재산가임에 틀림없다. 그래서 그를 일등 재벌, 슈퍼스타, 왕중왕, 달러의 황제 등으로 호칭하고 있는 게 아닌가.

사방은 쥐 죽은 듯 조용했다. 아무도 입을 열지 않았다. 아니, 어느 누구도 감히 입을 열 수가 없는 것이었다. 평소 그토록 위엄을 부리던 명광건설 장 부사장도 명광엔진 조 상무도 명광자동차 한 전무도 모두가 똑같이 주눅 들린 한 마리 강아지에 불과했다.

"오늘날 이런 신문 기사가 실리도록 한 책임이 도대체 누구한테 있느냐 말이야!"

왕 회장의 음성은 더욱더 준엄해져 갔다.

"조 상무!"

"네, 회장님."

"당신 어느 대학 나왔어?"

"S대학입니다."

"일류 대학 나왔구만. 저쪽에 당신은 누구지?"

"파이프 서울 사무소 정철호 이삽니다."

"그래, 정 이사, 당신은 어느 대학 나왔어?"

"최종 학력 말입니까?"

"그래, 최종 학력이 어디냐구?"

"미네소타 대학원입니다."

"미국이구만."

"그렇습니다."

"그 옆에 한 전무는?"

"저도 S대학입니다."

"그 옆엔?"

"K대학입니다."

"다음."

"Y대학입니다."

"전부 다 일류 대학들을 졸업했구만. 말하자면, 수재들이다 그 말이지. 헌데 양재봉이는 어디 졸업했나?"

"네?"

"양재봉이 말이야."

왕득구 회장이 버럭 소리를 질렀다.

"이런 빌어먹을, 신문들도 안 읽어? 여기 내가 들고 있는 이 신문에 대문짝만하게 나온 양재봉이도 몰라!"

"알고 있습니다. 회장님."

"그래, 한 전무가 대답해 봐. 양재봉이 어디 졸업했나?"

"……고등학교 중퇴입니다."

"뭐라구?"

"제가 알기엔 농업고등학교……."

바로 그때였다. 왕 회장의 손바닥이 탁상 위를 꽝 내려친 것은. 그 바람에 아직 입에도 대지 않은 인삼찻잔이 휘뚱 넘어졌고, 액체를 쏟아 버린 빈 잔이 카펫 위를 대굴대굴 굴러갔다.

"병신 같은 것들! 일류 대학 나온 수재놈들이 득실거리면서도 그래, 농업고등학교 중퇴자 한 명 못 잡아서 이런 사태까지 몰고 오느냐 그 말이야!"

그래도 분이 풀리지 않는 모양이다. 왕득구 회장의 일갈은 계속되었다.

"도대체 뭐하려고 대학을 나오고, 뭐하려고 미국 유학을 갔어? 그 좋은 머리 어디다 써먹으려고 애끼고 또 애끼는 거야?"

여전히 방 안은 찬물을 끼얹은 듯 조용했다. 어느 누구도 숨소리 하나 크게 내쉬지 않았다. 굳이 소리가 있다면 볼펜, 사인펜 따위 필기도구가 수첩 위를 맹렬히 굴러다니는 소리뿐이었다. 부사장이고 전무고 이사고 부장이고 할 것 없이 마치 국회 본회의장의 속기사들처럼 마구잡이로 내갈기고 또 내갈기고 있었다.

뭐 그리 기록해 둘 만한 내용이라고 그처럼 열심히 적어 대는 것일까. 하나, 권도혁이라고 예외는 아니었다. 그 역시 기계처럼 왕득구 회장의 모든 것을 일일이 다 기록하고 있었다.

"장 부사장!"

드디어 명광건설 장석남 부사장도 거론되었다. 나이로 보나, 입사 연륜으로 보나, 지위로 보나 여러모로 좌중의 수석이라 해도 과언이 아닌 장 부사장까지 기어코 겨냥하기에 이르렀으니, 요컨대 왕득구 회장 앞에 불려온 사람 중에 일단은 성역이 없는 셈이었다.

"네, 회장님."

장 부사장은 좌중의 어른답게 정중하게 응답해 마지않았다.

"당신은 어떻게 생각해?"

"……유구무언입니다, 회장님."

"유구무언이라니, 내가 지금 문자 듣고 싶어서 묻는 거야?"

"……한마디로 면목 없습니다. 모든 게 저희들 잘못입니다. 솔직히 책임은 저희들한테 있습니다. 할 수만 있다면 그 매를 제가 대표로 다 맞고 싶습니다만…… 그러나 회장님, 벌을 내리시기 전에 저희들이 나름대로 반성할 수 있는 시간을 주셔야겠습니다. 어려우시더라도 기회를 한 번만 더 주십시오, 회장님!"

말 그대로 왕 앞에 무릎 꿇은 신하들의 울부짖음이었다. 아니, 왕도 보통 왕이 아니었다. 이름하여 천하를 통치하는 황제였다. 황제가 늙은 신하들을 내려다보며 조롱하듯 말하고 있었다.

"입은 살아서 변명은 그럴싸하게 잘 하는구먼."

그가 다른 쪽으로 시선을 돌렸다.

"그 옆에 누구야?"

돈황제

"네, 중공업의 최만중 상뭅니다."

"이것 봐, 최 상무."

"네, 회장님."

"나, 당신한테 한 가지 묻겠어."

왕 회장이 말을 이었다.

"최 상무는 요즘 우리나라 사태를 어떻게 보고 있는 거야?"

"저는 우리의 지금 사태를 위기라고 생각하고 있습니다."

"위기?"

"그렇습니다. 회장님."

"어째서 위기야?"

"노동자가 득세해서 잘된 나라는 아직 없는 줄 압니다."

"그것도 그럴듯해. 하지만 지금 사태는 당신이 생각하는 그 정도가 아냐. 위기의 한계 수위를 육박해서 결국 물속에 잠겨 버렸다 그 말이야. 이제 죽느냐 사느냐 그 갈림길만 남은 거야."

그때야 생각났다는 듯이 왕 회장이 다시 입을 열었다.

"맨 나중에 들어온 사람 어딨어?"

"네, 회장님."

마침내 권도혁 차장 차례였다. 그는 자신도 모르게 벌떡 일어나 서고 있었다.

"홍보팀이지?"

"그렇습니다."

"그만 앉아."

왕득구 회장이 경험 많은 사육사처럼 두 손으로 지시한 다음 계속했다.

"당신 이름이 뭐야?"

"네, 권도혁 차장입니다."

"아, 그래, 권 차장이지. 당신에게 한번 물어보겠어. 오늘 이 사태가 어떤 시기라고 했지?"

권도혁 차장은 순간적으로 휴, 안도의 숨을 몰아쉬었다. 그동안 가슴 두근거려 마지않던 양재봉 노조위원장 인터뷰 기사 건과 무관한 질문이었기 때문이었다. 그런데도 그는 한참을 더듬거리고 있었다. 지금까지 기록한 수첩을 괜스레 뒤적거리며 간신히 간신히 입을 여는 것이었다.

"……네…… 굉장히 어려운 시기라고 말씀하셨습니다."

"이것 봐, 내 분명히 어려운 정도를 넘어섰다고 했잖아? 이건 마치 전시나 다름없어. 박격포 소리, 탱크 소리, 기관총 소리 마구 터지는 전쟁터…… 당신 육이오 기억하나?"

"네, 기억합니다. 회장님."

"우리 기업하는 사람들에겐 육이오보다 더 무서운 게 뇌동자들 파업이야."

왕득구 회장의 말투는 본시 어눌한 편이 아닌데도 이상하게 '노동자' 발음만은 명쾌하지 못했다. 언제나 된 발음이 강조되어 '뇌동자'였고 '뇌동조합'이었다. 오늘은 더욱이나 그러했다. 울산 사태도 사태지만, 아직 이마에 피도 안 마른 새까만 노동자 주제에, 그것도 당당하게 정식 도전장을 내민 양재봉이 아무래도 심기를 편치 않게 만드는 모양이었다. 그는 계속해서 된 발음을 만들고 있었다.

"제깐 놈의 뇌동자들이 뭘 안다고. 복지니 자립경제니 착취니…… 재분배니 허고 떠들고 돌아댕기냐 그 말이야."

그 대목에서 왕득구 회장은 좌중을 훑었다.

"그런 무식한 뇌동자의 무분별한 폭력 세력 때문에 우리 자유민주주의 질서가 파괴되고. 피땀 흘려 어렵게 어렵게 일으켜 세워 놓은 안정과 번영이 도로아미타불로 난장판이 되고 있단 말이야. 나는 그렇게 생각하고 있어요."

왕득구 회장이 이번에는 좌중을 휘돌아보며 말을 이었다.

"자유민주주의 체제를 전복하려는 그 뇌동자 세력을 단호하게 배격하지 못하면 그날로 우리 명광그룹은, 아니 우리나라 경제는 공중분해되고 만다고 말이야. ……그러나 나는 믿어요. 여러분이 일치단결 힘을 합하면 기어코 자유시장경제 체제를 확고하게 지켜 낼 수 있다고 말이야."

왕 회장이 계속했다.

"이것 봐. 권 차장이라고 했지?"

"네, 회장님."

"그래, 당신을 왜 불렀느냐 하면, 서기 역할을 하라 그 말이야. 물론 권 차장이 글줄깨나 쓴다구 해서 선발됐지만 평상시같이 적당히 넘어가는 글은 절대루 용납하지 않겠어. 그래, 맞아. 전시 중에 긴급 조직된 특공대라고 하면 적절한 표현이겠구만. 그러니까 여기 모인 사람들은 모두 다 특공대 요원인 셈이야. 알겠나?"

사람들이 "네"라고 대답했지만, 왕 회장에게는 시원치 않은 모양이었다.

"왜 대답들이 시원찮아!"

"회장님, 어떤 성격의 모임인지……."

명광엔진의 조 상무가 그래도 용기깨나 있는 사람이었다. 사실이 그랬다. 아무리 천상천하 유아독존이라고 하지만, 그래서 두서없이 생각나는 대로 마구 토해 낸다고 하지만, 본인 한 사람을 제외하고는 아무도 그 내용을 알아들을 수 없을 정도니 답답하기가 피차 10년 묵은 굴뚝 속인 것이었다.

물론 적당히 눈치로 때려잡는다면 굳이 못할 바도 없었지만, 당신 말씀대로 워낙 중대한 시기인 터수라 우물우물 적당히 넘길 계제가 아닌 것이었다.

왕득구 회장도 그 점을 따로 인지한 탓인지, 다소 엉뚱한 질문을 던진 조 상무를 크게 나무라지 않았다. 그가 조용하게 말했다.

"그래, 이 모임의 구성은 아주 잘 되었다고 나는 생각해요. 왜냐하면, 저마다 뛰어난 전문성을 가진 사람들만 선정했으니까. 이제 여러분은 당분간 이 모임만을 위해 그야말로 24시간을 전력투구해 줘야겠어요. 다시 말해 본연의 업무를 잠시 중단하고 새 특수 업무를 맡아 수행해 달라 그 말이야."

"그러니까, 특별 위원회 같은 성격이군요?"

또 조 상무가 나섰다.

"그래, 바로 그거야. ……그런데 이름을 아직 못 정했어. 거 있

돈황제

잖아? 미국 영화에 나오는 특공대 이름."

"람보 말씀입니까?"

"맞아, 람보야, 람보. 그러니까, 여러분 각자가 람보 같은 전사가 되어서 이 위기에 처한 회사를 구해 내자는 취지에서……."

"이런 이름이 어떻겠습니까, 회장님?"

장 부사장이 일단 운을 뗀 다음,

"울산 단지 노동조합 분쇄 특별반이라고 하는 게 회장님의 취지에 가장 근접한 것 같습니다만."

그리고 잽싸게 왕득구 회장의 반응부터 살폈다.

"뇌동조합 분쇄 특별반?"

"결국 그놈들을 분쇄해야 저희들이 살 수 있으니까요."

"나쁘진 않아, 하지만 뭔가…… 미국에서 공부한 사람이 누구라고 그랬지?"

"네, 파이프에 근무하는 정철호 이삽니다."

"그래, 정 이사 당신은 어떻게 생각하나?"

"네, 제 생각엔 직접적인 어휘보다는 명광그룹 체제 수호 결사대 식의 간접적인 명칭이 어떨까 싶습니다. 왜냐하면……."

"그래, 그게 좋겠어."

왕득구 회장이 정철호 이사의 말문을 막은 다음, 다소 들뜬 음성으로 입을 여는 것이었다.

"분쇄라는 말이 좀 어색하다 싶었는데, 대신 수호라는 말을 쓰니까 훨씬 세련되게 들리누만…… 그래, 글 쓰는 사람 의견도 물어야지."

권도혁 차장 쪽으로 시선을 옮기는 것이었다.

"회장님 말씀대로 분쇄보다는 수호가 더 자연스러운 거 같습니다."

"좋아. 그럼 그렇게 정하지. 명광그룹 체제 수호 결사대."

갑자기 왕 회장이 머리를 흔들었다.

"아니야. 체제, 결사대, 그런 어휘도 조금은 촌스럽지 않아? 이러면 어떻겠어? 그냥 명광그룹 수호 대책위원회?"

"좋습니다, 회장님."

"그중 부드럽습니다."

"아주 좋은데요."

저마다 한마디씩 덧붙였다.

"완전히 만장일치로구만."

왕득구 회장이 새로 가져다 놓은 인삼차를 그제야 입으로 가져가며, 지레 흡족한 듯 좌중을 또 한 번 휘 훑고 있었다.

바로 그때였다. 김 비서가 고양이 걸음으로 들어와 메모한 쪽지를 조심조심 면전에 놓았다. 왕득구 회장이 그것을 집어 들었으나, 역시 돋보기를 끼지 않았으므로, 아니 돋보기를 찾아 낄 정도로 한가롭지 않다는 듯이 "뭐야, 이게?" 퉁명스럽게 물었다.

"네, 총리실에서 전홥니다."

"총리실?"

"네, 회장님."

"아, 그래, 아침에 통활 했지. 하지만 그 양반 찾아갈 시간이 없는데…… 총리가 뭐 실권이 있어야지. 이건 마치 구색 맞추기 위해 세워 놓은 보릿자루 같애. 이번 총리는 대학 총장 하다 와서 그런지, 더 숙맥이지 뭐야."

"계시지 않는다구 말씀드릴까요, 회장님?"

김 비서가 또록또록 정확하게 말했다.

"그래, 그러는 게 좋겠어. 만나 봐야 밤낮 그게 그거니까."

노련한 신병처럼 절도 있게 고개를 숙이며 물러서는 김 비서를 왕 회장이 다시 불러 세웠다.

"아냐, 아냐. 전화는 받는 게 좋겠어. 국무총리가 직접 건 거 아냐?"

"그렇습니다, 회장님."

"이쪽으로 돌려 줘."

죽 끓듯 변덕을 부리는 왕득구 회장에게 김 비서가 말했다.

"3번입니다, 회장님."

그는 잠시 뭔가에 골똘한 표정을 짓다가 댕궁 수화기를 집어 들었다.

"왕득굽니다. 아, 총리 영감님. 이거 실례가 많습니다. 뭐라구요? 그렇습죠. 그렇구말구요. 웬걸요. 핫핫핫."

왕득구 회장의 그것은 원로 무대 배우를 뺨치게 하는 연기력이었다. 참으로 위대한 변신이었다. 그 앞에 옹기종기 모인, 이른바 주눅 들린 강아지들은 숫제 안중에도 없었다.

기실 순식간에 돌변해 버리는 왕득구 식 변신술을 처음 대하는 권도혁 차장이 아닌데도 웬일인지 오늘따라 그토록 새삼스러울 수가 없었다. 흡사 텔레비전 화면 가득히 클로즈업된 장기 자랑 프로의 주인공 같다고나 할까. 왕득구 회장의 연기는 계속되고 있었다.

"그러게 말입니다. 지난주에는 못 나갔습니다. 웨스팅 하우스 존슨 회장이 찾아온 바람에 일체 다른 활동을 못한 겁니다. 아, 여류문학회 초청 댄스파티엔 참석했습니다. 영감님께선 잘 모르시겠지만, 내가 기업을 안 했으면 아마 문학을 했을 겁니다. 시인이든 작가든 뭐. 돈 될 만한 것이라면 마다하지 않고 다 썼겠지요. 그래서 여류 문학인들이 특별히 이 왕득구를 인정해 주고 사랑해 주고 그리고 자주 불러 주곤 하는 겁니다. (……)

뭐라구요? 울산 사태 말입니까? 말도 마십쇼. 이 나라가 언제부터 이 지경이 됐습니까? 솔직히 영감님께니까 다 말씀드리지만, 요즘은 기업이고 뭐고 다 치워 버리고 싶은 마음뿐입니다. 이게 어디 시국이 시국입니까? 나는 이렇게 생각합니다. 우리 기업인들이 목숨 바쳐 지켜 온 이 강토를, 이 경제 부흥을 우롱하면서 천하를 활보하고 다니는 저 무분별한 뇌동자를 볼 때, 우리 사회의 안보 태세가 매우 허약해졌구나 하는 경각심과 함께 심각한 두려움을 느끼는 겁니다.

내가 보건대, 그들은 자유화·민주화를 외치지만, 실상은 민주화의 가면을 쓴 용공 집단이 아닌가 싶습니다. 아니 실제로 그들을 조종하는 외부 불순 세력이 있어요. 그들이야말로 좌익 실체들이지요. 참으로 가증스러울 뿐입니다.

뭐라구요? 민주화로 가는 필연적인 과정이라구요? 그게 무슨 말씀이십니까? 오늘 새벽에 울산 공단 뇌조 대표들이 날 찾아

돈황제

왔습니다. 이건 뇌사간의 담판이 아니라, 일종의 협박이지요. 새벽같이 집 부근에 잠복한 뇌동자들의 기습작전도 민주화로 가는 필연적 과정이라는 겁니까?

영감님께서도 한번 생각해 보십쇼. 엄연히 경영 측 협상 대표를 울산 단지 안에 세워 놓았는데, 그래서 지금 이 시간에도 협상 테이블에 앉아 그들을 기다리고 있는데, 그 합법적인 상대를 마다하고 감히 나를 찾아 기습공격하다니, 이 무슨 난장판이며, 이 무슨 하극상입니까?

물론 육체적인 접촉과 눈에 보이는 구체적인 폭력은 없었습니다만, 이거야말로 곧 망국으로 가는 지름길이라고 나는 생각하는 것입니다. 네? 몇 명이나 상경했느냐구요? 모두 열 명은 넘었습니다. 그리구 오늘 조간신문에 대서특필된 뇌동자 괴수 격인 그 양재봉이는 보이지 않았습니다만, 어쨌든 그중 한 놈이 한다는 소리가…… 당신 혼자 깡그리 다 먹었다간 배 터져 죽어요. 아니, 그렇게 먹고도 안 죽으면 우리 민중이 가만있지 않아요. 아마 배를 찢어 좌악, 발길 겁니다. 꼭 그 경지까지 가야 하겠습니까?

글쎄, 그런 식으로 협박을 하는 겁니다. 그리고 자기 뇌동자 두목허고 정식으로 협상하라는 겁니다. 세상에 이런 불법도 있습니까? 우리 같은 법치 사회에서 그런 무서운 폭력이 정녕 방관돼야 옳습니까?

영감님께서 기회가 생기면 청와대 어른한테 정식으로 보고해 주십쇼. 그러믄요. 사실 그대롭니다. 그렇습니다. 진즉 영감께서 직접 나섰어야지요.

아시다시피 나는 한 마디도 더 붙이지도, 빼지도 못하는 성격입니다. 영감님께서 손수 칼을 들어 부정적인 이 사회의 폭력 세력을 하루속히 척결하고 밝고 명랑한 사회를 이룩하여 우리 선량한 기업인들이 마음 놓고 생업에 전념할 수 있도록 만들어 주셔야 합니다.

네, 오늘 점심땐 어려울 거 같습니다. 모레가 금요일입니다. 금요일 괜찮겠습니까? 좋습니다. 금요일 저녁으로 하시죠. 그때 그 집이 어떻습니까? 제법 정갈하지 않던가요? 아, 전경련 행사 끝내고 갔던 약수동 집 말입니다.

뭐라구요? 술보다 점심으로 하자구요? 점심으로 어떻게 회포가 풀어지겠습니까만, 영감님께서 정히 원하신다면…… 좋습니다. 장소와 시간은 따로 연락 드리겠습니다.

뭘요. 여러 가지 배려해 주셔서 고맙습니다. 영감님, 건강 유념하십쇼. 네, 네, 들어가십쇼."

실로 길고 긴 통화였다. 왕득구 회장은 목이 컬컬한지 찻잔을 들어 올려 목을 축인 뒤, 비서를 불러들였다. 아까 그 비서였다.

"이것 봐, 아직 청와대 연락 안 됐어?"

"비서관 회의가 끝나는 대로 전화 주기로 했습니다."

"그래, 그쪽 보좌관은 뭐라구 그랬어?"

"다른 특별한 스케줄은 없답니다."

"설령 있더라도 취소해야지."

뭔가 끝냈다 싶은지.

돈황제

"아예 점심 예약을 지금 해놔."

지시를 내린다.

"장소는 그대로 하겠습니다."

"그럼. 아주 한적한 방을 달라구 그래. 기왕이면 동쪽 출입구 쪽으로 말이야."

"시간은 몇 십니까, 회장님?"

"그 사람 12시 반을 좋아하더구만."

"그럼 총리 초청 점심 약속은 취소하겠습니다."

"그래, 취소해 버려. 그 영감은 행동보다 말이 너무 앞서서 말야. 아무 실권도 능력도 없는 사람이 억지로 나선다고 무슨 문제가 술술 풀리나 말이야. 사람은 자고로 주제 파악을 할 줄 알아야 되는 법이야. 가오마담은 가오마담 역할만 충실히 하면 그만인 거야."

말을 끊었다가 다시 잇는다.

"이것 봐."

"네, 회장님."

"낼모레 금요일 말이야, 특별히 잡힌 스케줄 있나?"

"오전 10시에 영국 상무차관이 예방키로 되어 있습니다."

"그래. 부대사도 같이 온댔지?"

"그렇습니다."

"그다음은 뭐야?"

"박 신부님이 11시까지 도착하기로 했습니다."

"박 신부가 누구야?"

"명동성당……."

"아, 대머리 신부 말야?"

"방금도 전화가 왔었습니다."

"용건이 뭐였지?"

"나환자촌 설립……."

"그래, 뭐 집을 짓는댔지?"

"그렇습니다."

"취소해!"

"네?"

"취소하란 말야. 지금 이 시기에 기부금 운운하게 됐어? 뭐가 뛰니까 뭐도 뛴다구, 이놈도 저놈도 똑같이 기업하는 사람을 봉으로 여긴단 말이야. 우린 엄청난 세금을 나라에 바치고 있다구, 안 그래!"

왕득구 회장이 말했다.

"사태가 조용해지면 다시 연락한다구…… 지금 바로 전화 드려."

"알겠습니다, 회장님."

"그리구는 없나?"

"한 건 더 있습니다."

"이번엔 또 뭐야?"

"대한체육회에서……."

"체육회?"

"네, 사무총장께서……."

　　　　　　　　　　　　　　　　돈황제

"그것두 취소해 버려. 똑같은 기부금 건일 테니까."

"알겠습니다."

"대신 점심 예약 좀 해. 내일모레, 금요일 점심 말야. 총리 영감 모시는 자리니까."

"오늘 그 장소 그대로 예약하겠습니다."

"아냐. 대하가 어떨까. 대하 한식이 괜찮잖아? 가만있자. 거긴 좀 멀지? 그래, 우리 영빈관으로 해. 영빈관이 좋겠어."

"알겠습니다."

"그리구 말이야. 김 이사 오라구 그래."

"종합조정실 김 이사님 말씀이죠?"

왕득구 회장이 대답 대신 힐끔 올려다봤다. 그것도 질문이냐는 식이었다. 언제나처럼 김석호 이사는 번갯불에 콩 구워 먹는 격이었다. 그렇게 재빠를 수가 없었다. 비서가 막 나갔다 싶은데 금세 불쑥 들어섰다.

"회장님, 부르셨습니까?"

"그래, 그쪽에 좀 앉아."

어느새 그는 메모할 준비를 완벽히 끝내고 있었다. 셰퍼드처럼 귀를 쫑긋 세우고 충성심의 척도인 양 꼬리를 적당히 움직이며 주인의 지시를 기다리는 것이었다.

"이것 봐, 김 이사."

"네, 회장님."

"여기 사무실 말이야. 14층에다 꾸몄으면 좋겠어."

"벌써 공사를 시작했습니다. 회장님."

"공사라니?"

"이쪽 뒤편 전자 사무실을 약간 밀어 내고 칸막이를 새로 갖다 붙였습니다."

"그래, 잘했구만. 아무래도 나하고는 가까워야 하니까."

"한데, 그쪽 전무실이 하나 걸리는데 그쪽까지 밀어 낸다면 금상첨화겠습니다만⋯⋯."

"왜, 전무가 싫대?"

"아닙니다. 반도체본부 서필성 전무라고⋯⋯ 지금은 미국 출장 중입니다."

"그런데 왜 못 밀어?"

"본인이 없기 때문에⋯⋯ 밑의 직원들이 난색을 표명합니다."

"바보같이! 그걸 왜 망설여? 그냥 없애 버려!"

"알겠습니다."

"모두 열한 명이 들어가야 될 테니까, 너무 좁아서는 안 될 거야."

"전무실까지 터버리면 충분합니다, 회장님."

"사무만 볼 게 아니라 회의도 해야 하잖아?"

"회의실도 따로 내놨습니다."

"그리고 울산 직통 전화를 가설하라구. 문제가 생긴 회사별로 따로따로 연결하는 게 좋겠어. 가령 명광엔진 하면 우리 조 상무 책상 위에 놓고, 명광파이프 하면 정 이사 책상 위에 놓고⋯⋯ 그런 식으로 담당관 한 사람당 한 대씩 직통 전화를 가설하도록 하란 말이야. 이제 뇌동조합 문제는 모두 그 사무실을 통해서 나한테 보고돼야 할 테니깐."

"알겠습니다. 회장님."

"그리구 말이야, 팩시밀리도 두서너 대 더 놓도록 해. ……참, 여기 위원들 자동차에 카폰을 한 대씩 달아 줘. 전화번호는 따로 적어서 나한테 한 벌 주구."

"여기 계신 분 전원 답니까, 회장님?"

"그래, 모두 다 달아 줘. 차 없는 사람은 없을 거 아냐."

권도혁 차장이 손을 들려다 말았다. 괜히 긁어 부스럼 격이기 때문이었다.

마지막으로 왕득구 회장이 당부를 하고 있었다. 김석호 이사뿐 아니라 거의 모두가 똑같이 그의 당부를 잽싸게 기록하고 있었다.

"우리가 만든 이 조직이 절대로 외부에 알려져선 안 돼. 물론 직원들도 눈치채게 해서는 안 되고. 다시 말해서 감쪽같이 사무실을 만들어 가지구 감쪽같이 업무에 임해야 한다 그 말이야."

"철저히 하겠습니다. 회장님."

"좋아, 그럼 오늘 저녁이 어떨까. 아무리 바빠도 결단식은 해야 되는 거 아냐? 그래, 한 20명쯤 들어가는 장소를 하나 예약해 둬."

"김 비서를 부를까요?"

"아냐, 이건 당신이 직접 해. 이 결사대의 총무는 김 이사란 말이야."

"알겠습니다."

8

 권도혁은 김능길과의 점심 약속을 지키지 못했다. 넘어지면 코 닿는 장소가 채플린 찻집인데도, 연락 전화조차 걸 수 없었다. '명광그룹 수호 대책위원회' 발대식이 끝나고 모두 다 제 부서로 돌아갔지만, 권도혁 차장과 몇몇 사람만 옴짝없이 왕득구 회장실에 잡혀 있었던 것이다. 물론 일 때문이었다.

 왕득구 회장의 특별 메시지 문안 작성이 바로 그 일이었다. 메시지를 받아 볼 대상은 명광그룹 10만 임직원 및 그 가족이었다. 매월 배달되는 봉급 명세서 주소대로 발송할 일종의 편지 형식이었으므로 터무니없이 긴 글은 아니었지만, 당신 말대로 문학 지망생이었던 탓인지 문장 하나하나에 어찌나 신경을 쓰는지, 오전을 다 잡아먹고도 점심시간까지 통째로 압류해 버리는 것이었다.

 당초 초고는 권도혁 차장을 비롯, 노조 분쇄 특공대장 격인 건설의 장 부사장, 그리고 미국에서 석사학위를 받은 정 이사, 그렇게 세 명이 작성키로 지시가 떨어졌다. 그러나 초고를 만드는 데 있어서 장 부사장도 미국 석사도 별다른 아이디어가 없었으므로 거의 전부를 권도혁 차장 혼자 도맡아 써 내려가지 않으면 안 되었다.

 일이 그쯤 되고 보니, 장 부사장이나 정 이사가 자리에 붙어 있을 턱이 없었다. 약속이나 한 듯이 "권 차장이 전공 분야니까

돈황제

혼자 적당히 만들지 뭐" 이구동성으로 입을 모았다. "우린 일 좀 처리하고 와야 되겠어. 괜찮겠지?" 그러니 혼자 댕그 남아 감당하는 수밖에 다른 도리가 없었다. 게다가 청와대 모 비서관과 점심을 끝내고 왕득구 회장이 돌아올 때까지 탈고를 약속한 터여서 더욱이나 단 1분의 휴식도 마음대로 활용할 수 없는 형편이었다.

장 부사장이나 정 이사는 한 치의 오차도 없었다. 정확히 왕 회장보다 5분 먼저 올라와 권도혁 차장이 완성해 놓은 초고를 들고 앉아 이러쿵저러쿵 입방아를 찧고 있었다.

오늘따라 왕 회장의 귀사는 정확했다. 그는 매우 준엄한 얼굴을 하고 있었다. 뭔가 슬쩍 닿기만 해도 툭 소리를 내며 터질 듯한 표정이었다. 모르긴 해도 청와대 사람과의 모종의 만남이 마음먹은 대로 수월하게 풀리지 않은 모양이었다.

왕득구 회장은 양복을 벗어부치자마자 초고부터 물고 늘어지기 시작했다. 그는 처음부터 불만이었다. 이건 몇 자 자구 수정이 아니라, 숫제 재구성이었다. 마구 뜯어고쳐 버리는 것이었다.

장 부사장과 정 이사는 입도 벙긋하지 않았다. 오히려 왕 회장이 만들어 가는 문장에, "좋습니다" "맞습니다" "그걸 미처 생각 못했습니다" 따위 맞장구 치기에 바빴다. 결국 권도혁 차장이 심혈을 기울여 만든 단어는 단 한 개도 들어가지 않았다.

물론 왕득구 회장이 직접 연필을 들고 문장을 만지는 것은 아니었다. 주로 구술이었다. 당신이 부르면 권도혁 차장이 속기사처럼 날려 가며 기록했다. 그래서 다시 권도혁 차장으로 하여

금 읽게 만들었고, 그때마다 불쑥불쑥 수정 문구를 집어넣곤 했다.

막말로 보통 고집이 아니었다. 이른바 문장의 원칙을 전혀 고려하지 않았다. 예컨대 '모든'이니 '모두'니 하는 어휘는 한 문장에도 두 번 세 번 반복하는가 하면, 잘라야 할 부분은 길게 늘어뜨리고, 반대로 설명적이어야 할 곳은 매정하게 툭 끊어 버렸다. 보다 못한 권도혁 차장이 "회장님, 이런 편지일수록 부드러워야 된다고 생각합니다. 그런 의미에서 아무래도 다시 고쳐 쓰는 게 좋을 것 같습니다만" 했다가 웬걸, 날벼락이라도 보통 날벼락을 맞은 것이 아니었다.

"난 요즘 글쟁이들이 쓴 글을 읽으면 밥맛이 떨어져. 왜냐하면 진실성이 없어. 솔직하지 못하게 부드럽게 부드럽게 색깔만 뿌려 가지구 말야…… 당신도 그런 부류 아냐? 난 그런 거 좋아하지 않아. 장식은 질색이야…… 이 편지는 이대로 보내. 어느 한 곳이라도 고쳐서는 안 돼. 알겠어?"

한마디로 권도혁 차장에게는 여러모로 고통스럽기만 한 작업이었다. 에어컨 바람으로 하여 쾌적하기 이를 데 없는 방 안인데도 등골에 땀이 흥건할 정도였으니, 그의 고충의 강도를 충분히 짐작하고 남음이 있었다.

어쨌거나 진땀깨나 흘려 가며 만든 이날의 특별 메시지를 소개하면 다음과 같다.

돈황제

친애하는 명광그룹 가족 여러분

최근 급격한 민주화 요구의 분출로 매우 어려운 시국을 맞고 있습니다. 민주화와 더불어 제기되고 있는 과격 대규모 파업은 바야흐로 전사적 생산 기능을 모두 마비시키고, 지난 40년 가까이 피와 땀을 흘려 가며 쌓아 올린 우리 명광의 주춧돌마저 송두리째 뽑아 버릴 심각한 위험성에 빠져 있는 것입니다. 이제 시시각각 위험수위를 넘어 결국 우리가 수중에 빠져 있는 격이 되고 말았습니다. 그러나 본인은 좌시하지만은 않습니다. 그 같은 위험에도 불구하고 모든 노력을 기울여 기어코 자유민주주의, 그리고 자본주의 발전을 위한 제반 투쟁에 앞장설 것입니다.

결국 우리가 승리해야만 우리나라 모든 기업, 그리고 모든 계층이 큰 무리 없이 평등한 모든 수준을 향상시킬 수 있을 것입니다. 건전한 사회란 모두가 일터를 보장받을 때 이뤄지는 법입니다. 우리나라 민주주의 수호 과정에서 가장 중요한 핵심 과제를 나는 노사문제라고 일찍이 주장해 왔습니다.

그런 이유 때문에 나는 건전한 민주노조를 결성하는 것이 급선무라고 평소 강조해 왔던 것입니다.

한데 근간 명광그룹 산하의 모든 직장에서 일부 연소한, 사회 경험이 미숙한 층이 외부 급진 과격 세력의 사주를 받아 직장을 크게 혼란시키고 급기야는 모든 작업을 방해하는 사태에 이르렀습니다. 급진 연소 과격파는 적당한 수속 절차도 없이 급진 난동 세력을 합법 노조 대표로 인정하라고 회사 경영 측에 강

압적인 압력을 가해 오고 있습니다.

그러나 회사 경영층은 여하한 희생이 따르더라도 여러분의 모든 생활이 안정되고 향상될 수 있는 직장의 보호를 위해서 급진 난동 세력의 요구를 거부하는 것이 가장 올바른 대책이라고 생각하는 것입니다. 우리 경영층은 모든 근로 계층의 직원들이 정당한 대우를 받도록 하기 위해서도 모든 종업원들이 참여하여 자유롭고 공정하게 선출한 기존 민주노조의 정당한 대표들과 공식적인 협상에 임할 것을 재삼 천명하는 것입니다.

친애하는 명광 가족 여러분, 우리 모두의 직장을 파괴하려는 외부 불순 세력의 조종을 받는 급진 난동자들을 선도하는 데 적극적으로 가담하여 우리 모두의 신성한 직장을 굳세게 수호합시다.

_명광그룹 왕득구 회장

권도혁 차장은 점심 대용으로 샌드위치를, 그것도 우물가에서 숭늉 만들듯 벼락치기로 밀어 놓은 '노분결' 사무실에서 먹지 않으면 안 되었다.

노분결은 '울산 노동조합 분쇄 특별 결사대'를 줄여서 만든 명칭이었다. 하나, 왕득구 회장이 여러 위원들의 의견을 종합, 민주적으로 결정한 이름은 분명 '명광그룹 수호 대책위원회' 아닌가. 그러므로 '노분결' 식으로 줄인다 해도 당연히 '명수위'가 돼야 옳은데, 웬 영문인지 어느 누구도 반대하는 사람이 없었다. 반대는커녕 그것을 지적, 이의를 제기하는 사람조차 나서지 않았다.

그래서 그냥 노분결이었다. 하긴 조직 자체가 워낙 극비를 요하는 사항이기 때문에 명칭 역시 일종의 난수표처럼 복잡해야 할 필요가 있는 줄도 몰랐다.

어쨌든 노분결은 건설의 장 부사장 직속인 감사실 직원들이 즉흥적으로 붙인 이름이었는데, 그들 역시 노분결의 임시 실무 요원으로 긴급 차출된 입장인 터였다.

사전 지식도 없이 불려왔다가 졸지에 '노분결'에 갇힌 그들의 코멘트는 그래서 가지각색이었다.

"내일부터 출장인데 어떻게 하지?"

"난 휴가야. 가족들하고 같이 지낼 콘도까지 구해 놨단 말이야."

"빌어먹을, 뭔가를 분쇄하긴 분쇄해야겠구만."

"아서. 왕 회장 말씀 빌리면, 지금은 전시라구. 사느냐 죽느냐가 결판나는 전시 중에 휴가가 어딨고 출장이 어딨어?"

"맞아, 직장 있고 사람 있지, 직장 없이 사람 있나?"

"옛말에 이런 가르침이 있어. 황제가 입을 열면 법률은 침묵하기 마련이라고 말야."

"왜, 전시라는 말이 위법인가?"

"황제의 말씀이라고 열 마디 다 옳은 건 아냐."

"이것 봐. 국제 판례에서도 분명히 밝히고 있어. 계약을 불이행하면서도 벌금을 물지 않는 세 가지 상황…… 그게 뭐냐 하면 천재지변, 그리고 전쟁, 그다음이 노사분규 파업이란 말이야."

"당신 같은 사람을 일찍이 대변인으로 보내지 못한 우리가 실수라구."

"장래가 촉망되는 사람은 어디가 달라도 다르다니까."

노분결 실무대책 1차 회의는 정각 오후 3시에 열렸다. 회의를 주재하는 사람은 건설의 장석남 부사장이었다. 물론 왕득구 회장은 참석하지 않았다.

아니, 왕득구 회장뿐 아니었다. 종합조정실 김석호 이사도 마찬가지였다. 사실 최고 결정권자와 실무총책이 똑같이 불참해 버린 회의는 말 그대로 김빠진 맥주나 진배없었다. 명색이 대책위 의장인 장석남 부사장이 목에 힘을 주며 강조하고 또 강조해도 웬일인지 그것이 발등의 불로 받아들여지지 않는 것이었다. 회의를 진행하는 사람이나 딸려 가는 사람이나 피장파장이기는 마찬가지였다. 시키는 일이니까 마지못해 이행할 따름이라는, 지극히 형식적인 대화만 오고 갈 뿐이었다.

평상시 출근 시간보다 반 시간 먼저 도착할 것. 24시간 근무를 위해 2교대 할 것. 특히 왕득구 회장이 출근하는 7시경이 위험 시간대이므로 가능한 한 전원 집합 대기할 것. 만일 왕득구 회장이 '노분결' 사무실에 들어설 경우, 누구든 자리를 지키고 있는 사람이 그렇지 못한 사람들을 위해 충분한 설명을 할 것. 더불어 사무실을 비우게 되는 사람은 누구를 막론하고 그 이유를 당직사령에게 구체적으로 알려 놓을 것 등등이 이날 실무회의에서 거론된 안건이었고 구체적인 의결 사항이었다.

본회의를 일단락하고 연이어 열린 자유토론 시간도 오십보백보였다. 커피를 앞에 두고 비교적 편안한 자세로 진행된 자유토론 역시 좌장은 장석남 부사장이었다.

"우리 모임의 성격은 내가 설명하지 않아도 여러분들이 더 잘 알 줄 믿어요. 그러므로 문제 해결을 위한 기탄없는 의견부터 제시해 주세요. 어떤 얘기라도 좋습니다. 기탄없이 말씀하세요."

제법 의욕을 부렸지만 자동차의 한 전무도, 엔진의 조 상무도, 미네소타 대학 출신인 정 이사도 묵묵부답이었다.

"얘기들 좀 하시라니까요."

기다리다 못해 장석남 부사장이 나섰다.

"그렇다면 내 하나 묻겠습니다. 문제의 양재봉에 관한 얘깁니다. 아마 개인적으로 꽤나 가까운 걸로 아는데, 엔진의 조 상무께서 한 말씀 하시죠."

"거, 무슨 서운한 말씀입니까? 개인적으로 가깝다뇨?"

조 상무가 불결하기 짝이 없다는 듯이 두 손을 휘휘 흔들어 멀리 보내는 시늉까지 하며 말을 이었다.

"비공식 협상 테이블에서 두 번인가 세 번 마주 앉았던 것도 개인적인 친분입니까? 나 그자식 생각만 해도 밥맛 떨어지는 사람입니다. 인면수심이라고, 그자식 얼굴만 멀쩡한 사람이지, 속은 순전히 빨갱이라구요. 생각해 보십쇼. 기껏 도장 출신 기능공 주제에 뭐 안다고 노동해방이니, 민족해방이니, 마치 야당 총수마냥 두 팔 높이 들고 떠들어 댈 수 있느냐 그겁니다."

"그러니까, 기탄없는 의견을 주시라는 거 아닙니까? 조 상무께서 처방까지 내리시죠 뭐."

"처방을 내리라구요?"

"그쪽 사정에 젤 능통하지 않습니까?"

"장 부사장님, 자꾸 그러지 마십쇼. 안 그래도 그 소문 때문에 왕 회장한테 얼마나 호되게 얻어터졌습니까? 아직도 온 전신이 얼얼한 판에……"

"뭐 그거야 조 상무 혼자 맞았습니까? 똑같이……"

"어쨌든 머리 아파요. 그놈 생각만 떠올려도."

"어느 귀신이 안 잡아가나, 그자식!"

이번에는 자동차의 한 전무였다.

"옛날엔 정보부 귀신이 살아 있어서 그런 식으로 까부는 놈은 쥐도 새도 모르게……"

"정말 그땐 회사 경영도 할 만했고, 덕분에 우리 같은 월급쟁이도 이렇게 골치 아프진 않았어요. 말 꺼내기 전에 그쪽에서 척척 다 해결해 줬으니…… 아마 우리 영감도 그 황금시절 생각 많이 나실 겁니다."

"죽은 아이 나이 세기지, 옛날 요순시절 얘긴 해서 뭘합니까?"

"따지고 보면 그놈의 민주화가 사람 잡는 겁니다."

"민주환가 뭔가가 주객을 전도시킨 거죠."

"이러다가 결국 낭떠러지로 밀리는 겁니다. 남미의 아르헨티나처럼."

"그래요. 우리끼리니까 얘기지만, 다시 한 번 확 뒤집어졌으면 어떨까 싶어요. 이제 뭔가 좀 할 만한데 이 판국이니 말이오."

"얘기가 나왔으니 말이지, 이게 어디 사는 겁니까? 명색이 전무이사라는 게 새벽 6시에 나와서 밤 12시가 넘어서야 들어가는데, 그것도 이제 밤을 새우라니…… 다 그 양재봉인가 뭔가 하는 놈 때문에……."

"안기부는 도대체 뭐하는 뎁니까?"

"앉아서 기는 데죠 뭐."

"그래서, 외세는 믿을 수 없으니, 우리 힘으로 해결하라고 이런 결사대를 만들어 놓은 거 아니겠습니까?"

"장 부사장님 말씀대로, 정말 유구무언이올시다."

"어쨌든 그 골칫덩이 양재봉을 분쇄하자는 게 우리 모임의 첫째 목표인 줄 압니다. 아니, 그놈뿐 아닙니다. 놈의 추종 세력까지 몽조리……."

그가 고개를 쳐들었다.

"안 그렇습니까?"

"그건 당연지삽니다."

장 부사장 휘하에 소속되어 있는 감사실 직원이 불쑥 나섰다.

"당연지산 걸 누가 모르나?"

"그렇기에 지침을 내려 주셔야죠."

"지침?"

"칼로 할 건지, 총으로 할 건지, 야구방망이로 할 건지…… 뭐 그런 거 말입니다."

"자네들 지금 농담하는 겐가?"

"아닙니다. 부사장님."

"아니라면 빈정거리지 말고 좋은 아이디어들이나 좀 내."

"왕 회장님께서 람보 얘기를 하셨다는데, 우리 종합상사를 시켜서 람보를 수입해 오면 어떻겠습니까?"

"이 사람들이!"

한데, 그게 아니었다. 정말 말이 씨가 되는 것일까. 물론 감사실 직원의 그 한 마디 농담 때문이라고는 할 수 없었지만, 아니 설사 그 농담이 없었다고 해도 당연히 그 일은 이뤄졌겠지만, 어쨌든 미국에서 람보가 오긴 온 것이었다.

실베스터 스탤론처럼 육중한 체구는 아니었으나, 그렇다고 똥배 나온 보통 남자도 아니었다. 실제로 날렵하게 생긴 사람이었다. 가슴이 쩍 벌어진 데다. 머리 모양까지 스포티해서 올림픽 메달 선수 출신의 레슬링 코치쯤 된다고나 할까.

그러나 그는 미국식 이름을 갖고 있지 않았다.

그냥 최평국이었다. 직업은 교수였다. 미국 밀퍼드 대학에서 경제학을 강의한다고 했다.

9

권도혁 차장을 비롯한 '노분결' 위원들이 그를 처음 본 곳은 삼청동 모 요정이었다. 왕득구 회장 초청 만찬 자리였다.

이름하여 노분결 결단식이라던가. 장석남 부사장 인솔로 먼저 노분결 위원들이 도착, 자리를 잡았고, 이윽고 왕득구 회장이 납시었으며, 술상이 들어오고 나서야 김석호 이사가 입장, "말씀드린 최 교수님 모시고 왔습니다"라며 왕 회장 앞에 정중히 배알하는 것이었다.

"그래, 용케 잘 찾았구만."

"주 과장이 주선해 줬습니다, 회장님."

"주 과장이라니?"

"안기부⋯⋯."

"아, 내 정신 좀 봐. ⋯⋯그래, 안 그래도 주 과장한테서 중간 연락이 왔었어."

"주 과장님도 모실까요? 전화를 기다리고 있습니다만."

"아니야, 그 양반은 따로⋯⋯ 한데 그 최 교수란 사람 어딨어?"

"요 밖에 대기하고 있습니다."

"빨리 모시지 않고 뭘 하나?"

그렇게 해서 보무도 당당한 최평국 교수의 모습을 볼 수 있었다.

하나, 그다음이 문제였다. 참으로 깜짝쇼 같은 장면이 금세 벌어졌기 때문이었다. 최 교수는 방 안에 들어서자마자, 왕득구 회장을 향해 덥석 주저앉았으며, 흡사 왕실의 법도를 재연하듯 머리를 파묻어 큰절을 하는 것이었다.

"회장님, 감히 인사 올리옵니다."

"아니, 뭐⋯⋯ 그렇게까지⋯⋯ 일어나 앉아요, 최 교수."

왕득구 회장도 의외라는 표정으로 서둘러 자리를 정리하는 등 법석을 떨었지만, 그렇게 싫어하거나 당황하는 눈치는 아니었다.

다행히 상석에 앉았던 건설의 장석남 부사장이 우물우물 쫓겨 가는 바람에 권도혁 차장의 위치가 본의 아니게 좋아졌다. 장 부사장을 밀어내고 자리 잡은 최평국 교수하고는 두 사람 간격이었다. 왕득구 회장이 말했다.

"경제학을 가르치신다구요?"

"그렇습니다. 하지만 저희 대학 부속기관 노동문제연구소 소장도 겸하고 있습니다."

"아, 그러세요? 그럼, 그쪽으로는 권위자시구먼."

"권위라고까지 할 순 없지만, 한 20여 년 외골수로 그 분야만 섭렵했더랬습니다."

"정말, 귀한 분을 만나게 되어 기쁘기 한량없어요. 사실 여기 모인 사람들도 우리 회사 내에선 둘째가라면 서운해할 뇌동조합 전문가들이오만…… 어쨌든, 술부터 한잔씩 합시다. 자, 건배!"

왕득구 회장이 술잔을 높이 들었다.

"우리 모두 최 교수와의 만남을 축하합시다."

그러자 누군가 불쑥 소리쳤다.

"왕 회장님의 만수무강을!"

목소리로 보아 장석남 부사장이 틀림없었다.

"건배!"

"위하여!"

술잔이 서너 순배 돌았는데도 아직 분위기는 청청했다. 어느 누구도 함부로 입을 여는 사람이 없었다. 오직 왕득구 회장뿐이었다. 그분만이 유일하게 말할 수 있는 것이었다. 다른 사람들은 그냥 경청할 따름이었다.

"그래, 최 교수. 얘기 좀 하시오. 뇌조 문제라면 뭐든지 좋아요. 우리 이 사람들도 이런 기회에 공부 좀 해야 하니까."

"제가 뭘 압니까만…… 순전히 발로 뛰어 얻은 경험으로 말씀드린다면, 한마디로 노동조합은 이제 뜨는 해가 아니라 서서히 지는 해, 그러니까 사양 조합이라고나 할까요? 세계 산업의 메카라고 하는 미국의 경우 말입니다. 전체 근로자의 83퍼센이 비노조원이라는 놀라운 사실 때문입니다. 그러니까 불과 17퍼센만이 외롭게 노조 활동을 벌이고 있다, 그 말입니다."

"17퍼센트?"

"그렇습니다, 회장님. 17퍼센은 미연방정부 86년도판 경제백서에 기록된 수칩니다."

"정말 놀라운 얘기로구만."

"이건 조금 다른 분야의 주관적인 수칩니다만…… 저희 대학 연구소에서 조사한 바로는 미국 내 근로자들의 94퍼센이 노조를 이익집단으로 생각지 않는다는 겁니다. 다시 말해서, 오히려 불이익을 가져온다고 믿는 거지요."

"역시 미국 사람들 선진 의식이 뛰어나구만."

왕득구 회장이 말했다.

"바로 그겁니다, 회장님."

더욱 신바람 난 최평국 교수가 좌중을 휘 소리 나게 훑은 다음 의기양양하게 목소리를 높이는 것이었다.

"저희 대학 노동문제연구소의 조사 수치가 네바다주 지역 방송에 소개되었는데, 그걸 NBC가 받아서 미국 전역에 소개를 한 것입니다. 그 방송 때문에 제가 유명해진 것은 아닙니다만, 아무튼 전 그 뒤로 무척 바빴습니다."

"여기저기서 강의 청탁이 들어왔겠구만."

"아닙니다. 회장님."

"그럼 방송국 출연인가?"

"그것도 아닙니다. 놀라지 마십쇼. 노사분쟁이 있는 각 기업에서 저를 초청한 겁니다."

"기업에서 왜?"

"일종의 해결사 역할이라고나 할까요? 문제의 노동조합 자체를 몰아내 달라는 겁니다."

"그래서?"

"저에게 있어서 그건 식은 죽 먹기였습니다. 전 무엇보다 미국 산업의 구조적 결함을 표출해 내는 탁월한 분석 자료를 갖고 있습니다. 이름하여 노동조합 진단 체크리스트라고도 불리는데, 그 자료만 100퍼센트 활용하면 어떤 노동조합도 금방 와해시키고 마는 것입니다. 그래서 전 유명해진 겁니다. 노동조합 측에서 보면 악명 높은 총잡이지만, 미국 국가경제 차원에서 보면 위기에 빠진 아메리카를 구출한 정의의 보안관인 셈이었죠."

"말 그대로라면 진짜 노벨 평화상 감이야."

"회장님, 전 천성적으로 거짓말을 못하는 성격입니다. 오죽하면 네바다주하고 미시간주는 끝에서 끝인데도, 그쪽 기업에서까지 초청장이 날아왔겠습니까? 미시간뿐 아닙니다. 비록 시간

이 없어 한 번밖에 못 갔지만, 심지어 캐나다에서도 화급을 요한
다는 전보가 일주일에 평균 한 통 이상씩 배달되곤 했습니다."

잠자코 자리만 지키고 있던 김석호 이사가 끼어든 것은 바로
그때였다.

"그러나 최 교수께서는 뜻한 바 있어, 자발적으로 우리 한국
을 택하셨습니다. 물론 여행을 겸한 일시 귀국이긴 합니다만, 벌
써 두 개 노조를 분쇄시키는 데 혁혁한 공을 세우셨습니다."

"호, 그래?"

"S그룹의 백화점 노조하구, 카메라 필름 회사 노조를 단 열흘
만에 해체시킨 겁니다."

김 이사의 상세한 해설에도 불구하고 최평국 교수가 재삼 토
를 달았다.

"열흘이 아니고 일주일입니다."

"카메라 필름 뇌조원은 모두 몇 명이오?"

왕득구 회장이 물었다.

"300여 명 될까요?"

"그렇다면 문제가 달라요. 우리하고는 단위가 틀리다구. 울산
조선 한 회사 뇌조원만 해도 4만 명이니 말야."

"많은 것이 오히려 더 쉽습니다. 회장님. 그만큼 약점이 많기
때문이지요."

"그럼, 우리 울산 뇌조를 그렇게 만들 수 있다, 그 말이오?"

"자신 있습니다."

"그래요? 그 묘책이나 한번 들어 봅시다."

"······죄송합니다만, 구체적인 비책은 이 자리에서 다 말씀드리기 뭐합니다만······ 가령 인원은 확보되어 있을 거 아닙니까?"

"인원이라니?"

"훈련된 요원 말입니다."

"아, 경비대 같은 거 말요? 그야 무진장이지."

"그렇다면 더욱 맘 놓으셔도 됩니다. 다만 그 요원들의 지휘권을 저에게 주신다면······."

"그야 뭐······ 아무튼 거 말만 들어도 기분 좋구먼. 내 이렇게 흡족하기는 오랜만에 첨이야······ 김 이사!"

"네, 회장님."

"최 교수 잔이 비었어."

"알겠습니다."

김 이사가 잔을 채웠는데도 최평국 교수의 시선은 왕 회장 쪽으로 가 있었다. 그쪽에다 머리를 넙죽 숙여 경의를 표한 다음 속삭이듯 말했다.

"사실, 전 소년 시절부터 회장님을 존경했습니다. 아니, 회장님은 제 인생의 목표였습니다. 요즘 철부지 노동자들이 뭐라고 하든 회장님이야말로 이 나라의 국력이십니다. 결국 회장님이 이 나라의 뼈대를 만든 셈이니까요. 제가 그것을 터득할 수 있었던 것은 경제학에다 노동조합을 공부한 덕분인데, 그 공부를 선택했다는 게 저로서는 큰 행복이고 행운입니다. 왜냐하면 이렇게 회장님을 뵈올 수 있는······."

"자, 최 교수, 내 술 한 잔 받으시오."

돈황제

왕득구 회장이 잔을 내밀었다.

"황공합니다, 회장님."

"이상하게 미국에 사는 사람들이 더 예절에 밝단 말야. 우리 한국이 언제 이렇게 어른도 몰라보는 세상으로 변했는지……."

"그게 바로 민주화의 맹점이라는 겁니다. 사실은 기존 질서를 깨뜨리고 싶은 욕구가 민주화는 아니거든요. 한데, 사람들은 너도나도 자기 욕구를 주장하는 겁니다. 소득재분배도 좋고, 최저임금제도 좋습니다만, 그게 곧 경제성장률을 둔화시키는 범인이라는 사실은 왜 모르는지…… 저는 미국의 저소득층을 잘 알고 있습니다. 결국 미국은 실패했습니다. 그러나 엄청난 월사금을 지불하고서야 그것을 비로소 터득할 수 있었던 것입니다. 한마디로 소득재분배의 유형은 인위적인 정책에 의해서보다 수요와 공급의 복잡한 상호작용에 의해 결정되는 것입니다. 최저임금제도 그렇습니다. 겉보기에는 미숙련 근로자에게 도움을 줄 것 같지만, 이 계층 근로자의 일자리를 줄이고 다른 계층의 임금을 올려 물가 상승을 초래, 결국 저소득 미숙련 근로자에게는 다시 부담으로 돌아오게 하는 것입니다. 저는 20년간 미국에 거주하면서 지난 수십 년간 미국 복지정책의 추이를 보고 빈곤한 사람을 정책적으로 돕는다는 것이 매우 힘들고 비용만 많이 든다는 슬픈 결론에 도달했습니다."

바로 그때, 누군가 박수를 쳤다. 이번에도 장석남 부사장이었다. 그가 말했다.

"너무 감동적입니다, 최 교수님!"

그리고 왕득구 회장을 힐끔 보았다.

"그래, 정곡을 찌르는 얘기구만. 정말 훌륭해요."

왕득구 회장의 말이 떨어지자마자 김석호 이사가 기다렸다는 듯이 박수를 쳤고, 덩달아 한 전무도, 정 이사도, 조 상무도, 감사실 직원들도, 한결같이 뜨거운 박수를 보냈다. 권도혁 차장도 마찬가지였다. 손바닥이 아프도록 박수를 쳤다.

최평국 교수가 답례라도 하듯, "우리나라의 빈곤층을 돕는 최선의 방법은 노동조합을 없애는 일입니다. 그리하여 더 많은 생산을 하고 더 많은 수출을 해서 GNP 성장을 보다 높이 올려 놓는 겁니다. 그것만이 살길입니다. 그것만이……"

이번에는 왕득구 회장도 박수를 치고 있었다. 요란한 박수 때문에 최평국의 마무리 짓는 목소리가 들리지 않았다.

10

권도혁이 임시 근무처인 노분결로 자리를 옮긴 다음 종합조정실 홍보팀에 간 횟수는 딱 두 번이었다. 첫 번째는 필기도구 따위 사재물 관계로 잠시 들렀고, 두 번째가 기존 업무 진행을 위한 직원 면담 때문이었다. 그러고는 쫓기듯 노분결 사무실로 되돌아오곤 했다.

뭐가 그리 눈코 못 뜨게 바쁜지 권도혁 자신도 세세히 알 수 없을 지경이었다. 같은 건물에 사무실을 두고 있는데도, 그리고

돈황제

손 내밀면 잡히는 지척인데도 마치 먼 이방 지역에 와 있는 것 같은 서먹한 느낌이었다.

오죽했으면 오랜만에 만나는 동료들과 점심 한 끼 함께할 시간이 마땅치 않았을까. 아니, 점심 정도가 아니었다. 심지어 하루에도 몇 번씩 둘러앉아 환담하며 마시던 그 즐거운 커피타임마저 가질 수 없는 터수였다.

물론 노분결의 타이트한 분위기 탓이었다. 아무리 휴식시간이 있고 점심시간이 따로 있다 해도 개인적인 사무로 불쑥 나갈 수가 없었다. 말 그대로 특수 임무이기 때문이었다. 물론 권도혁 차장의 경우는 조금 예외이긴 했다. 예컨대 일반 업무가 아니었다. 성명서, 결의문, 직원들에게 보내는 메시지 등 관련 문서 문안 작성이 애초 권도혁 차장에게 주어진 일거리였지만, 그런 업무가 온종일 계속해서 터지는 게 아니었다. 어떤 날은 하루 종일 자리만 지킬 때도 없지 않았다. 하긴 다른 직원들이라고 해서 특출난 업무를 수행한다고는 볼 수 없었다. 현장과의 전화 연락, 그리고 팩스로 들어오는 각종 보고서 정리 및 작성 따위가 고작이었다.

물론 조사 정리 업무가 단순 작업이랄 수는 없었다. 어쩌면 감사실 파견 근무 직원들 말대로 진짜 골 때리는 일이 바로 그 분류 작업인지도 몰랐다. 기왕 거론했으니 얘기지만, 각종 분류만도 수십 종이 넘는 분량이었다.

요컨대, 울산 공단 전체 근로자 7만 명 중 이른바 연대투쟁본부에 가담한 급진 혁신 노조원과 기존 노조원을 분류하는 것이 그렇고, 급진 혁신 노조원 중에서도 보수 온건파와 개혁파를 구분하는 것이 또한 그랬으며, 급진 개혁파 중 호남 출신과 기타 지역 출신으로 분류하는 것 등등 일일이 다 열거하기가 역부족이었다.

한데, 놀라운 것이 그 분류 근거였다. 어떻게 그런 비밀 조직이 만들어졌는지 모르지만, 예컨대 급진 혁신 노조원들이 단 세 명만 모여도 불과 서너 시간이 채 못 되어 즉각 보고되는 것이었고, 그 참석 여부에 따라 보수 온건이니 개혁이니가 결정되었다.

그런 판국이니, 울산의 거두인 양재봉의 움직임은 흡사 손바닥 안을 보듯 너무 확연히 파악될 수밖에 없었다. 심지어 오늘 점심은 어디서 누구랑 뭘 먹었는지까지 시시콜콜하게 다 올라올 정도였다. 그러니까 개혁파에서도 세 명 중 한 명은 이쪽의 첩자라 해도 그리 틀린 판단이 아닌 셈이었다.

재미있는 업무는 또 있었다. 문제의 표적 인물로 떠오른 양재봉을 비롯한 소위 명광그룹 연대투쟁본부 간부들의 긴급 신상 조사가 그것이었다. 치안본부, 안기부 등 모든 기관의 첨단 컴퓨터를 총동원하여 그들의 과거를 샅샅이 뒤지는 것이었다.

"야, 이것 봐. 철탑노조 위원장 있잖아?"

"철탑노조 위원장이 누구더라?"

"박만길."

"아, 강경 혁신파 말이지?"

"이 친구 재밌구만."

"뭐 또 나왔어?"

돈황제

"본적지 조회에선 흘렀는데, 치안본부에서 걸렸구만."

"뭐야? 뭐가 걸렸는데?"

"혼인 빙자 간음으로 한 번 들어갔다 나왔어."

"혼인 빙자라니, 거 특별한 분야를 개척한 친구로구만."

"여자깨나 홀리는 모양이지?"

"사진으로 봐서는 뭐 홀릴 만한 위인도 아닌데……."

"그야 겉만 봐서 모르는 거야. 놈들은 힘이 워낙 좋으니까 말야. 먹는 거 봐. 그게 어디 사람이야?"

"힘이 남아서 넘치니까 노조니 투쟁이니 하면서 몰려다니는 거 아닐까?"

"잡담들 그만하고…… 박만길로 간부 신상 조사 다 끝난 거야?"

"간부들만 200명이 넘는데 어떻게 끝납니까? 이제 절반이나 들어왔나요?"

"그럼 중간 점검 좀 하지. 누가 할 거야? 이 과장?"

"하나마나 아닙니까? 전과 없는 사람이 30퍼센트도 채 안 되는 판인데……."

"바로 그거야. 우리가 찾는 게. 노조 지도자들의 70퍼센트가 전과범이라는 사실을 정확히 밝혀내기만 한다면……."

"그런데 전과범이라는 것도 문제가 있어요."

"무슨 문제?"

"주로 폭행범인데 말예요. 그것도 거의 전부가 학창 시절 아니면 직원 훈련 때 벌인 건수들이라구요. 일테면 술 한잔 마시고 투닥거렸다가 재수 없어서 이빨 몇 개 부러뜨린 식이죠, 뭐."

"왜 그게 문제지?"

"가령 말입니다. 우리 관리 직원을 무작위로 추출해서 신원 조사를 시시콜콜 해보자 이겁니다. 모르긴 해도 망년회니, 졸업식이니 해서 파출소 한 번 안 끌려간 사람 드물고 공무집행방해죄로 벌금 안 문 사람도 드물 겝니다."

"그것보다 데모니 집회니 해서 불구속 입건된 게 더 많을걸."

"그것까지 다 치면 아마 70프로가 아니라 100프롤 겁니다."

그러나 권도혁의 신경을 곤두세운 것은 막상 그다음이었다.

"이 사람은 좀 특별한데?"

여타 기관에서 온 신상 자료를 컴퓨터에 입력시키던 직원이 말하고 있었다.

"뭐가 또 특별해?"

"방화미수범이라구."

"뭘 태우려다 말았는데?"

"신문사."

"뭐라구?"

"80년 초 사건인 거 보니까 어용언론이라고 불을 지르려고 했던 모양이지?"

"꽤나 의식 있는 놈이구만. 누구야? 그놈이."

"김능길인데요."

"김능길?"

이번에는 권도혁 차장이 고개를 번쩍 들어 올렸다.

"왜, 권 차장과 아는 사람이에요?"

"네, 조금은……."

"아, 그렇겠네요. 김능길도 명광그룹 노동자 연대투쟁본부 홍보부장을 맡고 있으니 말입니다."

"홍보부장이라구요?"

"더 정확한 직책은 노조신문 편집장이구만요."

"노조신문이라? 그거 프린트판 아냐?"

다른 동료 직원이 끼어들었다.

"맞아. 그것도 신문이라고 만들어 뿌리는 걸 보면…… 꼭 『걸리버 여행기』에 나오는 난쟁이나라 사람들 같애. 안 그래요? 권 차장님."

"……글쎄…… 뭐."

권도혁은 더 이상 그곳에 앉아 있지 못했다. 아침나절이 아닌데도 이상한 습관이 갑자기 머리를 들고 올라온 것이었다. 그는 조간이 아닌 석간신문을 들고 천천히 복도로 나와 화장실에 자리 잡고 편안히 앉았다.

11

권도혁이 김능길의 전화를 받은 것은 바로 그날이었다. 역시 밤 12시가 가까운 시각이었다. 노분결에서 퇴근하자마자 곧바로 집으로 내달렸는데도 12시가 목에 차 있었다. 눈이 스멀스멀 감기는 판에 벨이 울렸고, 노분결의 긴급 연락망이려니 하고 수화기를 들었던 것이다.

"권 차장님입니꺼? 저 능길임더."

"아, 김 형!"

"사무실에 전화해도 통 자리에 없데요?"

"네, 요즘 뭐……."

"집으로도 수타 걸었씸더. 아주머니가 얘기 안 허던가요?"

"아, 그래요. 얘긴……."

그러고 보니 아내가 입을 싹 씻을 만했다. 며칠 전 새벽 전화 때문이었다. 아니, 전화라기보다 근로자라는 직업이 그녀의 입을 봉하게 했을 터였다. 그가 말했다.

"그렇다고 밤늦게…… 미안씸더."

"아, 아녜요. 오히려 내가…… 전번에 또 실례를 했죠? 채플린에서 말입니다. 많이 기다렸을 거예요. 그렇죠?"

"뭐, 한 반 시간 기다리다가 그마 갔씸더. 내도 무지 바빴거든요."

"어쨌든 미안합니다."

"미안헐 거 없씹니더. 사람이 일에 쫓기다 보모 그럴 수도 있는 기지요…… 참, 전화 오래 써도 괜찮능교?"

"그러믄요. 그런데, 설마 울산에서 거는 건 아니죠?"

"아닙니더. 여기 하월곡동 동서네 집입니더."

"아, 아직 안 내려가셨군요?"

"아니라예, 내리갔다가 이튿날 금세 올라온 기라요."

"물론 회사일이겠지요?"

"노조일 아닙니꺼."

"아, 참 노조 간부직을 맡으셨다구…… 정말 난 몰랐습니다."

"연합노조 선전부장 아닙니꺼."

"노조신문도 편집하신다던데……"

"명색이 명광 연대투쟁의 주간임더."

"명광 연대투쟁이라뇨?"

"우리 노조 기관지 명칭입니더."

"아, 그렇군요."

"실은 그 일로 올라온 긴데…… 다 파이짱 내 삐릿씸더."

"파이짱 냈다구요?"

"집어치아 뺀 기라요. 생각대로 안 되는 것을 우짭니꺼? 권 차장님도 우리 임시노보 봤씰 낍더. 내용이야 우쨌든 그게 오디 신문입니꺼? 읍내 맥주홀 선전 찌라시도 아매 그보다는 나을 낍더. 그게 와 그러냐 하모, 얄구진 석판 인쇄라서 그런 기라요. ……그래도 명광그룹 허모 우리나라에서는 재벌회사 아닝교? 위원장이 택도 없다 쿠는 걸 내가 우겼씸더. 이번 특집호만은 신문 꼴같이 한번 맨들아 보자꼬…… 그리 안 올라왔씸니꺼. 울산에서는 시설도 시원찮지마는도, 회사 총무부가 압력을 넣는 바람에 싸게 뽑아 주는 인쇄소가 없씸더. 그래, 용지 값만 덜렁 차고 무작정 상경헌 기라요. 그런데, 서울이나 울산이나 매정키는 장군 멍군인 기라요. 여기저기 아는 사람 동원해서 다 쑤시고 댕겨 봤는데, 오디고 맡아 줄라 캐야지요. 뭐라 쿠더라?

하모. 불온문서라 카더만. 세상에 우찌 우리 노보가 불온문섭니꺼?"

"……그래 포기한 겁니까?"

"그렇씸더. 좁은 소견에 화이트칼라 흉내 한번 낼라 쿠다가 창피만 톡톡히 당허고 결국 파이짱 낸 기지요. ……그런데 올라올때 마음에는, 권 차장님만 만나모 뭔가 다 해결될 끼다. 그렇게 생각 안 했능교."

"이거, 도움이 못 되어 드려서 미안합니다."

"실인즉 이리 밤늦게 전화 돌린 건 다름이 아니고예, 우리 노보에 원고 하나 청탁해 주이소."

"원고 청탁이라구요? 제 원고 말입니까?"

"아닙니더. 차장님 원고를 우리 노보에 실으모 왕 회장이 가만있겠능교? 댕강 목이 달아날 낀데…… 그기 아니고 말입니더. 차장님허고 잘 통하는 한 변호사 안 있씹니꺼?"

"한 변호사라면 한성호 씨?"

"맞씸더. 그 양반 글 참 좋데요. 우리 노보 성격하고도 딱 맞아떨어지는 기라요. 그런데 우리 편집실에 예산이 오디 있능교?"

"그 양반 원고료 보고 글 쓰는 분이 아니라서 김 형이 직접 찾아가면 써주실 텐데요."

"안 그래도 오늘 찾아갔다가 못 만나고 돌아왔씸더. 메모는 남겨 뒀지만서도…… 차장님이 좀 사정 얘기해 주이소. 울산 오시모 내 소주 한잔 살 끼요. ……그리고 이번 투쟁에서 승리했다 쿠모, 우리 노보도 한 번쯤 칼라판으로 만들 낌더. 그땐 차장님

돈황제

께서 레이아웃도 봐주시고, 사진도 봐주시고, 여러모로 다 알으켜 주시야 될 낌더."

"……알았습니다. 김 형."

"그리고 참 한 변호사님 제목은 한국 노동운동 탄압과 향후 전망임더. ……메모를 좀 허시지예."

"……그러믄요…… 그래, 언제 내려갑니까?"

"낼 새벽 첫차 탈 낌더."

"안 바쁘면 나하고 점심이나 하시고 가실 텐데……"

"택도 없씸더. 안 그래도 전화 걸었더니, 빨리 안 내리온다고 법석인 기라요. 사실 지금 울산은 전체가 비상시국 아닙니꺼. 일촉즉발이라 카든가. 마, 그런 식으로 양 진영이 팽팽하게 맞섰지만서도…… 우리는 자신 있씸더. 우리는 이길 낌더."

12

이튿날 새벽같이 출근했을 때 노분결은 몹시 들뜬 분위기였다. 왕득구 회장이 긴급회의를 소집했기 때문이었다. 기대하던 모종의 전략이 입안되어 바야흐로 울산 노조 분쇄가 카운트다운에 들어가는 모양이었다.

그동안 밤을 새워 가며 작성했던 노조 간부 신상 명세서며, 노동조합원별 성분 분류표며, 일일 보고서 통계며 등등 왕 회장에게 그동안 올리지 못했던 각종 서류를 따로 챙기느라 사무실은 계속 부산스러웠다. 요 며칠 동안 별로 모습을 내밀지 않던 자동차의 한 전무도 파이프의 정 이사도 그토록 열심히 설칠 수가 없었다. 아니, 모두가 다 그랬다. 한결같이 왕 회장의 후한 평가가 자신들이 만든 자료에 내려져야 한다는, 이른바 공명심에 가득 찬 얼굴들이었다.

한데, 8시 정각에 열릴 것이라던 회의는 9시가 가까워 오는데도 종무소식이었다.

"어떻게 되는 거지?"

"청와대 손님이라도 들이닥친 거 아닐까요?"

"이 과장 당신이 비서실에 가봐."

"알겠습니다."

그러나 이 과장이 일어서기도 전에 전화가 따르릉 울렸다. 직원들이 보는 앞에서 이발사처럼 머리를 세 번씩이나 빗어 올렸던 장석남 부사장이 수화기를 들어 올렸다.

"어, 비서실이야? 그래, 회장님 어떻게 되신 거야? 그래, 10시로 연기하셨다구? 알았어. 아 참, 김석호 이사 거기 있나? 응 그래, 회장님 집무실에 들어가 있구나. 알았어. 김 이사 나오면 이리루 연락 좀 해달라구 그래. 수고해."

잔뜩 긴장되어 터질 것 같은 사무실 분위기가 다소 느슨해지기 시작했다.

"담배들 피우고 좀 쉬지."

장석남 부사장이 말했다. 한데도 아무도 담배를 피워 물기 위해 흡연실로 가는 사람이 없었다. 저마다 챙겨 들고 있는 브리핑

자료 최종 검토에 여념이 없었다. 엔진의 조 상무 같은 사람은
아예 노골적으로 소리 내어 음성 테스트까지 할 지경이었다.

뭐라고 할까. 면접시험을 앞둔 대기실 분위기라고나 할까.

그렇게 또 한 시간이 금세 지나갔다. 10시였다. 한데도 왕득구
회장이 노분결로 출발한다는 어떤 조짐도 보이지 않았다. 모두
들 시계만 내려다보고 있었다.

바로 그때였다. 전화벨이 울리고 있었다. 이번에도 장석남 부
사장이었다.

"응, 비서실이구나. 이제 오시는 거야? 아니, 뭐라구? 이쪽으로
오구 있다구? 회장님 대신 윤기출 전무 부인이? 아니, 그 부인이
왜 나를 만나러 온다는 거야? ……음, 그래. 아무튼 알았어. 김
이사는 아직 안 나오고? 알았다니까 글쎄."

이게 웬일인가. 애써 신작로 닦아 놨더니 양갈보 먼저 지나간
다는 식으로. 새벽부터 여직원회를 동원 싱싱한 꽃꽂이까지 빌
려다 치장해 놓은 마당에 엉뚱한 손님이, 그것도 아무 예고 없이
불쑥 들이닥친 것이었다. 굳이 권도혁이 아니더라도 그 일에 참
견하고 싶은 사람은 많았다.

저마다 한소리씩 뱉어 냈다.

"윤 전무라면 종합상사……."

"누가 아니래? 한광필 납치 사건으로 교도소에 들어가 있는
사람이지."

"지난 여름이니까. 어언 1년째구만."

"어느새 그렇게 됐나?"

"지금 생각해도 악몽의 사건이었어."

"한데, 부사장님 여기 계신 걸 어떻게 알았지요?"

감사실 이 과장이란 친구가 난감해하는 장석남 부사장을 향해 물었다.

"비서실에서 보낸 거야."

"비서실에서 왜요?"

"내가 어찌 그 속을 알아? ……아마도 입장들이 난처한 모양이겠지. 하지만 나라고 뭐 뾰족한 수가 있나? ……제기랄, 어려운 일만 생기면 이쪽으로 밀구, 좋은 일은 자기들이 다아…… 이 봐 서 부장, 당신이 나가 봐. 입구를 잘못 들어설 수도 있으니까."

하나 윤기출 전무의 부인은 벌써 문을 밀고 있는 중이었다. 한 마흔다섯쯤 되었을까. 그 나이에 이르면 대체로 다 그렇듯 그녀 역시 비대증의 중반기쯤 들어선 아주 통통한 몸매를 하고 있었다.

그러나 그 나이 때쯤 떡칠하다시피 하는 화장기가 그녀에게는 없었다. 그래서일까. 얼굴이 누르스레했다. 원래 그런 피부인지는 몰라도 첫인상은 영락없는 황달 초기 증세였다. 게다가 이제 막 공작 흙으로 빚어 놓은 듯 잔뜩 굳어 있는 얼굴이었다.

"아니, 웬일이십니까?"

장석남 부사장이 벌떡 일어나 서서 호들갑스럽게 맞아들였다.

"아침부터 실례했다면 용서하세요."

"원, 무슨 말씀을…… 앉으십쇼."

"차는 시키지 마세요. 왕 회장실에서 두 잔이나 마셨어요."

돈황제

"그래도 녹차 한 잔 더 하시죠 뭐."

"아녜요. 저 차 못 마셔서 마실 나온 귀신 아녜요."

아무래도 심상찮은 말투였다.

장 부사장도 뭔가 예측했음인지, 함부로 입을 열지 않았다.

"오랜만에 왔더니, 어딜 가나 자꾸 차만 내놓네요. 저는 사람을 만나고 싶은데……."

장 부사장이 어색하게 담배를 꽂아 물었다. 어떤 식으로 말머리를 빼야 좋을지 나름대로 궁리 중인 모양이었다. 이윽고 휴, 연기를 내뿜고 나서 말했다.

"그래, 더운 날씨에 얼마나 고생 많으십니까?"

"집에 있는 사람들이야 뭐, 고생이랄 거 있어요?"

"그래도 윤 전무가 안 계시니…… 아이들하며……."

"부사장님은 여전하시네요."

"그렇습니까?"

"정말 하나도 안 늙으셨어요."

"감사합니다."

"저희 집 그이하곤 동갑이시죠?"

"어디 동갑뿐입니까? 윤 전무와 나는 한날 한시에 똑같이 들어온 명광 입사 동기라구요. 그때 공채시험에서 합격한 사람이 모두 서른세 명이었는데, 이젠 나하고 윤 전무하고 그렇게 둘만 남았습니다."

그녀는 응답 대신 손수건을 꺼내 눈 끝을 찍기 시작하고 있었다. 실제로 눈알이 버얼겠다. 눈물이 흐르고 있었다.

"아니, 왜 이러십니까, 부인……."

"……근데, 그이는 지금 감옥에 들어가 있고, 부사장님은 이런 좋은 곳에서 근무하고 계시잖아요?"

"……정말 그 점에 관해서는 면목 없습니다."

"왜, 왜 그인 지금……."

그러다가 갑자기 말을 끊고 주위를 살피는 것이었다.

"괜찮습니다. 말씀하셔도……."

장석남 부사장이 선심이나 쓰듯 그녀의 걱정을 잠재우는 것이었다.

"왜, 우리 그이 석방이 늦어지는 거예요?"

"석방이라뇨?"

"어제가 약속한 그날 아녜요? ……그것두 첫 번째 날이라면 말도 안 해요. 어제가 세 번째 연기한 날짜라구요."

"연기한 날짜라니, 그건 또 무슨 말씀입니까?"

"부사장님은 정녕 모르세요?"

"전 금시초문입니다."

"그러지 마세요. 부사장님까지…… 나 오늘 작정하고 온 사람이에요."

"글쎄 저는 통…… 그런데 그걸 누구하고 약속하신 겁니까?"

"김석호 이사요."

"오, 김 이사? 그 사람 원래 입이 좀……."

"모르는 말씀이에요. 김 이사는 보통내기가 아녜요. 실은 그 사람 면회를 신청했는데, 비서들이 이리루 날 데려다 놓은 거라구요."

"어쨌든 저한테 잘 오셨습니다."

"천만에요. 부사장님이 날 설득해서 우물우물 넘길 거라고 생각한다면 큰 오산이에요. 난 오늘 절대로 그냥 가지 않아요."

"글쎄, 뭔가 오해하고 계신 거 같아서……."

"오해라구요? 아니, 죄는 자기들이 다 짓고, 누명은 엉뚱한 사람한테 뒤집어씌웠는데도, 그저 처분만 바라보고 입 봉하며 사는 것이 오해란 말인가요?"

"그건…… 저……."

"김석호 그 사람 아주 나쁜 사람이에요. 왜 그 사람 대신 하필 우리 그이가 형을 살아야 되는 거예요? 우리 그인 전무고, 그 사람은 이사 아녜요? 세상에 이사가 전무보다 높은 경우도 있나요?"

"부인, 그만 고정하십쇼."

"첨엔 그 작자가 뭐라고 한 줄 아세요? 3개월이면 다 풀려날 거라구 했어요. 그러더니 다시 6개월…… 그다음엔 왕 회장이 저한테 직접 말씀하셨어요. 여소야대 정국이라 예정보다 약간 늦어지지만 1년만 채우면 대통령을 만나 담판을 지어서라도 꼭 석방시켜 주겠다고 했어요. 그리고 또 처음 구속되었을 당시처럼 돈을 줬어요. 바로 이거예요."

그녀가 핸드백에서 흰 봉투를 꺼내 보였다. 그러고는 다시 말을 이었다.

"전 이까짓 돈으로 우리 그이를 감옥살이시키고 싶지 않아요.

우린 이런 식으로 돈을 벌고 싶지 않단 말예요!"

드디어 그녀는 얼굴을 두 손으로 감싸 쥐며 흑흑 소리 내어 흐느끼기 시작하는 것이었다. 어깨가 물결인 양 출렁이고 있었다. 하나 그녀는 그런 자세를 오래 유지하지 않았다.

내가 언제 흐느꼈느냐는 식으로 흡사 한 마리 맹수인 양 고개를 번쩍 들었다. 그리고 처연하게 말하는 것이었다.

"어제는 하도 답답해서 우리 그이 만난 자리에서 제가 그랬어요. 이런 부도덕한 회사는 이 시점에서 그만 손을 끊는 게 좋겠다구!"

"……부인 ……제발."

"만약 오늘 명확한 선을 그어 주지 않으면 난 검찰에 가서 사실을 사실대로 다 증언해 버릴 거예요. 이젠 김석호가 잡혀가든 왕득구 회장이 구속되든 난 알 바 아니라구요!"

왕득구 회장이 새벽같이 소집한 노분결의 긴급회의는 결국 열리지 못했다. 그렇다고 윤기출 전무 부인이 급작스레 방문, 모종의 혼란을 야기한 탓은 아니었다. 기실 그보다 더 급작스러운 일이 생겼기 때문이었다.

왕득구 회장이 오전 11시, 서울발 싱가포르행 비행기에 오른 일이 바로 그것이었다. 명광그룹 홍보팀의 공식 발표는 동남아 산업 시찰 및 중공업 제품 수출을 위한 관련 업계 협의 출장이었다. 귀로에 도쿄에서 열리는 경단련 기업인 대회에도 참석할 예정이라니까, 줄잡아 일주일 스케줄이 넘는 여행길이었다.

김석호 이사도 마찬가지였다. 하나 그가 탄 비행기는 달랐다.

로스앤젤레스행 저녁 7시 발이었다. 역시 미국 지사 업무 독려 차였다.

"왜 갑자기 산업 시찰일까? 지금 상황이, 그게 아닌데……."

노분결 요원들의 생각은 다 비슷했다. 왕 회장과 김석호 이사의 출국이 아무래도 이해할 수 없는 대목이라고 고개를 갸웃거리는 것이었다.

"무슨 큰 사건이 터질 조짐이야."

"사건이라니? 어디서 어떻게 터진다는 거야?"

"그야 모르지. 장본인들인 우리도 모르는 사건이니까."

"그렇다면 출국하는 두 사람만 아는 사건?"

"글쎄, 그러니까 그 사건과 관계없음을 확인시키기 위해 임시 방편으로다가……."

"설마……."

"그렇지 않고서야 어떻게 아무 예고 없이…… 나뭇가지에 앉았던 새처럼 푸르르 날아가 버릴 수 있어?"

어쨌거나 왕득구 회장과 김석호 이사가 없는 노분결은 말 그대로 오합지졸이었다. 오전 내내 그토록 쟁쟁하게 감돌던 긴장감은 다 어디로 갔는지 눈을 씻고 봐도 찾을 길이 없었다. 하나같이 소금 뿌린 채소 꼴이었다. 그나마 자리에 앉아 있는 사람 중에 중역 이상의 임원은 단 한 명도 없었다. 그래서 사무실은 헐렁했다.

권도혁이라고 해서 예외가 아니었다. 그 역시 일도 없이 막연하게 책상을 지킬 위인이 못 되는 것이었다. 그는 오랜만에 다이

얼을 돌렸다. 종합상사 한광필 과장이었다.

"바쁘지 않으면 곱창에 소주 한잔 하십시다."

권도혁이 말했다.

"좋은 아이디어지만…… 어려울 거 같은데요?"

"사실은, 오늘 쇼킹한 뉴스를 하나 주웠거든요. 이건 유비통신이 아니구, 9시 뉴스 생방송입니다."

"글쎄…… 마음이야 굴뚝이지만…… 어떻게 하죠?"

"왜, 무슨 일이 있습니까?"

"아무튼…… 쉽지 않겠는데요."

"만약 상황이 좋아지면 을지로 4가 그 집으로 오십쇼. ……한 위원장하고 관련된 뉴스라서 말요."

"……오래 기다리진 마세요."

기어코 한광필 과장은 그곳에 나타나지 않았다.

13

권도혁이 김능길의 사망 소식을 들은 것은 이튿날 아침이었다. 예상했던 그대로였다. 장본인들이 새처럼 푸르르 날아가 버린 뒤에 일어난 사건…… 회사가 온통 발칵 뒤집혀져 있었다. 1년 전 한광필 납치 사건 때와는 비교도 할 수 없는 전대미문의 사건이었다.

"어쩌면 이럴 수가!"

돈황제

"아무렴, 이런 일은 있을 수 없어."

"상상이 안 돼."

이따위 코멘트조차 할 수 없다는 듯이 직원들은 하나같이 망연자실했다.

명광그룹 홍보팀 광고 담당 손 과장은 출근과 함께 그림으로 보는 아놀드 파머의 골프 강좌를 복사하지 않았으며, 그것을 읽지도 않았고, 골프채를 휘둘러 스윙하는 포즈도 취하지 않았다. 대신 그가 펼쳐 놓은 것은 호외였다.

실로 오랜만에 권도혁 차장이 홍보팀 사무실에 들어서자 손 과장이 잠자코 그것을 내밀었다. 새벽 거리에 마구 뿌려졌던 8절 크기의 그 신문호외는 권도혁 차장도 들고 있었지만, 아무 말 없이 그것을 받아 줬었다.

그리고 권도혁은 붉은 사인펜으로 밑줄 그어 놓은 기사부터 읽기 시작했다.

이날 밤 명광그룹 파업 주도 노동자 간부회의장에 난입한 속칭 백골단으로 불리는 구사대가 휘두른 각종 흉기는 다음과 같다. 쇠파이프, 식칼 및 사시미칼, 각목, 쇳조각, 자전거 체인, 걸상다리, 낫, 알루미늄 배트 등등.

한편 목격자에 의하면 이들은 짧은 머리에 민첩한 행동을 했으며, 입에서는 술 냄새가 풍기고 특히 칼을 든 자들은 입에 거품을 물고 눈빛이 환각 상태였다고 한다.

이들은 건물의 동력선을 끊어 정전시킨 다음 회의장에 뛰어들어 "네놈들이 어째서 명광 주인이냐?" "꼴통을 깨버려!" "찢어 널어!" "이 새끼들 땜에 나라가 망해!" "빨갱이놈들은 씨도 남기지 말아" 등의 고함을 질렀다는 것이다. 그리고 심야회의 중인 100여 명의 연합노조 간부들을 닥치는 대로 칼로 찌르고 목을 긋는가 하면 쇠파이프 등으로 머리를 집중 가격하는 등 순식간에 아비규환으로 만들었다.

총 96명의 중경상자 중 유일하게 사망한 김능길 씨(29세)는 속칭 사시미칼에 의해 난자당했는데 노조 관계자들 및 일부 목격자에 의하면 때마침 단상에 올라 발언 중이어서 양재봉 위원장으로 오인되어 빚어진 사고가 아닌가 추측하고 있다.

제5장
돈皇帝

바벨론아, 네 영혼의 탐하던 과실이 네게서 떠났으며 맛있는 것들과 빛난 것들이 다 없어졌으니 사람들이 결코 이것들을 다시 보지 못하리로다. 바벨론을 인하여 치부한 이 상품의 상고들이 그 고난을 무서워하여 멀리 서서 울고 애통하여 가로되, 화 있도다 화 있도다 큰 성이여. 세마포와 자주와 붉은 옷을 입고 금과 보석과 진주로 꾸민 것인데 그러한 부가 일시간에 망하였도다.

「요한계시록」 18장 14~17절

1

8시가 되려면 아직 20여 분 남은 시간인데도 회장 집무실 대기실은 거의 차다시피 했다. 눈이 시도록 하얀 커버를 청결하게 씌운 10인용 소파가 군데군데 흡사 옥수수 이 빠지듯 남긴 서너 자리를 제외하고는 완전히 메워져 버렸으므로 이제 막 결재서류를 한 아름 끼고 들어서는 자동차의 한 전무 같은 사람은 "야, 너무 밀렸구만" 하며 대기실 사람들과 그리고 그 앞에 쌓인 각종 결재서류, 설계용 청사진 따위 휴대물과 자신의 손목시계를 몇 번씩 번갈아 보다 말고, "오늘 틀렸지, 나?" 일손 바쁜 비서진들에게 일갈해 보는 것이었다.

"9시 스케줄 때문에 금세 나가셔야 하니까, 아마도…… 힘들 것 같은데요, 전무님."

김 비서가 대답했다.

"할 수 없지…… 몇 시에 들어오시나?"

"오늘 못 들어오십니다."

"그럼 월요일 아침에 받아야겠네."

"월요일은 공휴일입니다, 전무님."

"아, 참 그렇지. 내 정신하군…… 화요일 아침밖에 없는 셈이구먼."

"확실한 스케줄은 아직 미정입니다만, 어쩌면 화요일 내내 서울에 안 계실지도 모르겠습니다."

돈황제

"그래? 이거 정말 낭패구만."

"급하신 거라면, 지금 말씀드리겠습니다만……."

"안에 누가 있는데?"

"종합조정실장님하고 강 사장님, 장 사장님, 그렇게 세 분이 들어가셨습니다."

"장 사장이라니?"

"증권의 장……."

"아, 장광삼 사장?"

"그렇습니다, 전무님."

"……그렇다면 안 되겠어. 혹시 이따 스케줄이 바뀌면 전화나 해줘."

"알겠습니다…… 안녕히 가십시오, 전무님."

김 비서가 출입구까지 따라 나가 습관적으로 꾸벅 절을 했지만 한 전무는 뒤도 돌아보지 않고 엘리베이터 쪽으로 총총 사라져 버렸다.

"제기랄, 결재는 뭐 자기 혼자 받나?"

권도혁 차장 맞은편에 자리를 잡은 패거리 중의 한 사람이 말했다.

"아서, 그 양반 우리 중공업에서 자동차로 전보해 간 사람이야."

"중공업이건 자동차건, 혼자 저렇게 설치는 것도 일종의 공해라구."

"원래 목소리가 큰 사람이라서 그래."

"그러나저러나, 9시에 나가신다면, 절대적으로 시간이 없는데요, 상무님."

또 한 사람이 말하자, "회장님이 더 마음 급하실 거야. 회의를 하자고 당신이 직접 부르셨으니까."

상무로 호칭되는 사람이었다.

그러고 보니, 도합 여섯 사람 정도가 한 프로젝트를 갖고 함께 호출된 인원임이 분명했다.

그렇다면, 전자에서 온 두 사람, 그리고 건설의 인사부장, 그 다음이…… 권도혁이 혼자 순서를 매겨 보고 있었다.

"나도 9시까지 해군 본부에 들어가기로 했는데, 어쩌죠?"

처음부터 공해 운운하며 시비를 틀던 사람이었다.

"조 이사 혼자 들어가는 거야?"

상무가 말을 거들었다.

"오늘은 실무 과장 데리구 갈 필요 없습니다. 단독 면담이니까요."

"별이 한 개랬어?"

"소장이니까, 두 개죠."

"그 위가 제독인가?"

"함대 지휘를 맡아야 제독입니다, 상무님."

"한데, 해군 공창이라는 곳은 뭐하는 데야?"

"함선, 기계, 병기 따위를 제조하고 수리하는 데 아닙니까."

"거기 책임자가 우리를 지지한다고 일이 잘 풀릴까?"

"우리를 지원할지 안 할지도 아직 모르는 판에 그 뒷일까지 어떻게 알겠습니까?"

"조 이사 선배라며 뭐."

"아무리 선배라도 그렇죠. 그게 어디 10억 20억짜리 프로젝트
입니까?"

"어쨌든 이달이 고비야. 그렇지?"

"다음다음 주 넘어가면, 우리 손에서는 완전히 떠나가는 겁니
다."

"회사로 봐선 사활이 걸렸는데 말야…… 홍 부장은 어때, 국
방부 여론은 아직 괜찮지?"

"옛날 말입니다, 그것두."

"뭐가 옛날 말이야?"

"명광그룹에서 왔다 하면, 이름만으로 한몫 단단히 보던 좋은
시절은 이제 지나갔다 그 말입니다."

"확실히 그건 그렇지? 박통 죽고 나서는 분위기가 완전히 달
라진 거 같애."

"달라져도 보통 달라져야죠."

또 그 조 이사라는 사람이었다. 그가 말을 이었다.

"그동안 잘 해먹었으니, 이제 죽 좀 쒀봐라 식 아닙니까."

"그동안 뭘 잘 해먹었다구……."

"곰곰이 생각해 보면 그 사람들 말도 틀린 건 아닙니다. 사실,
우리 회사 직원들도 반성할 점이 많아요. 솔직히 그동안 명광 하
면 청와대 다음으로 파워 있는 회사 아니었습니까? 웬만한 공무
원들은 접근조차 못했으니까요."

"순전히 박통 힘이었지 뭐."

"우리 회장님이 그만큼 잘하신 거 아닙니까."

"그런 밀월 관계는 다시없을 거야."

"아무리 새옹지마라지만, 석창조선 같은 데가 설쳐 대는 걸 보면……."

"그래, 석창의 오 회장하구 새 대통령하구 짝짜꿍 났다는 소문이 틀리진 않는 거 같애."

"옛날, 우리 회장과 박통처럼?"

"설마, 그런 수준까진 아닐걸."

"어쨌든 우리 왕 회장은 뭐하시고 있는 거지? 이럴 때 대통령하구 한 건 차악 하면 그 프로젝트는……."

"맞아, 옛날 박통 때 같았으면 진즉 끝난 게임이라구."

"아무렴, 무슨 복안을 갖고 계시지 않겠어?"

"유사 이래 한반도에서 발주된 것 중에 이것보다 더 큰 프로젝트가 또 있었어? 내 보기엔 그 어른, 이런 기회 절대로 놓칠 분이 아니시라구."

"맞아. 만약 석창이 먹었다구 가정해 봐. 이건 경쟁에서 탈락하는 정도로 끝날 차원이 아니라구. 숫제 한국 재벌의 판도가 뒤바뀌는 중대사라니까."

"우리 회장님 살아 계시는 동안엔 그런 불상사는 없을 거야."

"문제는…… 그런 식의 낙관적인 조짐이 보이지 않는다는 데 있는 거 아냐?"

"그분이 어떤 어른이신데…… 따로 복안이 있겠지 뭐."

돈황제

"어떤 복안?"

"대통령하구 직접……."

"옛날 대통령하곤 통치 개념이 다른데두?"

"그건 그래. 민주화 선언 이전하구 이후하군 하늘과 땅 차이니까."

"밑창에서 압력이 올라가고, 또 옆에서 시위라도 한번 벌였다 하면 대통령도 허수아비 안 된다는 보장 있어?"

"그래서 밑창 잡기 위해 이 소란 법석인 거 아닌감."

"아무래도, 우리 회장님은 뭔가 감을 못 잡으시는 거 같애."

"그런 소리 함부로 하는 거 아냐. 게다가 여긴……."

"우리가 뭐 틀린 얘기 했습니까?"

"그만들 하구, 보고서 건이나 점검해 봐. 잘 나가다가 영감 앞에서 바짝 얼어 가지구 벙어리 꼴 나지 말구."

마침내 상무가 분분한 의견의 불을 껐다.

좌충우돌 식으로 덤비던 직원들이 갑자기 순한 양이 되어, 제각기 들고 온 서류며, 청사진이며 새삼 펼쳐 놓고 이것저것 체크하기 시작했다.

권도혁 차장도 소지한 결재서류를 가만히 들고만 있지 않았다. 그들처럼, 한 장 한 장 넘겨 가며 혹시 틀린 글자가 없는지 계산이 잘못 되었는지 세세히 훑어보았다.

모 방송국의 실명 드라마 제작 건이었다. 그러니까 명광그룹 왕득구 회장 일대기를 드라마화하겠다는 일종의 방송 기획안이었다. 물론 그 기획을 수락한다는 조건으로 막대한 제작비를 지원해야 하고, 경우에 따라 본인이 직접 출연하는 것은 물론이고 미국, 일본, 중동, 말레이시아 등 해외 로케이션까지도 명광에서 도맡아 진행해야 되는, 생각하기에 따라 매우 부담스럽고 번거로운 기획안이었다.

그렇기에, 종합조정실 홍보이사에다 부서 팀장, 그 밖에도 층층시하인 상관들이 애물단지 보듯 서류를 이만큼 밀치며, "권 차장이 직접 결재를 받으라구" 애초부터 고개를 좔좔 흔들었던 터였다.

아무튼 드라마 기획을 수락하든, 수락하지 않든 오늘 오전까지는 방송국에 구두 통보를 해야 했다. 마치 탁구공 치고 받듯, 네가 해라, 니가 해라 하다 보니, 어느새 한 달이 거지반 다 지나 버린 것이었다. 추계(秋季) 개편을 눈앞에 둔 방송국 입장도 입장이지만 장본인인 권도혁 역시 더 이상 그것만 붙들고 앉아 있을 수만은 없었다.

"어휴, 벌써 8시 반 다 되어 가는데요."

이번에도 맞은편 중공업 팀이었다.

"무슨 일이시지? 오늘 아침 새벽회의를 하자구 해놓으시구선…… 가만있자, 조 이사는 출발해야 되나?"

상무가 이사 쪽을 향해 물었다.

"뭐가 결정돼야 가지요. 게다가, 탄약 한 발 없이 어떻게 빈총으로 갑니까?"

조 이사는 매우 난처하다는 듯이 고개까지 세차게 흔들어 대는 것이었다.

"……하긴……."

상무의 얼굴도 오십보백보 차이였다. 그가 말했다.

"일단 한 시간쯤 늦어진다고 전화 걸어 놓지."

바로 그때였다. 좀체 열릴 것 같지 않던 회장 집무실이 열리고, 명광그룹을 좌지우지하는 세 명의 실력자들이 앞서거니 뒤서거니 나오고 있었다. 표정들이 그다지 밝지 않은 걸 보면 장시간 뭔가 협의를 했는데도 결론이 신통치 않았던 모양이었다. 그 중에서도 명광그룹 돈줄을 혼자 쥐고 있는 양재석 종합조정실장의 얼굴은 더욱 그랬다.

이윽고 안에서 땡땡똥 차임벨이 울리고, 시계추처럼 김 비서가 집무실로 뛰어들어 갔다.

"자, 이제 우리 차례야."

중공업 팀장인 상무가 먼저 일어서고 있었다. 그러나 회장실에서 오더를 받고 나온 김 비서의 설명은 달랐다.

"죄송합니다. 너무 기다리셨습니다. 회장님께서 다 들어오시랍니다. 시간이 없으셔서 한꺼번에 만나시겠다구."

"그래도 순서로 보자면 우리가 먼저 아닌가?"

조 이사가 투덜거렸다.

"회장님께서 그렇게 말씀하셨기 때문에……."

"알았어."

그러나 그들은 전자 쪽 사람들도, 권도혁 차장도 못마땅하게 돌아보지는 않았다.

2

왕득구 회장은 혼자 끙끙거리며 콧속에 약을 집어넣고 있었다. 사람들이 저마다 허리 굽혀 정중하게 인사를 하는데도 당신은 미동도 하지 않고 계속 코만 만지작거리는 것이었다. 과히 보기 좋은 광경이 아니었다. 집무실과 이어져 있는 화장실을 놔두고 왜 여기서 저러시나. 우리 왕 회장도 바쁘긴 정신없이 바쁘신가 봐.

넓디넓은 집무실에는 세 군데에 회의용 탁자와 소파가 놓여 있었다. 김 비서가 그중 넓은 탁자를 가리켰다. 마침내 왕득구 회장이 탁자 쪽으로 걸어왔다. 모두가 똑같이 기립했다. 당신이 먼저 자리에 앉았다.

"가만있자, 어디부터 하나?"

왕득구 회장이 잔뜩 긴장해 있는 사람들을 휘 훑다 말고, "그래, 중공업부터 시작하지. 시간이 없으니까, 아주 간단간단, 핵심만 얘기하자구. 당신이 윤 상무던가?"

"그렇습니다, 회장님."

"그래, 좋아. 내가 지시했던 건 만들어 왔나?"

"여기 가져왔습니다. 한국형 프리키트함 기본 설곕니다."

"프리키트함이라…… 이게 몇 톤짜리야?"

"기 3,200톤입니다."

"기라니?"

"네, 기는 기준 배수량을 말합니다. 그러니까 병창, 탄약류, 소모품만 싣고 승무원도 승선은 하지만 연료, 식수 등 민물은 탄 배하지 않는 상탭니다."

"이봐."

"네, 회장님."

"당신들은 무슨 일을 그렇게 어렵게 하나? 회장이 군함 설계를 직접 하지 못하니까 이럴 때 기 좀 죽여 놓자, 그런 식 아냐, 이거?"

"아닙니다, 회장님."

"아니긴 뭐가 아냐? 배의 톤수면 톤수지, 만은 뭐고 기는 뭐고 또 상은 뭐냐 이거야? 나는 그렇게 내세우며 일하는 사람들 좋아하지 않아."

상대가 미처 준비도 못하는 판국에 또 다른 질문이 터진다.

"그리고 이건 뭐야?"

왕득구 회장이 설계도의 어느 한 곳을 짚었다.

"네, 헬리콥터 탑재 갑판입니다."

조 이사가 대답했다.

"헬기?"

"네, 회장님."

"몇 대나 실을 수 있나?"

"여섯 댑니다."

"이건 뭐야?"

"어뢰 발사댑니다."

"옛날 구축함에는 왼쪽에 붙었었는데, 이번엔 오른쪽이구먼."

"그렇습니다. 회장님."

"엔진 종류는 뭐야?"

"가스 터빈 추진입니다. 약 37노트까지 속력을 낼 수 있으리라 기대됩니다."

"기대가 어딨어? 그렇게 속력을 내면 내는 거지."

왕 회장이 계속했다.

"이것 봐."

"네, 회장님."

"당신들 중에 미국 순양함 롱브츠호 타본 사람 있나?"

"롱브츠호가 아니라, 롱비치입니다. 회장님."

조 이사였다.

물론 "아, 그래? 롱비치던가?" 식으로 슬슬 잘도 넘기긴 했지만, 기실 왕득구 회장의 그것은 이미 위험수위를 향해 맹진 중인 것이었다. 그가 재차 묻고 있었다.

"롱브츠, 아니 롱비치호 타본 사람 있어, 없어?"

서로 얼굴들을 마주 보다가 이윽고 상무가 말했다.

"없습니다."

"이런 머저리들같이…… 아니, 미국 견학 출장들은 뭐하러 갔다 왔어? 그것도 못 보고…… 난 도무지…… 어쨌든 말이야, 우리도 이제 엔진을 가스 터빈보다는 원자력 터빈을 선택 개발해야겠어."

"하지만, 원자력은 미 국무성의 허가를 받지 않고서는……"

돈황제

"뭐라구?"

"그건, 저희가 할 일이 아니고, 한국 정부와 미국 정부가……."

"이런 바보 머저리들 같으니라구! 그러니까, 3천억 원이나 되는 프로젝트가 나왔는데도 여직까지 따먹지 못하고 빌빌거리고 있다 그 말이야. 이래 가지구 어떻게 당신들을 믿고 일하겠어."

작심한 목소리로 회장이 말한다.

"이것 봐, 윤 상무!"

"네, 회장님."

"우리 명광의 사시(社是)가 뭐야?"

"네, 정직 화합입니다."

"그것 말고 또 있잖아?"

"그리고 개척입니다. 회장님."

"그래, 우리가 오늘 이 자리에 서게 된 것도 지금까지 정부에 딸려 가지 않고 우리가 정부 사람들을 리드해 나간 덕분이다 그 말이야. 다시 말해서, 개척과 창조 정신으로 정부를 상대했기 때문에 오늘 우리가 일등 기업으로 올라설 수 있었다 그거야. 알겠어?"

"명심하겠습니다."

"원자력 터빈으로 바꿔. 당장."

"알겠습니다."

"빨리들 나가서 바꾸는 작업부터 해!"

왕득구 회장은 심사가 뒤틀려 더 이상 보고 싶지 않다는 듯 잔뜩 펼쳐 놓은 설계 청사진을 자신이 직접 저만큼 밀쳐 버리는 것이었다.

"자, 다음 누구야?"

왕 회장이 전자 쪽 사람들에게 시선을 돌리는 순간, 무엄하게도 문제의 조 이사가 입을 열어, 그렇지 않아도 심상치 않은 왕득구 회장의 심기를 더욱 뒤엉키게 하고 말았다.

"회장님, 사실 중요한 건 프리키트함 터빈 설계가 아닙니다."

왕 회장이 잠자코 조 이사를 바라다보았다. 뜨물같이 칙칙한 침묵이 흘렀다. 침을 꿀꺽 삼키는 소리를 낸 다음, 조 이사가 다시 말했다.

"회장님, 이거 사인해 주십시오."

"뭐야, 그게!"

"전표입니다."

"전표라니?"

"로비 활동에 필요한 돈입니다, 회장님."

"뭐라구?"

"말씀드리기 죄송하지만 우리 명광이 해군 함정 현대화 프로젝트를 따내느냐, 따내지 못하느냐는 설계가 아니라, 대(對) 정부 로비입니다. 솔직히 보고 드리자면, 그 방면에서 우리는 석창조선에 밀리고 있습니다. 웬만한 직위의 관리들은 아예 우리와 상대조차 하지 않으려고 합니다."

"그래서, 돈으로 해결하겠다 이거야?"

"정직하게 말씀드리자면, 그렇습니다."

왕득구 회장은 한참 동안 전표에 시선을 박고 있었다. 그러다

돈황제

가 조용한 소리로,

"이봐, 윤 상무."

얼굴도 들지 않고 말했다.

"네, 회장님."

"이게 얼마짜리 전표야?"

"네, 6,700만 원입니다."

"이걸 어떻게 쓰겠다는 거야?"

"뒷면에 명세서가 있습니다만……."

"누가 그걸 몰라서 물어?"

왕 회장이 계속했다.

"똑똑하게 설명해 봐."

그러자 문제의 조 이사가 또 불쑥 나서는 것이었다.

"제가 설명 드리겠습니다, 회장님."

"당신 누구야?"

왕득구 회장이 뱀처럼 차가운 눈으로 마땅찮게 그쪽을 노려
보며 말했다.

"조덕길 이삽니다."

"조독길인지 덕길인지, 넌 가만있어, 알겠어?"

다시 윤 상무 쪽을 본다.

"윤 상무!"

"네, 회장님."

"이거 어떻게 지출할 건지 설명해 봐."

"……사실 이번 프로젝트에 관련된 장군들만 모두 다섯 분입

니다."

"그래서 한 장씩 나눠 준다는 얘기야 뭐야?"

"그중에 한 분은 세 장쯤 가야 하구, 나머지는……."

"나머지는 반 개씩인가?"

"그렇습니다, 회장님."

"그럼, 남는 게 1,700이구만. 그건 어디다 쓸 거야?"

"담당 공무원들과 회식……."

"이것 봐!"

"네, 회장님."

"당신들 부서, 이번 일을 빙자해서 지난달 회식비 얼마 썼어?"

왕 회장이 좌중을 훑었다.

"왜 대답 못해!"

주먹까지 흔들어 대며 말했다.

"그런 식으로 회삿돈 빼돌려서 개인 외상 술값 갚으려는 거 아냐?"

"아닙니다, 회장님."

"아니긴 뭐가 아냐? 일부는 그런 식으로 증권투자까지 한다는 소문도 듣고 있는데."

"그건…… 회장님…… 그건……."

"난 깨끗하지 못한 사람은 싫어. 기업에서 청렴결백을 빼면 당장 망한다는 사실, 당신도 알아, 몰라?"

"그건 회장님께서 오해……."

"이봐, 윤 상무!"

"네, 회장님."

"당신도 여기 사인했나?"

"그렇습니다, 회장님."

"이건 누구 사인이야?"

"김 부사장……."

"이건?"

"특수선박본부장입니다."

"이봐……."

"네, 회장님."

"이 사람들 전부 시말서 받아."

"네?"

"시말서 받아 오란 말이야."

"알겠습니다."

상황이 상황인지라, 윤 상무를 비롯한 조 이사, 그리고 특수선박부 요원들은 흡사 호랑이 굴에 잘못 들어온 토끼들처럼 후다닥 튀기 시작했다.

인사를 하는 둥 마는 둥, 가져왔던 서류들을 챙기는 둥 마는 둥 헐레벌떡 회장실을 빠져나갔다.

어럽쇼, 결재서류를 펴놓고 순서를 기다리던 전자 사람들도, 건설 인사부장도 지레 겁을 먹은 탓인지 어느 사이에 자취를 감춰 버리고 말았다. 그러니까 권도혁 차장 혼자 댕그 앉아 있었다.

"당신 뭐야!"

왕득구 회장의 잔뜩 찌푸린 얼굴이 이쪽으로 돌려졌다.

"네, 회장님. 홍보실에서 왔습니다."

"그래, 뭐야?"

"회장님의 일대기를 텔레비전 드라마로 제작하려고 합니다."

"텔레비 드라마?"

웬 영문인지, 아까처럼 거친 목소리가 아니었다. 거칠기는커녕 한순간에 그토록 부드러워질 수가 없었다.

"드라마 제목이 기업인 왕득구입니다. 회장님."

권도혁 차장은 이때다 싶었다. 그가 다시 말을 이었다.

"60분용 3부작으로 기획되어 있습니다."

"……그런 드라마를 왜 만들어?"

"회장님의 일대기가 곧 한국 경제성장 기록이라서, 그쪽에 초점을 맞춘 거 같습니다."

"그래?"

"방송국 쪽에서는 창사 기념 드라마로 방송할 계획이랍니다."

"좋구만."

"네?"

"그대로 하라구 그래."

"알겠습니다. 회장님."

"근데, 돈이 얼마나 드나?"

"총 6억 원이 투입될 예정인데, 7 대 3으로 저희와 방송국이 공동 부담키로 했습니다."

"우리가 3이야?"

"아닙니다. 7입니다. 회장님."

"좋구만…… 어디다 사인하나?"

"여깁니다. 회장님."

"그래, 이건 방송국에 보낼 건가?"

"그렇습니다. 회장님."

"그럼 상세한 우리 계획서는 따로 만들어서 가져와."

"알겠습니다."

의기양양하게, 결재서류를 챙겨 들고 나오는 권도혁 차장을 왕득구 회장이 불러 세웠다.

"이봐."

"네, 회장님."

"당신 낼 뭘 하나?"

"별 계획 없습니다. 회장님."

"그럼 말이야, 나랑 서산지구 갈 수 있나?"

"그렇게 하겠습니다."

"좋아, 당신 서문성 논설위원 잘 알지?"

"네, 회장님. 서 위원님 모시고 중동 지역에도 함께 다녀왔습니다."

"그래, 그래서 당신에게 이 일을 맡기는 거야. 그 사람 우리 서산지구를 꼭 보고 싶다니까, 낼 아침 같이 오란 말이야."

"알겠습니다."

"김포로 나오라고 해서, 헬기로 모시구 와."

3

서산지구 개발은 중국 교역을 겨냥한 서해안 시대 개막의 에센스였다. 1천여 만 평의 해안을 매립하여 자동차 생산 제2단지, 석유화학 단지, 그리고 동양 최대 규모의 항만 건설 등 대단위 공사가 한창 진행 중인 곳이었다. 물론 왕득구 회장 단독 투자 사업은 아니었지만, 아무래도 수많은 참여 기업 중 대표적인 회사가 명광그룹이었으므로 그 분야에 특히 관심이 많은 서문성 위원 같은 사람이 견학을 요망하지 않을 수 없는 일이었다.

권도혁은 아예 회장 비서실에서 신문사로 전화를 걸어, 서문성 논설위원과 약속을 했다. 내일 아침 7시 정각에 김포공항 국내선 대합실에서 만나기로 한 것이었다.

또 있었다. 방송국이었다. 이제나저제나 일각이 여삼추인 기획 담당 부국장과의 통화를 통해, 왕득구 회장의 적극적인 참여 뜻을 아주 흔쾌하게 전달했다. 그리고 홍보실로 콧노래를 흥얼흥얼 부르며 돌아왔다. 말 그대로 날아갈 듯한 기분이었다.

어쨌거나, 좋은 토요일이었다. 권도혁에게 있어서는 참으로 신나는 주말인 셈이었다. 토요일 오후를 맞으면 누구나 가벼운 흥분을 느끼기 마련이었다. 더구나 다음 월요일이 국경일인, 이른바 쌍휴일을 눈앞에 둔 토요일은 숫제 이른 아침부터 사무실 전체가 들썩거리지 않을 수 없었다. 거기다가 시기마저 좋아, 예컨대 보너스를 지급받았는데 때맞춰 날씨까지 화창해 바야흐로

돈황제

창밖이 무르익는 초가을이라면 더더구나 일들이 손에 잡힐 리 만무했다.

그런 날일수록 분주해지는 것은 전화통이었다. 어느 전화통이든 한가롭게 쉬고 있는 것이 없었다. 온통 불난 집이었다. 설악산행 버스는 몇 시에 출발한다느니, 낚시 회원의 모임 장소는 어디라느니, 승용차에 새 타이어 끼우고, 엔진오일 갈아 넣는 데 돈이 얼마나 드느냐느니, 결코 황금연휴와 무관하지 않은 들뜬 대화들이 마치 소나기 한줄기 내리듯 토요일 오후를 흡족히 적시는 것이었다.

권도혁이라고 해서 예외가 아니었다. 똑같이 가슴 설레기는 마찬가지였다. 그러나 어디에고 전화를 걸어 함부로 떠들 수 없는 게 그들과 다른 점이랄까. 왕득구 회장의 녹을 먹는 명광그룹 직원들에게는 더구나 삼가야 하는 게 바로 그 일이었다. 그것이 곧 왕 회장의 배려에 대한 예우였으며, 더불어 그 자신에 대한 또 다른 통제였다.

어디 적당한 대상이 없을까? 이 쾌적한 토요일 오후를 함께 보내며 모든 것을 시원하게 털어놔도 괜찮은 부담 없는 친구…… 아, 그래 출판사 장 주간한테나 연락해 볼까. 그 친구 주말에 사람 만나면 우선 고스톱 팀 짜기에 더 급급한 사람이지만…… 바로 그때였다.

"누구 찾으신다구요? 권 차장님이요? 알겠습니다. 잠시 기다리세요."

김 대리가 수화기를 건네며 말했다.

"벨도 울리지 않구 걸려 오는 전화도 있네그랴."

"여보세요?"

권도혁이 막 운을 떼는데, "도혁이냐? 나 광우다. 박광우." 숨넘어갈 듯 내뱉는 것이었다.

"박광우라니? 혹시……."

"이자식, 동창회 짝꿍 목소리도 잊어버렸어?"

"그래, 맞다. 돼지장군이구나. 한데 네놈이 웬일이냐? 반년씩이나 모임에도 빠지더니…… 자다가 봉창 두드리는 격이다야."

"왜, 너한테 전화도 못할 처지냐?"

"반년씩이나 소식이 없었으니까 그렇지…… 그건 그렇고, 너 지금 어디 있는 거냐?"

"맨날 거기 있지 뭐……."

"거기라니, 문산경찰서?"

"아니, 옮겼어. 용인경찰서로."

"용인이면 더 좋은 데구나."

"시골 경찰서가 좋으면 얼마나 더 좋겠니?"

"어쨌든 경기도를 못 벗어나는구만."

"이러다가 슬슬 경기도 귀신 되는 거지 뭐."

"그래, 이제 총경쯤 올라갔어?"

"무식하긴…… 경찰 서열로 총경은 최고직이야."

"너라고 총경 못 되란 법 있어?"

"그래서 이렇게 불철주야 뛰고 있잖니. 너한테 전화두 넣고 말야…… 나 사실 너네 회사 앞에 있어."

"뭐라구?"

"가만있자…… 여기가 채플린이라는 다방이다. 금세 나올 수 있겠니?"

"말이라구 해? 너 거기서 꼼짝 말구 있어. 알겠어?"

예상과는 달리 박광우는 경찰복장이 아니었다. 경찰복장은커녕 그렇게 말쑥하게 차려입을 수가 없었다. 아랫배가 다소 튀어나오고 턱이 두 쪽으로 갈라진 것을 제외하면 반년 전에 만났던 박 경장이나, 지금 만나는 박 경위나 그것이 그것인 셈이었다. 녀석은 본시부터 체격이 우람한 데다 비대증까지 겹쳐, 일찍이 '돼지장군'으로 널리 이름을 떨쳤던 터였다.

박광우 말대로 권도혁과는 짝꿍이나 진배없었다. 권도혁이 왕득구 회장의 총애를 받으며 명광그룹에서 맹활약 중이라는 사실을 시시콜콜 들어 아는 몇 안 되는 불알친구 중의 한 사람이었다.

박광우는 권도혁이 자리에 앉자마자, 동창회 모임에서 그랬던 것처럼, 누가 들을세라 소곤소곤 말하는 것이었다.

"야, 나 지금 어디 갔다 오는 줄 아니?"

"글쎄…… 어디서 오는데?"

"너네 회사 대빵하고 만나고 오는 길이야."

"우리 회사 대빵?"

"젤 높은 사람 말야."

"왕득구 회장?"

"그래, 맞았다."

"아니, 돼지 네놈이 어떻게…… 그래, 왕 회장을 만났어?"

"야 임마, 나 같은 시골 형사 주제에 너네 회장 같은 거물을 어떻게 감히 만날 수 있느냐 그 말이지?"

"아니, 뭐…… 사실은…… 꼭 그렇지 않다는 건 아니지만서두……."

"정말 너 사람 우습게 보는구나."

"묻는 말에 대답이나 하라구."

"좋아, 왕 회장은 형식적으로 인사만 하구…… 실은 수행비서하고 한참 실랑이 했지."

"어디서?"

"시내 모 호텔에서 만났다. 왜?"

"오늘?"

"그렇다니까."

"혹시 너 우리 회장하고 9시 약속했니?"

권도혁이 박광우 앞으로 바짝 다가앉으며 물었다.

"맞아. 9시에 만나기로 했는데, 반 시간씩이나 늦게 나오셨더구먼."

박광우가 고개를 갸웃하며 말을 이었다.

"넌, 그걸 어떻게 알아?"

"……묻는 말에나 대답해…… 그래, 무슨 일로 만났니?"

"그 대답 하기 전에 내가 먼저 확인할 게 있어. 너, 오늘 내 술 한잔 마실 시간 있어, 없어?"

"아닌 밤중에 홍두깨 식으로 술은 또 뭐야?"

돈황제

"글쎄, 내가 사는 술 먹는다면 내 자초지종 불어 줄 거고, 안 그러면 국물도 없을 줄 알아."

4

박광우가 정보계장으로 근무하고 있는 용인경찰서에 이상한 편지가 날아들어 온 것은 초여름께였다.

하나 내용으로 보아서는 그다지 놀랄 만한 건이 아니었다. 어찌 보면 시골에서 항용 생기기 마련인 일종의 시기성 투서인지도 몰랐다. 예컨대, 아무개네 집이 갑자기 땅을 샀는데 그 자금의 출처가 수상하다느니, 벌이도 없는데 돈을 물 쓰듯 한다느니, 이번에도 서울 백화점 물건을 들여놓았다느니 하는 따위였다. 경험에 비춰 열에 아홉은 사실무근이거나 아주 조그마한 일을 침소봉대(針小棒大) 격으로 과장해 놓기 일쑤여서, 처음엔 어느 누구도 그 편지에 크게 관심을 두는 사람이 없었다.

한데, 그게 아닌 것이, 연속적으로 똑같은 내용의 투서가 석 장 넉 장, 한꺼번에 날아들어 오는 것이었다.

"계장님, 이거 어떻게 처리하죠?"

마침내 부하직원이 박 계장 앞에 투서철을 펼쳐 놓기에 이르렀다.

"도대체 어디 사는 누가 간첩이라는 거야?"

"죽산면 남곡리 효촌마을 구봉출이란 사람입니다."

"남곡리면 어딘가?"

"두메산골이죠. 하루에 버스가 서너 번밖에 안 다니는……."

"찾아가 보기도 힘들겠구만."

"그렇습니다."

"발신인 신분은 확실해?"

"글쎄요. 수사를 해봐야 알겠습니다만, 필적은 같은 게 한 장도 없는데요?"

"모두 몇 통이야?"

"일곱 통입니다."

"일곱 통씩이나 각기 다른 편지를 썼다…… 좋아, 밑져야 본전이니까, 한번 시작해 보지 뭐."

그렇게 해서 문제의 구봉출 씨를 탐문하는 식의 수사가 착수된 것이었다. 먼저 초동 수사의 일환으로 구봉출 씨의 호적을 면사무소에 의뢰해 발부받았는데, 생각과는 달리 나이가 예순을 넘은 노인이었다. 유일한 동거인인 부인 또한 마찬가지였다. 아무래도 뭔가 나올 만한 가족 구성이 아니었다.

"이거 괜한 낭비 같은데요?"

처음부터 투덜거리는 부하직원들을 박 계장이 달랬다.

"어쨌든, 장본인을 만나 보기라도 해."

하나, 막상 뚜껑을 열었을 때는 그게 아니었다. 몇 호 안 되는 산골 마을인데도 외따로 고개 너머에 살고 있는 구봉출 노인은 마을 주민들과는 교류마저 별반 없는 편이었다. 게다가 부인 역시 거동이 불편한 신경통 환자여서, 밭농사도 제대로 짓기 힘든

　　　　　　　　　　　　　돈황제

아주 곤궁한 입장의 노인네들이었다.

그런데도 구봉출 노인네의 행동거지가 정상이 아닌 것이었다.

담당 형사가 그 집 대문을 두들겼을 때 혼비백산하다 못해 냄새 나는 화장실에 숨어들어 가 막무가내로 나오지 않았다든가, 말 그대로 장대로 휘둘러야 걸릴 것 없는, 왈 밑이 찢어지게 가난한 살림에 논을 무려 열 마지기씩이나 사들인 점이라든가, 어쨌든 냄새를 풍기는 곳이 한두 군데가 아니었다.

아니, 무엇보다 자금 출처에 관해 구봉출 노인이 계속 묵비권을 행사하는 것이, 그중 큰 혐의점이라면 혐의점인 셈이었다.

"무슨 돈으로 땅을 샀는지, 정녕 말 못하겠어요?"

"……."

"이봐요, 얘기를 안 한다구 해서 그냥 물러갈 것 같아요? 천만에 말씀, 우리가 직접 나서서 조사하면 시시콜콜 다 나오게 돼 있다니까."

"……."

"구봉출 씨!"

"……."

"당신 남파된 사람이지?"

"……남파라뇨?"

구봉출 씨가 노인답지 않게 토끼눈을 뜨며 반문했다.

"간첩 아니냐구?"

"간첩이라니, 천부당만부당입니다."

"그런데, 왜 돈의 출처를 못 밝혀?"

"……."

"이북에서 보내 준 자금이니까 말 못하는 거 아냐?"

"아닙니다, 나리."

"아니긴, 뭐가 아냐?"

"절대로 간첩도 아니구, 이북에서 내려온 자금도 아닙니다."

"아니면, 아니라는 증거가 있어야 할 게 아뇨?"

"……."

"끝까지 말을 못하겠다면, 경찰서로 연행할 수밖에 없소. 거기 가면 천하의 악질들도 다 불더구먼."

"……."

"오 형사!"

"네, 계장님."

"이 노인네 수갑 채워!"

"아이쿠, 나리! 한 번만 봐줍쇼. 사실대로 다 말씀 올릴 테니, 한 번만……."

구봉출 씨 슬하에 호적에도 올릴 수 없는 딸이 하나 있다는 것이었다. 물론 딸은 구봉출 씨를 친부모로 생각하고 있지만, 사실은 십오륙 년 전, 용인 읍내에서 주워 온 아이라는 것이었다. 아니, 주웠다기보다 따박따박 걸어다니는 아이가 너무 예뻐 그만 들쳐 업고 달렸다고 하는 것이 더 정확한 표현이었다.

딸의 이름을 호적에 올리지 못한 이유도, 그 뒤로 용인 읍내를 함부로 나다니지 못한 까닭도, 모두 생부모의 끈질긴 추적 때문이라는 것이었다.

돈황제

"딸의 생부모를 알아요?"

"모릅니다."

"헌데 왜 피해 다녀요?"

"그렇게도 이쁘고 상냥한 딸을 잃어버렸으니, 얼마나 가슴이 갈기갈기 찢어지겠습니까? 나 같애도 평생을 찾아댕길 겁니다."

"딸이 몇 살이오?"

"올해 열일곱 살입니다."

"이름은 뭐죠?"

"구희영입니다."

"그래도 구씨 성을 붙였구먼요."

"남녘에 사는 내 사촌 호적에 올렸으니까요."

"지금 어딨어요?"

"서울에……."

"서울에서 뭘 해요?"

"공장에 다닙니다."

"그래, 공장에 다니는 딸이 돈을 보내서 논을 샀다 그 말이오?"

"그렇습니다, 나리!"

"구봉출 씨!"

"네, 나리님!"

"우리를 뭐 바지저고리로 아슈? 아니, 공장에 다니는 열일곱 살짜리가 한 달 받는 월급이 얼만데, 논을 열 마지기씩이나 삽니까?"

"사실임다…… 만약 거짓부렁이라면 천벌을 받을 겁니다, 나리……"

"좋아요. 딸하구 대질을 먼저 하고 나서 봅시다."

"나리, 그건 안 됩니다!"

"뭐라구요?"

"만약에 우리가 친부모가 아니라는 사실을 그 아이가 알게라도 되는 날에는……"

"그건 염려 말아요. 절대로 입 밖에 내지 않을 테니까."

"만약 그렇게 된다면 우리 부부는 그날로 아무 낙도 없어지는 겁니다, 나리!"

"글쎄 그런 걱정은 안 해도 된다니까요. 따님 주소나 줘요."

구봉출 씨가 편지봉투째 내놓았다. 정확히 반년 전에 배달된 것이었다. 수원 이모네 집에서 중학교만 간신히 졸업했을 뿐이라는데, 필체가 보통이 아니었다. 내용도 제법이었다. 그토록 효성스러울 수가 없었다.

그녀가 적(籍)을 둔 곳은 구로 공단의 작은 완구 공장이었다. 한데, 그녀는 없었다.

"그만둔 지 반년이 넘네요."

작업반장의 말이었다.

"어디 옮긴다는 얘기도 없었소?"

"아무 말 없이 갑자기 출근을 안 했습니다."

"본래 성격이나 품행은 어때요?"

"희영이 갠 아주 착한 아입니다. 이른바 모범 사원이지요."

"한데, 왜 말 한마디 없이⋯⋯."

"글쎄요, 우리도 그 점을 의아하게 생각하고 있던 텁니다. 왜 냐하면 아무리 어려운 형편이라 하더라도 기숙사 친구들 만나 려고 한두 번은 꼭 찾아오기 마련인데, 희영이 걘⋯⋯."

"아직까지 소식이 한 번도 없었습니까?"

"제가 알기로는 그렇습니다."

"평소에 특별히 가깝게 지내던 친구가 없었나요?"

"웬걸요. 희영인 인물도 뛰어난 데다 마음도 넓어서 친구가 많 은 편이었는데⋯⋯ 한번 다시 알아보지요."

따지고 보면 박광우 계장이 직접 수사에 나서게 된 동기가 있 다면 바로 그 점 때문이었다. 희영이의 단짝이라는 아이가 불쑥 내민 또 다른 주소는 놀랍게도 뛰어난 경치를 자랑하는 북한강 변에 위치한 모 별장이었고, 그길로 돌아보고 온 부하직원들이 한결같이 고개를 절절 흔드는 것이었다.

"말도 마십쇼. 별장 정문에도 못 가보고 철수했습니다."

"근처에도 못 가보다니, 그게 무슨 소리야?"

"접근 금지 구역인데, 어떻게 함부로 들어갑니까?"

"이 사람들이, 누굴 놀리나? 당신들은 대한민국 내무부 장관 이 임명한 수사관이란 말이야. 수사관이 못 드나들 곳이 어디 있어?"

"그런 곳이 있습니다, 계장님."

"뭐라구?"

"계장님도 어이쿠 뜨거워라 도망쳤을 텐데요."

"이봐, 김 형사!"

"네, 계장님."

"어영부영하지 말고 똑똑히 보고해!"

"알겠습니다…… 우리가 도착했을 때, 높은 곳에서 나온 분들이 특별 근무 중이었습니다."

"특별 근무 중이라니?"

"청와대 경호실 말입니다."

"아니, 그런 곳에 대통령이라도 납시었단 얘기야, 뭐야?"

"바로 맞히셨습니다, 계장님."

박광우 계장은 뭔가로 한 대 얻어맞은 기분이었다. 정말 아뿔싸였다. 오 형사가 보고를 계속하고 있었다.

"대통령 각하가 묵고 계신 게 분명했습니다. 그렇지 않고서야 그만한 병력이……."

박 계장이 말을 가로막았다.

"그 별장이 청와대 소윤가?"

"아닙니다."

"그럼, 누구 꺼야?"

"명광그룹 왕득구 회장 개인 별장입니다."

"명광그룹 왕득구 회장이라? ……그런데 왜 대통령께서……."

"본래 정치가들은 재벌을 좋아하지 않습니까?"

"왕 회장이 각하를 초대했다, 그 말인가?"

"말 그대로 정경유착이죠 뭐."

"정경유착이고 뭐고…… 그렇다면 그 희영이란 계집아인, 어

　　　　　　　　　　　　　　　　　　돈황제

떻게 되는 거야?"

"접근할 수가 없으니, 수사가 될 리 만무하잖습니까?"

"알았어. 이번엔 내가 직접 가볼 테야."

그리하여 박광우 계장이 손수 북한강 별장을 찾아 나선 것이
었다.

부하들의 설명 그대로였다. 북한강변에서 그만큼 뛰어난 풍치
는 더 없을 것이었다.

한 사오십만 평쯤 될까. 흡사 경북 안동의 하회(河回) 같은 분
위기였다. 강물이 반원을 그리며 유유히 흘러가는가 하면, 그 강
변에 수상스키용 모터보트 선착장이며, 낚시터며, 수상 응접실
용 부교(浮橋)며, 그 밖의 크고 작은 시설물들이 쾌적하게 그리
고 아주 적절히 자리 잡고 있었다. 그뿐 아니었다. 웬만한 골프장
뺨치는 푸르디푸른 잔디밭이며, 수백 마리가 노니는 꽃사슴 농
장이며, 창경원의 그것보다 두 배 이상 큰 대형 우리 속의 크고
작은 새들이며, 인공 호수 속을 헤엄치는 비단잉어 떼며…… 그
리고 스웨덴 왕실 별장 같은 우람하고 산뜻한 건축물이며…….

박광우 계장은 보무도 당당히 그 호화 별장 앞에 우뚝 섰다.
하나, 박 계장이라고 해서 만사가 형통할 수는 없었다. 물론 그
때까지도 청와대 경호실이 별장 부근을 경호하고 있었던 것은
아니었지만, 접근 금지 구역의 권위와 위엄을 크게 뛰어넘지 못
한 것이었다. 요컨대, 정문 앞에서 딱 걸리고 말았다. 그리고 단
한 발자국도 앞으로 더 나가지 못했다.

"비서실 허가가 없으면 누구도 들어갈 수가 없습니다."

체격 좋은 경비원들의 한결같은 주장이었다.

"난 지금 이 별장을 구경하러 온 게 아니구, 수사를 하러 왔소."

"수사고 뭐고 안 된다면 안 됩니다."

"그렇다면, 한마디 물읍시다. 이 안에 구희영이란 아이가 있소?"

"우리는 그런 거 몰라요."

"책임자를 좀 만납시다."

"이거 왜 이러슈? 비서실 허가가 없으면 대문 안으로 한 발자국도 못 들어온다는데."

경비실 직원은 가차 없었다.

"좋은 말 할 때 물러가슈. 괜히 청와대에 보고라도 되면, 재미 없을 테니까."

청와대란 말에 박 계장은 더 이상 입을 열지 못했다. 명함 한 장만 댕궁 남기고 부하들처럼 터덜터덜 철수할 수밖에 없었다.

한데, 그다음 날 아침이었다. 용인경찰서로 전화가 걸려 온 것이었다. 박광우 계장을 찾는 전화였다.

"여기, 명광그룹 왕득구 회장 비서실입니다."

아주 정중한 말씨였다.

"어제 저희 회장님 별장을 방문하셨다구요?"

"방문은 무슨 방문입니까? 문전에서 쫓겨났는데……."

"이거 죄송합니다, 계장님."

"하긴…… 뭐…… 워낙 높으신 분이 거처하는 곳이니까."

"직접 찾아뵙고 말씀드려야 옳은 줄 압니다만, 무슨 업무 때문에 오셨는지, 간단히 말씀 주실 수 있겠습니까?"

"있구말구요. 사실은 저희 경찰서로 투서가 날아왔습니다. 구희영이란 아이 때문인데……."

박광우 계장이 자초지종을 비교적 상세히 설명을 하고 전화를 끊었는데, 채 반 시간도 못 되어 다시 전화가 걸려 왔다.

"계장님, 희영 씨는 저희 회사가 잘 보호하고 있습니다. 그래서 얘긴데, 수사는 그 정도에서 종결해 주셨으면 합니다."

"수사를 그만 중단하라구요?"

"뭐…… 너무 확실하니까요."

"뭐가 확실합니까?"

"희영 씨 신원 말입니다."

"그래, 그 별장에 근무하고 있습니까?"

"……그렇습니다."

"논 열 마지기 구입한 자금도 그쪽에서 나왔구요?"

"글쎄요…… 그건…… 어쨌든 저희가 모든 것을 책임질 테니까요."

"그런 식의 답변으로는 수사를 종결시킬 수가 없어요. 그 희영이란 아이를 만나게 해주시죠. 가능하면, 오늘 당장."

"잠깐 기다리십쇼."

이윽고 그 비서가 수화기에 다시 나타나서 왈,

"그건 곤란한데요."

"왜 곤란합니까?"

"전화로 말씀드리기 난처합니다만…… 어쨌든…… 저희가 한

번 뵈러 가겠습니다."

"바쁘실 텐데 오실 거 없고, 내가 가지요. 별장 출입 허가서만
끊어 주신다면."

5

"그래서 여기까지 오게 된 거야."

박광우가 말했다.

밖은 아직 대낮이었다. 그는 흥분한 탓인지, 500시시 잔을 어
느새 다 비워 버린 뒤였다.

"그래서 어떻게 됐어?"

권도혁이 물었다.

"결과는 뻔할 뻔 자 아니겠어?"

"뻔할 뻔 자라니?"

"재벌들, 생리가 그렇잖아. 무조건 돈으로 해결하려 드는 거."

"그래, 돈을 받았니?"

"그것도 거금이다."

"거금이라면, 얼마나?"

"우리 수사계 요원들이 몇이냐고 묻기에 모두 열셋이라고 했더
니, 두당 두 장씩이면 되겠느냐고 하더구먼. 그래 가타부타 않고
앉아 있었더니, 2,600만 원을 주는 거야."

"2,600만 원?"

"그뿐인 줄 알아? 특별히 내 몫이라고, 500을 더 얹어 줘서 도합 3,100만 원이다 이거야."

"진짜, 거금은 거금이구나."

"내 생전 이렇게 큰돈을, 그것도 100만 원짜리 수표로 만져 보는 건 처음이야. 한데, 놀라운 게 말이야, 우리 수사계 요원 수를 조사해서 돈 액수를 미리 준비해 왔다는 사실이야. 그렇지 않고서야 어떻게 100만 원짜리 수표 서른한 장을 한 봉투에 이렇게 정확히 담아 올 수 있느냐 그 말이야."

그는 진짜 안주머니 깊숙이 넣어 두었던 것을 봉투째 꺼내 놓는 것이었다.

"바로, 이거야. 너도 돈 구경이나 한번 해봐라."

"구경은 무슨……."

"근데, 정말 내가 이 거액을 받아 써도 괜찮은 거니?"

"글쎄…… 니가 더 잘 알겠지, 내가 어떻게……."

"넌 한 식구잖아."

"식구는 뭐……."

박광우는 깜빡 잊었다는 듯이 담배 한 대 물고 난 다음, 연기를 길게 내뿜으며 말했다.

"그건 그렇고, 왜 이런 거액을 줬을까?"

그러나 그는 권도혁의 대답을 굳이 기다리려고 하지 않았다. 박광우가 다시 말했다.

"아무런 하자가 없으면 돈을 줄 리도 만무하고, 그리고 그렇게 바쁜 어른이 나 같은 피라미 형사를 만나기 위해 호텔까지 나와

줄 리도 없잖아? 안 그렇니?"

"그거야…… 하자도 하자지만 괜히 나쁜 소문에 말릴까 봐 미리 손을 쓸 수도 있는 거지 뭐."

"나쁜 소문이라니?"

"뭐 그런 거 있잖아. 아무것도 아닌 고양이 새끼가 엉뚱하게 호랑이로 변하는 식 말야."

"고양이가 호랑이로?"

"소문이란 본래 형체가 없기 때문에, 까딱 잘못하면 그렇게 되기 십상이라구."

"……"

"아무튼 예사롭지는 않은 거 같애."

"그렇지? 너두 그렇게 느껴지지? 가령 그 희영이란 계집아이를 왕득구 회장께서 쏙싹하셨다…… 한데 그게 무슨 문제야? 그 방면으로 도통하신 분이라고 널리 이름난 분이신데…… 그런 것 때문에 이런 거액을 쓸 리 있겠어? ……그렇다면……."

"그렇다면, 뭐니?"

"이건 만약의 경운데 말이야, 고 계집아이를 다루다가 어떤 실수를 했다…… 그래, 그런 모종의 실수도 할 수가 있다구."

"그 실수라는 게 뭔데?"

"뭐 있잖니. 실족이라든지, 약물복용이라든지……."

"그래, 우리 왕 회장이 희영이라는 아이를 죽였다 그 얘기야?"

"만약의 경우라고 단서를 붙였잖아."

"정말 한심하다. 너 같은 놈을 정보계장으로 승진을 시켜 놓다니."

"이거 왜 이래. 이래 봬도 내가 들어 해결 안 된 사건은 아직 없었다구."

"네놈이 뭐라던, 그건 유치한 발상 중에서도 최악의 경우야."

"그럴까? ……어쨌거나 난 이 돈을 쓸 자신 없어. 그래서 얘긴 데, 도혁이 네가 좀 도와주라구. 넌 아무래도 한통속이니까, 그 내막 알아내기는 과히 어렵지 않을 거야. 안 그렇냐?"

"나도 자신은 없다만…… 한데, 청와대에서 그 별장을 경호했었다구?"

"각하가 주무시고 갔대니까."

"이상하다. 우리 회장하고 각하는 사이가 안 좋다는데……."

"야, 멍청이 같은 소리 작작 해라. 그런 사람들이 어디 우리처럼 정으로 맺어진 관계냐? 돈과 권력이란 하루아침에 친형제도 되고, 원수도 되는 법이라구."

"아무리 그렇다고 해도…… 각하가 거기서 묵을 이유가 없단 말이야."

"사슴 피 같은 거 마시려면, 하룻밤 자야 한다는 건 상식이잖아."

"각하 같은 어른이, 고작 사슴 피 때문에 그런 데서 잠을 자겠어?"

"아, 그래. 왕 회장 비서가 그러더구만. 각하께서 예고 없이 이용하시는 별장이라, 출입이 까다롭다고…… 그리고 또 이런 말도 하더라구. 만에 하나 그따위 사소한 일이 각하에게 보고된다면 십중팔구 벼락 떨어지는 쪽은 한 곳밖에 없을 거라구 말야."

"결국, 광우 네놈이 다친다 그런 뜻이구나."

"액면 그대로라면 다치는 게 나 같은 피라미뿐이겠어? 우리 경찰서 서장님에다, 경기도 경찰국장에다, 치안국장에다, 내무부 장관까지 싸그리…… 혹시 나한테 이런 뇌물 먹여 놓고, 뒷구멍으로 찌르는 건 아닐까?"

"글쎄다…… 암, 그럴지도 모르지. 밤낮 다른 사람 잡아넣다가, 바야흐로 네놈이 감옥에 갈 차렌지."

"……아무래도 이러고 있을 때가 아닌 거 같애. 너하고 걸판지게 술판이나 벌이려고 했지만서두…… 일단은 무슨 조치를 취하는 게 좋겠어."

"잘 생각했다. 네놈의 목이 두 개가 아닌 이상, 몸조심해야지."

"너랑 언제 만나?"

"연휴가 끝나야지."

"화요일?"

"그래, 그동안이라도 계속 연락을 하자구."

"정말, 알아낼 수 있겠지?"

"해봐야지 뭐."

박광우가 거액의 흰 봉투를 안주머니에 쑤셔 넣고 풀썩거리며 일어섰다.

돈황제

6

일이 잘 풀리려는 징조인지 권도혁이 텅 비다시피 한 사무실에 돌아왔을 때, 명광항공 소속의 권무송 부장이 그를 기다리고 있었다. 권무송 씨는 직위가 부장이지, 실제 직책은 파일럿이었다. 아니, 구체적인 설명을 덧붙이자면, 왕득구 회장 전용 헬기 조종사인 셈이었다. 원래는 청와대 쪽에서 근무했는데 무슨 연유에서인지 1년 전 전격적으로 명광그룹으로 적을 옮겨 온 터였다. 권도혁과는 두 번인가 세 번밖에 만나지 않았는데도, 서로 근무지를 방문할 정도로 가까워진 것은 순전히 성씨 때문이었다.

기실 명광그룹 안에 권씨 성 가진 사람이 어디 한둘일까만, 유독 만나자마자 항렬은 말할 것도 없고 심지어 집안 종파와 지파까지 세세히 따져 가며 일가 운운했던 경우는 오직 두 사람뿐이었다.

그만큼 똑같은 힘으로 잡아당기는 뭔가가 있어서였을까. 하긴 왕득구 회장 전용 헬리콥터를 이용할 수 있는 사람은 고작 열 손가락 안일 터였다.

물론 몇몇 문화예술계 인사 접대 때문에 긴급 동원되곤 했던 권도혁 경우는 예외이긴 했지만, 어쨌거나 조종사 입장으로 보아 가장 부담 없고 쉬운 사람이 곧 권도혁인지도 몰랐다. 그래서 형 아우로 배가 척척 맞아떨어진 것이었다.

"아니, 여긴 웬일이쇼?"

"비서실에 왔다가 얘기 듣고 왔지."

"안 그래도 전화할 참이었는데……."

"서문성 씨가 누구야?"

"C신문 논설위원 몰라요?"

"내가 그런 사람을 어떻게 알아?"

"하긴…… 최고 통치자 밑에서 노시던 분이 어찌 언론계까지……."

"형님을 놀리면 벌 받어."

"헌데, 이렇게 한가해도 되는 겁니까?"

"회장님도 안 계시는데, 이런 토요일에나 다리 한번 뻗어 보는 거지."

"회장님 어디 가셨어요?"

"이제 막 승용차로 떠나셨어. 북한강 별장에서 오늘 밤 주무신대."

"그럼, 낼 서산은요?"

"아침 헬기로 모시기로 했어."

"우리를 서산 현장에 내려다 놓고 다시 북한강으로 날아가는 건가요?"

"아마 그럴걸. 한데, 7시 께 탈 사람 서문성 씨뿐 아냐."

"또 누가 있어요?"

"청와대 손님들인가 봐. 보나마나 보좌관들일 거야."

"그분들도 견학인가요?"

돈황제

"핑계 삼아 한잔 멕이는 거지 뭐. 얘기 들으니까, 워커힐 아이들까지 동원한다는데 결국 뻔한 속셈 아냐?"

"워커힐 아이들이라뇨?"

"서양 무희들 말야."

"아이스댄싱하는?"

"그래, 이번에 새 팀으로 교체됐다니까. 겸사겸사 누이 좋고 매부 좋고……."

"서산 현장에 누이 좋고 매부 좋고 할 만한 장소가 있나요?"

"거기도 영빈관 지었잖어."

"아니, 언제?"

"이런 소식이 깡통이구만. 낼이 그 영빈관 비공식 준공식 아냐? 정말 모르고 있었어?"

"몰랐어요."

"쯧쯧, 그래 가지구도 홍보실 근무한다구……."

"기왕 말 나온 김에, 형님 뭐 하나 물읍시다."

권도혁이 정색을 하며 말했다.

"뭔데?"

"북한강 별장 말예요."

권도혁으로서는 아주 적절한 기회인 줄도 몰랐다. 따지고 보면 권무송 부장만큼 그 방면에 뛰어난 커리어를 가진 사람도 드문 셈이었다.

명광항공에 부임한 지 이제 1년이 고작인데도 도통 모르는 일이 없고, 모르는 사람이 없었다. 청와대에서 갈고 닦은 경륜 때문일까. 기실 왕득구 회장을 모시거나 모셨거나 한 몇몇 개성 있는 운전기사들을 마치 자신의 수족처럼 다루기는 그리 쉬운 일이 아니었다. 한데도 그는 식은 죽 먹듯 그들을 조종하고 그들을 압도했다.

"북한강 별장이 왜?"

권무송 부장이 아무도 없는 텅 빈 사무실을 새삼 휘 훑은 다음 천천히 반문했다.

"그 별장에 가보셨죠?"

"요즘엔 자주 가는 편이지."

"거기서 이상한 거 발견 못하셨어요?"

"이상한 거라니?"

"일테면, 여자…… 말예요."

"별장에 여자가 한둘이야?"

"그런 여자 말구요."

"그럼, 어떤 여자?"

"뭐, 최근에 들어온 계집아이가 하나 있다던데……."

"계집아이?"

"나이가 열일곱이라던가?"

"아, 고 이쁜이 말이구나…… 가만있자, 한데 권 차장이 어떻게 그걸 알지?"

"나라고 마냥 숙맥인 줄 아쇼? 이래 봬도……."

"홍보실 차장이다 이거지?"

"홍보실 우습게 보지 말라구요."

돈황제

"어쭈!"

"건 그렇고, 그 아이 구로 공단 출신인 거 맞아요?"

"……그건 일급비밀인데?"

"뭐 같은 식구들끼리 일급비밀이 어딨어요?"

그래도 권무송 부장은 또 한 번 주위를 두리번거린 다음에야 간신히 말을 잇는 것이었다.

"동생한테니까 얘긴데…… 하지만 혼자만 알고 있어야 돼."

"어휴, 형답지 않게끔……."

"그 이쁜이는 회장이 직접 픽업했다더군."

"회장이 직접 픽업을요?"

"자동차를 타고 가다가 우연히 걔를 보신 거야. 사실, 너무 깜찍하게 생겼거든."

"그래서 차에 싣고 오신 거군요?"

"싣고 오기는 주워 온 거지. 그날 회장 모셨던 김 기사 얘기 들으니까, 실제로 군계일학이었다는 거야. 안 그렇겠어. 공장뜨기들 중에 섞였으니, 확 시선을 끌어당길 수밖에…… 근데 그게 물건은 물건이었던가 봐."

"물건이라니, 무슨 뜻입니까?"

"뭘 다 알면서 쌩까고 그래?"

"아, 그런 식의 물건이요?"

"말도 마, 고 계집애 보통이 아닌 모양이야. 회장이 얼마나 홀딱했으면 그 나이에 사흘씩이나 계속해서 별장을 들락날락 하셨겠어?"

"아직, 우리 회장 젊으시잖아요."

"젊긴, 옛날 같으면 고려장깜이라구."

"어쨌든, 고 계집아이 팔자 고쳤겠군요."

"팔자? 그래, 그게 진짜 팔자 고친 거지. 일이 공교롭게 되려고 그랬는지, 때마침 대통령이 별장에 오셨는데, 글쎄 차 드시는 일도 잊은 채 계속 고 계집아이만 쳐다보셨다는 거야."

"저런, 큰일 벌어졌겠군요."

"큰일이라니?"

"한 여자를 놓고 두 사나이가……."

"나, 지금 농담하고 있는 거 아냐."

"저도 마찬가집니다."

"권 차장은 다 좋은데 그 점이 맘에 안 들어."

"그 점이라뇨?"

"각하를 매도하는 태도 말야."

"아, 네. 용서하십쇼. 워낙 버릇이 없어서…… 사실, 우리 왕 회장님 성격에 가만 계시지 않았을걸요. 워낙 기회 포착을 잘하시는 분이니까."

"그야 그렇지."

"각하께서도 사양하실 이유가 없잖아요?"

"그건 몰라. 그 뒷얘긴 확인하지 못했으니까."

"한데, 한 가지만 더 물어보고 싶은데…… 각하께선 왜 별장에 자주 오시죠?"

"왕득구 회장이 각하께 별장을 선물했다잖아."

"네?"

"아직 각하께서 접수 결정을 안 하셨다니까, 그 내막은 알 수 없지만, 그럴 만한 건수가 있으니까, 별장이 오고 가고 하지. 우리 왕 회장 성격에 아무 이유 없이 그 엄청난 재산을 내놓으시겠어?"

7

권도혁은 이날 밤 늦게 용인경찰서 박광우 정보계장에게 전화를 걸었다.

"야, 나 도혁이야."

"어, 벌써 알아냈나 부지?"

"그래 알아냈지. 잘 들어. 결론은 이거야. 너 혼자 다 먹어도 괜찮아. 서른한 그릇 다 먹어 버려. 내 말 알겠어?"

"난 무슨 얘긴지 모르겠는데?"

"너 별명이 돼지장군이잖아? 뒤탈에 대해선 내가 보증할 테니까 걱정 말고 천천히 먹으란 말이야."

"벌써 뒤탈이 생겼는데두?"

"뭐라구?"

"우리 영감께서 노발대발이야. 당장 손을 떼라구."

"영감이라니?"

"우리 회사 사장 말이야."

"아, 용인경찰서?"

"그래, 누굴 죽이려구 그러냐구 방방 뛰는 거 있지? 그것도 당장 돌려주라는 거야…… 하긴 시키지도 않은 음식을 서른한 그릇이나 배달했으니……."

"그래, 손 떼기로 했어?"

"하는 수 없지 뭐…… 근데 누군가한테 협박 전화가 왔다는 거 같애."

"협박 전화?"

"나한테도 한 번 왔었는데 묵살했거든. 그랬더니 기어이 우리 사장한테로 방향을 바꾼 거야."

"누군데, 그 협박 전화한 사람?"

"너희 회사에서 부사장을 지냈다는 사람인데 말야. 뭔가 냄새를 맡은 건지, 아니면 사주를 받은 건지……."

"이름이 뭐래?"

"이름은 말하지 않고 그냥 최 장군이랬어."

"최 장군?"

"전화번호 적을래?"

"내가 적어서 뭘 해?"

"너희 회사 부사장을 지냈다니까, 네가 나보다 여러모로 유리할 거 아냐?"

권도혁은 얼결에 박광우 계장이 부르는 전화번호를 메모하지 않을 수 없었다.

"그래, 전화 요지는 뭐야?"

"수사를 계속하라는 거야."

"뭐라구?"

"중단해서는 절대루 안 된대."

박광우가 숨 가쁘게 계속했다.

"내 말 듣니?"

"듣고 있어."

"난 이제, 손대고 싶지 않아. 서른한 그릇이 아니라 예순두 그릇이라도 다 싫다구."

8

권도혁은 반 시간 전에 약속 장소에 도착했다. 시내 중심가 호텔 커피숍이었다.

한창 붐빌 시간인데도 웬일인지 빈자리가 더 많았다. 웬만해서는 차지하기 힘든 창가 소파 역시 아직 주인을 맞지 못하고 있었다.

권도혁은 경쟁자가 뒤따르지 않는데도 흡사 빈 택시 붙잡아 올라타듯 허겁지겁 그곳에 엉덩이를 내려놓았다. 그리고 창밖을 보았다. 광화문 네거리가 시네마스코프 화면처럼 편하게 펼쳐져 있었다. 오늘따라 그토록 왜소하게 보일 수 없는 이순신 장군 동상이며, 일본 신사 기둥 운운해서 한참 시끄러웠던 교보빌딩의 웅장한 현관이며, 그 앞에 제법 정취를 드리우고 서 있는 느티나무 숲이며······.

그러나 중앙청 쪽은 달랐다. 멀어 봐야 버스 두 정거장 거리인
데도, 아스라한 10리 밖 풍경을 방불케 하는 것이었다. 언뜻 보
기에는 안개 때문에 시야가 흐려진 것 같았지만, 그래서 온통 희
뿌연했지만, 기실은 오늘처럼 쾌청한 날씨도 드문 터수였다.

그렇다면, 마치 비닐껍질을 뒤집어씌워 놓은 듯한 저 우중충
함의 정체는 무엇인가. 두말할 것도 없이 배기가스에 섞여 나온
오염 먼지였다. 이름하여, 불완전 연소물의 일종인 이산화유황
이라던가. 그것들이 중앙청으로 향한 시야를 잔뜩 가리고 있는
것이었다. 중앙청 뒤는 옛 왕국의 상징인 경복궁이고, 또 그 뒤
는 현직 대통령이 유(留)하는 청와대 아닌가.

어디 그뿐인가. 서울의 이마라고 해도 과언이 아닌 기암절벽
인왕산이 우뚝 서서 장안을 향해 호령하고 있지 않은가.

조선조 초에 살았다는 인왕산 호랑이라도 앞다리 뻗고 근엄
하게 앉아 이쪽을 내려다본다면 아마 저 검은 안개더미는 무슨
불길한 징조인가, 새삼 개탄해 마지않을 것이었다.

권도혁은 희뿌옇다 못해 마치 서대문구치소처럼 보이는 잿빛
중앙청에서 시선을 뗐다. 그리고 의자를 바꿨다. 창을 등지고 앉
은 것이었다. 이제 곧 도착할 손님을 위해서였다. 손님께서 광화
문 네거리를 자기 집 앞마당인 듯 훤히 내려다볼 수 있게 하는
것은 윗사람에 대한 배려도 배려지만 그보다 모종의 기억을 더
듬어 내는 데, 여러모로 유익하리라 판단한 탓이었다. 그분의 전
직 때문이었다. 물론 시야에 들어오는 곳에 출근처를 둔 적은 단

돈황제

한 번도 없었지만, 서울의, 아니 대한민국의 심장부 격인 광화문이야말로 그분의 주 무대였으며, 활동 반경의 원점인 셈이었다.

최대근(崔大根) 장군이었다. 정확히 예비역 육군 준장. 뭐, 예비역 준장? 아직 살아 매달려 있는 별도 별 나름인 판에 이미 떨어진 별이야 과수원 밭이랑에 널린 낙과(落果)와 뭐 다를 바 있는가 반문할 사람도 없지 않겠지만, 말 그대로 천만의 말씀이다.

우리 최 장군의 별은 예사 별이 아니다. 동녘 하늘에서 유난히 반짝이는 샛별보다 더 뚜렷한, 저 은하계를 거느리는 항성(恒星)보다 더 찬란한, 이른바 수억 광년 만에 몇 개 생길까 말까 한, 이름하여 청와대 별이었다.

아무리 흔한 똥별이라도 청와대에서 달아 주지 않는 별이 어디 있을까만, 우리 최 장군의 경우는 그런 차원이 아니었다. 청와대를 통해 별을 단 것이 아니라 숫제 별을 달자마자 청와대로 근무처를 옮겨 왔을 정도였다.

그러니까, 만약 대통령께서 비명(非命)에 가시지만 않았어도 그 가을, 그처럼 허무하게 한 아름 국화꽃으로 사그라지지만 않았어도, 최 장군은 진작 중앙정보부장이며, 보안사령관이며, 하다못해 내무부 장관 따위 요직에 올라앉았을, 그런 유력한 인물인 것이었다. 그만큼 대통령의 신임을 독차지했다고나 할까.

물론 그의 최대 장점으로 평가되는 철저한 비밀주의 덕분이었다. 그는 입이 무거운 군인이었다. 그리고 절대로 남 앞에 함부로 나서지 않았다. 그는 과묵하면서도 완벽한 은둔주의자였다. 한데도 그 무렵 방귀깨나 뀐다는 인사치고 마치 그림자인 양 대통령의 가장 가까운 자리에 비밀스럽게 버티고 앉아 있는 최대근 장군의 그 막강한 존재를 모르는 사람이 없던 터였다. 오죽하면 그와 특별한 관계를 맺고자 하는 사람들이 입을 모아 매사가 딱 딱 떨어지는, 왈 무사(武士) 정신으로 똘똘 뭉친 군인이라고 칭송해 마지않았을까.

사실이었다. 그는 쉬지 않고 공부하는 학구파이면서도 두주 불사도 마다하지 않는 대범한 장군이었으며, 더불어 부하 다루 기를 내 몸같이 하는 어진 지휘관이기도 한 것이었다. 웬만했으 면 극단적인 보수주의자 서문성 논설위원 같은 사람까지 한국 이 배출한 숱한 별 가운데 오래 기억될 장군의 한 사람인데 너 무 일찍 스러진 게 아쉽다고 할 정도일까.

하나, 이미 옛날의 영광이고 옛날의 찬사일 뿐이었다. 세상만 사 일장춘몽이라던가. 늘 그가 곁에 있어야 마음을 놓곤 하던 대통령이 한마디 유언도 없이 불귀의 객으로 떠나 버렸고, 최 장군 또한 선택받은 인물에서 시대를 잘못 타고난 풍운아로 하 루아침에 전락하고 만 것이었다.

확실히, 이제 그는 누구나 두려워하고, 누구나 선망하던 옛날 의 샛별이 아니었다. 뭐라고 할까. 흡사 곤충의 변태(變態)라고나 할까. 그것도 불완전변태, 이를테면 알, 애벌레, 번데기 식의 너 무나 명확한 형태적인 탈바꿈을 스스로 시도했다고 해야 옳을 지 몰랐다. 그렇다. 최 장군의 그것은 매사가 자조적이고 부정적 인, 이른바 유사형(類似型) 숙명론자로 서서히 변신해 버린 것이 었다.

그러나 최대근 장군이 권도혁 따위 명광그룹 홍보 요원이나 만나 신세타령할 지경으로 밑바닥까지 타락한 것은 아니었다. 솔직히 피력하건대, 권도혁이 최 장군을 만날 수 있게 된 것은 일방적이고 끈덕진 전화 요청 때문이 아니었다. 아니, 전화통에만 매달렸더라면 진작 사단이 나도 크게 났을 터였다. 장군의 마음을 움직이게 한 사람은 전혀 예상치도 않았던 서문성 위원이었다. 장성들 사이에서는 아직도 영국 신사로 통하는 서문성 위원이 권도혁의 부탁을 군말 없이 들어준 덕분이었다.

서산 단지 견학을 마치고 돌아온 바로 그날 오후였다. 물론 서문성 위원이 전화를 거는 바로 그 장소에 권도혁도 입회를 하고 있었다.

"최 장군이오? 나 서문성입니다."

"여, 서 위원. 오랜만입니다. 안 그래도 서 위원이 쓴 칼럼 읽고, 전화 넣을 생각이었는데, 아주 잘됐소. 그 환태평양 시대 주역 논조는 아주 그럴듯하더군요."

"관심 가져 줘서 고맙습니다."

"관심이 아니라 항의요, 이건."

"항의라뇨?"

"마치, 우리 경제가 어제오늘 갑자기 성장했다는 식인데 그야말로 어불성설이오. 물론 그런 맥락에서 쓴 건 아니겠지만, 어부지리로 정권 잡고 들어앉은 위정자들이 볼 때 이건, 자기 선정(善政)이라고 오해하기 딱 안성맞춤이오."

"그건……."

"글쎄, 해석 여하에 따라 달리 생각할 수도 있는 문제겠지만서두, 난 그 점에 대해선 승복할 수 없소이다. 공자 앞에서 문자 쓰는 격이오만, 『사기(史記)』에 보면 이런 말이 있소이다. 단이감행(斷而敢行)이면 귀신피지(鬼神避之)라. 그게 무슨 뜻이냐 하면, 나쁜 일도 단호한 태도로 감행하면 성공하고 또 정당화된다는 뜻이오. 듣기 거북하겠지만, 서 위원의 칼럼은 그런 사람들을 정당화시키는 의미 외에는 아무 뜻도 없는 글이오. 내 말이 지나쳤다면 용서하쇼."

　"어쨌든 대단하십니다. 미미한 신문 칼럼까지 그토록 세심하게 분석하실 줄은 미처……."

　"유유자적하면 그런 경지에 오를 수 있습니다. 서 위원도 언젠가 일터에서 쫓겨나 혼자 고독을 즐길라치면……."

　"참, 최 장군께 좋은 젊은이를 한 사람 소개하고 싶습니다. 고독이 뭔 줄 아는 젊은이니까, 충분히 말벗이 되리라 사료됩니다만……."

　"뭐하는 사람인데요?"

　"글공부하는 친굽니다."

　"글공부하는 사람이 왜 나를?"

　"최 장군님의 그 독설을 배우고 싶은 거지요."

　"이건 독설이 아니고, 진실의 목소리요."

　"그렇다면 더욱 기회를 줘보십시오. 그 친구가 바라는 바니까요."

　"좋습니다. 서 위원께서 권하시는 일인데 어찌 거절할 수 있겠소. 보내시오."

"전화를 따로 드리도록 하지요."

그뿐 아니었다. 권도혁은 최대근 장군에 대해 꽤나 집요한 추적을 한 셈이었다. 용인경찰서 박 계장의 제보를 근거로 명광그룹을 샅샅이 뒤진 끝에, 궁정동 비극이 있었던 그다음 해 봄 최대근 장군이 명광그룹 모 계열사 부사장 겸 대표이사에 부임한 사실도 밝혀낸 것이었다.

하나, 그보다 더 충격적인 것은 부임 두 달도 채 되지 않아 그룹 비상기획 담당 부사장으로 전보된 사실이었다. 비상기획 담당관이란 새마을 및 예비군, 민방위대를 관리하고 교육시키는 업무였다.

물론 최 장군은 그길로 명광그룹과 인연을 끊고 말았지만, 그리고 명광 쪽 역시 최 장군의 전보에 관해서는 단 한 줄의 기록도 남기지 않았지만, 어쨌거나 은하계 궁수자리 별로 상징되던 최 장군 일생에 그 같은 수모가 다시 있을 수 없는 일이었다.

최대근 장군은 정확히 6시 1분에 커피숍을 들어서고 있었다. 아주 훤칠한 키였다. 이제 막 양복점에서 입고 나온 듯한 청자색 양복과 자줏빛 바탕에 흰 물방울무늬의 넥타이가 그렇게 잘 어울릴 수 없었다.

생각보다는 우락부락한 얼굴이 아니었다. 우락부락은커녕 오히려 귀공자 타입에 가까운 면모였다. 몸 전체의 흰 피부 색깔도 그랬고, 예술가의 그것처럼 길고 부드럽게 빠진 손도 그러했다. 하나, 그의 머리는 달랐다. 얼굴은 아직 50대인데도 머리는 백발에 가까운 것이었다.

"어, 안녕하쇼."

최 장군은 커피숍을 들어서자마자, 손을 들어 화답하지 않으면 안 되었다. 여기저기서 사람들이 불쑥불쑥 일어나, 최 장군의 손을 잡고 흔들었다.

"왜 요즘은 필드에 안 나오십니까?"

"미국 가신 줄 알았습니다."

"책을 쓰신다구요?"

"건강이 좋아지신 거 같습니다."

"저희 여의도 의원 사무실에도 한번 들러 주십쇼."

그러나 최 장군의 얼굴은 밝지 않았다. 사람들이 내민 손을 일일이 다 잡고 흔들면서도 뭔가 다른 배후를 투시하듯 계속 무거운 그림자를 걷지 않는 것이었다.

권도혁과 첫 상견례를 했을 때도 마찬가지였다. 권도혁이 인사말도 다 끝내지 않는데, 최 장군이 불쑥 입을 여는 것이었다.

"우리 여기서 나가지."

"네?"

"그동안 잠잠하던 구토 증세가 되살아 나와."

그는 아예 반말 투였다. 아니, 반말이라기보다 숫제 명령조라고 하는 편이 옳았다.

그는 벌써 일어나 저만큼 걸어가기 시작하고 있었다. 권도혁은 종종걸음으로 뒤쫓지 않을 수 없었다.

최 장군의 승용차는 84년도형 '로얄살롱'이었다. 검정색이었다. 웬만한 지위의 사람들 같으면 진작 폐차하고 남는 차종이었는데도, 그토록 감쪽같이 그리고 청결하게 보존하고 있을 수가 없는 것이었다. 사실이었다. 호랑이가죽 무늬의 시트커버하며, 소형 텔레비전하며 심지어 카폰에 이르기까지 갖춰야 할 물건은 모두 구비하고 있었다.

그러나 더 놀라운 것은 자동차 내부가 아니었다. 운전기사였다. 단정하게 차려입은 깔끔한 30대 남자였다. 그는 장군을 보자마자, 갑자기 뻣뻣해지며 거수경례를 철썩 올려붙이는 것이었다. 곧이어 '충성!' 고함치는 음성이 귀를 쩰 것 같았지만 실제로는 아무 소리도 들려오지 않았다.

"아까, 그치들이 누군지 아나?"

장군이 강남 쪽으로 방향을 잡은 다음 권도혁에게 물었다. 약간의 알코올 냄새가 훅 풍겼다. 어디선가 낮술을 걸친 게 분명했다. 하나 장군의 그것에는 어디에도 흩어진 면모가 보이지 않는 것이었다.

"전 모릅니다. 장군님."

권도혁이 대답했다.

"그게 누구냐면, 현 대통령 정무비서관 지냈던 녀석이야."

"아, 네."

"그 친구 말이야. 2억짜리 수표를 청와대 화장실에 흘린 장본인이야. 도대체 어느 정도 뇌물을 받아 챙겼기에, 2억씩이나 흘리고 댕기느냐, 그 말이야."

"또 한 분도 사우나에서 2억을 잃어버렸다면서요?"

권도혁이 문득 생각났다는 듯이 거들고 나왔다. 그 정도는 이쪽도 익히 알고 있다는, 일종의 과시라고나 할까.

한데도 최대근 장군은 그것을 인정하려 들지 않았다. 대신 시트 앞에 꽂힌 물건을 찾아 들고 있었다. 알루미늄 병이었다. 월간지 두께만큼 얇은 대신 제법 넓적하게 생긴 병이었다. 어린 시절 서부극 화면에서 자주 보던, 그래서 눈 익은 물건이었다. 주정뱅이 총잡이들이 흔히 주머니에서 꺼내 끄억끄억 마시곤 하던 휴대용 술병이던가.

최 장군의 그것도 그런 용도임이 분명했다. 당신이 뚜껑을 열어, 연속으로 세 모금씩이나 끌끌, 들이켠 다음 입술을 손등으로 씻어 내며, "한잔하지그래?" 이쪽을 보는 것이었다.

"아닙니다."

"왜 술을 못하나?"

"그렇지 않습니다만……."

"좋아, 억지로 권하진 않겠어."

최 장군이 물었다.

"가만있자, 우리가 무슨 얘길 하다 말았지?"

"청와대 보좌관들 얘길 하셨습니다."

권도혁이 대답했다.

"참, 그렇지. 이건 부끄러운 얘기지만, 완전히 썩어 버린 거야. 생각해 보라구. 보좌관들이 그럴 정도라면 주인어른은 어떻겠어? 결국 볼 장 다 본 거 아냐?"

그가 잠시 생각에 잠겼다가 계속했다.

"우리 때는 그러지 않았어. 모두가 정치자금으로 금고 안에 들어갔어. 정치자금이란 문자 그대로 정치를 위한 필요 자금일 뿐이었어. 그것이 특정인의 개인적인 치부를 위해 호주머니 속에 들어간 예는 그리 흔치 않았단 말이야. 우선 각하가 그러셨어. 돈에 대해서 그 어른만큼 투철한 철학으로 무장된 분은 아마 우리나라 역대 왕가에는 없었을 거야."

"하지만 그분에겐 임기가 정해지지 않았습니다."

또 권도혁이 끼어들었다. 그러나 이번에는 달랐다. 최 장군이 이쪽을 불현듯 돌아보는 것이었다.

"제 얘긴 다른 게 아니고……."

권도혁이 어물어물 말했다.

"지금 대통령은 스스로 임기를 정해 놨기 때문에 마구잡이로……."

"당신, 글공부하는 사람이라고 그랬지?"

최 장군이 말을 막았다.

"그렇습니다."

"신문사에 있나?"

"아닙니다."

"그럼 직업이 뭐야?"

"사실은 명광그룹에 근무하고 있습니다."

"명광그룹?"

"장군께서도 언젠가 적을 두신 적이 있잖습니까?"

권도혁이 계속했다.

"두 달이던가요?"

"당신, 누구 사주 받고 왔나?"

최대근 장군이 다시 한 번 권도혁을 가로막고 경계의 눈을 부릅뜨는 것이었다.

"사주라뇨, 장군님?"

"아무래도 수상해, 당신은."

"아닙니다, 장군님. 제가 어떻게 행동해야 장군님의 의심을 없앨 수 있을까, 내심 고심 중이었습니다."

권도혁이 좌불안석으로 몸을 이리저리 뒤틀자 그제야 다소 누그러진 목소리로 그가 말하는 것이었다.

"……서문성 위원과는 어떤 관곈가?"

"고향 선후뱁니다."

"……그래, 나한테서 뭘 알고 싶은 거야?"

"죄송합니다만, 왜 명광그룹에 부임하자마자 그만두셨는지, 우선 그 점이 매우 궁금합니다."

"그야, 간단하지. 왕득구란 인간이 하도 불쌍하고 가여워서 내가 내 발로 걸어 나왔으니까."

"하지만 장군님은 비상기획 담당관으로 전보발령을 받은 다음에 그만두시지 않았나요?"

"그런 건 몰라. 난 왕득구 코앞에 서류를 내던지고, 그리고 책상을 뒤엎었지. 그것이 왕득구와 최대근 드라마의 라스트신이야."

"그럴 만한 일이 있었습니까?"

돈황제

"그런 따위 일들은 아예 기억하기도 싫어. 한마디로 그자는 동물이야."

"제가 듣기론 장군님과 왕득구 회장은 아주 특별한 관계였다는데요?"

"옛날에는 그랬었지."

"장군께서 왕 회장을 키우셨다는 소문이 파다합니다."

"그야, 대통령 각하께서 키우셨지."

"그런데…… 결국 배신을 했나요?"

"배신 정도가 아냐. 정말이지 우리 각하 아니었으면, 그자가 오늘 그 자리에 우뚝 설 수가 없지."

"그건 모두가 다 아는 사실입니다, 장군님."

"그러나, 아직 밝혀지지 않은 사실도 많아. 일테면 나하고 그자하고 사이에 있었던 알력 같은 거 말야. ……내가 제놈의 부하직원으로 들어간 순간부터 그자는 나를 불신하기 시작했어. 그자의 눈엔 숫제 한 기업을 대표하는 부사장이 아니고 뭔가 해먹는 좀도둑에 불과한 거야. 그 사람, 밖에서 보면 거인으로 보이지만, 실제는 쩨쩨한 놈이야. 비서들을 대동하고 다니면서도, 술값을 자기가 계산해야 직성이 풀리는 작자야. 왜 그런 줄 알아? 잔돈푼 떼먹을까 봐 그러는 거야."

"그렇지만, 장군님."

"뭔가?"

"개인적인 불만이 많다고 해서 북한강 별장 사건에 관여하시는 건 장군님답지 않은 것 같은데요?"

"북한강 별장? 그게 어떻게 만들어진 줄 아나? 처음엔 순전히 이 최대근을 위한다는 식으로 수작을 부렸던 거야. 너무 경치 좋은 곳이 있는데, 그 땅을 불하받을 수 없느냐? 그곳에 별장을 하나 지어 놓으면 몇 가족 여생 보내기는 그만이다. 그러나 아무개 장군은 공인이니까 그 앞으로 등기는 할 수 없다. 하나 장군을 위해 이 왕득구가 뭔가 만들어 드리고 싶은 마음이 간절하므로 그것은 명실공히 장군 소유로 하겠다…… 그래서 내가 서울 시민을 위해 마련된 상수도 지역임에도 불구하고 각하의 승낙을 얻어 농진청으로부터 땅을 불하해 주고 건축 허가를 내줬던 거야. ……그래서 옛날 내 밑에 있던 부하가 그 별장의 수문장이 되어 지금도 근무 중이지만서도 말야."

"아, 그 부하가 장군님께 시시콜콜 보고를 하는 모양이군요?"

"왜, 그게 뭐 잘못인가?"

"아닙니다."

"나에게 문제가 있다면, 그자의 뻔뻔한 음모를 너무 환히 알고 있다는 것일 뿐야. 물론 각하께서 그처럼 홀연히 가시지 않았더라면 그런 경지에 들지 않았겠지만…… 어쨌든, 이제 엉뚱한 놈이 그 별장을 통째로 먹게 됐다 그 말이야. ……아니, 꼭 그렇지도 않아. 설사 지금 대통령 앞으로 별장이 접수된다 하더라도 앞으로 그자의 운신도 과히 청청하지 않거든. 어쩌면 먹었다가 다시 토해 내야 할지도 모르지. 그렇게 되면 또 한 번 꿩 먹고 알 먹는 놈은 누구겠어? 그렇다고 일단 계약이 끝나 제작 중인 함정들을 파기할 수는 더욱 없는 거 아니겠어?"

최대근 장군은 그쯤에서 예의 술병을 다시 집어 들었고 끄륵 끄륵 세 모금씩이나 천천히 들이부었다. 그가 말했다.

"왕득구 그 작잔 정말 위대한 사람이야. 뭔가 먹는 데 뛰어난 두뇌를 가졌어. 돈 먹는 돼지? 그래, 돈 돼지야, 돈 돼지…… 어쨌든 그자와 싸워서 이길 사람은, 아마 이 대한민국엔 없을 거야…… 가만있자, 당신 이름이 뭐랬지?"

"네, 권도혁입니다."

"미스터 권!"

"네, 장군님."

"당신이 나 같은 경우라면 어떻게 하겠어?"

"어떻게 하다뇨?"

"그 별장이 모종의 뇌물로 바쳐지는 것을 그저 바라만 보고 있겠느냐 그 얘기야."

권도혁은 아무 대답도 하지 않았다. 아니, 할 수가 없었다. 84년도형 로얄 승용차는 어느새 영동교 위를 지나고 있었다. 강물은 보이지 않았다. 짙게 깔린 저녁 어둠도 어둠이었지만, 언제 그렇게 되었는지 후둑후둑 빗방울이 떨어지기 시작한 때문이었다.

〈끝〉

돈皇帝

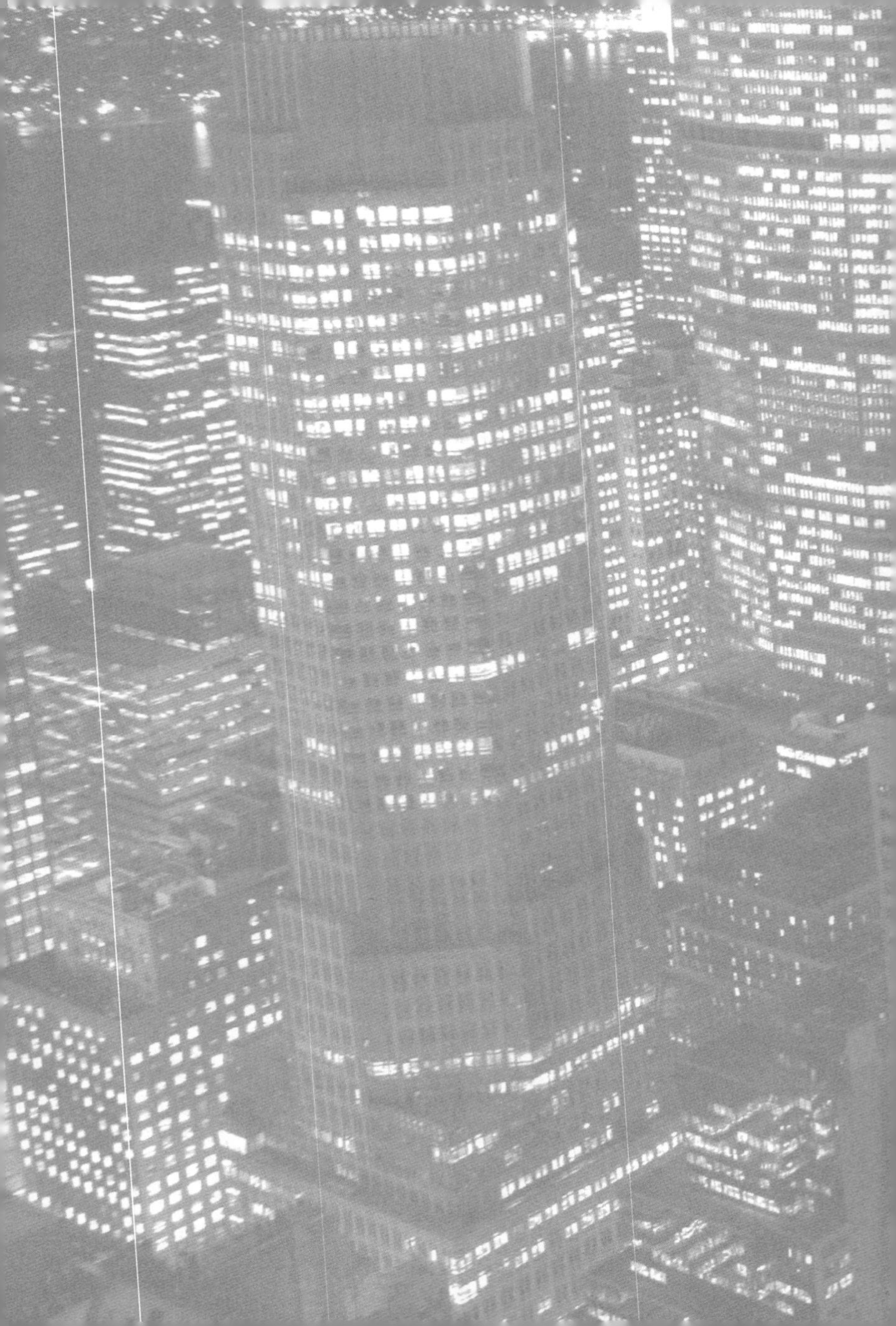